MIA SHERIDAN

The Love that Lies Within

Mia Sheridan

THE LOVE THAT LIES WITHIN

Roman

Ins Deutsche übertragen
von Barbara Först

LYX

LYX in der Bastei Lübbe AG
Dieser Titel ist auch als E-Book und als Hörbuch erschienen.

FSC www.fsc.org
MIX
Papier aus verantwortungsvollen Quellen
FSC® C014496

Die Originalausgabe erschien 2018 unter dem Titel
»The Wish Collector«

Textredaktion: Angela Herrmann
Umschlaggestaltung: © Sarah Buhr, Covermanufaktur,
unter Verwendung von Motiven von © Veris Studio / Adobe Stock;
Veris Studio / Adobe Stock; KeepMakingArt / Shutterstock
Satz: Greiner & Reichel, Köln
Gesetzt aus der Adobe Caslon
Druck und Verarbeitung: GGP Media GmbH, Pößneck
Printed in Germany
ISBN 978-3-7363-1665-2

1 3 5 7 6 4 2

Sie finden uns im Internet unter lyx-verlag.de
Bitte beachten Sie auch: luebbe.de und lesejury.de

Dieser Roman ist Fred gewidmet,
dem besten aller Ratgeber

PROLOG

Als er zielstrebig durch das Foyer des Justizgebäudes eilte, hallte sein Pfeifen von den Marmorwänden wider. Jonah blickte zum Kuppeldach hoch und atmete den zeitlosen Geruch von Recht und Gesetz ein. *Herrgott, wie ich das hier liebe*, dachte er, von tiefer Befriedigung erfüllt.

Das Gebäude des Orleans Parish Criminal District Court war ihm seit seiner Kindheit vertraut. Damals war der kleine Jonah seinem Vater hinterhergelaufen und hatte sich gewünscht, eines Tages auch so angeschaut zu werden wie er – mit Respekt und einem kleinen Hauch von Furcht.

»Wenn andere kein bisschen Angst vor dir haben, mein Sohn, dann hast du offensichtlich etwas falsch gemacht.« Selbstverständlich hatte diese Theorie auch für Edward Chamberlains Erziehungsstil gegolten. Er hatte sein Heim mit eiserner Hand regiert.

»Frohes Schaffen, Mr Chamberlain«, wünschte ihm die blonde Anwältin im Bleistiftrock, die gerade den Metalldetektor passierte. Sie kam von draußen und drehte sich im Vorbeigehen um, musterte Jonah eingehend und biss sich auf die volle Unterlippe. Seit Wochen schon sandte sie ihm eindeutige Signale, aber Jonah war zu beschäftigt gewesen, um sich auf außerberufliche Unternehmungen einzulassen. Sobald der Prozess vorbei war, würde er mit Freuden auf ihr Angebot eingehen. Zu gern würde er ihren wohlproportionierten Körper von diesem konservativen Kostüm befreien, um herauszubekommen, was sie darunter trug. Bei diesem Gedanken spürte er eine gewisse Reaktion in der Lendengegend.

Jonah lief die Stufen des Gebäudes hinab und schwenkte seine lederne Aktentasche. Die Welt liegt mir zu Füßen, dachte er grinsend.

Die Kanzlei Applegate, Knowles und Fennimore lag weniger als eine Meile vom Gericht entfernt. Jonah entschloss sich zu einem Spaziergang – und ertappte sich dabei, dass er schon wieder den verdammten Song pfiff, der ihm seit Palmer Applegates Abschiedsparty vor zwei Tagen nicht mehr aus dem Kopf ging.

Palmer war der älteste Seniorpartner der Kanzlei und im Übrigen alles andere als ein netter Kerl. Der alte Knacker war so lustig wie eine lebende Leiche, aber Jonah vermutete zu Recht, dass ein Lied zu diesem Thema bei einer solchen Ehrung nicht ganz passend gewesen wäre. Wie auch immer, im Ruhestand konnte Applegate nun nach Herzenslust seine neue junge Vorzeigefrau anöden und die Angestellten der Kanzlei, in der Jonah seit einem halben Jahr beschäftigt war, in Frieden lassen.

Die renommierte Sozietät belegte die beiden obersten Stockwerke eines Backsteinbaus. Wieder pfiff Jonah ein paar Takte, während die Tür hinter ihm ins Schloss fiel.

Which nobody can deny …

Sanft fuhr der Fahrstuhl nach oben, dann ertönte ein Läuten, und die Türen glitten auseinander.

»Guten Tag, Sir«, begrüßte ihn seine Sekretärin Iris.

»Iris. Irgendetwas –« Abrupt brach er ab, als ein Mann aufstand, der auf einem Stuhl in dem kleinen Warteraum gesessen hatte. *Justin.*

»Sir, ich hatte diesem Gentleman bereits gesagt, dass Sie keine Zeit für ihn haben würden, aber …«

Jonah nickte ihr zu, um eine gleichmütige Miene bemüht. »Ist schon gut, Iris. Es ist mein Bruder Justin.«

»Oh«, machte Iris. »Das habe ich nicht …«

Das zeigte, wie wenig man in der Kanzlei über ihn wusste: Sie kannten nicht einmal seinen Bruder, Justin Chamberlain. Justin war ebenfalls Anwalt, doch seine Sozietät lag in einem ganz anderen Teil der Stadt und übernahm, soweit Jonah wusste, mehr Pro-Bono-Vertretungen als zahlende Klienten. Es war schon ein Wunder, dass sie sich überhaupt ein Büro leisten konnten.

Er ergriff die Hand seines Bruders und lächelte. »Was liegt an, Bro? Lange nicht gesehen.«

Justin lächelte verhalten. »Hast du ein bisschen Zeit für mich?«

»Eigentlich nicht …«

»Es ist wichtig.« Justin fuhr sich mit der Hand durch die dunkelbraunen Locken und enthüllte den spitzen Haaransatz der Chamberlains.

Jonah sah demonstrativ auf seine Rolex, während Justin fortfuhr. »Ich versuche seit Wochen, dich ans Telefon zu bekommen. Hab sogar ein paarmal bei dir zu Hause vorbeigeschaut.«

Jonah stieß einen Seufzer aus. Für einen Rückruf hatte er einfach keine Zeit gehabt. Was zum Teufel konnte denn bloß so wichtig sein?

Er bedeutete Justin, ihm in sein Büro zu folgen. »Ich bin total im Stress. Verstehst du, ich stecke mitten in einem großen Fall. Morgen soll ich das Opfer ins Kreuzverhör nehmen. Das könnte …«

»Genau darüber will ich mit dir sprechen.« Justin machte die Tür zu. Einen Augenblick lang war Jonah mit Stolz erfüllt, als er sah, wie sein Bruder das kleine, aber luxuriös eingerichtete Büro mit Blick auf die Skyline von New Orleans betrachtete. Doch dann bemerkte er Justins finstere Miene.

»Tu es nicht, Jonah.«

»Und was soll ich nicht tun?«

»Dieser Fall.« Justin schüttelte den Kopf. Seine Augen glitzerten verdächtig, wie Jonah genervt feststellte. »Murray Ridgley hat dieses Verbrechen begangen, und das weißt du ganz genau.«

Jonah lehnte sich an die Wand und verschränkte die Arme vor der Brust. »Die Kollegen haben den Fall übernommen, weil sie an seine Unschuld glauben, Justin. Sicher, es sieht nicht besonders gut aus. Es gibt … einen Haufen Indizienbeweise. Aber er verdient einen fairen Prozess und eine ordentliche anwaltliche Vertretung, wie jeder andere Bürger auch.«

»Das will ich ja gar nicht bestreiten. Ich bitte dich lediglich darum, dass du jemand anderen in die Kameras der Presse sprechen lässt. Lass jemand anderen das Kreuzverhör mit dem Opfer führen. Ich kenne dich, Jonah. Du bist ein verdammt guter Anwalt. Du wirst sie auseinandernehmen, wenn du es drauf anlegst. Aber mach das nicht, ich bitte dich. Lass dich nicht in ihre Machenschaften verwickeln. Du willst doch nicht ausgerechnet mit diesem Prozess berühmt werden! Darauf kannst du keine Reputation aufbauen.«

»Jesus, hör dir nur mal selbst zu … Willst du mir etwa einreden, ich soll nicht gewinnen?« Im Laufe der letzten Wochen war Jonah das Gesicht des Prozesses geworden; seine Kollegen hatten es so bestimmt, und er hatte gar nicht wissen wollen, warum. Er sah gut aus und besaß das strahlende Lächeln des typischen Sonnyboys. Frauen gefiel er, Männer achteten ihn. *Die Jury vertraute ihm.*

»Ich sage doch nur, du sollst nicht so werden wie Dad.«

Das war ein Schlag in die Magengrube. Jonah war sich bewusst, dass Justin als der Ältere die Hauptlast der drakonischen Erziehung getragen hatte. Der Löwenanteil des Drucks, den

Edward Chamberlain auf seine Söhne ausgeübt hatte, war auf Justins Schultern gefallen. Als kleiner Junge hatte Jonah alles genau beobachtet und dabei eine Menge gelernt. Er hatte gewusst, was seinen Vater in Harnisch brachte und was ihm ein Lob wert war, und er hatte sich danach gerichtet.

»Dad war nicht durch und durch schlecht.«

»Wer ist das schon?«

Eine gute Gegenfrage.

Vielleicht traf es auf Murray Ridgley zu. Jonah hegte tatsächlich starke Zweifel an seiner Unschuld. Dazu kam der Verdacht, dass seine Kollegen ihm etwas verheimlichten. Doch dafür hatte er keine Beweise, nur dieses Geflüster hinter angelehnten Türen, das er hörte, wenn er in die Nähe kam.

Und dieser Fall … Dieser Fall war derjenige, der ihn auf die nächsthöhere Stufe hinaufkatapultieren könnte. Wenn er die Sozietät beeindruckte, könnte das der Beginn seiner Karriere sein.

Einer der Juniorpartner würde Applegates Position besetzen, aber Knowles, der andere der beiden Gründer, war sozusagen schon ein lebender Leichnam. Irgendwann in den nächsten Jahren würde er in Pension gehen oder sterben, und wenn Jonah sein Blatt richtig ausspielte, konnte er zunächst Juniorpartner und danach vollwertiger Partner werden. Partner! Selbst sein Dad hatte das nicht vor seinem dreißigsten Lebensjahr eschafft.

Jonah hatte wie ein Verrückter geschuftet, um nach zweieinhalb Jahren Studium sein Examen zu machen, er hatte Jura im Eilverfahren absolviert, hatte die Prüfung im ersten Anlauf bestanden und sofort danach eine Stelle bei einer der renommiertesten Kanzleien in New Orleans bekommen. Er war auf der Überholspur. Einen Fehler konnte er sich nicht leisten.

»Dad wurde geachtet«, gab er zu bedenken.

Justins Augen wurden schmal. »Dad war ein Scheißkerl, dem es um Macht ging statt um Menschen. Er hat Existenzen so beiläufig zerstört, wie er sich Butter aufs Brot schmierte. So bist du nicht, Jonah. Ich bin dein Bruder. Ich ...«

»Also schön, hör zu: Ich weiß deine Bedenken als Weltverbesserer durchaus zu schätzen, aber ich kann dir versichern, dass ich ein absolut reines Gewissen habe, was den Job angeht. Murray Ridgley könnte dieses Verbrechen begangen haben.« *Murray Ridgley könnte auch ein Monster sein.* »Aber ich werde nicht darum bitten, von dem Fall abgezogen zu werden. Das wäre mein Ruin.«

Justin schaute seinen Bruder lange an, bevor er den Blick der beeindruckenden Aussicht zuwandte. »Ich hab nur so ein Gefühl ... Du stehst jetzt vor einem entscheidenden Schritt für deine Zukunft, Jonah.« Wieder schaute er ihn an, und dieses Mal entdeckte Jonah Trauer in den Augen seines Bruders. Justin zwang sich zu einem Lächeln. »Wenn du diesen Fall abgibst ... dann wäre es vermutlich mit deiner Karriere in dieser Firma vorbei, aber bei mir kannst du immer eine Anstellung bekommen.«

Jonah kicherte in sich hinein. »Damit ich für wenig mehr als ein Taschengeld gegen die Ungerechtigkeiten dieser Welt kämpfe? Das ist deine Berufung.«

Justin lachte freudlos, es klang wie ein Seufzen. »Ich könnte ein wenig Hilfe gebrauchen. Auf dieser Welt gibt es eine Menge Ungerechtigkeit, Bro.«

»Und manche würden sagen, dass es nutzlos ist, sie zu bekämpfen.«

»Manche ja.«

Während Jonah den Menschen musterte, den er auf der Welt am meisten liebte, spürte er einen Druck auf der Brust, ein merkwürdiges Gefühl der Schwere, das er sich nicht erklären konnte. Ein Gefühl, das … Sein Telefon läutete und unterbrach die seltsame Trance, in die er verfallen war. »Ich muss jetzt wirklich weitermachen. Können wir das Gespräch auf später verschieben?«

Justin nickte. Mit einem traurigen Lächeln legte er seinem Bruder die Hand auf die Schulter. »Klar, Jonah. Lass uns später darüber reden.« Und damit verschwand er aus dem Büro und schloss die Tür hinter sich.

Das Telefon läutete hartnäckig weiter, doch Jonah nahm nicht ab. Stattdessen ging er zum Fenster und starrte hinaus in den glühend heißen Sommertag. Wieder war da dieser Druck in seiner Brust … *Mein Bruder fehlt mir*, erkannte Jonah plötzlich. Er war Justin aus dem Weg gegangen. Doch wenn dieser Fall abgeschlossen war, würde er sich darum kümmern, dass er seinen Bruder öfter sah.

Zerstreut legte er eine Hand auf die Stelle, wo er sein Herz vermutete, und begann sanft zu massieren.

Du stehst jetzt vor einem entscheidenden Schritt für deine Zukunft, Jonah.

Aber er hatte ja längst entschieden. Nichts konnte daran mehr etwas ändern.

Zwei Wochen später, als Jonah in einer riesigen Blutlache lag, den widerlichen Geruch der Verbrennungen an seinem eigenen Körper in der Nase, erinnerte er sich wieder an die Worte seines Bruders: Träge schwebten sie durch seine Gedanken wie der dunstige Hauch eines vergessenen Traums.

Du stehst jetzt vor einem entscheidenden Schritt für deine Zukunft, Jonah. Lass uns später darüber reden.

Aber es hatte keine Gelegenheit mehr gegeben, mit Justin zu reden.

Sein Bruder war tot.

Das Geschrei ebbte so weit ab, dass Jonah das Fiepen hören konnte, mit dem die Luft aus seinen rauchgefüllten Lungen wich.

Wieder einmal pfiff er.

Nur diesmal ohne Melodie.

1. KAPITEL

Gegenwart

»Streck deinen Arm aus, Clara. Du willst doch ein Schwan sein, aber du siehst aus wie eine Ente. Fang noch mal von vorne an.« Abrupt stoppte die Musik. Die anderen Tänzer stießen einen unhörbaren, kollektiven Seufzer aus. Clara spürte ihr Gesicht glühen, als sie die verächtlichen Blicke wahrnahm. Sie war die Neue beim Städtischen Ballett New Orleans und hatte das Gefühl, dass all ihre geheimen Ängste wahr wurden.

»Ja, Madame Fournier.« Clara ging zur Markierung zurück und nahm ihre Position ein, während die Musik wieder einsetzte. *Ich bin ein Schwan. Ich bin ein Schwan*, sagte sie sich immer wieder vor wie ein Mantra.

Das Problem war nur: Obwohl sie sich auf ihren anmutig ausgestreckten Arm konzentrierte, kam Clara sich wie eine Ente vor. Und eine unbeholfen watschelnde noch dazu.

Nachdem die Stunde vorbei war und die anderen Tänzerinnen ihre Sachen zusammenpackten, ging Clara zu ihrem Matchsack, stellte den Fuß auf die Bank und löste die seidenen Bänder ihrer Spitzenschuhe.

»Ein Mädchen, das ich kenne, war zusammen mit ihr auf der Goddard«, flüsterte Belinda Baker hinter ihrem Rücken, wobei klar war, wer mit »ihr« gemeint war. »Sie hatte dieses Stipendium von Dance for Life erhalten, sonst wäre sie nie angenommen worden.« Clara warf sich den Matchsack über die

Schulter und schoss Belinda einen bösen Blick zu. Diese riss vor Überraschung die Augen auf, hatte nicht damit gerechnet, bei ihrer boshaften Bemerkung ertappt zu werden. Clara drehte sich um und verließ eilig das Theater.

Es stimmte jedoch, was Belinda gesagt hatte: Claras Vater hatte jedes nur mögliche Opfer gebracht, damit seine Tochter ihren Traum von einer Tanzkarriere verwirklichen konnte. Aber niemals hätte er sich die Ballettschule aus eigener Tasche leisten können. Clara war stolz auf ihr Stipendium, und diesen Stolz würde sie sich von ein paar Klatschbasen nicht rauben lassen.

Dennoch – Gedanken an den Vater riefen den altvertrauten Schmerz hervor. Clara musste sich zusammenreißen, um nicht in Tränen auszubrechen. Der vor Kurzem erfolgte Umzug nach New Orleans war ihr schwer genug gefallen, dazu kam der Umstand, dass sie im Ballett nicht gerade … herzlich aufgenommen worden war. Melancholie schien ihr ständiger Begleiter geworden zu sein.

In diesem Augenblick bog ihr Bus um die Ecke. Clara beschleunigte ihre Schritte, um zur Haltestelle zu sprinten, die einen Block entfernt lag, während sie gleichzeitig in der Tasche nach ihrem Handy kramte. »Danke«, sagte sie atemlos zu dem Fahrer, der ihr mobiles Ticket abscannte und sie mit einem netten Lächeln in seinem Bus willkommen hieß. Clara erwiderte das Lächeln, dankbar für eine Geste, die Freude verbreitete wie ein spärlicher Sonnenstrahl an einem trüben Tag.

Eine halbe Stunde später stieg sie aus dem klimagekühlten Bus, und die Hitze traf sie wie ein körperlicher Schlag. In einem Film, so dachte sie, müsste die Sommerhitze New Orleans eine ganz eigene Rolle bekommen, personifiziert von einem großen, vierschrötigen Mann mit schläfrigen Augen und heißem Atem. Intensiv und verzehrend.

Eine blonde Locke löste sich aus Claras Haarknoten. Als

sie sich die Strähne hinter das Ohr schob, wehte vom nächsten Eckhaus ein äußerst appetitanregender Duft zu ihr hinüber, der sie ein wenig von der feuchten Hitze ablenkte. *Comfort Food – Futter für die Seele.* Wie schaffte es die Küche Louisianas bloß, nicht nur dem Gaumen, sondern auch der Seele zu schmeicheln?

Der lässige, elegische Sound eines Saxofons drang aus einem geöffneten Fenster und ging Clara unter die Haut.

Gibt es eigentlich etwas Einsameres als den fernen Sound eines einzelnen Instruments?, überlegte sie.

Doch dann fiel ein anderer Laut ein: Eine süße, satte Stimme begleitete die Melodie, wob ihr eigenes Muster, schwoll immer stärker an. Die Musik, nun fern und nah und dennoch zu einem Duett verschmolzen, erfüllte Clara ganz und gar; ihre Haut war wie elektrisiert, und das Herz wurde ihr leichter. Denn sie kannte diese Stimme. Sie war wie Rauch vermischt mit Sirup, und in Claras Straße hörte man sie des Öfteren Gospels singen.

Der Gesang verstummte. »Da bist du ja. Grüß dich, Darlin'.«

Clara lächelte beim Aufschauen zu Mrs Guillot empor, die in ihrem Schaukelstuhl vor sich hin schaukelte. Sie lebte in dem Eckhaus der Straße, in der Clara eine kleine Wohnung mit Garten gemietet hatte.

»Warst so tief in Gedanken versunken, dass ich dich nicht stören wollte«, bemerkte die alte Frau mit einem Lächeln.

Clara stieß Mrs Guillots schmiedeeisernes Gartentor auf, stieg die Backsteintreppe hoch und setzte sich auf den zweiten Schaukelstuhl. »Bin nur noch mal die Übungen von heute im Kopf durchgegangen.«

»Aha. Wie läuft's mit den anderen Schwänen?«

»Ganz gut. Ich wünschte nur …« Was wünschte sie? Dass die anderen nicht so gemein zu ihr wären? Dass sie in der Truppe eine Freundin fände? Dass sie nicht ständig mit Argusaugen beobachtet und nur nach ihren Mängeln beurteilt würde? Clara schüttelte den Kopf. »Ich wünschte, ich würde hier wenigstens einen Menschen kennen. Irgendwo ganz neu anzufangen ist schwerer, als ich mir vorgestellt habe.«

Mrs Guillot lächelte freundlich. »Nun, einen Menschen kennst du hier: mich.«

»Oh, Mrs Guillot, ich wollte damit nicht …«

»Unsinn, Kind.« Die Frau lachte. »Ich weiß, was du sagen wolltest. Hab doch bloß Spaß gemacht. Eine junge Frau wie du braucht junges Volk. Wirst schon noch ein paar Leutchen kennenlernen. Zerbrich dir darüber nicht dein hübsches Köpfchen.«

Clara seufzte. »Ich weiß. Und das wird bestimmt toll. Aber ich bin auch froh darüber, dass ich Sie kenne.« Das war die reine Wahrheit. Seit Clara vor zwei Monaten nach New Orleans gezogen war, hatte Mrs Guillot ihr stets mit Rat und Hilfe zur Seite gestanden. Sie hatte ihr erzählt, was es über die Stadt zu wissen gab, und genau beschrieben, wo dieses und jenes zu finden war. Darüber hinaus hatte sie Clara, wenn diese Zeit hatte, immer wieder zu einem Plausch ermuntert.

»Das weiß ich doch, Darlin'.« Sie hielt inne. »Wie geht's deinem Dad? Hast du mit ihm gesprochen?«

Ein jäher Schmerz durchfuhr Clara. Sie schüttelte den Kopf. »Ich wünschte, ich könnte es. Er hat nur noch selten klare Momente.«

Mrs Guillot musterte das Mädchen aufmerksam. Aus ihrem Blick sprach das ehrliche Mitgefühl eines Menschen, der weiß, wie viel Schmerz ein Verlust bedeutet. Hatte nicht auch Mrs Guillot in ihrem Leben oft genug großen Kummer gehabt? »Also das, Liebes, sind schon mal zwei Wünsche. Gib einen davon an Angelina weiter.«

»Angelina?«

»Mh-mhhm. Du bist doch jetzt schon ein paar Monate in der Stadt. Und da hast du noch nichts von der weinenden Mauer gehört?«

Die *weinende Mauer.* Ein merkwürdiges Zittern überlief Clara. »Nein. Wo ist denn die?«

»Na, auf der Plantage von Windisle.«

Die Plantage von Windisle. Clara nahm ihren Matchsack vom Schoß und stellte ihn neben sich auf den Boden, dann beugte sie sich leicht vor. »Wollen Sie mir etwas darüber erzählen, Mrs Guillot?«

Mrs Guillots Blick richtete sich auf den alten Magnolienbaum, der im Nachbargarten wuchs. Seine riesigen weißen Blüten und glänzenden grünen Blätter schimmerten im Licht der untergehenden Sonne.

Sie lehnte sich in ihrem Schaukelstuhl zurück, der vernehmlich knarrte, dann schaute sie Clara wieder an. »Windisle ist eine Zuckerrohrplantage, die vor mehr als zweihundert Jahren angelegt wurde.« Clara wurde sich bewusst, dass sie den Atem anhielt. Ganz langsam und vorsichtig ließ sie ihn ausströmen, damit Mrs Guillot nicht von ihrer Geschichte abgelenkt wurde. »Oh, manche sagen, es ist ein heiliger Ort. Manche nennen ihn verflucht. Aber alle sind sich einig, dass es dort spukt.«

Mrs Guillots braune, knotige Hände umfassten die Armlehnen ihres Stuhls. Ihr Ehering, den sie immer noch trug, glänzte im letzten Tageslicht. »Du musst wissen, Darlin', dass sich eine junge Frau, Angelina Loreaux, dort im Rosengarten das Leben genommen hat, denn der Verrat ihres Liebsten hatte ihr das Herz gebrochen. Und seitdem geht ihr ruheloser Geist in diesem Garten um, und auch der Geist des Mannes, der sie verriet. Ihm wurde der ewige Friede versagt, weil seine Taten auf Erden so viel Leid über einen Menschen gebracht hatten.«

Mrs Guillot lächelte verzagt. »Obwohl ich mir immer wieder überlegt habe, wenn so etwas wahr ist – wenn Menschen dazu verdammt sind, ruhelos auf Erden zu wandern, weil sie selbstsüchtig waren und Fehler begingen –, na, dann würde es im Himmel doch gar keine Seelen mehr geben!« Mrs Guillot verzog den Mund. Innerlich stimmte Clara ihr zu. Nein, in dem Fall wäre der Himmel wohl ziemlich leer.

»Was für eine traurige Geschichte!«

Die alte Frau nickte ernst. »Oh ja.«

»Wer war sie? Angelina, meine ich. War sie die Tochter des Plantagenbesitzers?«

»Nun – ja. Robert Chamberlain hieß er. Aber sie war auch die Tochter von Mama Loreaux, einer Küchensklavin, die das Kind unehelich zur Welt gebracht hatte. Mama Loreaux war eine Schönheit mit dunklen, einfühlsamen Augen, heißt es, und bekannt dafür, dass sie unter ihren Mitsklaven eine westafrikanische Form des Voodoo praktizierte, die ihre Mutter und Großmutter an sie überliefert hatten. Mit ihren Kräutern und Zaubersprüchen konnte sie Menschen von jedem Leiden unter der Sonne befreien. Ihre Tochter Angelina war ein wunderschönes, vor Leben sprühendes Kind, das von Mutter und Vater gleichermaßen sehr geliebt wurde. Es heißt, Robert Chamberlain sei von seiner kleinen Tochter hingerissen gewesen und habe sie oft auf der Vorderveranda des Herrenhauses auf seinen Knien geschaukelt ... sehr zum Verdruss seiner Ehefrau und seiner ehelichen Kinder, die Angelinas Existenz gerade mal so hinnahmen.«

Clara war fasziniert. Voller Staunen sog sie jedes Wort der alten Geschichte in sich auf. *Wie erschütternd, wie tragisch.* Es raubte ihr den Atem.

»Angelina wuchs in der Küche der Chamberlains unter der strengen Aufsicht ihrer Mutter auf. Sie bezauberte ihre Familie ebenso wie alle Besucher. Sie lachte gern, sie besaß ein sonniges, liebevolles Gemüt, eine Seele, so sanft wie die Flügel eines Kolibris und die seltene Schönheit einer exotischen Blüte. Es war leicht, sie zu lieben. So heißt es jedenfalls.«

»Aber woher stammt denn all dieses Wissen, Mrs Guillot?«

»Oh, von den anderen Sklaven, die auf Windisle lebten, könnt ich mir denken. Es wurde von Generation zu Generation weitergegeben. Meine Großmutter hat mir die Geschichte von Angelina Loreaux und John Whitfield erzählt, als ich ein Dreikäsehoch war!« Die alte Frau lachte, es klang sehr melodisch und schön.

»Wie auch immer, es heißt, dass Angelina, als sie siebzehn war, John Whitfield kennenlernte, einen jungen Soldaten aus einer wohlhabenden Familie, die zu Besuch auf der Plantage war. Sie hatten nicht viel Zeit zusammen, aber John war völlig gefesselt von Angelinas Schönheit.« Mrs Guillot verzog das Gesicht. »Es heißt, dass beide sich ineinander verliebten, aber wenn ich bedenke, was dann später geschah, kann ich das kaum glauben.«

»Er hat sie hintergangen«, flüsterte Clara. »Und sie hat sich das Leben genommen.«

»Ja.« Mrs Guillot nickte bekräftigend. »Aber davor waren sie heimlich ein Liebespaar geworden.«

Heimlich. Was auch sonst, dachte Clara. Wie anders war die Welt, in der jene beiden Unglücklichen gelebt hatten! Ihre eigenen Probleme, ihre Traurigkeit kamen ihr auf einmal … nun ja, nicht unbedingt unbedeutend vor. Aber wie schrecklich musste es sein, sich unsterblich zu verlieben und diese Liebe wie ein schändliches Geheimnis verbergen zu müssen? Das wäre doch unerträglich, oder? »Auf welche Weise hat er sie verraten?«, fragte Clara. Fast hatte sie Angst, es zu erfahren.

»Oh, das muss so ungefähr 1860 oder ’61 gewesen sein, da

wurde John eingezogen, es herrschte Bürgerkrieg. Er versprach Angelina, zu ihr zurückzukehren. Angelina wartete. Ihre Liebe kannte keine Grenzen, ihr reines, zärtliches Herz war von der Hoffnung auf eine gemeinsame Zukunft erfüllt. Sie muss wohl eine arge Träumerin gewesen sein.« Mrs Guillot war einen Moment in ihre Gedanken versunken. »Vielleicht kam es ihr auch so vor, als hätte sie endlich einen Platz in dieser Welt gefunden, den es vorher für sie nicht gab.« Mrs Guillot lächelte. »Aber das ist nur meine Vermutung.«

»Es könnte aber stimmen«, murmelte Clara.

Wieder verzog Mrs Guillot das Gesicht. »Johns Herz war jedenfalls nicht so gefestigt. Durch seine Familie ließ er eine kurze Nachricht an Angelina schicken, dass er sie nicht länger liebte. Sie sollte versuchen, ihn zu vergessen, da auch er bereits angefangen hatte, sie zu vergessen.«

Mrs Guillot begann wieder zu schaukeln. Das Knarren des Stuhls war der einzige Laut in der stillen Straße. Der Saxofonist hatte irgendwann zu spielen aufgehört, und Clara hatte es nicht einmal bemerkt. »Erschüttert floh Angelina in den Rosengarten. Dort, an dem Ort, wo sie ihren Liebsten zum ersten Mal gesehen hatte, setzte sie ein Rasiermesser ihres Vaters an ihren Arm.«

Clara blieb vor Spannung das Herz fast stehen, obwohl sie bereits gehört hatte, wie die Geschichte ausging. Sie stieß einen Seufzer aus.

Mrs Guillot nickte, als verstünde sie genau, wie betroffen Clara war. »Ja, ich weiß. Mama Loreaux fand ihre Tochter, und wie es heißt, ist ihre entsetzliche Totenklage vom Wind in jeden Winkel der Plantage und noch weit über ihre Grenzen hinaus getragen worden. Sie hielt den schönen Leib ihrer toten Tochter in den Armen und verfluchte die Liebe, die ihr das kostbare Mädchen genommen hatte, beschwor die Geister, dass John niemals wahre Liebe finden sollte, weder in diesem Leben noch im nächsten.«

Mrs Guillot seufzte. »John kehrte aus dem Krieg zurück und lebte bis zu seinem Tod allein, er fand in der Tat keine Frau. In der Öffentlichkeit ließ er sich kaum blicken. Es hieß, dass er wieder und wieder den Krieg durchlitt. Als er Ende dreißig war, bekam er Tuberkulose und starb daran.«

Gut so!, hätte Clara am liebsten gesagt. Aber sie hielt den Mund. Es schien unrecht, jemanden zu verdammen, der bereits tot war. Und verflucht.

Sie schwiegen eine Zeit lang. Clara fühlte sich von der traurigen Geschichte betroffen. Ihr war, als hätte sie nicht nur ihr Interesse geweckt, sondern sich tief in ihr Inneres, in ihre Seele gesenkt. »Welche Rolle spielt denn die weinende Mauer? Und warum gehen die Leute mit ihren Wünschen dorthin?«

Die Falten auf Mrs Guillots Stirn vertieften sich. »Es heißt, dass die Geister von John und Angelina auch heute noch durch den Rosengarten streifen. Sie können keine Ruhe finden, keinen Frieden, weil sie nach etwas suchen, das sie von der Last ihrer Sünden auf Erden befreit. Angelina scheint irgendwie in Johns Fluch verwickelt zu sein, glauben die Bewohner hier, aber sicher wissen tut es niemand. Nur, dass sie diejenigen Wünsche erfüllt, die auf einen Zettel geschrieben durch die Ritzen der Mauer von Windisle gesteckt werden.«

Mrs Guillot lächelte. »Angelina erfüllt Wünsche, heißt es, um mehr Menschen zum Kommen zu ermutigen, in der Hoffnung, dass eines Tages ein ganz besonderer Mensch kommen wird, der das Rätsel lösen und den Fluch brechen kann.«

»Welches Rätsel?«

Wieder furchte Mrs Guillot die Stirn. »Also, so ganz genau weiß ich es nicht, aber ich bin mir sicher, dass es irgendwann einmal von einer Voodoo-Priesterin ausgesprochen wurde. Du könntest Dory Dupre von der Stadtteilbibliothek danach fragen. Sie wird sich wahrscheinlich daran erinnern oder für dich danach auf die Suche gehen.«

Clara lächelte, froh darüber, eine Adresse bekommen zu haben, wo sie mehr herausfinden konnte. »Das mache ich. Wissen Sie, warum man die Mauer die Weinende nennt?«

»Es heißt, dass die Mauer Tränen wegen des Kummers und der Tragödie weint und wegen der Seelen, die in ihr gefangen sind. Ich selbst weiß darüber gar nichts, denn die wenigen Male, die ich dort war, habe ich so etwas nicht gesehen, aber es heißt, dass die Mauer erst dann aufhört zu weinen, wenn Johns und Angelinas Seelen frei sind.«

»Wer wohnt jetzt dort, Mrs Guillot?«

»Niemand, soviel ich weiß. Das Haus steht seit Jahren leer.«

Claras Gedanken wurden vom Quietschen des Gartentores unterbrochen. Herein trat ein alter Mann, der am Stock ging. Er zog höflich seinen Hut und lächelte scheu zur Veranda hinauf. »Bernice, ein schöner Abend heute, finden Sie nicht?«

Clara sah Mrs Guillot an. Ihre Haut war zwar von einem wunderschönen Mahagonibraun, doch sie hätte schwören können, dass ein Erröten durchschimmerte.

»Harry.«

Harry wandte seinen Blick Clara zu und neigte zum Gruß leicht den Kopf. »Ich wusste nicht, dass Sie Besuch haben. Hab nur gerade meinen Abendspaziergang gemacht und dachte, ich schau mal vorbei, um Hallo zu sagen.«

Clara stand rasch auf und griff nach ihrem Matchsack. »Eigentlich habe ich es auch eilig. Muss morgen früh raus.« Sie beugte sich vor und gab Mrs Guillot einen Kuss auf die Wange, auf die papierdünne Haut, die zart war wie Seide. »Vielen, vielen Dank dafür, dass Sie mir die Geschichte von Angelina erzählt haben.«

»Viel los ist mit mir nicht mehr, aber ich stecke bis zum Rand voller Geschichten.« Mrs Guillot lachte. »Geh du nur und stecke einen Wunsch oder zwei durch die Ritzen der Mauer«, fügte sie leise hinzu. »Und grüß Angelina von mir.«

Clara nickte und lächelte sie über ihre Schulter hinweg an, während sie die Stufen hinabstieg. »Das mache ich.«

»Oh, und Clara, Liebes«, rief Mrs Guillot. »Wenn du das nächste Mal vorbeischaust: Ich hab dann wieder was von meinem selbst gemachten Einreibemittel!«

Clara unterdrückte eine Grimasse und lächelte ein weiteres Mal zu der lieben alten Frau hoch. »Danke schön, Mrs Guillot.« Im Vorbeigehen nickte sie Harry zu. Der alte Herr sah in seinem gebügeltem Hemd und Filzhut für einen simplen Abendspaziergang reichlich elegant aus. »Einen schönen Abend wünsche ich Ihnen beiden.«

Am nächsten Sonntag erwachte Clara in aller Frühe und machte sich auf den Weg zur Bibliothek, die zehn Blocks entfernt lag.

Die Geschichte über Windisle, die Mrs Guillot ihr vor wenigen Tagen erzählt hatte, hatte Clara nicht losgelassen. Sie war gefesselt – vielleicht sogar ein wenig besessen – von dieser Geschichte voller Kummer und Leid, die sich vor mehr als hundertfünfzig Jahren abgespielt hatte. Clara dachte an sie, während sie mit dem Bus zum Ballett fuhr und wenn sie auf dem Heimweg war, sie dachte vor dem Einschlafen daran und sogar beim Tanzen, wo das Getuschel der anderen Ballerinen dann zu einem bloßen Hintergrundgeräusch wurde.

Clara ließ sich nicht länger von ihnen beirren, ihr ganzes Denken kreiste um ein wunderschönes Mädchen mit einem Lächeln wie Sonnenschein und einer Seele so zart wie ein Kolibriflügel. Wie hatte Angelina gelebt? Hatte sie bereits Leid erfahren, bevor der Verrat begangen wurde, der sie in den Selbstmord trieb? Und welche düsteren Geheimnisse verbargen sich hinter jener Mauer?

Möglicherweise hatte Claras Fokussierung auf die Legende ebenso viel mit ihrer eigenen Einsamkeit zu tun. Doch sie spürte auch ein merkwürdiges inneres Drängen, wenn sie an Windisle dachte. Was auch immer der Grund dafür war, sie musste einfach mehr erfahren.

Die kleine Bibliothek war ein schummriger, stiller Ort. Als Clara eintrat, hielt sie zunächst inne und atmete den unverwechselbaren Geruch alter Bücher ein: staubiges Papier und menschliche Seelen, deren Leben in Tinte geflossen war.

Ein paar Leute bewegten sich suchend zwischen den Regalen; selbst heute, an einem Sonntag, waren es nicht viele. Clara sah eine winzige ältere Frau, die Bücher von einem Wagen in Regale einordnete, und ging auf sie zu. »Verzeihung?«

Die Angesprochene drehte sich lächelnd zu ihr um. Sie schien mindestens neunzig zu sein. Um den Hals trug sie eine Kette, an der ihre Brille hing. Ihr weißer Schopf bildete einen verblüffenden Kontrast zu ihrer braunen Haut. »Kann ich Ihnen behilflich sein?«

»Sind Sie Dory Dupre?«

»Die bin ich.«

»Oh, gut.« Lächelnd streckte Clara ihr die Hand hin. »Ich bin Clara Campbell. Mrs Guillot hat mir geraten, mit Ihnen zu sprechen.«

»Oh – wie geht es Bernice?«

Claras Lächeln wurde strahlender. »Sehr gut.«

»Das freut mich zu hören. Und worüber wollten Sie mit mir reden?«

»Über die Windisle Plantage.«

Ein Schatten glitt über Ms Dupres Gesicht. Ihre Runzeln

schienen sich für einen winzigen Augenblick zu vertiefen. Sie schüttelte den Kopf. »Eine tragische Geschichte.«

»Ja«, flüsterte Clara. »Mrs Guillot hat mir erzählt, was sie weiß, aber sie konnte nicht alle meine Fragen beantworten.«

»Aha. Kommen Sie, ich schau mal, ob ich ein paar Lücken füllen kann.«

Clara folgte der Bibliothekarin zu einem runden Tisch in der Nähe des Ausleihschalters, an dem beide Platz nahmen. »Darf ich fragen, warum Sie sich so für Windisle interessieren, meine Liebe?«

Clara wandte den Blick ab, während sie ihre Antwort durchdachte. »Ehrlich gesagt, Ms Dupre, weiß ich es nicht so genau. Mrs Guillot hat mir die Geschichte erzählt, und seitdem bekomme ich sie einfach nicht mehr aus dem Kopf.«

»Das kann ich gut verstehen. Sie ist faszinierend. Und so geheimnisvoll.« Frau Dupre lächelte. »Und wer weiß – vielleicht werden Sie diejenige sein, die das Rätsel löst und Angelina befreit. Glauben Sie an Verwünschungen, meine Liebe?«

Clara lachte leise. »Ich weiß nicht, ob ich daran glaube. Aber ich würde gern das Rätsel hören, falls Sie sich daran erinnern.«

»Oh, ich erinnere mich sehr gut. Ich habe es wortwörtlich von der Voodoo-Priesterin gehört.«

Clara riss vor Überraschung die Augen auf. »Sie haben es selbst gehört?«

»Oh ja. Es war bei einem Fest auf Windisle Manor im Jahre 1934. Damals wurde das Herrenhaus noch von den Chamberlains bewohnt, und sie pflegten große Gesellschaften zu geben. Ich war erst vierzehn Jahre alt, trotzdem hatte meine Schwester für mich einen Job bei dem Partyservice ergattert, der an dem Abend für das Wohl der Gäste sorgte. Prentiss Chamberlain und seine Frau Dixie hatten eine alte, blinde Voodoo-Priesterin eingeladen.« Sie hielt kurz inne. »Soweit ich weiß, war es den Chamberlains mehr oder weniger gleichgültig, ob Geister auf ihrem Land umherstreiften – obwohl es immer Gerüchte gab, dass Gäste von Geistererscheinungen berichtet hatten, besonders um den Rosengarten herum. Doch auf jeden Fall wollten Prentiss und Dixie Chamberlain mit dieser märchenhaften Geschichte zur Unterhaltung ihrer Gäste beitragen, und aus diesem Grund luden sie die Priesterin ein.«

Ms Dupres Blick richtete sich in die ferne Vergangenheit. »Die Frau saß auf einem Stuhl, der mit rotem Samt bezogen war, und die Gäste versammelten sich in dem Saal. Kein Laut war zu hören. Ich habe von einer Seitentür aus zugeschaut, habe den Atem angehalten. Da war etwas in der Luft … Eine Empfindung, an die ich mich noch genau erinnere, obwohl ich sie nur schwer erklären kann. Etwas wie … eine Schwere, etwas Bedrückendes. Die Priesterin – ich sehe sie noch vor mir, wie sie beim Sprechen ihre milchig weißen Augen schloss – bekräftigte, dass die Geister von John und Angelina immer noch auf dem Besitz spukten, vor allem im Garten, jedoch ohne die Gegenwart des anderen wahrnehmen zu können.«

»Wie traurig«, flüsterte Clara. Obwohl sie annahm, dass es besser war für Angelina, nicht auf ewig mit dem Mann umherirren zu müssen, der ihr das Herz gebrochen hatte.

Ms Dupre nickte. »Ein Gast erkundigte sich nach dem Fluch, den Mama Loreaux ausgesprochen hatte, und die Priesterin sagte, John sei in der Tat mit einem besonderen Fluch belegt worden, der nur durch ein einziges Mittel aufgehoben werden könne.« Sie legte eine bedeutungsschwere Pause ein und sah Clara fest in die Augen. »Durch einen Tropfen von Angelinas Blut, der ans Licht gebracht werde.«

Durch einen Tropfen von Angelinas Blut, der ans Licht gebracht wird. Clara ließ die Worte in sich einsinken. »Und niemand weiß, was das bedeutet?«

Ms Dupre schüttelte den Kopf. »Kein Mensch, nicht einmal die Priesterin, die darauf hinwies, dass die Geister nicht immer ihre Geheimnisse offenbarten, nicht einmal ihr.«

Clara nahm sich fest vor, den rätselhaften Satz im Gedächtnis zu behalten.

Dann berichtete sie Ms Dupre in Kürze, was sie von Mrs Guillot über die Legende erfahren hatte. Da Ms Dupres eigenes Wissen erschöpft war, gab sie Clara den Rat, es an einem der bibliothekseigenen Computer zu versuchen: Dort könne sie etwas über das Herrenhaus herausfinden und über die Familie, die einst dort gewohnt hatte.

Clara bedankte sich herzlich bei der Bibliothekarin, die sogleich wieder von einer Leserin in Anspruch genommen wurde, die mit einem Bücherstapel an den Ausleihschalter getreten war.

Am Rechner scrollte Clara durch jeden Artikel, den sie über die Plantage und ihre Besitzer finden konnte. Auf den Zetteln, wie sie an jedem der drei Arbeitsplätze bereitlagen, machte sie sich Notizen.

Windisle Manor, im Antebellum-Stil erbaut, war im frühen achtzehnten Jahrhundert auf der tausend Morgen großen Zuckerrohrplantage der Chamberlains errichtet worden. Vor dem Bürgerkrieg hatte die Familie mehr als hundert Sklaven besessen, die meisten arbeiteten auf den Zuckerrohrfeldern, einige waren aber auch im Herrenhaus beschäftigt.

»Mama Loreaux«, wisperte Clara und stellte sich die schöne Frau mit den wissenden Augen vor, die Mrs Guillot ihr beschrieben hatte. Sie sah sie vor sich, wie sie vom Küchenfenster aus Robert Chamberlain betrachtete, der ihr kleines Mädchen auf seinen Knien schaukelte, während seine Familie voller Verachtung zusah. Wie war das für die Sklavin gewesen? Was hatte sie dabei empfunden?

Da Clara aus der Arbeiterklasse stammte und mit nur einem Elternteil aufgewachsen war, hatte sie in vielen Ballettschulen reichlich vernichtende Kritik von eingebildeten reichen Mädchen einstecken müssen und sich dementsprechend unbehaglich gefühlt. Doch solche Angriffe geschahen nicht Tag für Tag, vierundzwanzig Stunden lang. Und nicht jedes Mädchen hatte sich an ihnen beteiligt. Clara hatte mitunter die giftigen, auf sie gemünzten Beleidigungen als solche gar nicht erkannt. In schicken Ballettschulen wurde es von der Mehrheit der Elevinnen stillschweigend gutgeheißen, diejenigen zu kritisieren, die man als unter sich stehend empfand.

Clara lenkte ihre Aufmerksamkeit zurück auf den Bildschirm. Anders als viele Plantagen, die in die Obhut der Gesellschaft für historische Denkmalpflege übergegangen und dem Publikum zugänglich gemacht worden waren, gehörte Windisle immer noch den Chamberlains, blieb ein Privatdomizil. Die Historic Preservation Society, bestrebt, dieses großartige Beispiel amerikanischer Architekturgeschichte in ihren Besitz zu bekommen, hatte der Familie viele Angebote gemacht und war ebenso oft abschlägig beschieden worden. *Interessant*, fand Clara, die sich fragte, warum die Chamberlains kein Interesse an der Erhaltung ihres Besitzes durch diese Gesellschaft hatten.

Sie verlor sich in der Suche, verlor sich in der Geschichte, die ihr der Bildschirm darbot, und ehe sie es sich versah, teilte ihr die große Wanduhr mit, dass etliche Stunden verstrichen waren. Ihr Magen meldete sich grollend. Sie hatte die Lunchzeit verpasst.

Ms Dupre war im Gespräch mit einer Besucherin. Clara winkte ihr kurz zum Abschied zu, dann ging sie nach draußen, wo der Himmel sanft und blau über einer feurigen Sonne schimmerte.

Auf dem Heimweg bewunderte Clara die alten, traditionellen Häuser der Stadt. Sie waren in leuchtenden Farben gestrichen und mit kunstvollen Ornamenten verziert – verschnörkelte Konsolen, handgeschnitzte Säulen, Zierleisten und große Sprossenfenster. Viele Häuser waren in einem schlechten Zustand, die Geländer waren morsch und vermodert, blühende Ranken, Sträucher und Unkraut überwucherten die kleinen Gärten, einst prachtvoll bemalte Holztüren waren nun verblichen und durchzogen von Rissen. Doch all diesen Häusern war eine besondere Schönheit eigen, und Clara spürte ein sehnsuchtsvolles Ziehen in ihrem Herzen für alle Dinge auf dieser Welt, die einst geliebt worden waren und geduldig auf ein Wiedererstarken dieser Liebe warteten.

Als sie in ihre Straße einbog, erstand Windisle Manor vor ihrem inneren Auge, wie es auf den Fotos gewesen war, die sie gesehen hatte: großartig, wunderschön … umgeben von riesigen Zuckerrohrfeldern.

Clara hatte auch mehrere Artikel in den Gesellschaftsspalten früherer Jahrzehnte gefunden, in denen von Festen und anderen Feiern im Herrenhaus die Rede war. Die Gäste hatten stets den Zustand und die Schönheit von Haus und Grundstück gepriesen, Fotos belegten den einstigen Glanz. Doch in den letzten Jahren war kein Wort mehr über das Anwesen erschienen.

Aus all dem musste Clara schließen, dass dort niemand mehr lebte – zumindest niemand, dessen Herz noch schlug.

2. KAPITEL

»Hallo, Mrs Lovett. Hier ist Clara.«

»Oh, hallo Clara, meine Liebe. Wie geht's in New Orleans? Haben Sie sich schon eingelebt?«

»Ja, danke. Ich fühle mich schon ganz wie zu Hause.« Clara legte ein Lächeln in ihre Stimme. Sie war entschlossen, positiv zu klingen, auch wenn sie sich eigentlich nicht eingelebt hatte. *Noch nicht.*

»Das freut mich zu hören.«

»Wie geht es ihm heute, Mrs Lovett?«

Mrs Lovett nahm sich einen Moment Zeit, um zu antworten. »Gestern Abend hatte er einen Schub.« Als Clara nachfragen wollte, beeilte sich die Pflegerin zu erklären: »Oh, nichts Gravierendes. Er wurde ein bisschen ärgerlich und hat mit seinem Lunchtablett geworfen. Wir haben ihm ein Beruhigungsmittel gegeben, und jetzt schläft er noch.«

Clara wurde todtraurig. Sie hatte so sehr gehofft, wenigstens kurz mit ihrem Vater sprechen zu können, nur um seine Stimme zu hören. Tränen brannten in ihren Augen. »Hatte er gestern überhaupt einen klaren Moment?«

»Nein, gestern nicht, Liebes.« Clara hörte das Bedauern in der Stimme der anderen. Sie wusste, wie gern die freundliche Pflegerin gute Nachrichten für sie gehabt hätte. Bevor Clara nach New Orleans gezogen war, hatte sie einige Zeit in dem Pflegeheim verbracht und sich mit Mrs Lovett angefreundet.

»Rufen Sie mich an, wenn sein Zustand sich ändert?«

»Natürlich rufe ich Sie an.«

Sie unterhielten sich noch ein wenig, dann verabschiedeten sie sich voneinander. Langsam steckte Clara ihr Handy wieder in die Tasche, während eine Träne über ihre Wange rollte. Hastig wischte sie sie fort und holte zittrig Luft. Sie hatte Heimweh, sie fühlte sich einsam und hätte ihren Vater auch unter anderen Umständen schrecklich vermisst. Aber das Wissen, dass er von Tag zu Tag dahinschwand und sie so weit von ihm entfernt war, bohrte sich wie ein Messer in ihr Herz.

Bald würde er nicht mehr da sein. Dann hätte sie die letzten kostbaren Augenblicke mit ihm verpasst, in denen er noch klar denken konnte, in denen er noch von ihrer Existenz wusste. Wenn sich ab und zu der Nebel hob – ob er sich dann wohl fragte, wo sie war? Machte er sich Gedanken darüber, warum sie ihn verlassen hatte, als er sie am meisten brauchte? Oder erinnerte er sich daran, dass er es gewesen war, der ihr zugeredet, sie fortgeschickt hatte? »Oh Dad«, flüsterte Clara in der Leere ihrer Wohnung.

Sie erhob sich von dem Stuhl in ihrer winzigen Küche und griff nach ihrer Handtasche. Sie brauchte frische Luft. Sie musste diesen vier Wänden entkommen, die sie einschlossen. Tanzen half ihr normalerweise, weil es sie daran erinnerte, warum sie hier war, half ihr, sich der gern gebrachten Opfer ihres Vaters zu erinnern. Doch heute war Claras freier Tag, außerdem brauchte ihr Körper eine Pause von dem anstrengenden Training. Sie wünschte nur, sie hätte …

Der Gedanke endete abrupt, als sie in den schwülen Tag hinaustrat, das Wort *Wunsch* jedoch ging ihr nicht aus dem Kopf. Clara holte ihr Handy aus der Tasche und suchte die Adresse von Windisle Manor. Sie fand sie problemlos. Wenige Minuten später hielt ein Uber am Bordstein, und sie befand sich auf dem Weg zu der weinenden Mauer.

Als Clara zwanzig Minuten später aus dem Taxi stieg, war eine leichte Brise aufgekommen, die ein wenig Kühlung mit sich brachte. Sie seufzte vor Behagen, atmete die süßen, reifen Sommerdüfte ein und genoss die Erfrischung nach der Gluthitze der vergangenen Wochen.

Der Himmel war in unterschiedliche Grautöne getaucht, die Wolken hatten einen silbrigen Kranz. Es sah aus, als würde es ein Gewitter geben. Ein Vogelschwarm schoss durch den funkelnden Dunst. Einer der Vögel fiel zurück und flatterte einen kurzen Moment allein, doch dann kehrten die anderen zurück, nahmen den Verlorenen wieder bei sich auf, stellten ihre Formation wieder her.

Eine ganze Minute stand Clara am Straßenrand, sie sah keinen einzigen Wagen. Zu ihrem Erstaunen stellte sie fest, dass sie hier draußen ganz allein war. Sie hatte damit gerechnet, dass sie wenigstens auf ein paar Menschen treffen würde, die mit ihren Wünschen zu der Mauer gekommen waren. Clara schritt auf die steinerne Einfriedung zu, froh darüber, einen Tag erwischt zu haben, an dem sie diesen Ort ganz für sich allein hatte.

Mit verschränkten Armen näherte sich Clara langsam der Mauer. Sie war fast zweieinhalb Meter hoch und erstreckte sich auf der einen Seite bis zum Mississippi hinunter, wo sie in dichtem Buschwerk und hohem Unkraut endete, und auf der anderen bis in die ehemaligen Zuckerrohrfelder hinein, die inzwischen völlig überwuchert waren.

In der Mitte der Mauer erhob sich ein steinerner Bogen, der durch ein Eisentor versperrt war. Wilde Rosen wuchsen durch das Gitter und bildeten ein Gewirr von grünen Blättern, dornigen Ranken und leuchtenden purpurnen Blüten. Sie wuchsen üppig und wild, und Clara spürte, wie ihr eine Gänsehaut den Rücken hinunterlief, die teils auf Furcht, teils auf Erwartung beruhte.

Einen Moment lang starrte sie einfach nur auf die Mauer, staunte über ihre Ausmaße wie auch darüber, dass sie nun endlich vor dem Objekt stand, das ihr schon seit Wochen Stoff zum Grübeln gab. Falls es stimmte, dass die Mauer weinte, so war es jedenfalls heute nicht der Fall. Die Steine waren staubtrocken und erinnerten in ihrer Farbe an den Himmel mit seinen Tönen von Zinn und Silber. Feine Lichtstrahlen drangen durch Risse, dort, wo der Mörtel herausgebrochen war; dies waren die Stellen, wo man einen Wunschzettel hineinstecken konnte.

Ich wünsche mir …

Ich wünsche mir …

Es war, als schwebten das Geflüster und die Hoffnungen – die inständigen Bitten – im Wind, als wären auch sie gespenstische Geister, für immer und ewig gefangen in der Atmosphäre dieses verwunschenen Ortes.

»Jetzt reiß dich mal zusammen«, ermahnte sie sich. Schon als kleines Mädchen war Clara von Geschichten fasziniert gewesen. Es war ihr wichtig, den Stoff zu begreifen, der die Vorlage für eine Ballettaufführung bildete. Romantik und Herzeleid regten ihre Kreativität an und halfen Clara, mit ihrer Rolle zu verschmelzen. Ein weiterer Grund, so vermutete sie, warum sie derart fasziniert war von der Legende von Windisle, von Angelina Loreaux und ihrer tragischen Geschichte.

Aber Geister? Flüche? Daran glaubte Clara nicht unbedingt, auch wenn sie sie nicht vollständig als Hirngespinste abtat. Auf jeden Fall jedoch faszinierte sie die Geschichte, die allem zugrunde lag. Und hier hatte sie ihren Anfang genommen.

Zaghaft trat sie näher. Staunen mischte sich mit atemloser Traurigkeit. Clara legte ihre bebenden Hände auf die Mauer und schmiegte ihre Wange an den warmen Stein, während ihre Gedanken sich mit den vagen Vorstellungen dessen beschäftigten, was dahinter geschehen war.

Die Mauer schützte Haus und Grund vor möglichen Gefahren von außen, aber wer hatte jene geschützt, die sich innen befanden? Mit einem Mal spürte Clara deutlich die entsetzliche Qual – nicht nur Angelinas, sondern jedes Sklaven, der in diesem Hause gelebt hatte –, die so nahe der Stelle, wo sie jetzt stand, durchlitten worden war.

Sie fragte sich, ob Blut und Schweiß der Sklaven immer noch mit der Erde der Zuckerrohrfelder vermischt waren, und ihr Kummer war mit einem Mal so groß, dass sie glaubte, in Tränen ausbrechen zu müssen. Als kleines Mädchen hatte sie einmal über etwas Trauriges in den Nachrichten geweint. Dad hatte ihre Tränen getrocknet und ihr liebevoll erklärt, sie könne nicht ständig über die Ungerechtigkeiten der Welt weinen, oder sie werde gar nicht mehr damit aufhören.

»Aber Daddy«, hatte Clara gestammelt, »wenn ich die Tränen nicht herauslasse, werde ich dann nicht in mir selbst ertrinken?«

Und genauso fühlte sie sich jetzt, hier vor der Mauer ... als würde ihr Herz langsam ertrinken.

Clara zog den Wunsch aus der Tasche, den sie während der Fahrt aufgeschrieben hatte – und hielt inne, weil sie auf der anderen Seite ein leises Geräusch hörte, vielleicht ein kleines Tier, vielleicht auch nur Pflanzen, die im Wind raschelten. Oder vielleicht war es Angelina, deren Geist hoffnungsvoll auf der anderen Seite auf den wartete, der sie befreite.

Durch einen Tropfen ihres Blutes, der ans Tageslicht gebracht wird.

Während Clara ihren Wunsch noch einmal durchlas, kam sie sich plötzlich töricht vor, nicht, weil sie sich etwas wünschte, sondern weil ihr die eigene Trauer ... so nichtig vorkam. Nicht unwichtig – Clara war der Überzeugung, dass jeder Schmerz zählte –, aber ihr Kummer gehörte schließlich zur naturgegebenen Ordnung der Dinge, nicht wahr?

Laut und vernehmlich stieß sie ihren Atem aus. »Für wie dumm und selbstsüchtig musst du uns halten«, sagte sie halblaut, zerknüllte den Zettel in ihrer Hand und schloss die Augen. »Dass wir herkommen und uns etwas wünschen, während du seit mehr als hundert Jahren auf die Erfüllung deines Wunsches wartest. Und es in deinem Leben mehr Kummer gab, als wir jemals erfahren werden.«

Clara hielt kurz inne und dachte nach, dann entfaltete sie den Zettel wieder, strich ihn glatt und zog einen Kugelschreiber aus ihrer Schultertasche. Sie riss den Wunsch ab, den sie aufgeschrieben hatte, und notierte einen anderen. Nachdem sie das Papierchen wieder zusammengefaltet hatte, schob sie es durch den Spalt.

Sie wollte sich bereits zum Gehen wenden, drehte sich aber ohne bestimmten Grund noch einmal um und versuchte, durch den schmalen Schlitz zu spähen. Da schien sich etwas zu bewegen … Clara blinzelte verblüfft. Erschrocken fuhr sie zurück.

Doch schnell fasste sie wieder Mut, beugte sich zaghaft vor und spähte durch den Riss. Der war so schmal, dass sie dahinter nicht einmal ein Haus erkennen konnte, nur eine Andeutung von Grün. Natürlich – die mächtigen Eichen hinter der Mauer mussten das Haus ja vor neugierigen Blicken verbergen.

Was habe ich denn gesehen? Clara wartete … Worauf, hätte sie nicht sagen können. Dann jedoch klang es so, als werde Papier entfaltet. Wieder trat sie näher heran und legte die Fingerspitzen an die Mauer. »Hallo?« Sie wusste nicht genau, warum, hatte aber den undeutlichen Eindruck, dass das, was sich hinter der Mauer verbarg, ebenfalls den Atem anhielt.

Als sie keine Antwort erhielt, drehte Clara sich um und rutschte an der Wand entlang nach unten, den Kopf zurückgelehnt, lauschend. Sie spürte, dass jemand auf der anderen Seite war, der ebenfalls lauschte.

Clara schloss die Augen. Einige Minuten später vernahm sie ein leises Rascheln. Wäre sie nicht flach an die Mauer gepresst gewesen, hätte sie das Geräusch vielleicht für einen Vogel gehalten, der irgendwo in einem Baum mit den Flügeln schlug, um im nächsten Moment fortzufliegen. Sie drückte ihre Wange fest an die Steine, das rechte Ohr genau an dem alten porösen Mörtel, und hörte … Atemzüge. Clara riss die Augen auf, ihr Herz schlug schneller. Da war kein Geist auf der anderen Seite, sondern ein Mensch aus Fleisch und Blut.

»Ich höre Sie atmen.«

Unvermittelt wurden die Atemzüge eingestellt. Clara wartete eine Sekunde, dann noch eine. »Damit meinte ich aber nicht, dass Sie ganz zu atmen aufhören sollen.«

Kurz danach wurde die Luft zischend ausgestoßen. Clara blinzelte verwirrt.

»Wer sind Sie?«, fragte sie, ohne zu wissen, ob sie eine Antwort erwartete oder nicht.

Einen langen Moment rührte sich nichts, und Clara wollte eben wieder den Mund auftun, als eine Männerstimme das Schweigen brach. »Ich heiße Jonah. Und Sie?«

Überraschung bemächtigte sich Claras. Da saß ein Mann auf der anderen Seite der Mauer, sein Rücken drückte sich womöglich ebenfalls gegen die Mauer, die sie voneinander trennte. Einen Augenblick lang wollte ihr ihr eigener Name nicht einfallen. »Äh, Clara.«

»Clara«, wiederholte er. Es klang wie eine geflüsterte Liebkosung. Sie hatte keine Ahnung, wer dieser Mann war, aber die Art und Weise, wie er ihren Namen aussprach, gefiel ihr, besonders, wie er das r rollte.

»Wer sind Sie?«

Er seufzte. Es klang müde. Wieder entstand eine lange Pause. »Ich bin mir nicht sicher, ob ich das weiß.«

Clara runzelte die Stirn. Was sollte das denn heißen? »Ähm … wohnen Sie hier?«

»Ja.« Das klang undeutlicher, als hätte er den Kopf weggedreht. Clara presste ihr Ohr fester an die Mauer und stellte sich einen gesichtslosen Mann vor, der in die Ferne schaute. Als er wieder sprach, klang seine Stimme deutlicher, als hätte er sein Gesicht abermals ihr zugewandt.

»Ich … Man hat mir erzählt, dass niemand hier wohnt.«

»Erzählt?«

Clara wurde rot und schüttelte dann über sich selbst den Kopf. Der Mann konnte sie doch nicht sehen. »Die Leute hier reden gern über Windisle. Ich … hatte mich erkundigt.«

»Und sind dann hergekommen, um sich etwas zu wünschen.«

»Ja. Ich … Moment mal, haben Sie meinen Wunsch etwa gelesen?« War das das Rascheln, das sie gehört hatte?

Der Mann namens Jonah lachte leise. Sein Lachen klang eingerostet, als sei er aus der Übung. »Sie haben ihn immerhin auf mein Grundstück geworfen.«

»Da haben Sie wohl recht.« Sie stutzte. »Also sind Sie es … Sie lesen alle diese Wünsche.«

»Ich lese sie nicht. Ich sammle sie bloß.«

»Sie sammeln sie«, wiederholte Clara langsam. »Dann sind Sie also der Wünschesammler?«

Er zögerte. »Der Wünschesammler. Ja, der bin ich wohl.«

»Und was tun Sie mit all den Wünschen?«

»Ich glaube nicht, dass Sie das wissen wollen.«

Sie zwang sich zu einem Lächeln. »Sie erfüllen die Wünsche natürlich?«

»Ich werfe sie weg.«

Clara war entrüstet. »Das ist ja furchtbar.«

»Was soll ich denn sonst mit ihnen machen? Sie im Gras liegen lassen, damit sie im Regen aufweichen? Damit sie über das ganze Grundstück geweht werden?«

»Ich weiß es ja auch nicht. Aber sie einfach wegzuwerfen, kommt mir … kommt mir … wie ein Frevel vor. Eine Sünde.«

»Frevel. Das ist aber ein starkes Wort. Das Problem ist, Clara, dass ich nicht weiß, ob diese Sünde schlimmer ist als all die anderen, die ich bereits begangen habe.«

Sie wusste nicht, was sie darauf erwidern sollte, also hielt sie den Mund.

»Was meinen Sie, sollte ich mit ihnen tun? Jeden Zettel einzeln einrahmen und an die Wand hängen? ›Die Galerie der falschen Hoffnungen‹ würde ich es dann nennen.«

»Seien Sie nicht so sarkastisch«, sagte Clara und hörte die Empörung in ihrer Stimme, »wenn es um die persönlichen Wünsche von Menschen geht, um ihre Hoffnungen und Träume. Um ihren Kummer.«

»Und doch haben Sie sich nichts für sich selbst gewünscht.« Clara hörte das Rascheln von Papier, als entfalte er ihren Zettel ein weiteres Mal. Und läse ihn.

»Mein Wunsch war vertraulich.«

»Sie haben ihn mir zugeworfen. Er ist genau vor meinen Füßen gelandet.« Er klang leicht belustigt. Clara schnaubte ärgerlich.

Wieder lachte er leise, und wider besseres Wissen gefiel Clara sein Lachen. Es hörte sich zwar wirklich eingerostet an, war dabei jedoch tief und voll.

»Tja«, meinte sie im Aufstehen und wischte sich die Hände ab. »Ich muss jetzt gehen. Ich habe verstanden, dass es keinen Sinn hat, sich an dieser Mauer etwas zu wünschen.«

Auch er erhob sich, wie Clara aus den Geräuschen hinter der Mauer schloss. Außerdem erklang seine Stimme nun von einem höheren Punkt aus. Der Mann war größer als sie. »Warten Sie. Es tut mir leid. Ich wollte Sie bloß foppen. Bitte …«

Er verstummte. Clara beugte sich wieder zur Mauer vor. Die Art, wie er sprach … die ungeheure Einsamkeit, die sie in seiner Stimme hörte, machte ihr die Brust eng. Einen Moment lang hatte er ihr einen kleinen Einblick in seine Verlassenheit gewährt.

»Was denn?«, fragte Clara leise mit dem Mund an einer der schmalen Mauerritzen.

»Nichts.«

Clara legte ihre Hände auf die Mauer. »Ich nehme an … da Sie hier leben, wissen Sie sicher viel über die Plantage. Über ihre Geschichte.«

»Ja.«

»Möchten Sie mir vielleicht etwas darüber erzählen? Wenn ich wiederkomme?«

»Sie kommen wieder?«

»Sonntags habe ich frei …«

»Ich, ähm, sonntags bin ich eigentlich immer mit Wunschplünderung beschäftigt. Aus irgendeinem Grund tauchen dann nicht so viele Leute auf. Vielleicht ist das der Tag, an dem sie ihre Wünsche in die Kirche tragen.«

»Wunschplünderung.« Clara lachte leise und hätte schwören können, dass sie hörte, wie er lächelte, aber natürlich konnte sie dessen nicht sicher sein. »Wenn ich also vielleicht einen anderen Vorschlag hätte, als die Wünsche einfach fortzuwerfen, wären Sie dafür offen? Und könnten Sie mir im Gegenzug dann mehr über Windisle erzählen?«

»Vielleicht.«

»Dann komme ich nächsten Sonntag wieder.«

Als er sich wieder hören ließ, bestand für sie kein Zweifel mehr daran, dass er lächelte. »Um die gleiche Zeit?«

Clara holte ihr Handy aus der Tasche und warf einen Blick darauf. »Um sechs?«

»Ja.« In seiner Stimme lag etwas, das sie nicht so recht einordnen konnte … Hoffnung? Erregung? Nervosität? Vielleicht sogar Bestürzung. Aber weswegen? Claras Herz klopfte heftig, und in ihrer Brust breitete sich ein warmes Gefühl aus. Sie war hocherfreut, nun eine persönliche Verbindung zu Windisle hergestellt zu haben, in Gestalt des mysteriösen Mannes auf der anderen Seite der Mauer.

»Also bis nächste Woche.«

»Bis dann.«

Clara rief Uber an. Mit einem Lächeln auf den Lippen entfernte sie sich, schlenderte die leere, baumgesäumte Straße entlang. Sie fragte sich, ob Jonah wohl durch die Ritzen spähte.

3. KAPITEL

Juni 1860

Die Party zum achtzehnten Geburtstag ihrer Schwester Astrid war in vollem Gang. Gelächter und Geplauder der Gäste mischten sich mit der Musik, die aus den Fenstern und von den Balkonen des Herrenhauses strömte.

»Autsch«, entfuhr es Angelina, als sich ein Dorn schmerzhaft in ihren zarten Handballen bohrte. Einen Moment lang saugte sie an der kleinen Wunde, dann kletterte sie weiter an dem Rosenspalier hoch, das vor duftenden rosa und weißen Blüten überquoll. Und Dornen, ermahnte sie sich. Pass bloß auf die Dornen auf!

Sie spähte über die Balkonbrüstung hinunter und machte große Augen beim Anblick der Gäste, die sich im Tanz drehten oder sich in den aufwendig hergerichteten Räumen ergingen. Gerade waren die Süßspeisen hereingebracht worden, die einen ganzen Tisch in Anspruch nahmen. Angelina wusste sehr wohl, welche Näschereien hier angeboten wurden, denn sie hatte den ganzen Morgen und Nachmittag beim Backen geholfen. Gegenüber war eine hohe Pyramide aus Sektflöten aufgebaut worden, und der perlende goldene Champagner glitzerte im Kerzenschein.

Sie selbst würde niemals zu einem solchen Fest geladen werden, aber sie wollte es unbedingt sehen!

Ihr Blick wurde von einem hochgewachsenen Mann in Uniform angezogen, der eben eine Sektflöte von der Pyramide nahm und sie an seine Lippen setzte.

Dann sah sie die Hausherrin, Delphia Chamberlain, die den Arm ihrer Tochter – und Angelinas Halbschwester – Astrid genommen hatte und mit dem Mädchen auf die Sektpyramide oder vielleicht auch auf den Soldaten zusteuerte. Als Angelina ihn wieder ansah, wurde ihr klar, dass auch er das Manöver bemerkt hatte. Plötzlich drehte er sich um, und es sah ganz so aus, als habe er Angelina beim Spähen ertappt. Ihr verschlug es vor Schreck den Atem, und sie zog schnell den Kopf ein.

Einen Moment verharrte sie reglos und atmete in hastigen Zügen den schwülen Rosenduft ein, dann ließ sie ihren Atem langsam ausströmen. Sicherlich hatte sie sich lediglich eingebildet, dass der Mann sie gesehen hatte. Das Haus war hell erleuchtet, der Garten aber lag im Dunkeln.

Allmählich beruhigte sich ihr Herzschlag und sie wagte es, erneut über die Brüstung zu spähen, geradewegs auf die Sektflötenpyramide. Der Mann war fort. Und als Angelina wieder zu Mrs Chamberlain und Astrid schaute, sah sie, dass die beiden von einem Gast aufgehalten worden waren. Der Mann lachte und begleitete seine Rede mit vielen Gesten. Mrs Chamberlain schaute ärgerlich drein, während Astrid höflich lächelte.

Einige Minuten schwelgte Angelina noch in der Pracht der Festdekoration: Überall gab es üppige Blumenarrangements, auf Tischen türmten sich bunt verpackte Geschenke. Musik erklang. Ihr Vater hatte für seine Erstgeborene keine Kosten gescheut. Sie betrachtete die schwingenden weiten Röcke der farbenfrohen Kleider der Damen, und die Männer …

»Das scheint mir kein sehr sicherer Platz zu sein.«

Angelina hätte vor lauter Schreck fast den Halt verloren. Instinktiv griff sie nach den Latten des Spaliers, wobei sich ein weiterer Dorn in ihre Hand bohrte.

Der Mann beeilte sich, unter das Spalier zu treten. Erschrocken starrte sie ihn an. Sie schluckte, dann kletterte sie langsam hinunter, während der Mann einen Schritt zurücktrat, um ihr Platz zu machen. Er hatte die Arme leicht erhoben, als wollte er sie auffangen, wenn sie abrutschte.

Angelina strich ihr Kleid glatt. Sie spürte die Hitze, die ihr ins Gesicht gestiegen war, ihr Herz schlug wie verrückt. »Ich wollte eben nur … äh, nach ein–«

»Einem Stern greifen?«

Nach einer Rose für meine Mutter, hatte sie sagen wollen, doch seine Worte überraschten sie. Sie blinzelte verwirrt, während es um seine Mundwinkel zuckte. »Einem Stern, ja«, sagte sie zögernd und richtete den Blick zum Himmel. Wie Diamanten auf schwarzem Samt standen die Sterne am Nachthimmel. »Da sind ja so viele. Ich glaube nicht, dass man ein paar davon vermissen würde.«

»Aha. Und machen Sie das oft? Sterne vom Himmel pflücken?«

Angelina sah ihn kurz von der Seite her an. Dann fasste sie Mut. Der Mann machte ja nur Spaß. Und irgendetwas an der Art, wie seine Augen tanzten – obwohl seine Miene ernst blieb –, löste in ihr eine warme Wallung aus, einen Kitzel. »Natürlich. Ich habe schon einige gesammelt.«

Plötzlich streckte der Mann die Hand aus. Angelina zuckte erschrocken zurück. Ihre Blicke trafen sich, während er etwas aus ihrem Haar zupfte. Dann öffnete er seine Hand, und Angelina sah, dass es nur ein Rosenblatt war, das sich in ihren ungebärdigen Locken verfangen hatte.

»Und was tun Sie mit ihnen? Mit den Sternen?« Er neigte den Kopf. »Tragen Sie sie vielleicht als Schmuck?«

Angelina lachte leise auf und trat einen Schritt von dem gut aussehenden Soldaten zurück. Seine Nähe löste eine merkwürdige Empfindung in ihr aus: Sie fühlte sich erhitzt und benommen, doch zugleich belebt. Und ihr Herz, ihr Herz klopfte, als wollte es ihr aus der Brust springen.

»Oh nein, für Schmuck habe ich keine Verwendung.« Sie tat ein paar Schritte, fuhr mit dem Handrücken über die samtigen Blätter einer roten Rose. Der Soldat folgte ihr, die Hände hinter dem Rücken verschränkt. »Nein, ich filtere den Zauber aus ihnen heraus und ziehe ihn auf Flaschen.« Sie warf ihm einen raschen, nervösen Blick zu.

Angelina war den Umgang mit Weißen gewöhnt. Seit sie denken konnte, hatte sie auf ihres Vaters Knien gesessen und ihm ihre kleinen Geschichten erzählt. Und sie spielte häufig mit ihrem Halbbruder und mit einer ihrer Halbschwestern. Doch jetzt sprach sie zum ersten Mal länger als eine Minute mit einem Weißen, der nicht zu ihrer Familie gehörte, und das machte sie beklommen.

Die Lippen des Mannes verzogen sich zu einem Lächeln. Trotz ihrer Anspannung konnte Angelina das kleine Grübchen in seiner linken Wange erkennen. »Verstehe. Und wozu verwenden Sie diesen Sternenstaub in Flaschen?«

»Nun, das … weiß ich noch nicht so genau.« Sie wagte einen raschen Blick. »Was würden Sie vorschlagen?«

Der Soldat wirkte einen Moment so, als müsse er nachdenken. »Sie könnten ihn zu sich nehmen und eine ganze Stadt mit Licht versorgen.«

Angelina musste lachen; es klang zaghaft, unsicher. Doch der Mann lächelte, also gestattete sie sich ein Ausatmen und sah ihn scheu an. Ihre Blicke trafen sich, und sie blieben stehen.

»Wie heißen Sie?« fragte er in einem Ton, als sei dies die bedeutsamste Frage, die er je gestellt hatte.

Angelina warf einen Blick Richtung Haus, wo gerade jemand gellend auflachte. »Angelina Loreaux.«

Der Mann streckte ihr seine Hand hin. »John Whitfield.«

Zögernd ergriff sie die Hand. Noch nie hatte ihr ein Mensch die Hand geboten, und ein Weißer schon gar nicht. Seine Hand war groß und warm. Stark. »Freut mich, Sie kennenzulernen, Sir.«

»Bitte«, er senkte den Kopf, »nennen Sie mich John.«

Erneut trafen sich ihre Blicke, dann wandte Angelina die Augen ab, ließ seine Hand los. Doch die Anziehung war zu stark. Sie musste ihm wieder in die blaugrauen Augen schauen. »John«, flüsterte sie. Sein Name löste sich wie ein Geist von ihren Lippen und schwebte in der Luft zwischen ihnen.

In diesem Augenblick wurde die Hintertür geöffnet, und Angelina hörte, wie ihr Name gerufen wurde. Sie warf einen schnellen Blick in die Richtung, aus der die Stimme gekommen war, doch der Soldat und sie waren durch die Hecke verdeckt. »Ich komme, Mama!«, rief sie zurück. Sah dann John an. »Ich muss gehen.«

Sie raffte ihre Röcke zusammen und wandte sich ab. Doch dann hörte sie seine tiefe Stimme ihren Namen sagen, und sie verharrte, blickte über die Schulter zurück.

»Ich glaube, du hast bereits von diesem Sternenstaub gekostet, Angelina Loreaux.«

Ungläubig starrte sie ihn an, doch der Ausdruck seines Gesichts war so ernst, dass es ihr den Atem verschlug. Sie sah die Bewegung seines Adamsapfels, als er schluckte. »Gute Nacht, John Whitfield«, sagte sie. Dann drehte sie sich um und lief davon, ließ den Duft der Rosen hinter sich, während ihr Herz im Takt zu ihren Schritten auf dem steinernen Gartenweg schlug.

Über ihr leuchteten die Sterne, und Angelina war zumute, als habe sie wirklich von ihnen getrunken, denn sie leuchteten auch in ihr. Sie lachte, und der wunderliche Laut wurde vom Lärm der Party verschluckt.

4. KAPITEL

Was zum Teufel habe ich mir nur dabei gedacht?

Jonah verringerte sein Tempo zu einem langsamen Trab, um dann schließlich im Schatten einer kümmerlichen Zypresse stehen zu bleiben. Seine Brust hob und senkte sich rasch, während er sich vornübergebeugte und die Hände auf die Knie stützte.

Er hatte sich zu viel abverlangt, und jetzt war ihm ein wenig übel. Und gegen das Gedankenkarussell in seinem Kopf hatte der rasche Lauf überhaupt nicht geholfen.

Clara. Es hatte ihn selbst erstaunt, dass er mit ihr gesprochen hatte. Auch andere hatten ihn vorher hinter der Mauer gehört, hatten sogar gerufen »Wer ist da?«, aber er hatte sie stets ignoriert und sich sogar noch darüber amüsiert, wie sie kicherten und mutmaßten, ob sie wohl Angelina entdeckt hätten.

Aber das hier war etwas anderes.

Dass er dann aber auch noch eingewilligt hatte, sie wieder zu treffen? Dass er sich dermaßen verzweifelt nach ihrer Wiederkehr sehnte? Welchen Sinn sollte das haben?

Bin ich wirklich so einsam?

Ach herrje. Er richtete sich auf und fuhr sich mit den Fingern durch das kurze, feuchte Haar.

Ja, bin ich. Verdammt. Ich bin einsam. Er ging kaputt vor Einsamkeit und war anscheinend so bedürftig geworden, dass er sogar durch Mauerritzen mit unbekannten Frauen redete. *Erbärmlich.*

Nur … Es hatte nicht nur damit zu tun, dass er einsam war – was Jonah durchaus zugab, wenn er auch Myrtle und Cecil zur Gesellschaft hatte.

Nein, es hatte mit ihrem Wunsch zu tun.

Hilf mir, dir zu helfen, Angelina.

Er hatte einen leichten Wadenkrampf, und um ihn loszuwerden, machte er ein paar Schritte in Richtung der verfallenen Gebäude, die einst die Behausungen der Sklaven gewesen waren.

Jonah folgte dem gewundenen Weg bis zu der Baumgruppe bei den Hütten. Er streckte die Hand aus, berührte die sonnenwarmen Stämme und drehte den Kopf so, dass er mit seinem gesunden Auge durch das Fenster der nächstliegenden Blockhütte schauen konnte.

Im Schatten der Hütte war es angenehm kühl. Dankbar schüttelte er alle Anspannung von seinen Schultern. In den Bäumen zwitscherten Vögel. Einen Moment lang erfüllte tiefer, unerklärlicher Friede Jonahs Brust. Er beugte sich vor und spähte in die leere Hütte, in deren Winkeln trockenes Laub lag.

Hier hatte einst Angelina Loreaux gelebt. *Hilf mir, dir zu helfen, Angelina* hatte das Mädchen namens Clara geschrieben.

Als ob das überhaupt noch möglich wäre. Und dennoch … Jonah war fasziniert. Er hatte nur kurz mit ihr gesprochen, doch sie hatte ihn gefesselt. Diese Art altruistischen Mitgefühls war selten anzutreffen. *Das sollte ich eigentlich doch am besten wissen.*

Seit bald acht Jahren hatte er Woche für Woche zwischen zehn und zwanzig Wünsche gesammelt. In den letzten Jahren waren es weniger geworden. Windisle und seine Legende war nur den Ortsansässigen bekannt, und unter diesen vor allem den Älteren. Diejenigen, die sie kannten und davon erzählten, waren tot oder nahe davor zu sterben, und die Legende würde mit ihnen sterben.

Die weinende Mauer war lediglich eine lokale Sehenswürdigkeit – falls sie überhaupt beliebt genug war, um eine Sehenswürdigkeit genannt zu werden –, denn der Besitz war privat. So konnte die Mauer nicht als Touristenattraktion vermarktet werden und war auch nicht auf Websites für Touristen zu finden.

Nein, die Wünsche, die Jonah in der Mauer fand, stammten von Menschen, die die Legende kannten und die entweder verzweifelt oder neugierig genug waren, um die Wirkung zu testen. Ab und zu las er die Zettel, aber häufig nicht, auch wenn er Clara etwas anderes erzählt hatte.

»Clara«, murmelte er nun, ließ sich ihren Namen auf der Zunge zergehen. Er mochte den Klang – und auch den leichten Schauer, der ihn dabei durchströmte.

Die schlichte Wahrheit war, dass ihn die Wünsche der Menschen seit Langem langweilten. Er konnte schon voraussagen, dass es immer um eines von drei Dingen ging: der Wunsch nach Geld oder einem bestimmten Besitz, der Wunsch nach Liebe oder der Wunsch nach Genesung, entweder der eigenen oder der eines geliebten Menschen. Jonah maßte sich kein Urteil darüber an, er hatte es nur einfach satt. Und er konnte ja wirklich keine Wünsche erfüllen. Er lebte auf Windisle – wenn irgendwer die Wahrheit der Legende kannte, dann er. Und so waren die Wünsche, diese zerknitterten Papierfetzen, nichts als eine weitere lästige Aufräumarbeit.

Doch niemals hatte er einen Wunsch für Angelina selbst in Händen gehalten, nie hatte sich jemand etwas für einen anderen gewünscht. Das kam überraschend. Und es war verdammt lange her, dass Jonah von irgendetwas überrascht gewesen war – er, das Monster hinter der Mauer. Nein, nicht das Monster, sondern der Wünschesammler.

Sein Mund verzog sich zu einem halben Lächeln. Während dieser kurzen Zeitspanne, in der er mit Clara gesprochen hatte, war er in einen Sammler der Wünsche verwandelt worden. Und es hatte sich berauschend angefühlt. Als ob er mittels Magie für einen kurzen Augenblick nicht länger hässlich und entstellt gewesen wäre, sondern ein guter Mensch und … auf rätselhafte Weise charmant. Zumindest hatte ihre Stimme so geklungen, als sie Wünschesammler gesagt hatte.

Claras Wunsch hatte ihn bereits für sie eingenommen, und die kurze Unterhaltung mit ihr hatte dieses Gefühl noch verstärkt. Doch gleichzeitig war in Jonah eine Sehnsucht nach Dingen geweckt worden, die schon lange außerhalb seiner Reichweite lagen, und das war in keiner Weise angenehm. Sondern eindeutig gefährlich. Unwillkürlich fuhr er sich mit der Hand über die zerstörte Haut, spürte mit den Fingerkuppen den abstoßenden Kerben und Wülsten nach. Ja, gefährlich. Und vermessen.

Also hatte er die ganze letzte Nacht damit verbracht, sich die Begegnung aus dem Kopf zu schlagen. Und heute Morgen hatte er sich beim Laufen so viel abverlangt, dass er vor Erschöpfung beinahe ohnmächtig geworden wäre.

Und dennoch blieb sie ihm gegenwärtig, diese Fremde, diese Besucherin mit der lieblichen, melodischen Stimme, dem mitleidigen Herzen und dem großen Interesse an Windisle Manor. Auch das hatte er ihrer ausdrucksvollen Stimme angehört. Er überlegte, ob sie wohl zu ihrem Gesicht passte, und spürte bei diesem Gedanken eine merkwürdige Erregung.

Ja, seine Besucherin hatte mehr über die Plantage, über deren Geschichte erfahren wollen. Jonah war sich nützlich vorgekommen – als hätte er etwas zu geben, nachdem er sich so lange wertlos gefühlt hatte. Es war nicht viel, aber … immerhin etwas, und es hatte offensichtlich lange unerkannt in ihm geruht und hätte ohne Clara nur schwerlich ans Tageslicht gefunden.

Die Feuchtigkeit des nahen Mississippi hatte Morgennebel entstehen lassen, der noch über den Wiesen schwebte, in die Bäume stieg und sich um Jonahs Beine legte. Endlich war er zu der Hütte gegangen und nicht immer auf seiner Runde an ihr vorbeigelaufen. Sie stand ein wenig abseits von den anderen unter dem Schatten einer moosüberwucherten Weide. Der Stamm des Baumes war verdreht, als hätte er beschlossen, sich eher dem Wind anzupassen, als sich gegen ihn aufzulehnen.

Jonah war bislang selten in eines der Blockhäuser hineingegangen, doch heute betrat er die altersschwachen Dielen, die unter seinen Schritten ächzten. Jede Wette, dass seiner Besucherin die Hütten gefallen würden. Er räusperte sich ärgerlich. *Sie würden Clara gefallen?* Er kannte sie ja nicht einmal. Andererseits, wem würden diese Häuschen nicht gefallen? Sie waren Teil der hiesigen Geschichte. Soweit er wusste, bargen ihre Wände Geheimnisse … ebenso wie der Raum unter den staubigen Dielen. Obwohl die Sklavenhütten schon vor Jahren ausgeräumt worden waren, konnten sich noch Relikte an versteckten Orten erhalten haben. Jonah wusste, dass die Gesellschaft zur Erhaltung alter Häuser nichts unversucht ließ, um diesen Ort endlich in ihre Finger zu bekommen. Um der Geschichte willen konnte er das verstehen. Aber dieser Grund und Boden … das Herrenhaus … waren seine Heimat, sein Zufluchtsort vor der Welt. Sie waren alles, was er besaß. Das einzig Wichtige in seinem Leben, das sonst keine Bedeutung mehr hatte.

Er ging in den Raum hinein, blickte sich um, nur um ihn dann rasch wieder zu verlassen. Selbst für einen einzelnen Menschen war der Platz in dieser Hütte sehr beengt, doch wie er genau wusste, hatten in diesen winzigen Häusern ganze Familien gelebt. Unglaublich. Auf diesen Teil der Geschichte der Chamberlains war er wahrlich nicht stolz.

Doch sicherlich gab es hier Geschichten, die es wert waren, erzählt zu werden. Aus diesem Grund müsste er eigentlich ein Testament aufsetzen und das Anwesen der Historic Preservation Society hinterlassen. Er war der Letzte der Chamberlains. Nach ihm würde keiner mehr kommen.

Dieser deprimierende Gedanke trieb Jonah rasch aus der Blockhütte und auf den Weg Richtung Herrenhaus. Wieder einmal war es ein schwüler Tag, die Sommerhitze hüllte ihn ein, und die Sonne liebkoste seine Haut, ohne sich um deren Entstellung zu kümmern. Und normalerweise hätte Jonah die wärmenden Strahlen genossen. Heute jedoch war das vertraute Gefühl, sich von der Welt abzusondern, niederschmetternd. Es war Jahre her, seit er sich der Sonne gegenüber verschlossen hatte, aber urplötzlich kehrte dieses Gefühl zurück, das er doch hinter sich gelassen zu haben glaubte. Als er sich an seine Narben gewöhnt hatte und an den Schmerz, den Licht in seinem verletzten Auge hervorrief.

Nein, mit einem Mal wollte er sich nur noch in eine dunkle Ecke der Bibliothek zurückziehen und in Bücher versenken, alles um sich herum vergessen.

»Weshalb guckst du denn so böse?«, fragte Cecil.

Jonah fuhr zusammen. Er war derart in seine trüben Gedanken versunken gewesen, dass er nicht gemerkt hatte, wie nahe er dem Haus gekommen war. Cecil und Myrtle saßen auf der Veranda und tranken Limonade.

»Kann ein Mann nicht böse dreinschauen, ohne dass es gleich etwas zu bedeuten hat?«

Myrtle betrachtete ihn argwöhnisch und räusperte sich vernehmlich.

»Und überhaupt, ich schau immer so.« Jonah deutete auf die entstellte Hälfte seines Gesichts. »Bleibt mir ja nicht viel anderes übrig.«

Ungerührt nippte Myrtle an ihrem Glas. »Ja, aber da gibt's Nuancen bei deinen miesen Mienen. Und die jetzt ist ziemlich mies.«

Jonah drehte den Kopf, damit sie ihn noch besser begutachten konnte. Er richtete sein gesundes Auge auf die beiden. »Arbeitet ihr zwei eigentlich nie?«

Myrtle nahm einen weiteren Schluck. »Ist schon ein Fulltimejob, sich wegen einem wie dir Sorgen zu machen. Ich bin völlig ausgepowert. Wie sieht's bei dir aus, Cecil?«

Der nickte. »Müde trifft es nicht mal annähernd, Myrtle. Ich glaub, ich muss erst mal ein ausgiebiges Nickerchen in der Hängematte machen.«

Nun war es an Jonah, sich zu räuspern.

Myrtle tätschelte Cecils Knie. »Du ruh dich mal schön aus. Ich muss noch ein paar Sachen im Laden besorgen.« Sie wandte sich wieder an Jonah. »Willst du irgendwas Besonderes zum Abendessen? Willst du vielleicht mitkommen, Mr Miesepeter?« Sie sah ihn fragend an.

»Was auch immer es zu Abend gibt, mir soll's recht sein, Myrtle. Und nein, ich komme nicht mit. Frag nicht andauernd.«

Sie schüttelte den Kopf, womit sie eine Unzahl winziger Perlen in ihren Zöpfen zum Klimpern brachte. »Nix da. Dafür müsstest du mich schon feuern. Eines schönen Tages wirst du sagen: ›Aber klar, Myrtle, meine Schöne. Ich komm mit, weil ich es satthab, den Vampir zu spielen, der in der Sonne schmilzt. Und ich geh gern wieder in die Welt hinaus, weil ich ihr immer noch was zu geben hab.‹ Stammkunde im Supermarkt wäre schon mal ein guter Anfang.«

Cecil gluckste, offensichtlich unempfindlich für den zornigen Blick, den Jonah ihm zuwarf.

Er ging an den beiden vorbei ins Haus. »Vergeude nicht deinen Atem. Ich bin ein hoffnungsloser Fall, Myrtle.« Er hatte gar nichts zu geben. Außer kleine Kinder zu Tode zu erschrecken.

Myrtle und Cecil mussten seine letzten Worte gehört haben, denn Cecil rief ihm hinterher: »Wenn wir das glaubten, hätten wir uns schon längst davongemacht.«

Jonah seufzte. Er war aber dennoch von einer Dankbarkeit erfüllt, die ihn ein wenig von den düsteren Gefühlen ablenkte, die ihn beim Betreten der Hütte befallen und bis zum Haus verfolgt hatten. Denn die Wahrheit war, dass er Myrtle und Cecil liebte und ohne die beiden nicht leben konnte, und das wussten sie ganz genau. Ohne sie wäre Jonah Chamberlain absolut einsam und verlassen.

Er konnte nicht auf etwas hoffen, das er niemals haben würde. Es ging einfach nicht. Ja, das Mädchen hatte ihn verzaubert. Aber eine erneute Verzauberung würde er sich nicht gestatten. Vielleicht würde sie nächste Woche wiederkommen. Vielleicht aber auch nicht. Es hatte ihn nicht zu kümmern. Denn in jedem Fall, so versprach er sich, wollte er nicht dort sein.

Warum zum Teufel bin ich hier?

Jonah saß am Fuß der Mauer im Schatten einer riesigen alten Eiche – es war derselbe Platz, an dem er letzte Woche gesessen hatte. Er zog ein Knie zu sich heran und legte seinen Arm darauf. Der Tag neigte sich dem Abend zu, und mit der sinkenden Sonne senkte sich Stille über Windisle. Jonahs Herz schlug kräftig, und er versuchte, es mit tiefen Atemzügen zur Ruhe zu zwingen. »Du Idiot«, schalt er sich.

Du kennst sie doch gar nicht. Vielleicht kommt sie überhaupt nicht.

Du hattest dir versprochen, nicht herzukommen.

Einige Minuten später vernahm er, wie eine Autotür ins

Schloss fiel, dann die leisen Schritte einer näher kommenden Person. »Sind Sie da, Jonah?«, hörte er Claras leise Stimme.

Jonah versuchte, Schweigen zu bewahren. Er gab sich redlich Mühe. Wenn er nichts sagte, würde sie am Ende verschwinden und alle unerwünschten Gefühle mit ihr.

»Ja«, presste er dann schließlich hervor. Es sollte eigentlich gelangweilt klingen, aber selbst das bekam er nicht hin. Stattdessen hörte er selbst, wie erregt seine Stimme klang. Jonah schloss die Augen und machte sich stumme Vorwürfe. Doch bevor er sich in ihnen verlieren konnte, drang ein strenger Geruch durch die Mauerspalte. Jonah runzelte die Stirn. »Wonach riecht es denn hier?«

Sie roch grauenhaft. Das war … Nein, das war sogar gut, das war eine positive Entdeckung. Jemanden besser kennenzulernen, dessen Geruch seine Nase beleidigte, war keine Option. Nicht, dass Jonah wählerisch sein konnte. Sollte Clara ihn zu Gesicht bekommen, würde es ihren Augen wehtun. Und dennoch: Es war eine positive Entwicklung … Daran konnte er festhalten.

Clara lachte leise. Melodisch. Ein schönes Lachen. »Das ist ein Mittel zum Einreiben. Können Sie es sogar hinter der Mauer riechen? Meine Nachbarin Mrs Guillot schwört darauf. Medizin gegen Muskelkater. Ich bin schon den ganzen Tag beduselt von dem Geruch. Wahrscheinlich beruht die Wirkung darauf, dass man ohnmächtig wird und keinen Muskel mehr bewegt und auf diese Weise Zerrungen vermeidet.«

Jonah lächelte, wieder ganz bezaubert von seiner Besucherin, trotz des Gestanks. »Warum gibt Ihnen Ihre Nachbarin so ein Mittel?«

»Oh, weil ich Balletttänzerin bin. Da gehört Muskelkater dazu.«

»Sie sind Balletttänzerin?«

»Ja. Ich bin Elevin im New Orleans Ballett. Bin gerade erst vor ein paar Monaten hergezogen. Ich habe über eine Bekannte meiner Lehrerin eine Wohnung am Westufer von Jefferson Parish gemietet.«

»Aha.« Jonah konnte ehrlich behaupten, dass er noch nie eine Ballerina kennengelernt hatte. »Also haben Sie hier keine Familie?«

»Nein. Meine Familie – nun ja, eigentlich nur noch mein Vater – lebt in Ohio.« Ihre Stimme war beim Sprechen immer schwächer geworden, sie schien eine Niederlage einzugestehen. Jonah kannte diesen Ton, kannte ihn selbst nur allzu gut. Es war … Traurigkeit. Ist Clara auch einsam?, fragte er sich und spürte einen winzigen Stich in der Herzgegend.

»Also, äh, hätten Sie irgendwelche Ideen in Bezug auf diese Wunsch-Wegwerf-Geschichte?«

Er hörte, wie sie an der Mauer entlangrutschte, als ob sie ihre Position veränderte, sich vielleicht aufrecht hinsetzte.

Jonah fragte sich, wie sie wohl aussehen mochte. Eine Ballerina. Er stellte sich eine schlanke Frau vor, mit einem straffen Haarknoten. Aus ihrer Stimme hatte er bereits geschlossen, dass Clara jung sein musste, und jetzt war er seiner Sache sicher. Ballerinen hatten im Allgemeinen keine langen Karrieren vor sich. Und Clara stand vermutlich noch ganz am Anfang.

»Habe ich tatsächlich. Ich habe die ganze Woche darüber nachgedacht, und mir ist etwas eingefallen.«

»Okay, lassen Sie hören. Ich bin ganz Ohr.«

»Also«, begann sie dermaßen ernst und entschlossen, dass Jonah schmunzeln musste. Seine Haut spannte, und seine Gesichtsmuskeln zögerten einen hilflosen Moment lang, doch ja, nun wusste er wieder, wie ein Lächeln sich anfühlte. »Der Wunsch ist natürlich das Eigentliche, aber auch das Papier, auf dem er geschrieben ist, muss eine … ach, ich weiß ja auch nicht … eine gewisse Energie besitzen.«

»Okay.«

»Genau. Und deshalb sollte das Papier auf eine Weise entsorgt werden, die sinnvoll ist.«

»Wofür Sie schon letzte Woche plädiert haben.«

»Mm-mmh«, machte sie. Jonah sah förmlich, wie sie dazu mit dem Kopf nickte. Sie war eine junge Frau mit einem schönen Lachen, einer hellen, angenehmen Stimme, sie besaß einen Charme, der ihn gefangen nahm, und ein Gesicht, das er sich nicht vorstellen konnte. Doch sie klang so nett. »Also reden wir mal über Angelina. Sie kennen die Geschichte von Angelina Loreaux, nicht wahr?«

»Natürlich. Ich bin mit der Legende aufgewachsen. Meine Hausangestellten, Myrtle und Cecil, schwören, dass sie Angelina im Garten umhergehen gesehen haben.«

»Oh.« Nun klang ihre Stimme atemlos, fast träumerisch.

Jonah hatte den Eindruck, er müsse ihre Hoffnung ein wenig dämpfen. »Myrtle ist allerdings halb blind und Cecil, nun ja, sagen wir mal so, Cecil bestätigt fast immer, was Myrtle sagt.«

Clara lachte kurz, dann schwieg sie einen Moment. »Okay«, sagte sie schließlich. »Jedenfalls wissen Sie, dass Angelina John Whitfield im Rosengarten kennenlernte und sich in ihn verliebte. Außerdem hat sie sich dort das Leben genommen.«

»Vor dem Brunnen.«

Sie stutzte. »Oh. Das habe ich nicht gewusst.« Mit einem Mal klang Clara traurig, als stellte sie es sich bildlich vor: Angelina leblos, ausgestreckt vor dem Brunnen, in den das Wasser sich in Kaskaden ergoss, während ihr Blut die Erde tränkte. Zumindest war dies Jonahs Vorstellung als kleiner Junge gewesen. Und das Bild war ihm im Gedächtnis geblieben.

Clara räusperte sich. »Okay, also der Rosengarten spielte eine bedeutsame Rolle in Angelinas Leben und Tod. Wie wäre es also, wenn Sie die Zettel in Wasser einweichen und unter den Mulch für die Blumen mischen würden? Papier ist ja biologisch abbaubar.«

Jonah runzelte die Stirn. »Das ist Ihr Vorschlag?«

»Ja. Was stimmt daran nicht? So ergibt es doch einen Sinn. Sie würden die Wünsche an den Ort bringen, wo Angelina umgeht.«

»Klingt nach einer Menge Arbeit.«

Clara schwieg. Dann seufzte sie. »Ich weiß. Ich bin sicher, Sie sind ein viel beschäftigter …«

»Bin ich nicht. Eigentlich … das Gegenteil von fleißig. Im Garten mache ich nicht gerade viel.«

Wieder schwieg sie einen Augenblick, und als er gerade nach ihr rufen wollte, fragte Clara: »Warum sind Sie das Gegenteil von fleißig? Was meinen Sie damit?«

»Nichts. Übrigens ist Papier meistens weiß. Ich weiß nicht, ob weißer Mulch sich wirklich so gut machen würde.«

Nun schwieg Clara so lange, dass Jonah den Eindruck gewann, sie sei entmutigt. Als sie dann wieder sprach, verriet ihm ihre Stimme, dass er mit seiner Vermutung richtiggelegen hatte. »Sie haben recht. Im Internet habe ich gesehen, dass Windisle ein wunderschönes Anwesen ist. Sicherlich ist es wichtig, dass alles tipptopp in Schuss gehalten wird.«

Jonah wurde unbehaglich zumute, er änderte seine Sitzhaltung. »Nun ja, ehrlich gesagt könnte ich in dieser Hinsicht ein bisschen mehr tun.« Die Wahrheit aber war: Um das Grundstück angemessen zu pflegen, hätte er mehr Hilfe gebraucht als bloß Myrtle und Cecil. Jonah wollte aber keine anderen Menschen hier haben. Und deshalb war das Anwesen in den Jahren, seit er hier lebte, immer mehr verkommen.

Eine weitere Wahrheit war, dass ihm Claras Vorschlag gefiel. Er würde ihn zwar nicht ausführen – Gartenarbeit war wirklich nicht seine Sache –, aber es sprach für ihr gutes Herz. Offenbar hatte sie sich Zeit genommen, um über die Sache nachzudenken, also hatte sie während der Woche auch an ihn gedacht, und das gefiel ihm sehr.

»Erzählen Sie mir etwas über sich, Clara.«

»Da gibt es nicht viel zu erzählen. Ich komme aus dem Mittelwesten. Ich tanze, seit ich vier bin. Mein« – sie räusperte sich, und Jonah hörte, wie ihr Rücken an der Mauer höher rutschte – »größter Traum wurde wahr, als ich im New Orleans Ballett aufgenommen wurde. In ein paar Monaten führen wir *Schwanensee* auf, und ich hatte das große Glück, eine Rolle zu bekommen. Ich tanze einen der Schwäne. Ein Traum ist wahr geworden«, wiederholte sie, doch ihr lustloser Ton brachte Jonah dazu, sich zu fragen, ob das wirklich stimmte.

»Warum klingen Sie dann so traurig?«

Sie stieß überrascht den Atem aus. »Ich … Ich bin nicht traurig. Es ist ein …« Ihre Stimme verebbte, und wieder hörte er den Stoff ihrer Kleidung an den Steinen entlangrutschen – nach unten diesmal. »Es ist mein Vater. Er hat Alzheimer. Er hat mich allein großgezogen, mit seinem Gehalt als Busfahrer. Er hat so viele Opfer gebracht, nur damit ich tanzen lernen konnte. Er hat nie eine Aufführung verpasst – keine einzige. Immer war er da und hat mir nach der Vorstellung eine rote Rose überreicht. All das Geld für die Ballettstunden, für die Schuhe, die Kostüme … Als ich fünfzehn war, habe ich eine Hauptrolle im Stadttheater bekommen. Ich war so stolz, aber es war ein hartes Jahr. In Dads Firma hatte es einen Streik gegeben, und er bekam mehrere Monate lang kein Gehalt und … Ich weiß noch, wie ich eines Morgens früh aufgewacht bin und hörte, wie er nach Hause kam. Ich bin aufgestanden und habe aus dem Fenster geschaut und gesehen, dass er ein Pizzafahrerschild vom Wagendach nahm. Mein Dad mit seinen fünfundfünfzig Jahren hatte noch einen Extrajob angenommen, damit er bezahlen konnte, dass ich in der Show tanzen konnte. Ich habe es nie erwähnt und er auch nicht, aber ich werde es niemals vergessen.«

Sie holte tief Luft, dann schniefte sie leise. Jonah wurde die Brust eng. Etwas an Claras Trauer rührte an seine eigene, tief in seinem Herzen. »Entschuldigung«, fügte sie hinzu.

»Wofür?«

»Für … Ach, ich weiß nicht. Dass ich so pathetisch geworden bin. Sie kennen mich ja nicht einmal.«

Da war Jonah sich gar nicht so sicher. Denn er hatte das Gefühl, Clara zu kennen oder zumindest … hatte er Dinge über sie erfahren, wie es sonst nur bei viel längerer Bekanntschaft geschieht. Lag es vielleicht daran, dass man ehrlicher war, wenn man sich nicht von Angesicht zu Angesicht gegenüberstand? Oder lag es an ihr? »Wir sind aber doch gerade dabei, uns kennenzulernen, oder nicht?«

»Ja«, gab sie zu. Jonah merkte, dass sie ihren Kopf gedreht haben musste, sodass ihr Mund nun näher an der Mauerritze lag.

Mit einem Finger umrundete er die schmale Spalte. Fast kam er sich töricht vor, aber sie konnte es ja unmöglich sehen, worum also machte er sich Sorgen?

»Also«, nahm er nach einem Moment den Faden wieder auf, »Ihr Dad, der so viel geopfert hat, damit Sie tanzen können, wird den Lohn für all seine Mühen nicht mehr erleben.«

»Ja. Genau darum geht es. Manchmal hat er klare Momente, aber das kommt nur noch sehr selten vor. Er erkannte mich nicht einmal mehr, als ich abreiste. Seit Wochen habe ich nicht mehr mit ihm gesprochen, und selbst wenn er ans Telefon kam, konnte er nicht mehr einordnen, wer ich war, und das hat furchtbar wehgetan. Ich hätte ihm öfter sagen sollen, wie sehr ich seine Opfer zu schätzen wusste, dass mir klar war, wie sehr er sich für mich abrackerte. Ich hatte nicht einmal die Möglichkeit, mich von ihm zu verabschieden. Und« – sie unterbrach sich, um tief Luft zu holen – »das bricht mir das Herz, Jonah. Es bringt mich um.«

Er schwieg einen Moment und ließ ihre Worte in sich einsinken. »Das tut mir leid für Sie, Clara. Es muss Ihnen sehr schwergefallen sein, ihn zu verlassen.«

»Das stimmt. Ich wollte, dass er herkommt, dass er hier lebt, bei mir, aber er bestand darauf, in Ohio zu bleiben. Das war einer seiner letzten Wünsche, und ich glaube wirklich, er wollte mir Flügel mitgeben. Aber manchmal denke ich, ich sollte alles aufgeben und wieder zurückgehen, um die wenige Zeit, die ihm noch verbleibt, seine letzten klaren Momente mit ihm zu verbringen. Stattdessen bin ich hier …«

»Um genau das zu tun, was er will, dass Sie es tun, Clara. Er würde wollen, dass Sie hier sind. Ich kenne Ihren Dad zwar nicht, aber ich wette, dass er Ihnen genau das sagen würde. Dass Sie seine Opfer würdigen, indem Sie Ihre ganze Leidenschaft in den Tanz legen – für ihn. Mehr würde er nicht gewollt haben.«

Clara stieß ein ersticktes Lachen aus, das nach Tränen klang. »Sie haben recht. Danke schön, Jonah. Danke, dass Sie das gesagt haben. Ich brauchte das. Sie haben ja keine Ahnung, wie …«

Ein Auto näherte sich, Bremsen quietschten. Ein Rascheln hinter der Mauer verriet Jonah, dass Clara aufstand. »Mein Wagen ist da. Ich muss los.«

Ihr Wagen? »Okay. Hey, war nett, mit Ihnen zu plaudern.«

»Ebenso.« Sie ging noch nicht. Jonah ertappte sich dabei, wie er den Atem anhielt. »Ich habe Ihnen den Vorschlag mit den Zetteln gemacht – auch wenn es ein Reinfall war.« Er wollte ihr sagen, dass sie sich im Irrtum befand. Die Anregung hatte ihm gefallen. Doch sie lachte leise und fuhr fort. »Aber Sie haben Ihren Teil der Abmachung nicht erfüllt. Sie sollten mir doch etwas über die Geschichte des Hauses erzählen.« Ihr Ton war neckend, und Jonahs Mund verzog sich zu einem Grinsen.

»Nein, das habe ich wohl nicht, wie?« Es schien, als ob sie wartete. Er hörte ihre leisen Atemzüge, meinte sie durch den Mauerspalt beinahe an seinem Hals zu spüren. »Falls Sie wiederkommen möchten, könnte ich …«

»Super. Dann also bis nächsten Sonntag.« Ein Lächeln war in ihrer Stimme, die nun weiter entfernt klang. »Auf Wiedersehen, Jonah. Ich wünsche Ihnen einen schönen Abend.«

Rasch eilte er zu der Stelle, wo er den Wagen auf der anderen Seite der Mauer vermutete, und legte sein gesundes Auge an eine der breiteren Spalten, vermochte Clara aber nur undeutlich zu erkennen. Lediglich das vage Bild eines schlanken Körpers in weißem Top und honigblondes Haar, das zur Seite wehte, während sie auf das Auto zusprintete. Fort von ihm.

Jonah verbot sich jegliche Enttäuschung darüber, dass er nur so wenig Zeit mit ihr verbracht hatte, doch es nützte nichts. Er war tief enttäuscht.

5. KAPITEL

Er hatte ihr Frieden gebracht: Jonah, der Mann hinter der Mauer. Der Wünschesammler. Clara führte einen perfekten Spagatsprung aus und landete sicher auf ihrer vorgegebenen Position, während ein männlicher Tänzer seinen Part in der Bühnenmitte ausführte.

Der tiefe innere Friede hüllte sie weiterhin ein wie eine warme Decke. Ja, dachte Clara. Ja! Genau hier würde ihr Vater sie sehen wollen und nirgends sonst. *Legen Sie ihre ganze Leidenschaft in den Tanz*, hatte Jonah gesagt, und genau das würde sie tun.

Wie komisch, sinnierte sie. Das war nämlich ihr ursprünglicher Wunsch gewesen: In der Beziehung mit ihrem Vater Frieden zu finden. Und genauso war es gekommen. Jonah hatte einen Weg gefunden, ihr den größten Wunsch zu erfüllen.

Lächelnd führte sie die weiteren Schritte aus, fügte sich in die Gruppe ein. Sie hatte Jonah einen Wunschsammler genannt, aber vielleicht besaß er tatsächlich die Fähigkeit, Wünsche zu erfüllen. Zumindest in ihrem Fall.

»Clara«, sagte Madame Fournier, als Clara sich zum Gehen wandte, den Matchsack über die Schulter geworfen. »Du hast heute wunderschön getanzt.« Sie lächelte schmallippig, eine nicht gerade überwältigende Zurschaustellung von Lob, doch Claras Herz schlug vor Freude schneller.

»Vielen, vielen Dank, Madame Fournier. Bis morgen also.« Mit erhobenem Kopf ließ sie die Tür hinter sich zufallen.

Es war bereits sieben. Plötzlich überkam Clara der Drang, die weinende Mauer aufzusuchen, nach Jonah zu rufen, ihm zu berichten, dass er ihr mit einigen wenigen von Herzen kommenden Worten geholfen hatte. Aber das war natürlich töricht. Sie kannten sich kaum. Er fände es sicher nicht gut, wenn sie bei ihm auftauchte, ohne vorher eingeladen worden zu sein. Hatte er die vielen Menschen nicht ohnehin satt? Freunde mochten ja unangekündigt erscheinen, aber sie beide waren keine Freunde. Oder doch?

Gedanken an Jonah, an das ungewöhnliche Band, das ihrem Gefühl nach zwischen ihnen leise entstand, begleiteten Clara auf dem ganzen Heimweg. Als sie aus dem Bus stieg, erblickte sie den Mann, der an der Straßenecke unter einer provisorischen Markise Obst, Gemüse und Blumen verkaufte. Er war dabei zusammenzupacken.

Etwas Rotes fiel Clara ins Auge. Heute hatte der Mann rote Rosen. Aus einer Laune heraus überquerte sie die Straße und ging freundlich lächelnd auf ihn zu.

Der Mann erwiderte ihr Lächeln. In seinem Gesicht bildeten sich hundert Fältchen, während seine Augen freundlich zwinkerten.

»Verzeihen Sie bitte, ich weiß, dass Sie gerade zumachen, aber habe ich noch Zeit, einen Strauß Rosen zu kaufen?«

»Aber sicher. Welche Farbe darf's denn sein?« Der Mann wies auf den roten Blumenstrauß und einen in Blassrosa.

»Den roten bitte. Das sind die Lieblingsrosen meines Vaters.«

»Aha. Ein Gentleman der alten Schule. Das gefällt mir.«

Clara zog ihr Portemonnaie aus dem Matchsack und suchte nach einem Schein. »Das ist er. Ich bin gerade erst von Ohio hierhergezogen, aber als ich die Rosen sah, musste ich sofort an ihn denken. Ist wie eine kleine Erinnerung an zu Hause.«

Der Mann winkte ab, als sie ihm das Geld reichen wollte. »Nein, lassen Sie nur. Nehmen Sie diese Rosen als meinen Willkommensgruß in New Orleans.«

»Oh nein, das geht doch nicht!« Clara hielt ihm den Geldschein hin, doch der Mann winkte erneut ab und lachte leise. »Stellen Sie sie bloß schnell ins Wasser, bevor sie welken.« Er zwinkerte ihr zu und lächelte dabei liebevoll.

Widerstrebend senkte Clara den Arm. »Also …«

»Und hier haben wir« – er reichte ihr eine kleine blühende Pflanze in einem Terrakottatopf – »eine *lagniappe*.« Er lachte beim Anblick ihrer verwirrten Miene. »So nennen wir in New Orleans eine kleine Dreingabe. Jetzt haben Sie etwas Hübsches für drinnen und eine Kleinigkeit für draußen. Stellen Sie den Topf auf Ihre Treppe. Meine Mama hat immer gesagt, die beste Art, Leute bei sich willkommen zu heißen, ist, wenn man ihnen den ersten Eindruck verschönert.«

Clara drückte mit der einen Hand die Topfpflanze gegen ihre Brust, in der anderen hielt sie den riesigen Rosenstrauß. Sie fand, sie sollte nun lieber gehen, bevor der Mann ihr weitere Geschenke machte, und sie sich in seiner Schuld fühlte. Obwohl … In Wahrheit gaben ihr diese kleinen Geschenke – Gesten reiner Freundlichkeit – ein Gefühl innerer Wärme, ungewohnt für Clara, die es gewöhnt war, stets für alles zu bezahlen und nie etwas schuldig zu bleiben. *Lagniappe*. Der Mann mochte es noch nicht wissen, aber sie würde lebenslang seine treue Kundin bleiben.

Sie lächelte ihn an. »Danke schön. Wirklich. Ich weiß das sehr zu schätzen. Ich heiße übrigens Clara.« Sie nahm an, dass er sich vorstellen konnte, warum sie ihm nicht die Hand schüttelte.

Der Mann erwiderte ihr Lächeln. »Clara, nett, Sie kennenzulernen. Ich bin Israel Baptiste.«

»Vielen Dank noch einmal, Mr Baptiste.« Clara drückte ihre Gaben an sich und legte den kurzen Weg nach Hause zurück. Dort angekommen blieb sie vor der Tür ihrer Wohnung stehen. Sie hatte keine Vordertreppe, das nicht, aber neben der Tür war eine Nische, die gerade genug Platz für eine Pflanze bot. Mit einem Lächeln setzte sie den Terrakottatopf dorthin.

Am Sonntag würde sie zu Mr Baptiste gehen und Zutaten für eine Gemüselasagne kaufen. Ob Jonah wohl Lasagne mochte? Sie könnte ... nein, so weit werde ich nicht gehen, beschloss sie. Noch nicht. Sie würde Mrs Guillot ein Stück mitbringen. Aber es war schön zu wissen, dass ihr beim Thema Kochen gleich mehrere Menschen einfielen, die vielleicht eine Mahlzeit mit ihr teilen würden.

Clara schaute wieder auf die Pflanze und staunte über die Wirkung. Die gelben Blüten brachten den tristen Beton zum Leuchten. Eine Ahnung von Heimat. *Dad würde das gefallen.* Allmählich lebte sie sich ein.

Am Sonntag spazierte Clara wie geplant die paar Blocks zu Mr Baptistes Marktstand und grüßte ihn mit einem warmen Lächeln.

»Oh, hallo Clara! Wie geht es Ihnen an diesem schönen Tag?«

»Gut, danke sehr. Die Rosen sehen immer noch frisch und schön aus.«

»Das freut mich. Meine Frau Marguerite kümmert sich zu Hause um den Blumengarten, und sie macht ihre Sache sehr gut.«

»Sie muss das Gärtnern sehr lieben.«

»Das können Sie laut sagen. Die Frau kann den lieben langen Tag bei den Pflanzen verbringen. Kommt rein und ist voller Erde, aber munter wie ein Fisch im Wasser.« Sein Blick wurde bei der Erwähnung seiner Frau weich. Clara seufzte innerlich. Dass sich die Mimik eines Mannes ändert, wenn er bloß deinen Namen sagt … Das war etwas, wovon sie selbst nur träumen konnte. »Mögen Sie Gartenarbeit, Clara?«

»Ich weiß es nicht. Habe keine Erfahrung darin.« Sie lehnte ihre Hüfte gegen die Kante des Tisches, der vor Gemüse überquoll. Der Geruch von reifen Früchten und Erde stieg Clara in die Nase. »Wir hatten in Ohio einen kleinen Garten, in dem bloß Gras wuchs. Mein Vater hat immer nur gearbeitet und hatte für andere Dinge keine Zeit. Ich hatte ewig Schule. Und hier habe ich eigentlich kaum Platz für eine Zimmerpflanze.«

Mr Baptiste lachte zustimmend, und Clara lächelte ihn an.

»Ich möchte jetzt gern einen Korb mit diesem Gemüse füllen, das so köstlich aussieht.« Sie ließ ihren Worten Taten folgen und legte für den Anfang zwei große Tomaten in einen Korb. Dann schaute sie zu Mr Baptiste auf und überlegte. Er sah alt aus, vielleicht nicht ganz so alt wie Dory Dupre, die an die hundert sein musste, er war aber auf jeden Fall in seinen Achtzigern oder Neunzigern. »Mr Baptiste, haben Sie immer schon in New Orleans gelebt?«

»Yup. Hier geboren und aufgewachsen.«

Clara nickte, während sie ihrer Auswahl ein paar dunkelgrüne Zucchini hinzufügte. »Ich habe etwas über Windisle Manor und die Gespenstergeschichte gehört und über die weinende Mauer.«

Mr Baptiste runzelte leicht die Stirn. »Ach ja. Eine traurige Geschichte, nicht wahr?«

»Das stimmt.« Clara legte einen leuchtend gelben Kürbis in ihren Korb, dann sah sie wieder hoch. »Sie fasziniert mich ungeheuer«, gestand sie.

»Das kann ich Ihnen nicht verdenken. Ganz schön geheimnisvoll, dies alte Haus. Was für ein Jammer, dass es verlassen ist.«

Clara öffnete schon den Mund, um Jonah zu erwähnen, besann sich dann eines Besseren und schloss ihn wieder. Sie wusste nicht genau, warum sie zögerte zu erzählen, dass jemand dort wohnte. Sie hatte aber das deutliche Gefühl, dass Jonah die Menschen in dem Glauben lassen wollte, der Besitz sei verlassen.

Also musste er ungesehen kommen und gehen, damit niemand auf seine Anwesenheit aufmerksam wurde. Und saß er etwa abends im Dunkeln? Das kam Clara unsinnig vor, und sie beschloss, Jonah danach zu fragen. Warum diese Heimlichtuerei? Aber was auch seine Gründe sein mochten, sie würde ihn auf keinen Fall verraten.

Seltsamerweise verspürte sie mit einem Mal das Bedürfnis, Jonah ganz für sich zu haben. Er war ihr Wünschesammler.

»Ja, das ist ein Jammer.« Nachdenklich wählte Clara ein weiteres Gemüse aus. Sie kannte die Legende, wusste um den Fluch und das Rätsel. Sie hatte selbst über Windisle recherchiert und hoffte, heute Nachmittag von Jonah mehr zu erfahren. Dass er aber über John Whitfield Bescheid wusste, war nicht sehr wahrscheinlich, oder? Vielleicht konnte Mr Baptiste ein wenig Aufschluss darüber geben, wer der Mann gewesen war. »Mr Baptiste, wissen Sie vielleicht etwas über John Whitfield? Der Mann, der Angelina Loreaux im Stich ließ?«

Mr Baptiste strich sich über seinen zotteligen grauen Bart. »Über seine Familie weiß ich nicht viel. Mal sehen. Er war doch irgendwann mit der ältesten Chamberlain-Tochter verlobt, mit Alice, nicht wahr?«

Clara, die eben eine Paprikaschote in den Korb legte, hielt mitten in der Bewegung inne. »Er war verlobt?« War das Johns Verrat gewesen? Dass er sich mit Angelinas Halbschwester verlobte? Die er dann aber doch nicht heiratete?

Mr Baptistes Blick war gen Himmel gerichtet, als versuchte er, seine Erinnerung in den Wolken zu finden. »Es ist lang her, seit meine Großmutter mir das alles erzählt hat.«

Zum Glück gibt es diese Mütter und Großmütter, dachte Clara. Sie schienen diejenigen zu sein, die Angelinas Geschichte weitererzählt, die das Wissen von Generation zu Generation überliefert hatten. An Kinderbetten vermutlich, am Kamin, in den Schaukelstühlen auf den Veranden.

Natürlich erzählten auch Männer Geschichten. Aber es waren die Frauen, die sich an Herzensangelegenheiten erinnerten. Frauen kümmerte das Seelenleben, das Schicksal derer, die im Gedächtnis bewahrt werden wollten.

Mr Baptiste schüttelte den Kopf, als habe er den Kampf mit seiner Erinnerung verloren, und Clara ließ bereits entmutigt die Schultern sinken. Doch dann hob er einen Finger. »Obwohl! Ich weiß noch, dass meine Mama erzählt hat, dass ihre Urgroßtante Lottie zu John Whitfields Haus gerufen wurde, als er an Tuberkulose erkrankt war. Sie sollte ihn pflegen. Tante Lottie war Krankenschwester, und damals war es üblich, Hausbesuche zu machen. Der Arzt hatte bei John Tuberkulose festgestellt, und Mama sagte, dass er sich partout nicht behandeln lassen wollte. Hat zumindest Tante Lottie behauptet. Hätten ihn sonst retten können, hat sie gesagt. Er war nur leicht erkrankt. War wohl zu stolz, schätze ich. Oder wollte vielleicht sterben. Es hieß, dass er unter seinen Kriegserinnerungen gelitten hat.«

Clara nickte und runzelte die Stirn. »Ja, so habe ich es auch gehört.« Sie fragte sich, warum ein Mann medizinische Versorgung ablehnte, wenn sie ihm doch angeboten wurde. Soweit sie wusste, führte TB zu einem scheußlichen, schmerzvollen Tod. Warum sollte ein Mensch das wollen? Oder war es so, wie Mr Baptiste sagte? War John Whitfield einfach zu stolz gewesen und hatte geglaubt, er könne die Krankheit allein besiegen?

Sie unterhielt sich noch einige Minuten mit Mr Baptiste, doch nun stellten sich weitere Kunden ein. Clara zahlte also und verabschiedete sich von ihm.

Zu Hause würde sie zwei Portionen Lasagne machen, eine für sich und eine für Mrs Guillot – obwohl Mrs Guillot vermutlich darauf bestehen würde, es ihr mit einer Flasche ihres toxischen Einreibemittels zu »vergüten«. Und dann würde sie ihrem Wünschesammler einen Besuch abstatten. Clara lächelte auf dem ganzen Nachhauseweg. Ihre kleine Welt war im Wachsen begriffen.

6. KAPITEL

August 1860

Nervös strich Angelina mit der Hand über das hölzerne Bettgestell, als sie zum Fenster ging. Eine leichte Brise wehte vom Mississippi herüber, sodass der junge, schlanke Stamm der Weide vor dem Fenster sich bog. Der schwache Windhauch linderte die Hitze. Angelina seufzte und genoss mit zurückgelegtem Kopf einen kurzen Moment erfrischender Kühle auf ihrer erhitzten Haut.

Hinter ihr knarrten die Dielen. Freude und Erschrecken zugleich durchfuhren sie, ihr Herz tat einen Sprung.

Angelina drehte sich um und hielt sich an der Fensterbank fest, betrachtete den Mann, sein gerötetes Gesicht, den Schweiß, der auf seiner Stirn glänzte.

Er hob den Arm und wischte sich mit dem Ärmel den Schweiß ab, während ein Lächeln sein Gesicht erhellte. »Da wären genug Tomaten, um ein ganzes Heer zu füttern.« Er stellte seinen Korb auf den Stuhl neben der Tür. Angelina begutachtete das farbenfrohe Aufgebot an Gartengemüse, an dem noch Erde klebte.

Dann schaute sie John an, der so zufrieden mit sich wirkte, dass Angelina ein leises Auflachen nicht unterdrücken konnte. »Irgendwann erwischen sie dich dabei, wie du Gemüse im Garten der Chamberlains klaust, und was willst du dann sagen?«

»Du hast doch gesagt, dass sich niemand außer dir um den Garten kümmert.«

Angelina wandte den Kopf ab und schaute zu Boden, dann in seine Augen, während ein Lächeln ihre Lippen umspielte. »Tja, man weiß nie, wer gerade zufällig vorbeikommt und sieht, dass ich nicht da bin. Ich weiß nicht, ob es das Risiko wert ist.«

John besuchte sie seit zwei Monaten. Vorgeblich kam er, um mit Mrs Chamberlain und Astrid Tee zu trinken. Zwanzig Minuten, nachdem er sich von den Damen verabschiedet und Angelina das Teeservice abgeräumt hatte, sagte sie ihrer Mutter oder der Küchenhilfe, sie müsse nun in den Garten, um Gemüse zu ernten. Doch stattdessen traf sie sich mit John in der leeren Blockhütte bei dem jungen Weidenbaum.

Um Angelinas Schwindelei zu bemänteln, sammelte John selbst einen Korb Gemüse aus dem Garten, damit sie so viel Zeit wie möglich miteinander verbringen konnten.

Und dann trafen sie sich in der Hütte und unterhielten sich so lange, bis Angelina wieder ins Haus musste für den Fall, dass jemand nach ihr suchte oder Verdacht geschöpft hätte.

Und später dann, in ihrem schmalen Bett in der Hütte, die sie mit ihrer Mutter teilte, rief sie sich ins Gedächtnis, worüber sie gesprochen hatten: die Geschichten, die er ihr über die Armee erzählte, über seine Familie, sein Leben, das so verschieden war von dem ihren. Sie schloss die Augen und stellte sich seine Wangen vor, wenn er lächelte, wenn dieses kleine Grübchen erschien, das in ihrem Bauch Schmetterlinge zum Flattern brachte. Sie erinnerte sich, wie er im Gespräch zuweilen ihre Finger streifte – so zart! –, und ihr war, als könnte sie immer noch seine Sanftheit spüren.

John berührte Angelina stets, als sei sie etwas Kostbares und Zerbrechliches. Und hatte er einmal damit begonnen, dann ruhte dieser Teil von ihm – seine Hand, ein Finger – auf ihr, bis sie sich trennen mussten.

John trat zu ihr. Angelina roch den herben Duft seines Schweißes – der Anstrengung, die er für sie auf sich genommen hatte, und das gerne, wie sie ihm ansah. Das Blut in ihren Adern kreiste wie verrückt ... Ob es schneller oder langsamer floss, sie vermochte es nicht zu sagen. Es machte ihr Angst und erregte sie gleichzeitig.

»Mir ist es das Risiko wert. Ich hoffe, dir auch«, sagte er, und sie hätte schwören können, dass er nervös klang, aus Furcht, ihr ginge es anders. Diese Vorstellung machte Angelina ganz schwach, sie schmolz dahin. John genoss die gemeinsamen Stunden ebenso wie sie. Er wollte mehr davon, mehr von ihr.

Dennoch ... Sie hatte von dem Risiko gesprochen, und das wiederum brachte ihr die Gefahr zu Bewusstsein. Stirnrunzelnd wandte sie den Blick ab. Dieser Flirt – und die Verstohlenheit bei allem – war tollkühn. Er würde zu nichts führen. Warum also konnte sie dem nicht ein Ende bereiten? Warum kam sie immer wieder in die Hütte, mit diesem hoffnungsvollen Frohlocken im Herzen, mit solcher Begierde, ihn zu sehen, dass sie keinen klaren Gedanken fassen konnte?

»Was hast du, Angelina?« John rückte noch näher und nahm ihre Hände in seine, in diese warmen, starken Hände, in denen sie sich gleichzeitig geborgen und gefährdet fühlte.

Einen Augenblick lang ruhte ihr Blick auf ihren verschränkten Händen, auf seiner blassgoldenen und ihrer dunkleren Haut.

Sie löste ihre Hände von seinen, wandte sich von ihm ab und schaute aus dem Fenster der Hütte, die am Rande der Zuckerrohrfelder lag. Die Pflanzen waren zu hoch, um die Arbeiter zu sehen. Doch Angelina wusste, dass sie da waren. Oh ja, sie wusste es nur zu gut. Sie hatte ihrer Mutter geholfen, Wunden zu verbinden, wenn die Männer nach einem Tag der Schinderei heimkamen. Angelina mischte die Salben, die Linderung brachten und müde Muskeln und Hautrisse heilten.

»Ich habe dir noch nicht erzählt, warum diese Hütte leer steht, John.«

Er schwieg. Sie spürte die Hitze seines Körpers, roch den Moschusgeruch seiner Haut, spürte, wie sich die Härchen in ihrem Nacken wie elektrisiert aufstellten.

»Ein Sklave namens Elijah und seine Mutter haben früher hier gewohnt. Elijah war ein stämmiger, breitschultriger Mann mit dem Geist eines Kindes.«

Angelina rief sich den Mann in Erinnerung, der ein ewiges Lächeln auf dem Gesicht trug. »Ein Mann in der Stadt behauptete, Elijah habe sich vor seiner Frau entblößt. Er sagte, Elijah habe vor ihr seine Hose heruntergelassen und sie damit so erschreckt, dass sie ohnmächtig wurde.« Sie schwieg kurz, versuchte sich zu fassen. »Elijah spielte immer mit diesem Strickgürtel, den er trug. Er … Immer hat er ihn aufgemacht und wieder zugebunden. Er war schüchtern, nervös, im Herzen ein Kind. Er wollte niemand etwas Böses tun. Es heißt, er habe noch gelächelt, als sie ihm die Schlinge um den Hals legten.«

Angelina drehte sich wieder zu John und sah ihm in die Augen, in denen sie ihre eigene Traurigkeit widergespiegelt fand. Die Trauer, die sie für immer im Herzen trug, wenn sie an Elijah dachte und an das Unrecht, das er erlitten hatte. Doch sie sah auch eine Spur Zorn in Johns Augen, und das, mehr als die Traurigkeit, brachte sie dazu, ihm zu vertrauen.

»Mr Chamberlain hat es nicht verhindert?«

Angelina schüttelte den Kopf. »Es war getan, bevor er wusste, was geschehen war. Oh ja, er hat einen großen Wirbel gemacht, weil man ihn nicht gleich in Kenntnis gesetzt hatte, aber was nützte das noch? Elijah war tot.«

John strich mit den Händen an ihren Armen hinauf und zog sie an sich. Sie erschrak einen kurzen Moment, dann schmiegte sie sich an ihn. Noch nie war sie von einem Mann in den Armen gehalten worden, noch nie war sie einem Menschen so nahe gewesen, außer ihrer Mutter, als sie klein war. Und oh, in jemandes Armen zu liegen, war ein so gutes Gefühl. Zu gut. Zu … bedürftig.

»Angelina«, murmelte er in ihr Haar, »ich werde nie zulassen, dass dir so etwas widerfährt. Ich werde dich beschützen. Die Welt verändert sich, Tag um Tag. So vieles geschieht. Du hast ja keine Ahnung.« Natürlich habe ich keine Ahnung, dachte sie. Woher denn? Angelinas kleine Welt begann und endete auf der Plantage von Windisle.

Sie hob das Kinn und schaute ihm ins Gesicht. Sie waren einander so nah, dass sie seinen Atem auf ihrer Haut spürte. Er roch nach dem Pfefferminztee, den er eben erst mit Astrid getrunken hatte. Ihre Halbschwester pflegte diesen Mann an den gemeinsamen Nachmittagen mit unverhohlenem Besitzerstolz zu mustern. Den Mann, den sie nach Mrs Chamberlains Willen heiraten sollte, da er über ein großes Familienvermögen verfügte. Und diesen Plan verfolgte Astrids Mutter äußerst zielbewusst.

Oh ja, Angelina flirtete auf vielerlei Weise mit der Gefahr. »Aber nicht schnell genug, John. Und wie kannst du mich beschützen? Du bist nur ein einzelner Mann. Du sagst, die Welt verändert sich, aber ich sehe keine Beweise dafür. Und doch« – sie schmiegte sich enger an ihn – »kann ich anscheinend nicht aufhören, dich zu treffen, kann nicht aufhören zu … wollen …«

Was will ich? Sie wusste es nicht einmal und doch fühlte sie eine namenlose Sehnsucht. Ein ständiges Sehnen nach diesem Mann, den sie nicht haben durfte.

»John, dieses … dieses … sich auf diese Art zu treffen, ist falsch und unsinnig. Es ist …« Doch bevor sie fortfahren konnte, senkte er den Kopf, drückte seine Lippen auf ihre. Dort verharrte er.

Ihr beider Atem vermischte sich, ihre Herzen klopften wie wild. Angelina merkte, dass John darauf wartete, ob sie seinen Kuss erwiderte oder nicht. Sie durfte das nicht, durfte diesen verbotenen Kuss, der Gefahr bedeutete, nicht gestatten. Tausend Glühwürmchen tanzten wie verrückt in ihrem Körper.

Sie seufzte leise, atemlos und drückte ihre Lippen fester auf seinen Mund. John entfuhr ein erstickter Laut, er zog sie an sich und fuhr mit seiner Zunge an ihren Lippen entlang. Angelina öffnete ihren Mund, gewährte ihm Einlass und verlor sich in seinem Geschmack, seinem Mund. Plötzlich überkam sie die Gewissheit, dass ihre Liebe, auch wenn sie nur im Verborgenen blühen durfte, nicht falsch war. Gar nicht. Sie spürte es tief in ihrem Innern an einem Ort, der nur Liebe erkannte und sonst nichts.

Die Welt mochte sich ändern. Oder auch nicht. Angelina konnte es nicht wissen. Aber sie wusste, dass es für sie kein Zurück mehr gab.

7. KAPITEL

In gemächlichem Tempo schlenderte Jonah zu der weinenden Mauer. Fröhlich zwitscherten die Vögel in den Bäumen, die Blätter raschelten vor ihrem munteren Geflatter. Clara war schon da, er sah es am Schatten ihres Körpers, der den Lichteinfall in dem Riss am Fuß der Mauer verdeckte. Sein Herz machte einen Sprung, am liebsten hätte er sich wieder zurückgezogen. Aber warum eigentlich, zum Teufel? Sie würden doch nur ein Weilchen miteinander plaudern. Und er war Clara einiges an Informationen schuldig, oder nicht? Und bei all seinen Schwächen und Fehlern – einem Versprechen war er stets treu geblieben.

»Hi, Jonah.«

Er setzte sich mit dem Rücken an die Mauer und stellte ein Bein auf, um seinen Arm daraufzulegen. »Sie haben ja scharfe Ohren.«

»Das Rascheln im Gras hat Sie verraten.«

»Aha.« Die Sommerhitze hatte das Gras zum größten Teil verdorren lassen. New Orleans konnte allmählich etwas Regen gebrauchen. »Wie ist es Ihnen ergangen, Clara?«

»Mir geht's gut. Ich habe das Gefühl, dass ich mich einlebe.« Ihre Stimme klang so beschwingt, dass Jonah in sich hineinlächeln musste.

»Das freut mich.«

Er hörte ein Rascheln, als Clara ihre Haltung veränderte. »Mich auch. Und Jonah, ich möchte Ihnen danken.« Sie schwieg kurz, fuhr dann zögernd fort. »Dass ich hier war und mit Ihnen gesprochen habe, gibt mir so ein Gefühl … als hätte ich einen Freund gefunden, und, na ja, ich hoffe, es ist okay, wenn ich Sie als Freund betrachte.«

Einen Moment lang konnte Jonah nicht antworten, so stark hämmerte sein Herz. Er hatte sich mühsam eingeredet, dass Clara keine Freundin war, auf diese Weise fiel es ihm leichter, mit ihr zu sprechen. Aber nun … Ach, zum Henker. »Ja«, hörte er sich fast gegen seinen Willen antworten. Und was zum Teufel erhoffte er sich nun davon?

Er sollte Clara lieber gestehen, dass er keinen einzigen Freund hatte. Sie war töricht, wenn sie ihn als Freund sah. Sie kannte ihn ja überhaupt nicht. Und ein näheres Kennenlernen würde Jonah niemals zulassen, jede »Freundschaft« zwischen ihnen würde daher eingeschränkt und sehr kurzlebig sein. Aber das an sich war ja bereits eine Bestätigung dafür, dass eine gewisse Beziehung bestand, oder wie war das zu verstehen?

Clara würde ohnehin nicht mehr kommen, wenn es kälter wurde. Oder sogar noch früher, wenn nämlich ihr Sozialleben Fahrt aufnahm, was ja zwangsläufig geschehen musste, je mehr sie sich einlebte. Dann konnte er sich wieder in seinen sicheren Kokon hinter der Mauer zurückziehen, und jegliche Freundschaft wäre zu Ende. »Ja sicher, Clara, Sie können mich als Ihren Freund betrachten.« *Als deinen zeitweiligen Freund.*

Er hörte, wie sie den Atem ausstieß, als hätte sie ihn vor Spannung angehalten. Als sie wieder sprach, lag ein Lächeln in ihrer Stimme. »Super.«

Es raschelte hinter der Mauer, als Clara erneut ihre Sitzhaltung wechselte. »Es gibt da einen alten Mann in meinem Viertel, der selbst angebautes Gemüse verkauft. Ich habe ihn nach John Whitfield gefragt, und da hat er mir etwas Interessantes erzählt.« Sie berichtete von John Whitfields Tuberkulose und seiner Weigerung, sich behandeln zu lassen. »Haben Sie das gewusst?«

»Nein, habe ich nicht. Aber über die Whitfields weiß ich auch so gut wie nichts. Die Geschichten, die ich als Junge hörte, haben sich meist um diese Plantage gedreht und um die Menschen, die auf ihr lebten.«

»Aha. Haben Sie gewusst, dass John Whitfield mit Astrid Chamberlain verlobt war?«

John runzelte die Stirn. »Ich habe mal so ein Gerücht gehört. Als John aus dem Krieg heimkehrte, haben sie jedenfalls nicht geheiratet. Astrid hat Herbert Davies geheiratet.«

Einen Augenblick schwieg Clara. »Es heißt, John sei von Traumata gezeichnet aus dem Krieg heimgekehrt. Vielleicht war das der Grund, warum er nie geheiratet hat. Es klingt so, als habe er wie ein Einsiedler gelebt.«

Vielleicht, dachte Jonah, spürte er deshalb diese merkwürdige Verbundenheit mit diesem Mann: Auch Whitfield hatte sich von der Welt abgesondert. John war in dieser Geschichte der Schurke, und leider konnte Jonah sich auch damit identifizieren. »Wenn er Probleme hatte, kann ich schon verstehen, warum. Der Bürgerkrieg war … hässlich. Was er dort erlebt haben muss …« Explosionen … *Feuer … Hitze … und Blut, so viel Blut.* Jonah kniff die Augen zusammen und erschauerte. Unwillkürlich betastete er seine entstellte Wange.

Clara schwieg, als hätte sie gehört, wie ihm zumute war. Was Jonah gewiss nicht beabsichtigt hatte. Einen Augenblick später fuhr sie zaghaft fort: »Ja. Ich kann es mir nur schwer vorstellen.« Einen Moment schwiegen sie beide, dann fragte Clara: »Jonah, möchten Sie mir nicht etwas über den Zustand von Windisle erzählen? Wie sieht es hinter der Mauer aus?«

Jonah seufzte und schüttelte die Bilder von Feuer und Blut ab, so gut es ging. »Das Haus ist nicht gerade in einem guten

Zustand. Die gesamte Fassade muss erneuert werden, und das Gelände ist verlottert. Der Rosengarten ist völlig verwildert, obwohl Myrtle sich mit seiner Pflege die größte Mühe gibt. Gut in Schuss sind eigentlich nur noch die Sklavenhütten …«

»Die Sklavenhütten stehen noch?«

»Alle fünfzehn. Das Mobiliar ist ausgeräumt, aber die Häuser sind noch da.«

»Wow«, hauchte Clara. »Gehen Sie manchmal hinein?«

»Ab und zu, wenn ich morgens laufe.«

»Sie laufen?«

»Ein Mann muss seinen Körper in Schuss halten.« Obwohl Jonah zurzeit überhaupt nichts musste. Plötzlich fragte er sich, warum er das strenge Workout-Programm eingeführt hatte, das er jeden Morgen gnadenlos absolvierte. Seit acht Jahren. Ging es dabei vielleicht um Kontrolle?

Er konnte nichts an der Rolle ändern, die er damals in der furchtbaren Tragödie gespielt hatte, er konnte sein zerstörtes Gesicht nicht wieder herrichten – und wollte es auch nicht, er verdiente jede einzelne Narbe –, aber er konnte seinen Körper fit halten. Er konnte dafür sorgen, dass sein Herz stark und regelmäßig schlug. Ein überraschender Gedanke. Wie ein kleiner Hoffnungsschimmer. Jonah hatte geglaubt, er sei nach Windisle gekommen, um zu sterben, aber … er hatte stattdessen hart daran gearbeitet, gesund und am Leben zu bleiben. Vielleicht sollte er später einmal in Ruhe darüber nachdenken.

»Das ist vermutlich wahr. Ich habe da dieses Mittel zum Einreiben, falls Sie mal Muskelkater …«

Jonah stöhnte. »Schlimm genug, dass einer von uns beiden derart stinkt. Das Gras auf beiden Seiten der Mauer würde verdorren, wenn ich das Teufelszeug auch benutzte!«

Clara lachte hell auf, gefolgt von einem hinreißenden Kichern. Jonahs Herz machte einen Sprung vor Freude, sie zum

Lachen gebracht zu haben. »Ich kann Ihnen versichern, dass es dem Gras auf dieser Seite an nichts fehlt.« Ihr Lachen verebbte. »Möchten Sie es mir beschreiben? Wie es auf Ihrer Seite aussieht?«

Und so erzählte Jonah in den folgenden Wochen von Windisle. Die Sommertage verrannen wie Sand in einem Stundenglas. Er sprach von den alten Weiden, die mit Moos überwuchert waren, von den Zuckerrohrfeldern voller Unkraut, das sich die Pfade zurückerobert hatte, die einst von Männern und Frauen hier geschlagen worden waren. Er erzählte von dem Garten hinter den Hütten, der immer noch Gemüse hervorbrachte, obwohl er schon lange nicht mehr gepflegt wurde.

Während der Rosengarten zum größten Teil verdorrt und voller Dornen war, gedieh der Gemüsegarten ohne Pflege einigermaßen gut. Er schluckte jeden Tropfen Regen, zog seine Kraft aus der fetten Louisiana-Erde und schenkte ihnen saftige Tomaten, knackig süße Gurken und scharfe Peperoni sämtlicher Sorten.

Wenn ihr Rücken jünger und kräftiger wäre, pflegte Myrtle zu sagen, würde sie sich besser darum kümmern. Aber warum sich kümmern, fand Jonah, wenn der Garten auch gut allein zurechtkam?

Er beschrieb Clara die Zimmer des Herrenhauses, die quietschenden, knarrenden Hartholzdielen, die abgenutzt waren und doch in einigen Winkeln noch schimmerten wie poliert. Das Haus war zum letzten Mal in den Dreißigerjahren renoviert worden, und obwohl das Mobiliar, die Vorhänge und das Geschirr Altersspuren zeigten, waren sie immer noch schön.

Beim Erzählen fiel Jonah auf, dass sein Südstaatenakzent deutlicher hervortrat. Es lag daran, dass er im Geist die Stimmen hörte, die damals über Windisle geredet und ihm die Geschichte von Angelina erzählt hatten.

Clara lauschte verzückt, wie ihm schien, achtete auf jedes Detail. Und dann fragte er sie nach dem Ballett, nach den Schulen, die sie besucht hatte, und wann sie erkannt hatte, dass Tanzen ihr Leben war.

Sie erzählte ihm von ihren Lehrern, von den anderen Elevinnen in den Ballettschulen. Sie sprach von Arabesques, Soubresauts, Relevés und Brisés volés. Und er musste lachen, als sie diese Begriffe aufeinander reimte, mit einem arroganten französischen Akzent. Ihr Lachen dabei – lieblich, überschäumend wie Sekt – warf ein Funkeln in seine Seele. Es war wie ein Zauber, den Clara über die Mauer warf und den er aus der Luft auffing.

Und es stimmte, ihre gemeinsame Zeit empfand Jonah als magisch. Sie war eine Atempause von seinem Leben als Monster. Er wusste, es konnte nicht ewig währen, doch daran wollte er lieber nicht zu oft denken, wenn er mit Clara zusammen war. Wenn es zu Ende war – und ein Ende war unvermeidlich –, würde er schon damit klarkommen.

Einstweilen waren sie ein junger Mann und ein Mädchen, die auf verschiedenen Seiten einer Mauer saßen, getrennt durch massive Steine, doch ihre Herzen waren einander verbunden. Und vorerst würde er jeden Augenblick ihres Beisammenseins genießen.

»Was in aller Welt machst du da, Jonah Chamberlain?«

Der Klang von Cecils Stimme riss Jonah aus seinen Gedanken. Hastig richtete er sich auf, wischte sich den Schweiß von der Stirn und steckte seine Schaufel in den Mulch. Dann stützte er sich darauf und bemühte sich, möglichst lässig zu wirken.

»Ich« – er sah sich etwas hilflos um –, »äh, mulche.«

Cecil blieb vor ihm stehen. Verwirrt schaute er von dem Mulch auf dem Boden zu Jonah hoch und kratzte sich am Nacken. »Na schön.« Die Worte kamen zögerlich heraus, als versuche er Zeit zu gewinnen, um ganz langsam zurückzuweichen und die Männer mit der Zwangsjacke zu holen.

Jonah konnte ein leises Glucksen nicht unterdrücken. »Das ist bloß … etwas, das mir jemand vorgeschlagen hat, jemand, den ich kenne.«

Cecil legte den Kopf schief und spähte über seine Schulter. »Myrtle?«

Sie tauchte auf dem Weg auf. »Was?«

»Jonah hat … jemand.«

Oh nein. »Cecil, das ist keine große Sache.«

»Du hast jemand?« Myrtle trat näher. Auf ihrem Gesicht lag solch eine unverhohlene Hoffnung, dass Jonah vor Verzweiflung stöhnte.

»Jetzt hört schon auf, ihr zwei.«

»Wer ist sie?«, fragte Cecil. »Hast du sie über E-Mail kennengelernt?«

Jonah lehnte die Schaufel an den Busch, den er bearbeitet hatte, und streifte die Gartenhandschuhe ab. »Du meinst wohl das Internet. Nein, ich habe sie nicht auf einer Dating-Site kennengelernt.«

Obwohl schon die Vorstellung amüsant war. Denn was hätte er in sein Profil setzen können? *Erbärmlicher, hässlicher Einsiedler sucht … irgendwas Weibliches, das er in tiefster, dunkler Nacht in seinem verfallenen, von Spuk heimgesuchten Herrenhaus treffen möchte.*

Jesus.

Cecil und Myrtle tauschten einen Blick. Sie wussten nur zu gut, dass Jonah das Haus niemals verließ. Blieb also die Frage, ob er nun übergeschnappt war und anfing, die Gespenster zu sehen, die nach Meinung aller auf Windisle hausten.

Jonah ließ den Mulch Mulch sein und wandte sich dem

Haus zu. Er hatte keine Lust mehr auf Gartenarbeit. Cecil und Myrtle folgten ihm dicht auf den Fersen. Er überlegte, ob er ihnen von Clara erzählen sollte, doch die bloße Vorstellung löste Panik in ihm aus. Was sollte er denn sagen? Ich habe dieses Mädchen kennengelernt, sie besucht mich immer an der Mauer. Ich habe sie zwar nie gesehen, glaube aber, ich könnte mich sofort in sie verlieben?

Jäh blieb er stehen. Sein Herz hämmerte in der Brust, in seinem Kopf schrillten Alarmglocken.

Lächerlich. Verlieben? Es hörte sich erbärmlich an, selbst wenn er es nicht laut aussprach.

Seine Beziehung – *wenn man sie so nennen konnte* – zu Clara war reine Einbildung, entstanden aus Einsamkeit und Isolation. Mehr nicht. Ja, sie hatte sich Freundin genannt, aber in Wahrheit war sie nicht einmal eine Bekannte. Sie war schlicht jemand, mit dem er sich ab und an unterhielt. Lebte er ein normales Leben, dann hätte er Clara mit der schwatzhaften Postbotin gleichgesetzt oder mit einer Nachbarin, die einem den neuesten Klatsch lieferte. *Unwichtig.*

Sie brachte ihn dazu, über Dinge nachzudenken, an die er lange nicht mehr gedacht hatte, so viel war richtig, aber sie, Clara, als Mensch, war nicht wichtig.

Würde er mit irgendjemand anderem als Myrtle und Cecil reden, hätte das die gleichen Gefühle in ihm wachgerufen. Doch dieser Gedanke überzeugte ihn nicht so ganz. Jonah wusste, dass er sich belog. Und was er dagegen unternehmen musste.

Am Nachmittag desselben Tages begab er sich zu der weinenden Mauer, glitt an ihr hinunter und nahm seinen üblichen Platz unter der Eiche ein. Ein hellgrünes Blatt trudelte herab und landete auf seinem Schoß. Jonah nahm es in die Hand, wandte den Kopf, um es mit seinem gesunden Auge zu betrachten, drehte das filigrane Ding zwischen den Fingern und bewunderte die feinen, lebhaften Streifen aus Gold und Gelb, die zwischen die Blattadern gewebt waren. Dieses Wunder konnte er nur deshalb bestaunen, weil er sich Zeit nahm, genau hinzusehen. Wie viele Dinge hatte er wohl im Leben übersehen, weil er zu beschäftigt gewesen war – zu sehr von seiner Wichtigkeit erfüllt –, statt einen Augenblick innezuhalten, genauer hinzuschauen, besser zu verstehen? Der Gedanke war deprimierend. Wenn nur … wenn er nur …

Eine leichte Brise umwehte ihn, die mineralischen Düfte des Mississippi fanden ihren Weg zu ihm durch Wald und Marschland, das ihn von dem gewaltigen Gewässer trennte, hinter einer Mauer, beschützt vom Dämmerlicht des Schattens jahrhundertealter Bäume. Es gab manches, vor dem man sich einfach nicht verstecken konnte. Manches, vor dem man niemals fliehen konnte. Das hatte Jonah bereits verstanden. Hatte seine Lektion nur zu gut gelernt.

Er hörte, wie eine Wagentür geöffnet und einen Moment später zugeschlagen wurde. Claras atemlose Stimme begrüßte ihn, als sie ihren Platz auf der anderen Seite der Mauer einnahm. »Wie geht es Ihnen?«

»Gut. Und Ihnen?«

»Muskelkater.« Sie stöhnte. »Wir haben gestern bis in die Nacht geprobt. Ich habe aufgehört, Mrs Guillots Mittel zu benutzen, weil es so stinkt, aber ich sag Ihnen mal was: Das Zeug wirkt. Ich kann also nichts versprechen.«

Jonah lachte in sich hinein. »Ich bin ja auf der anderen Seite der Mauer, Clara. Sie sollten sich lieber Sorgen um die Leute machen, mit denen Sie von Angesicht zu Angesicht zu tun haben.«

Einen Augenblick herrschte unbehagliches Schweigen, dann räusperte er sich. »Wobei mir einfällt … Ich habe nie gefragt, wer Sie eigentlich immer herbringt.« Er nahm an, dass sie von einem Freund gefahren wurde, aber Clara hatte niemanden erwähnt.

»Oh, ich nehme einfach ein Uber.«

»Was ist ein Uber?«

»Sie wissen schon: so eine Art Funkmietwagen. Läuft über eine Standort-App.« Sie stutzte. »Haben Sie wirklich noch nie etwas von Uber gehört?«

Jonah war verlegen. Nicht nur hatte er niemals etwas von Uber gehört, er konnte sich auch nicht erinnern, ob er jemals eine App benutzt hatte. »Ich gehe nicht viel aus, Clara. Ich schätze, die Welt hat mich … ist in mancherlei Weise an mir vorbeigezogen.« Auf wie viele Arten, konnte er nicht einmal annähernd zählen. Allein sich vorzustellen, was »dort draußen«, auf der anderen Seite der Mauer, vorging, versetzte ihn in Angst. Jonah legte seine Hände auf den kühlen, festen Boden, umklammerte einige Grasstängel und ließ sie durch seine Finger gleiten. Das wirkte beruhigend.

»Sie gehen nicht viel aus?«, wiederholte Clara zögernd. Sie hatte sich schon vorher nach persönlichen Dingen erkundigt, aber Jonah war ihren Fragen stets ausgewichen und hatte die Sprache immer wieder auf Windisle gebracht.

Warum jeder glaubte, dass das Anwesen verlassen sei, ob er nachts Licht brennen lasse oder alle Lampen ausschalte, hatte sie gefragt. Und er hatte wahrheitsgemäß geantwortet, dass zwar die Außenbeleuchtung schon lange nicht mehr funktioniere, die Lichter im Haus aber von den vielen Bäumen verdeckt würden.

Dabei verschwieg er jedoch, dass er möglichst wenige Lampen brennen ließ oder sie sogar ausschaltete, denn am Abend schmerzte das künstliche Licht seinem verletzten Auge und bereitete ihm Kopfschmerzen.

Jonah schloss die Augen und ermahnte sich, das Richtige zu tun: Er musste ihr die Wahrheit sagen. Clara hatte ein Recht darauf, sie zu erfahren. Er verließ das Grundstück nicht – niemals –, und sie konnten Freunde auf Zeit sein, er aber würde diesen Ort unter keinen Umständen verlassen. Und sie sollte auch wissen, warum.

»Wie oft gehen Sie aus, Jonah?«

»Nie«, gestand er leise. »Ich habe Windisle seit acht Jahren nicht mehr verlassen.«

Ihr Schweigen konnte er als Überraschung, vielleicht sogar als Verwirrung interpretieren. »Nie?«, wiederholte sie. »Was? Warum? Was machen Sie ... was tun Sie?«

»Ich ...« Ach Gott, was tat er denn? Er existierte. So gerade eben. »Ich bin ...« Jonah lehnte seinen Kopf an die Mauer, presste seine Wange an den kalten, harten Stein.

»Was, Jonah? Was haben Sie? Sagen Sie es mir, bitte.«

Wolken schoben sich über die Sonne und verdunkelten das ohnehin trübe Licht, schufen eine Atmosphäre gesteigerter Intimität. Es war, als sei die Welt auf sie beide zusammengeschrumpft.

Während Jonah nach den richtigen Worten suchte, wurde er sich der Müdigkeit seiner Seele bewusst. Es gab keine Worte, die alles wieder in Ordnung bringen konnten, und überdies hatte er es satt, so verdammt satt zu leiden. Mit einem Mal kam ihm das Gespräch mit Clara wie eine Beichte vor. Vielleicht war es das, was ihn zu ihren Treffen an der Mauer zog. Aber das wäre eigentlich wirklich nicht fair ihr gegenüber.

Jonah wusste, dass er diese Farce stoppen musste – zu ihrer beider Wohl. Dass er Clara die Wahrheit sagen musste. Aber da er nun kurz davorstand, seine schlimmste Verfehlung zu gestehen, wähnte er sich plötzlich in einer Falle. Es gab etwas, das er unbedingt wollte, aber er wusste nicht, was es war. Wollte er seine Seele läutern? Sich wieder lebendig fühlen? Und sei es nur für einen Moment? War das überhaupt möglich? »Ich bereue«, sagte er tonlos. »Ich bereue einfach. Ich habe einen Beruf daraus gemacht, hier hinter meiner Mauer.«

»Oh«, sagte Clara, und in ihrer Stimme lag so viel Mitgefühl, dass Jonah sich umdrehte und vor der Mauer in die Knie ging. Er legte seine Hände auf die Steine und fragte sich, ob sie auf der anderen Seite dasselbe tat, den Mund an einen Mauerspalt gepresst. Welche Farbe hatten ihre Augen? Wie sah ihr Gesicht in diesem Moment aus? Jonah wollte es wissen, doch dass er es nicht wusste, hatte ihm dazu verholfen, zum ersten Mal nach endlos langer Zeit sein Herz zu öffnen.

»Ich weiß, was das für ein Gefühl ist. Was bereuen Sie, Jonah? Wollen Sie … es mir sagen?«

Ihr Mitleid drückte ihm das Herz ab. Er verdiente es nicht. Früh genug würde Clara das auch wissen und nicht mehr kommen. Und das war es doch vermutlich, was er wollte.

Jonah lehnte seine Stirn an den kühlen, rauen Stein und schloss die Augen. Im Geist sah er die Wolken über sich ziehen an jenem Tag, als er auf dem Rücken lag, schwer verletzt, halb tot und von dem Wunsch erfüllt, dies möge das Ende sein.

Wieder spürte er den heftigen Schmerz der Explosion, spürte, wie sein Gesicht brannte – heiß, ätzend – und dann die wohltuende Benommenheit, die Stille nach dem Knall, die Ungläubigkeit und schließlich die Trauer, die nicht enden wollte. »Ich habe meinen Bruder getötet.« Und andere. Sechs unschuldige Menschen. Er sah ihre Namen immer vor sich. Manchmal murmelte er sie beim Joggen vor sich hin, und jede einzelne Silbe bohrte sich in sein Herz wie ein winziges Messer. Das war seine Buße, schon all die Jahre. Er würde niemals damit aufhören.

Jonah hörte, wie sie nach Luft schnappte. »Du …«

»Ich wollte das nicht, aber ich habe es getan. Ich bin für seinen Tod verantwortlich. Und für den anderer Menschen. Ich bin das Monster hinter der Mauer, Clara.«

Qual durchfuhr ihn. Ihm war, als sei sein Geständnis ein eigenständiges Ding mit einer Seele und habe seit Jahren in seiner Brust gehaust, begraben unter Worten. Doch die Beichte löschte seine Schuld nicht aus, sondern gab nur dem Feuer neue Nahrung. Jetzt wusste auch sie Bescheid, diese junge Frau, die so freundlich gewesen war und ihn den Wünschesammler genannt hatte. Die immer wieder zu ihm gekommen war.

»Oh Jonah! Was ist passiert?«

Warum fragte sie jetzt danach? Warum war sie überhaupt noch da? Warum hatte sein Geständnis sie nicht in die Flucht geschlagen? Brauchte sie nach dieser Beichte noch Einzelheiten? Wollte sie wirklich immer noch seine »Freundin« sein? Vielleicht war sie einfach nur dumm. Oder hatte eine masochistische Ader. Oder war eine dieser Idealistinnen, die glaubten, seine Seele retten zu können.

Solche Leute waren nämlich aufgetaucht, kaum hatte sich Jonah nach Windisle zurückgezogen. Vielleicht hatten sie seine Story in den Nachrichten gesehen oder auf andere Weise erfahren, dass er hier wohnte. Oder vielleicht war es auch nur Zufall gewesen, dass sie hier vor dem Tor gestanden hatten mit ihren Pamphleten und Broschüren, die Erlösung versprachen. Jonah hatte diese selbst ernannten Wohltäter angeschrien und damit gedroht, die Polizei zu holen.

Und *verflucht noch mal*, plötzlich fühlte er sich wie ausgelaugt, hätte sich ins Gras legen und schlafen können. Er antwortete nicht auf ihre Frage, die nun ebenfalls wie eine Mauer zwischen ihnen stand.

Clara schwieg. Jonah war froh darüber. Er drehte der Mauer wieder den Rücken zu und presste sich dagegen. Erinnerungen bestürmten Kopf und Herz: Justin, wie er sich über den Rand des Stockbetts beugte, während sie über Zukunftsträume sprachen, welchen Erfolg sie haben, wie sie die Welt verändern würden.

Der Sommer, bevor er aufs College gegangen war: Sie beide auf dem See. Justin machte einen Rückwärtssalto vom Boot und kam lachend wieder an die Oberfläche. Dann wandelte sich das Lachen zu einer undurchsichtigen Miene – dem finsteren Ausdruck, als sie sich an jenem letzten Tag in seinem Büro gesehen hatten. *Lass uns später darüber reden.*

Mit einem Ruck kam Jonah in die Gegenwart zurück. Er schmiegte seine Wange an die Mauer und legte seine Hände auf das verdorrte Gras neben seinen Beinen. Der Schmerz der Erinnerung bewirkte, dass sich sein Magen zusammenzog. Er erinnerte sich auch an das, was danach geschehen war, aber es war alles so verschwommen. Ein verschwommener Schrecken. Und seitdem war er eine leere Hülle. Wie er es verdiente. *Warum sollte er leben können, wenn es den anderen nicht mehr vergönnt war?*

»Jonah.«

Es war zu viel.

Er stand auf. Ihm war übel, elend. »Ich muss gehen.«

Auch Clara stand auf, er hörte es. Ihre Stimme kam von einem Punkt gerade unterhalb seines Kopfes. »Warte. Es tut mir leid, wenn ich …«

»Es liegt nicht an dir, Clara. Ich bin bloß …« Sein Magen drehte sich um, er hatte das Gefühl, sich gleich übergeben zu müssen. »Ich bin nicht ohne Grund hier. Mein Name ist Jonah Chamberlain. Du kannst mich recherchieren. Und komm nicht wieder.« Er wusste, dass diese letzte Anweisung unnötig war. Sobald sie seine Story gelesen hatte, würde sie niemals wiederkehren.

Jonah entfernte sich mit schnellen Schritten. Er reagierte nicht auf Claras Rufe hinter der Mauer.

8. KAPITEL

Die Zentralbibliothek hatte donnerstags bis neun Uhr abends geöffnet. Clara nahm den Bus und fragte, nachdem sie angekommen war, an der Information nach den Computer-Terminals. Mit langsamen Schritten, den Kopf voller Sorgen, ging sie zu dem Platz, den ihr die Frau am Empfang zugewiesen hatte. Irgendwie hatte sie das Gefühl, es sei … falsch, über Jonah nachzuforschen. Aufdringlich. Andererseits hatte er selbst sie dazu gedrängt. *Mein Name ist Jonah Chamberlain. Du kannst mich recherchieren.* Chamberlain.

Clara hatte einfach angenommen, dass er nicht zu der Familie gehörte. Sie hatte geglaubt, Jonah gehöre zum Personal wie Myrtle und Cecil oder sei ein entfernter Verwandter.

Vielleicht hatte es daran gelegen, wie er über die Chamberlains gesprochen hatte, es war eine gewisse … Distanz zu hören gewesen, ein Hauch Verachtung. Wie bei einem Arbeitgeber, vor dem er keinen Respekt haben konnte.

Natürlich hatte sie nachgehakt, aber Jonah hatte auch hier das Thema gewechselt oder die Rede wieder auf Windisle gebracht. Und daran hatte sie ihn nicht gehindert, sondern geglaubt, er werde sich erst öffnen, wenn und wann er dazu bereit war. Er sollte sich nicht gedrängt fühlen, denn sie spürte seine Trauer. Seine Einsamkeit.

Und nun wusste Clara, dass sie mit ihrer Einschätzung recht gehabt hatte. Jonah war ein Einsiedler. Niemals kam er hinter der weinenden Mauer hervor. *Aber warum?*

Sie erinnerte sich daran, wie er voller Verständnis über John Whitfields Kriegstrauma gesprochen hatte. Ob Jonah auch einst Soldat gewesen war?

Clara stellte ihren Matchsack auf den Boden neben dem Stuhl ab und schaltete den Rechner ein. Gern hätte sie sich einen eigenen Laptop angeschafft, aber sie sparte bereits auf ein Auto. Außerdem ging sie davon aus, dass die Zentralbibliothek besseren Zugang zu den unterschiedlichsten Archiven bot.

Sie hatte bislang der Versuchung widerstanden, seinen Namen bei Google einzugeben. Wenn sie über Jonah recherchieren wollte – und erst heute hatte sie den Entschluss gefasst –, wollte sie sämtliche Informationen zu ihrer Verfügung haben. *Acht Jahre*, hatte er gesagt. Jonah verbarg sich seit acht Jahren hinter jener Mauer. Also mussten die Ereignisse, die sie recherchieren wollte, sich damals zugetragen haben.

Er hatte ihr beinahe verboten wiederzukommen. Seit zwei Tagen hallten seine letzten Worte in ihrem Kopf wider, schufen Enttäuschung und Verwirrung. Und Schmerz. Denn die Wahrheit war, dass Clara sich in den letzten anderthalb Monaten stets auf diese kurze Zeit am Sonntagnachmittag gefreut hatte: Wenn sie auf der anderen Seite der Mauer saß und mit Jonah sprach und Dinge erfuhr und – wie sie geglaubt hatte – eine tiefe Freundschaft begründet hatte wie nie zuvor.

Nie hatte Clara Zeit dafür gehabt, Freundschaften zu kultivieren, dafür waren ihr Trainingsplan zu strikt und die Aufführungen zu zahlreich. Nie hatte sie Zeit für Partys und Shopping gehabt oder für die zahllosen anderen Dinge, die Mädchen in ihrem Alter beschäftigten. Selbst die wenigen Männer in ihrem Leben waren frustriert darüber, wie wenig Zeit sie ihnen widmen konnte. Aber vielleicht war es auch Claras eigene Entscheidung gewesen. Vielleicht war ihr Herz nie wirklich beteiligt gewesen.

Vielleicht war all dies der Grund dafür, dass die Verbindung zu Jonah ihr so viel bedeutete.

Sie genoss die mit ihm verbrachte Zeit, liebte es, ihm etwas zu offenbaren, das sie sonst niemandem preisgab. Und sie hörte ihm gerne zu, mochte die Art, wie er seine Welt beschrieb. Wie er kleine Leckerbissen einflocht, seine Sicht auf bestimmte Dinge oder Personen: wie er zum Beispiel Myrtle mit einem Igel verglich, rundlich und stachlig zuweilen, aber letztendlich der treueste und liebenswerteste Mensch, den man sich nur vorstellen konnte.

Und obwohl Jonah freiwillig kaum Persönliches preisgab, wusste Clara sehr wohl, dass dies kleine Teile von ihm waren, die er unbewusst offenbarte, Teile, die sie ergriff und als kostbare Gabe annahm, so wie sie jede noch so kleine Bemerkung von Mrs Guillot über ihren verstorbenen Mann in sich aufnahm.

Dies waren die winzigen Schätze, die Menschen verteilten, aber nur an diejenigen, denen sie vertrauten. Und Clara wusste sie zu würdigen.

Sie war bereits vor ihrer ersten Begegnung von Windisle fasziniert gewesen, und dann hatte Jonah dafür gesorgt, dass sie ihr Herz daran verlor. Er hatte ihr Windisle in solch liebevollen Details beschrieben, und seine tiefe Stimme mit dem Südstaatenakzent hatte sich durch die Mauerritzen geschlängelt und Clara umwoben, üppig und honigsüß wie die blütenschweren Ranken, die sich durch das Tor wanden. Er hatte sie damit eingefangen, während sie dort saßen, während die Farben des Himmels ineinanderflossen und zu Dunkelheit verschmolzen. Sie fühlte sich wie verzehrt. Vollständig verschlungen von etwas Starkem und Süßem.

Jonah.

Ihr Wünschesammler.

Ihr mutiger Traumweber mit der samtenen Stimme.

Claras Finger verharrten einen Augenblick unschlüssig über den Tasten, dann stieß sie den angehaltenen Atem aus, senkte die Finger auf die Tastatur und gab seinen Namen ein.

Sogleich wurden so viele Treffer angezeigt, dass sie kaum wusste, wo sie zu lesen anfangen sollte. Clara spürte, dass sie zitterte. Etwas Namenloses regte sich in ihr. Ab jetzt würde sich alles verändern. Wenn die winzige Information, die Jonah ihr gegeben hatte – *Ich habe meinen Bruder getötet* und *Ich bin das Monster hinter der Mauer* –, dies nicht bewirkt hatte, dann würde es jetzt geschehen. Das spürte sie instinktiv.

Clara klickte zunächst die Bilder an und beugte sich zum Bildschirm vor, als er – Jonah Chamberlain – die Stimme hinter der Mauer, zu einem Mann aus Fleisch und Blut wurde.

Verwirrt starrte sie auf diesen lächelnden Menschen. Viele Gedanken über das, was sie erwartete, hatte sie sich nicht gemacht – aber das hier war sicher nicht dabei gewesen.

Ihr Blick glitt von einem wie gemeißelt aussehenden Kinn über einen vollen, lächelnden Mund zu den hohen Wangenknochen und den hellbraunen Augen mit den dunklen, vorspringenden Brauen. *Mein Gott.*

Jonah hatte ein Gesicht, das wie geschaffen war für Fantasy- und Märchengestalten, ein Traum für jeden Künstler, bestens geeignet für Bühne und Film. Sein Haar, das er zurückgekämmt trug, war lockig und tiefbraun wie dunkle Schokolade. Ein spitzer Haaransatz unter der dichten Haarlinie trug zur Perfektion dieses Gesichts bei.

Clara schluckte, eine Gänsehaut überlief sie. Jonahs Schönheit, aus winzigen Pixeln gebildet und eindimensional von einem Bildschirm schauend, erfüllte sie mit einem sonderbaren Schmerz. Warum, konnte sie nicht sagen.

Sie zwang sich, die Seite hinunterzuscrollen. Die meisten Aufnahmen zeigten Jonah im Anzug, er wirkte machtgewohnt und selbstbewusst, beugte sich zu einem Mikrofon vor. Auf anderen Fotos war er in einem Gerichtssaal zu sehen. Die Nahaufnahme, die ihr zuerst den Atem geraubt hatte, stammte aus der Broschüre einer Anwaltskanzlei. Jonah Chamberlain war Anwalt. Vielmehr Anwalt gewesen.

Clara klickte die Fotos weg und öffnete den ersten Artikel. Sie begann zu lesen. Die Galle kam ihr hoch, so groß wurde ihr Entsetzen.

Anderthalb Stunden später stand sie unsicher von dem Terminal auf, vor dem sie wie angeschmiedet gesessen hatte. Mit zitternden Händen griff sie nach ihrem Matchsack und warf dabei einen Plastikbecher mit Stiften um. Klappernd ergossen sie sich über den Schreibtisch, und eine Frau auf dem Platz gegenüber warf Clara einen verärgerten Blick zu.

Ohne die Stifte wieder einzusammeln, verließ Clara fluchtartig die Bibliothek. Vor dem Gebäude atmete sie in tiefen Zügen ein, dann eilte sie die Straße entlang. Fort, nur fort.

Doch sie konnte dem, was sie erfahren hatte, nicht entkommen. Das Foto ihres überheblich in die Kamera lachenden Wünschesammlers, der mit einem Sektglas in der Hand auf seinen Erfolg anstieß, kurz bevor so viele Leben – einschließlich seines eigenen – zerbrachen, blieb ihr lebhaft vor Augen stehen.

»Du warst heute etwas steif.«

Marco ergriff Claras Tasche und hängte sie sich über die Schulter. Sie streckte die Hand nach ihrem Matchsack aus, aber er trat einen Schritt zurück, zeigte sein typisches Grinsen und trabte los.

Clara seufzte und beeilte sich, ihm zu folgen. »Ich habe es gestern ein wenig übertrieben. Wollte es heute ein bisschen langsamer angehen lassen, damit ich mir keine Zerrung hole.«

Marco sah sie zweifelnd an, während sie durch die Doppeltüren Richtung Parkplatz gingen. »Wo steht dein Wagen?«

»Nirgends. Ich komme immer mit dem Bus.«

Er blieb stehen und drehte sich zu ihr um. »Du fährst den langen Weg jeden Tag mit dem Bus?«

»Vorerst.« Clara zuckte die Achseln. »Ich spare auf ein Auto.«

Marco schüttelte den Kopf und brummelte etwas auf Italienisch, das sie nicht verstand. *Armes Ding*, vielleicht? *Hilfloses Weib? Leichte Beute*? Alles war möglich. Marco war der Don Juan der Truppe. »Ich nehme dich mit.«

»Nein, danke.« Clara streckte fordernd ihre Hand nach ihrem Matchsack aus.

Marco machte den Mund auf – und wieder zu. Clara hätte über seine verdutzte Miene fast gelacht. Ganz offensichtlich war dieser junge Mann Abfuhren gleich welcher Art nicht gewöhnt.

Sie hatte beobachtet, dass die anderen Ballerinen – und auch einige der Männer – Stielaugen bekamen, wenn er ihnen einen Blick zuwarf.

Oh, Marco war durchaus attraktiv, das musste man ihm lassen. Aber er war auch eingebildet und selbstverliebt. Außerdem hatte es sich Clara zur Maxime gemacht, niemals einen Tänzer zu daten. Und da sie im Moment ohnehin völlig durcheinander war, wäre es der unpassendste Zeitpunkt, diese Regel zu brechen.

Clara nutzte den Überraschungsmoment, um schnell ihre Tasche wieder an sich zu bringen. »Bye«, säuselte sie.

Marco hielt mühelos mit ihr Schritt. Clara seufzte. Sie wusste, warum es ihm keine Mühe bereitete, sie war mit seinen langen, muskulösen Tänzerbeinen bestens vertraut. »Du hältst nicht besonders viel von mir.«

»Ich bewundere dich sehr, Marco. Ich halte dich für extrem begabt. Aber ich verabrede mich nicht mit Kollegen.« *Und ich bin verwirrt und traurig und … will einfach nur allein sein.*

»Ich habe doch nicht um ein Date gebeten. Nur eine Mitfahrgelegenheit angeboten.«

Clara blieb abrupt stehen. Röte stieg in ihre Wangen. Er hatte ja recht. Sie hatte sich überheblich verhalten, tatsächlich geglaubt, es sei unter ihrer Würde, sich mit Marco abzugeben. Sicher, er war ein Don Juan, aber das hieß nicht unbedingt, dass er an jeder interessiert war. Zum Beispiel nicht an ihr. Sie hatte sich egoistisch und unhöflich benommen. »Sorry, Marco, ich …«

»Nicht etwa, dass ich dich nicht daten wollte.« Er ließ seinen Blick anerkennend über ihren Körper gleiten. »Ich wollte dich erst mal sicher im Auto haben, bevor ich dich anmache.«

Er schenkte ihr einen anzüglichen Blick, der aber von einem leichten Feixen begleitet war. Marco wollte sie nur necken. Das reichte, um Clara zu entwaffnen.

Sie lachte und schaute über seine Schulter zu den parkenden Autos. »Keine Anmache, okay. Ich nehme das Angebot an. Vielen Dank dafür. Ist nett von dir.«

Marco grinste. »Folge mir.« Wieder nahm er ihren Matchsack, und Clara ließ es zu, wobei sie leicht die Augen verdrehte.

Als sie losfuhren, verließen einige ihrer Kolleginnen und Kollegen lachend und plaudernd das Gebäude. Im Vorbeifahren sahen sie Clara in Marcos Wagen. Sofort folgten ihnen sämtliche Blicke. Clara sah angestrengt auf die Straße. *Lasst den Tratsch beginnen*, dachte sie. *Na toll.*

»Also, Clara: Was hast du denn so zum Vergnügen unternommen, seit du in New Orleans bist?«

»Vergnügen? Wer hat denn Zeit für Vergnügungen?«

Marco warf ihr ein Grinsen zu. »Wir alle sollten uns ab und zu was gönnen. Immer nur Arbeit und kein Spiel …«

Clara zog eine Braue hoch. Es war ganz klar, auf welche Art Vergnügen Marco sich bezog. »Ich habe mich ein bisschen umgesehen, wollte die Stadt erkunden.« *Und ich habe einen Mann kennengelernt, der sich hinter einer Mauer verbirgt … einen Mann, der Wünsche sammelt und eine Stimme hat, die mir bis ins Mark dringt … einen Mann, der eine Rolle in einer schrecklichen Tragödie spielt.*

»Sightseeing? Das findest du vergnüglich?« Marco seufzte. »Jetzt erst wird mir klar, wie sehr du mich brauchst, Clara.« Er tätschelte kurz ihr Knie. »Wenn ich gewusst hätte, dass du solch ein Notfall bist, hätte ich mich schon früher um dich gekümmert.«

Clara war überrascht von dem Lachen, das aus ihrer Kehle aufstieg, nachdem sie kurz zuvor an so etwas Trauriges gedacht hatte. »Darauf könnte ich wetten.«

Marco schenkte ihr ein schiefes Lächeln. Die nächsten Minuten fuhren sie schweigend dahin, aber es war ein einvernehmliches Schweigen.

Clara betrachtete die vorüberziehende Stadt und fragte sich, was Jonah wohl gerade machte. Dann verbot sie sich diesen Gedanken.

Selbst jetzt, zwei Wochen später, wusste sie immer noch nicht, wie sie den Mann einschätzen sollte, der ihr Freund geworden war, den Mann, den sie mochte, trotz der Mauer, die sie beide trennte.

»Hast du schon einen Begleiter für den Wohltätigkeits-Maskenball?«

»Nein«, antwortete Clara. Der Masquerade Charity Ball war eine recht extravagante Veranstaltung; seine Mäzene förderten auch das städtische Ballett. Von den dort Beschäftigten wurde zwar eine Teilnahme erwartet, aber Clara hatte sich noch keine Gedanken über einen Begleiter gemacht. Und der Ball fand schon in zwei Wochen statt. Um ein passendes Kleid musste sie sich auch noch kümmern … und um eine Maske, aber das würde sicher in New Orleans kein Problem sein. Die Stadt war berühmt für ihre Liebe zum Verkleiden und dafür, vom Normalen zum Außergewöhnlichen hinüberzuwechseln.

»Dann ist es abgemacht. Wir gehen zusammen.«

Clara lachte. »Ich dachte, wir hätten uns darauf geeinigt: keine Anmache.«

»Ich habe mich auf gar nichts geeinigt. Und wenn du das schon für Anmache hältst, kennst du mich nicht besonders gut.«

Clara verdrehte die Augen, konnte aber nicht umhin zu lächeln. »Es ist aber doch gar nicht nötig. Wir treffen uns sowieso alle dort.«

Er warf ihr einen Blick zu. »Und du datest keine Kollegen.«

»Das ist richtig. Und deshalb, Marco, bin ich deine Zeit nicht wert.«

Er lächelte, während er in ihrer Straße hielt, die er vor der Fahrt in sein Navi eingegeben hatte. »Ich glaube, Clara, das ist genau der Grund, warum du meine Zeit wert bist.«

Marco grinste beim Aussteigen. Dann kam er um den Wagen herum und gab ihr den Matchsack, den er vom Rücksitz genommen hatte. »Ich hole dich um sieben vor dem Ball ab, einverstanden?« Er legte den Kopf schief. »Ein Kollege, der einen anderen begleitet, ganz ohne Hintergedanken.«

Clara wollte schon ablehnen, doch dann besann sie sich. Natürlich konnte sie Marcos Spruch »ganz ohne Hintergedanken« nicht völlig vertrauen, aber die Wahrheit war, dass sie lieber von einem Freund abgeholt werden wollte, als in voller Balltoilette ein Taxi zu nehmen. Dieses Szenario mutete sehr einsam an, und ihr Maß an Einsamkeit war seit Kurzem bis zum Rand voll.

Trotz ihrer Verwirrung und Unruhe fehlte ihr Jonah. Es

fehlte ihr das Gefühl, dass sie nicht ganz einsam in dieser fremden Stadt war. Ihr fehlten die Gespräche, ihre enge Verbindung zueinander.

»Abgemacht. Um sieben. Als Kollegen und Freunde.« Sie beäugte Marco misstrauisch.

»Perfekt.« Er drehte sich um und ging zu seinem Wagen. »Dann sehe ich dich am Montag, Freund.« Beim Einstiegen zwinkerte er ihr zu. Clara schüttelte den Kopf und lachte leise, während sie ihm nachschaute.

Freund.

Wir sind Freunde, ja?, hatte sie Jonah gefragt. Er hatte zugestimmt, allerdings so zögernd, dass sie mit angehaltenem Atem auf seine Antwort gewartet hatte.

Ich bereue einfach. Ich habe einen Beruf daraus gemacht, hier hinter meiner Mauer.

Ach, Jonah. Immer noch konnte sie den Mann, über den sie in den Archiven so viel gelesen hatte, diesen rücksichtslosen und eigennützigen Menschen, nicht mit jenem in Einklang bringen, den sie seit anderthalb Monaten kannte. Dieser Jonah hatte nie egoistisch oder gefühllos auf Clara gewirkt, sondern einfühlsam und selbstkritisch.

Komm nicht wieder.

Und sie war nicht wiedergekommen. Er hatte sich das vermutlich bereits gedacht, vielleicht damit gerechnet. Jonah steckte voller Selbsthass. Mit schmerzlicher Selbstverachtung in der Stimme hatte er ihr ein wenig von dem erzählt, was er getan hatte. Wofür er sich verantwortlich fühlte. Was Clara immer noch nicht fassen konnte.

Und da sie nicht mehr zu ihm gekommen war – glaubte er nun, dass Clara mit seinem selbst gewählten Exil einverstanden war? Oder war es ein selbst auferlegter Kerker? Beides, nahm sie an.

Es begann zu regnen. Schwere Tropfen fielen auf den Bürgersteig und prasselten auf das Metalldach der Veranda. Clara zog sich unter den Schutz des Daches zurück und sah zu, wie die Welt hinter gedämpften Wasserfarben verschwamm. Trotz des Wolkenbruchs fielen einzelne buttergelbe Sonnenstrahlen durch die düsteren, schweren Wolken und ließen die Regenfäden funkeln und glitzern.

Clara kam unter dem Dach hervor, um das Haus zu betreten, als sie plötzlich etwas Ungewöhnliches in dem rauschenden Regen vernahm. Es war Mrs Guillot. Sie sang. Ihre Stimme klang süß und würzig zugleich, wie Puderzucker mit einer Spur Pfeffer.

»*Amazing Grace how sweet the sound, that saved a wretch like me.*«

Wretch.

Für einen Schuft hielt Jonah sich, davon war Clara überzeugt. Und vermutlich stimmte das sogar. Oder … er war einer gewesen.

»*Twas grace that taught my heart to fear, and grace my fears relieved.*«

Grace – Gnade. Vergebung. Verständnis. Clara hatte sich stets für einen Menschen gehalten, der vergeben konnte. Aber konnte sie das, was Jonah getan hatte, überhaupt verstehen? Seine Rolle in dem Ganzen?

Wieder wandte sie sich ihrer Wohnung zu, überlegte es sich dann jedoch anders und lief durch den strömenden Regen zu Mrs Guillot. Als sie ankam, hörte die alte Frau zu singen auf, begrüßte Clara mit einem offenen Lächeln und winkte sie zu sich unter das Dach ihrer Veranda.

»Na, da bist du ja endlich, Clara, Darlin'. Ich habe dich in letzter Zeit gar nicht mehr gesehen. Wie geht's dir?«

Clara strich sich mit der Hand über die nassen Haare und

sank in den zweiten Schaukelstuhl. Mrs Guillots Lächeln wärmte mehr als frisch gebrühter Tee. »Ganz gut.«

Das Lächeln erlosch. »Wie geht es deinem Vater?«

»Mehr oder weniger unverändert. Ich habe vor ein paar Tagen mit ihm telefoniert. Nur eine Minute lang, aber immerhin …«

»Na, das ist doch wunderbar. Warum machst du dir dann solche Sorgen, Darlin'?«

Clara nagte an ihrer Lippe. »Mrs Guillot, glauben Sie, dass jeder Mensch Gnade verdient hat?«

Die alte Frau sah sie lange an. »Ich würde sagen, du fragst weniger im Allgemeinen als wegen jemand ganz Bestimmtem. Hab ich recht?«

Clara nickte. »Ja …«

»Und ist dieser Jemand ein Freund, mein liebes Kind?«

»Das habe ich geglaubt, Mrs Guillot.« Clara zögerte, dann ergänzte sie ihre Antwort. »Ja, er war ein Freund.« War er das? Oder ist er das? *Ach, ich bin so durcheinander.*

»Jemand, dem du vertraut hast?«

»Ich … ja.«

Mrs Guillot beugte sich vor und tätschelte Claras Knie. »Ich glaube, dass jeder Gnade verdient, Clara. Und Vergebung. Du musst dich fragen, ob du ihm Vergebung von Nahem oder von Weitem gewähren solltest. Vergebung bedeutet nicht, dein Herz zu verschenken. Das, mein Liebes, musst du unter allen Umständen schützen.«

Clara nickte langsam. Sie dachte eingehend über Mrs Guillots Worte nach. Ja, genau damit hatte sie in den letzten Wochen gekämpft. Sollte sie Vergebung gewähren, sich aber von Jonah fernhalten, oder sollte sie es tun und seine Freundin bleiben? Sie war sich immer noch nicht sicher … Aber der kurze Austausch mit Mrs Guillot hatte einen Entschluss in ihr reifen lassen.

Sie musste wenigstens noch ein Mal, ein letztes Mal, zu der weinenden Mauer zurückkehren. Sie waren Freunde gewesen und konnten es vielleicht immer noch sein.

Sie musste Jonah persönlich über das befragen, was sie im Netz gelesen hatte. Das zumindest schuldete sie ihm.

9. KAPITEL

In der leichten Brise wiegten sich die Zweige, und ihre Blätter raschelten sanft, ein Laut, der unter normalen Umständen beruhigend gewirkt hätte. Aber Jonahs Herz war zu schwer, seine Unruhe zu groß.

Er starrte auf die Bäume und auf die Hausecke von Windisle Manor, die er von seinem Platz aus sehen konnte.

Ein Auto hielt. Sein Herz tat einen Satz und schlug schneller, als die Wagentür zuschlug und Schritte näher kamen. Dann jedoch vernahm er Gemurmel auf der anderen Seite der Mauer, und im Gras zu seinen Füßen landete ein Zettel.

Einen Augenblick später entfernte sich der Besucher. Jonahs Herz schlug wieder langsamer. Er hasste sich für seine Enttäuschung, die ihn durchströmte wie dichter, widerlicher Rauch, der seine Lungen füllte und das Atmen schmerzhaft machte.

Warum saß er überhaupt hier? Um sich zu quälen? Um Salz in seine Wunden zu streuen?

Sie würde nicht wiederkommen.

Jonah hob den Wunschzettel vom Boden auf und drehte den Kopf, um die kleine, gestochen scharfe Schrift mit seinem gesunden Auge zu entziffern. *Mein kleiner Sohn braucht eine OP, und ich kann sie nicht bezahlen. Bitte hilf mir, eine Lösung zu finden.*

Verflucht.

Jonah hasste es, wenn Wünsche mit Kindern zu tun hatten. Das verstärkte nur seine Depressionen, und helfen konnte er ja doch nicht. Er musste versuchen, den Gedanken an eine Unbekannte mit einem kranken Kind, dem sie nicht helfen konnte, zu verdrängen. Meine Güte, wenn Justin hier wäre, würde er …

Wieder ein Auto, diesmal wurde die Tür nicht zugeknallt. Jonah holte tief Luft und atmete dann ganz langsam und gleichmäßig aus. Er neigte den Kopf und wartete auf einen weiteren Zettel, doch stattdessen hörte er, dass der Wagen anfuhr. Er machte sich ganz steif.

»Hi, Jonah«, sagte Clara. Er hörte, wie sie an der Mauer herunterrutschte, um ihren üblichen Platz einzunehmen, der an den letzten beiden Sonntagen leer geblieben war. Das wusste Jonah, weil er trotz allem gekommen war. Er hatte sich gezwungen, seine Einsamkeit zu ertragen, die schlimmer gewesen war als je zuvor.

Sag nichts, keinen Ton, ermahnte er sich. Er würde sie im Glauben lassen, er sei gar nicht da. Immerhin hatte er Clara gesagt, sie solle nicht wiederkommen, warum also sollte er jetzt zeigen, dass er doch da war? Warum zeigen, dass er wie ein Idiot wartete, wenn er doch allem einen Riegel vorgeschoben hatte?

Was zum Teufel hatte sie überhaupt hier verloren? Hatte sie nicht zugehört? Hatte sie nicht recherchiert?

»Ich weiß, dass du da bist. Ich … hatte darauf gehofft.«

Okay, also konnte Clara ihn vermutlich auch atmen hören. Sie konnte sehen, an welchen Stellen der Mauer sein Schatten das Licht verdunkelte. Vielleicht konnte sie ihn sogar spüren, so wie er sie spürte. Am liebsten wäre Jonah durch die Mauer gekrochen und hätte sie berührt. *Nein!*

Nein. Genau aus diesem Grund hatte er ihr ja befohlen wegzubleiben. Weil seine Gedanken gewagte Wege gingen, sobald sie in seiner Nähe war. Weil er ihre Haut riechen konnte, trotz dieses scheußlichen Einreibemittels, das sie mitunter benutzte.

Clara seufzte. »Na schön. Wenn du nicht mit mir reden

willst, dann musst du mir eben zuhören.« Sie verstummte. Jonah drückte sein Ohr gegen den kalten Stein, um kein Wort zu verpassen.

»Ich habe alles gelesen, Jonah. Über Amanda Kershaw. Über Murray Ridgley und seine zahlreichen Opfer. Ich habe alles gelesen, was ich finden konnte.«

Wieder stockte sie. Jonahs Herz zog sich schmerzlich zusammen. Er hatte nun die Gewissheit, dass sie es wusste. Clara wusste, warum er sich als Monster bezeichnete. Sie hatte es recherchiert. »Ich habe dein Foto gesehen, Jonah.«

»So sehe ich heute nicht mehr aus!« Beschämt über seinen Ausbruch schloss er die Augen. Als Clara »Foto« sagte, hatte sie so sanft, so billigend gesprochen, als sähe sie Jonah in diesem Moment vor sich. Aber das war undenkbar.

Sie konnte doch nicht im Ernst annehmen, dass er noch so aussah! Ein Mann, auf den sich die Blicke aller Frauen richteten, wenn er nur ein Zimmer betrat. Sicher, heute würden sie ihn auch anstarren, aber aus einem ganz anderen Grund!

Die Bezeichnung »Monster« hatte Jonah in jeder Hinsicht gemeint. Clara sollte nicht zu ihm kommen, weil ihr seine Fotos im Netz gefallen hatten und weil sie aus dem Grund vielleicht glaubte, seine bösen Taten ausblenden zu können.

Jonah fuhr sich durch das dichte Haar, von Zweifeln erfüllt. Das war nicht die Clara, die er kannte. Sie war kein oberflächlicher Mensch. Aber ... Warum war sie wirklich gekommen?

»Natürlich nicht«, vernahm er ihre Stimme. »Ich glaube nicht, dass du heute noch so aussiehst. Die Narben müssen« – *schrecklich, grässlich, abstoßend* – »gravierend sein«, ergänzte sie. »Und die Schmerzen, die du ertragen musstest ... kann ich mir nicht einmal vorstellen.«

Einen Moment lang wusste Jonah nicht, wie er reagieren sollte. Claras Stimme hatte schmerzlich geklungen ... traurig.

Mitleidig. Er war verunsichert. Und ihr Mitgefühl brachte eine Saite in ihm zum Klingen, die er nicht kennen wollte. »Das ist nur ein kleiner Teil meiner Hässlichkeit. Hast du die Artikel gelesen?«

»Ja, aber ich will es lieber aus deinem Mund hören.«

»Warum?«, krächzte er. Was musste sie denn noch wissen? Jedes vernichtende und schäbige Detail war online verfügbar. Jonah hatte selbst recherchiert, kurz nachdem er aus dem Krankenhaus entlassen worden war. Er hatte die Kommentare unter den Artikeln gelesen und sich in die Bettpfanne übergeben müssen, die Myrtle ihm hingestellt hatte.

Tag für Tag hatte er sich die Kommentare angesehen, sich gezwungen, alles zu lesen, jedes gemeine Wort des Hasses und der Verurteilung. Er verdiente es.

Er hatte Myrtle erzählt, der Grund für sein Erbrechen seien die Schmerzmittel. Sie hatte nur besorgt auf seinen Laptop gestarrt, aber kein Wort gesagt.

»Jeder verdient es, seine Geschichte mit seinen eigenen Worten zu erzählen. Ich bin eine ganze Weile fortgeblieben, und das tut mir leid, Jonah. Ich brauchte Zeit, um das alles zu verarbeiten. Aber ich hoffe, du vertraust mir genug, um mir deine Version zu erzählen. Ich werde dir zuhören.«

Jonah schwieg und ließ sich von ihren Worten einhüllen wie in einen warmen Mantel. Meinte sie, dass seine Fassung irgendwie anders lautete als das, was in den Zeitungen gestanden hatte? Und war es so?

Zum ersten Mal seit jenem Schreckenstag fragte sich Jonah, ob er eine andere Version zu erzählen hatte, die sich in winziger, aber bedeutender Weise, an die er nie gedacht hatte, von der bekannten unterschied.

Niemand hatte ihn je darum gebeten. Nun fragte er sich, ob er sie von dem trennen konnte, was alle anderen erzählten.

Aber die Fakten waren die gleichen, was spielte es also für eine Rolle? Wie eine schwere Regenwolke senkte sich Hoffnungslosigkeit auf seine Schultern. »Das ändert doch nichts, Clara. Es macht das Geschehene nicht ungeschehen.«

»Nein, natürlich nicht. Man kann die Vergangenheit nicht verändern, nur die Zukunft. Aber darum geht es mir gar nicht. Ich möchte nur diesen schrecklichen Tag aus deiner Sicht geschildert bekommen und nicht aus der Sicht all jener, die nur nach einem Sündenbock gesucht haben.«

Jonah seufzte, während eine vertraute Müdigkeit von ihm Besitz ergriff. Er lehnte den Kopf an die Mauer. *Ach, zum Teufel …* Wenn Clara die Geschichte aus seinem Mund hören wollte, dann würde er sie ihr eben erzählen. Zum ersten und zum letzten Mal. Weil sie darum bat, aus keinem anderen Grund.

»Ich war Anwalt, wie du weißt.« Jonah erzählte von seinem vorgezogenen Collegeabschluss, von seinem Jurastudium im Eilverfahren, von seiner Zulassungsprüfung. Von seiner Einstellung bei Applegate, Knowles & Fennimore und welch hochtrabende Karriereerwartungen er gehegt hatte.

»Warst du immer so ehrgeizig? Schon als Junge?«

Jonah überlegte. »Ja. Ich hatte immer schon vor, in die Fußstapfen meines Vaters zu treten. Er war Anwalt, so wie mein Bruder Justin auch.« Er räusperte sich verlegen. »Ich war derjenige, der meinem Vater nacheiferte, während Justin alles verurteilte, wofür er stand.«

»Und wofür stand dein Vater?«

»Damals, in meinen Augen? Für Macht. Erfolg. Justin hielt es für Gier und Narzissmus.«

»Du hast gesagt, damals. Und wie ist es jetzt? Denkst du nun anders über deinen Vater?«

Jonah überlegte. Zum ersten Mal seit langer Zeit fragte er

sich, was sein Vater für ihn gewesen war. »Ich habe nicht mehr viel an meinen Vater gedacht, seit … ich hier lebe.«

Wieder schwieg er. Clara sagte zunächst auch nichts, als spürte sie, dass er seine Gedanken sammeln musste. »Aber jetzt …«, drängte sie schließlich sanft.

Jonah schloss die Augen und rief sich seinen Vater ins Gedächtnis. Abweisend und dann plötzlich aufbrausend, sarkastisch und ein Meister der beißenden Bemerkungen. Sie drückten seine Unzufriedenheit aus und hatten den jungen Jonah tief verletzt. Ja, das konnte er mittlerweile vor sich zugeben. Und das war auch der Grund, warum er stets danach gestrebt hatte, zu werden wie der Vater, damit dieser stolz auf ihn sein konnte. Also hatte er bloß gewollt, dass dessen Verachtung ihn nicht länger traf. Wie feige er gewesen war!

Justin war der Tapfere gewesen. Justin hatte den Mut besessen, sich gegen ihren Vater zu stellen. »Mir ist jetzt klar, dass Vater viele der Eigenschaften hatte, die Justin ablehnte. Und ich besaß sie, weil ich meinem Vater nacheiferte.« Seine Scham war wie tausend glühende Nadeln.

Du stehst jetzt vor einem entscheidenden Schritt für deine Zukunft, Jonah.

Wie recht sein Bruder gehabt hatte! Die Wahl, die Jonah getroffen hatte, hatte ihn geradewegs hierhergeführt, nach Windisle, zu einem Leben als Monster und Ausgestoßener. Aber Justin … der Tapfere, der Gute, hatte sein Leben verloren. Wegen Jonah. Wegen der Wahl, die er getroffen hatte.

»Justin wusste genau, wie Vater war. Er hat sich nach Kräften angestrengt, sein genaues Gegenteil zu sein. Er hat um Gerechtigkeit gestritten, Pro-Bono-Fälle angenommen und praktisch jeden Cent seines Verdienstes für wohltätige Zwecke gespendet. Er hat die Welt zu einem besseren Ort gemacht.« *Im Gegensatz zu mir.* Selbst ungesagt würde Clara es verstehen.

»Es gibt eine Menge Wege, um Schmerz zu vermeiden«, hörte er sie murmeln. »Und keiner davon ist gesund, wenn er auf Angst gründet. Eher eine Reaktion – eine Rebellion, wenn man so will – als etwas, das aus dem Herzen kommt.«

Aber Jonah wollte nicht über die Fehler seines Bruders nachdenken, wollte nicht wissen, was Justin vielleicht getan hatte, nur um Schmerz zu vermeiden. Er wollte Justin weiterhin als guten, rechtschaffenen Menschen sehen. »Mag sein«, sagte er ohne rechte Überzeugung.

Beide schwiegen eine Weile. Schließlich sagte Clara: »Erzähl mir alles von Anfang an, Jonah.«

Der Anfang. Er zwang sich, an die Zeit zurückzudenken, als er Murray Ridgleys Namen nur aus den Nachrichten kannte, als dieser das Monster gewesen war und nicht er.

Jonah seufzte. »Als ich in der Kanzlei anfing, hatte es im Jahr zuvor eine Mordserie in der Stadt gegeben, mehrere junge Frauen waren vergewaltigt und ermordet worden. Die Polizei hatte kaum Spuren, die sie verfolgen konnte. Erst als ein Mädchen am Straßenrand aufgefunden wurde, blutüberströmt, zusammengeschlagen und halb tot, tat sich der erste handfeste Ermittlungsansatz auf. Die Hände des Mädchens waren gefesselt, und die Art, wie sie gefesselt waren, der spezielle Knoten, der verwendet worden war, war derselbe wie bei den anderen Opfern.«

»Amanda Kershaw«, flüsterte Clara. »Sie war die Einzige, die überlebt hat.«

»Ja. Sie half der Polizei bei der Lokalisierung des Ortes, an den sie verschleppt worden war. Dort hatte der Mann, der später verhaftet und als Murray Ridgley identifiziert wurde, sie vergewaltigt und zu töten versucht, bevor ihr die Flucht gelang.«

Jonahs Magen zog sich zusammen vor Qual. Amanda war ihrem Peiniger entkommen, um später dann doch noch sein

Opfer zu werden. Die kalte, kosmische Ungerechtigkeit des Dramas, in dem auch er seine Rolle gespielt hatte, verfolgte ihn jede wache Minute. Es war schrecklich und tragisch und falsch. Und er hätte es verhindern können.

»Und dann«, fuhr er niedergeschlagen fort, »hat Murray Ridgley sich an unsere Kanzlei gewandt, und sie haben den Fall angenommen. Und ihn mir zugeteilt.«

»Hast du geglaubt, dass er unschuldig ist?« Bei dem Wort »unschuldig« blieb ihr fast die Luft weg.

Jonah hielt inne. Eine innere Stimme riet ihm, die Wahrheit zu sagen. Schon um seinetwillen.

Bereits vorher hatte er ihre Gespräche als eine Art Beichte betrachtet, und wenn er nun so weit ging, und wenn es für seine schwarze Seele irgendeine Art Erlösung geben sollte, dann musste er vor allem ehrlich sein.

»Ich war mir nicht sicher – es gab keine eindeutigen Beweise, nur einen Haufen Indizien –, aber er hätte unschuldig sein können.«

Jonah hörte das leise Hauchen, als Clara den angehaltenen Atem ausstieß. »Hast du Beweise zurückgehalten, Jonah?«

»Nein. Gott, nein. Ich wollte unbedingt gewinnen, verstehst du, also habe ich mich darauf konzentriert. Aber ich habe zu diesem Zweck weder gelogen noch betrogen.«

Er entsann sich des Geflüsters hinter halb geschlossenen Türen; wenn er ein Büro betrat, waren die Kollegen jedes Mal verstummt. Wieder einmal fragte er sich, ob sie ihm etwas verheimlicht hatten … Aber was spielte das jetzt noch für eine Rolle?

»Was ihn letztlich von der Anklage freigesprochen hat, war Amanda Kershaws Aussage.«

Jonah kniff die Augen zusammen und ließ seinen Kopf nach hinten an die Mauer fallen. »Sie … Sie war nicht stark, Clara, das wusste ich. Sie war nicht wie du.«

Wieder sah er Amanda vor sich, als er sie zum ersten Mal im Justizgebäude traf. Eine Frau, die mit zittriger Stimme sprach, deren Augen unruhig hin und her huschten, eine Frau, die ihren Kopf einzog, als wollte sie sich kleinmachen, vor der Welt verbergen. Sie hatte ihre Ärmel heruntergezogen, um die Einstiche zu verstecken. Auch das hatte er gegen sie benutzt.

»Im Zeugenstand habe ich gnadenlos ihre Schwächen bloßgelegt.« Wieder schlug er seinen Hinterkopf gegen den Stein. »Ich habe sie vernichtet. Als ich mit ihr fertig war, mussten sie sie fast aus dem Saal tragen. Amanda machte einen labilen und flatterhaften, fast schon geistesgestörten Eindruck, genau wie ich es gewollt hatte. All meine Kollegen haben mir zu meinem Sieg gratuliert. Sie haben mir auf den Rücken geklopft und meine Brillanz gelobt.«

Jonah stieß ein kratziges, humorloses Lachen aus. »Brillant. Ich hatte auf brillante Weise ein Mädchen ausradiert, das Opfer eines abscheulichen Verbrechens geworden war, eines Verbrechens, das die meisten Menschen nicht überlebt hätten.«

Du stehst jetzt vor einem entscheidenden Schritt für deine Zukunft, Jonah.

Sein Herz klopfte laut und wie hohl in seiner Brust. Es gemahnte Jonah daran, dass er immer noch lebte, immer noch atmete und dass es im Leben keine wahre Gerechtigkeit gab. Oder vielleicht doch. Er legte seine Hand an die geschundene Gesichtshälfte, fuhr mit den Fingerkuppen über die wulstige und vernarbte Haut, die über seinen Knochen spannte, legte den Kopf zurück und starrte auf die Mauer, die ihn von der Welt trennte. Doch, vielleicht gab es eine Art Gerechtigkeit.

Denn vielleicht ist dies hier schlimmer als der Tod.

»Und dann?«, flüsterte Clara. Sie wusste es. Sie wusste es bereits, aber sie wollte es aus seinem Mund hören. Und nun war er schon so weit gegangen, dass nur noch ein kurzes Stück Weg vor ihm lag.

»Die Jury hat Murray Ridgley freigesprochen.« Wieder schloss Jonah die Augen, sah im Geist den Gerichtssaal. »Mir war … ich weiß nicht, wie zumute. Ich hatte erwartet, glücklich zu sein … stolz, aber stattdessen fühlte ich mich irgendwie … leer, schätze ich. Ich schob es darauf, was Justin dazu gesagt hätte. Denn für ihn wären es sehr schlechte Neuigkeiten gewesen. Aber ich ging nicht ans Telefon, wenn er anrief. Ich wollte nicht hören, was er zu sagen hatte.«

»Du hast dich geschämt.«

»Ich …« Stimmte das? Hatte er sich geschämt? Dafür, dass er gewonnen hatte? Vielleicht. Vielleicht hatte der Sieg sein Gewissen bis zu einem bestimmten Grad belastet, Jonah hatte sich aber niemals erlaubt, bis in letzter Konsequenz darüber nachzudenken.

Der Sieg war sein Ziel gewesen, und gesiegt hatte er. Nur hatte es sich nicht wie ein Sieg angefühlt.

Damals hatte er es als verspätete Belastungsreaktion abgetan. Er war eben erschöpft. Immerhin hatte er, seit ihm der Fall übertragen worden war, wie ein Hund geschuftet. »Ja, aber damals habe ich es vor mir selbst nicht zugegeben. Und um ehrlich zu sein, hätte ich auch nie mehr daran gedacht, wenn die Dinge nicht … solch eine fatale Wendung genommen hätten.«

»Was ist mit dem Video?«

»Das Video war ein Fake, Clara. Ich habe viele schändliche Dinge getan, aber das ganz bestimmt nicht. In dem Clip ging es nicht um meine wahren Gefühle nach Murray Ridgleys Freispruch, obwohl der ja zum größten Teil meiner Arbeit zu verdanken war.«

Jede Nachrichtensendung, die über den Fall berichtete, hatte das Video gezeigt. Jonah köpfte darin lachend eine Flasche Champagner, während die versammelte Kanzlei ihn feierte.

»Das war ein Clip, den ein Sekretär Monate vorher nach einem gewonnenen Prozess aufgenommen hatte. An dem Fall hatte ich nicht einmal mitgearbeitet. Das Video hatte überhaupt keine Verbindung zu Murray Ridgley, aber das war den Nachrichtenleuten natürlich egal, und sie haben auch keinen Faktencheck gemacht.«

Fast frivol hatte er in dem Filmchen gewirkt. Das Video war dann mit einem anderen Clip des Blutbades zusammengeschnitten und wieder und wieder in den News gezeigt worden.

Clara schwieg einen Moment. Offenbar musste sie mit dem Gehörten erst einmal fertig werden. »Erzähl es mir, Jonah. Erzähl mir von jenem Tag.«

Jener Tag.

Jener Tag.

Jener Tag.

Die Worte hallten in seinem Kopf wider wie damals die Schüsse, wie immer noch die Schreie.

Jener Tag. Jonah hätte gedacht, dass er nie wieder darüber sprechen würde, doch nun war es so weit. Und ihm wurde klar, dass nur diese junge Frau ihn dazu hatte bringen können. Er fragte sich, ob das ein Segen war oder ein Fluch.

10. KAPITEL

Clara wartete mit angehaltenem Atem. Sie wusste, dass Jonah ihr sein Innerstes offenbart hatte. Doch sie wusste immer noch nicht, ob sie ihm am Ende Vergebung von Nahem oder von Weitem gewähren würde, wie Mrs Guillot es genannt hatte.

Jonah hatte sie tapfer genannt. Ob sie diese Bezeichnung verdiente, bezweifelte Clara, denn in letzter Zeit war sie sich gar nicht mutig vorgekommen, sondern unsicher und verloren.

Aber sie war eine Frau, die stets ihrem Herzen folgte, und das würde sie auch in diesem Fall. Schließlich war es ihr Herz gewesen, das sie zuerst an diesen Ort geführt hatte. Nach Windisle. Zu der weinenden Mauer. Zu Jonah.

»An jenem Tag ging ich zum Gericht wegen etwas, das mit einem neuen Fall zu tun hatte. Ich war … zerstreut, erschöpft wahrscheinlich …« Er verstummte.

Es war das gleiche Zögern in Jonahs Stimme wie bei der Beschreibung seiner Gefühle, nachdem er den Prozess gewonnen hatte. Der Ausgang hatte ihn bekümmert, seine Zwiegespaltenheit hatte ihn verwirrt, zumindest nahm Clara das an. Doch sie wollte Jonah keine Worte – oder Gefühle – in den Mund legen und ihm auch keine Emotionen zuweisen, die er sich bereits selbst zugeschrieben hatte. Das stand ihr nicht zu. Andererseits wollte sie ihn auch nicht einfach so davonkommen lassen.

»Ich weiß es nicht mehr«, fuhr Jonah endlich fort. »Wie auch immer, dass die Presse vor Ort war, habe ich erst mitbekommen, als ich an der Treppe des Gebäudes angelangt war. Zuerst habe ich meinen Bruder gesehen. Er stand auf den Stufen und hörte zu. Er sah mich nicht. Er beobachtete Amanda Kershaw und ihre Anwälte. Die antworteten auf Fragen der Reporter und sprachen von dem schweren Unrecht, das Murray Ridgleys Freispruch für ihre Mandantin bedeutete. Amanda sah aus, als ob sie unter Schock stünde, fand ich. Sie blickte … in die Menge. Und dann riss sie die Augen auf …«

Jonah atmete stoßweise. Vor Entsetzen, hatte er wohl sagen wollen. Wahrscheinlich eher mit Drogen vollgepumpt, wie Clara aus den Artikeln im Netz geschlossen hatte. Amanda Kershaw war drogenabhängig gewesen und hatte sich auch gelegentlich für ihre Sucht prostituiert. Jonah hatte das allerdings im Zeugenstand nicht gegen sie verwendet, und Clara fragte sich, warum.

»Ich folgte Amandas Blick, und dann sah ich ihn. Murray Ridgley. Ganz hinten, am Rand der Menge. Die Zeit schien … sich zu dehnen. Ich sah, wie er seine Hand in die Tasche steckte, und dann war alles nur noch Chaos … Schüsse und Schreie und Menschen, die blindlings flohen, nach Deckung suchten.«

Clara schnürte sich bei der Vorstellung des Szenarios die Kehle zu – der blanke Horror, als Murray Ridgley eine Waffe aus der Jacke zog, zuerst auf Amanda Kershaw schoss und dann wahllos in die Menge feuerte.

Jonah schwieg so lange, dass Clara ihren Kopf lauschend an die Mauer legte. Sie spürte seinen Schmerz selbst durch die dicken Steine.

»Ich konnte gar nicht schnell genug zu ihm kommen. Die Menschen flohen, rempelten mich an. Ich … stolperte, stand wieder auf, und in dem Moment sah ich die Kabel, die unter seiner Jacke hervorschauten und in seine Tasche mündeten. Er trug eine Bombe am Leib. Ich rannte, so schnell ich konnte, auf ihn zu, aber … nicht schnell genug. Ich versuchte ihn zu packen, aber er drückte schon auf den Auslöser und dann … Danach weiß ich nicht mehr viel.«

Das Schweigen lastete zwischen ihnen, schwer und undurchdringlich wie das Blut, das an jenem Tag über die Stufen des Gerichtsgebäudes geflossen war. Ein grässlicher Schandfleck, der niemals ganz entfernt werden konnte, obwohl die Stelle wieder und wieder gesäubert worden war. Ein Fleck, der für immer zwischen den Rissen und Ritzen versickert war, an tiefe, unsichtbare Orte, zu denen der Zugang verwehrt war. *Fühlst du dich so in deinem Innern, Jonah? In den Tiefen deiner Seele?* »Warum bist du auf ihn zugelaufen, anstatt zu fliehen?«

»Was?«, krächzte Jonah.

»Der Mann hat geschossen. Er hatte eine Bombe. Alle anderen suchten Deckung. Sind weggerannt. Warum bist du auf ihn zugelaufen? Was hat dich dazu gebracht?«

»Warum? Weil … Ich weiß nicht.«

»Jonah …«

»Nein, Clara.« Sie hörte eine Bewegung, vielleicht setzte er sich nun aufrecht hin. »Ich weiß, was du denkst, aber es ist zu positiv, wenn du mich für einen Helden hältst. Es war bloß eine instinktive Reaktion, ich hatte gar keine Wahl.«

»Vielleicht ist es darum wahrhaft heroisch.«

Jonah lachte, aber es klang kalt und spitz – wie die Steine, die sich in Claras Rücken bohrten und sie zwangen, ab und zu die Stellung zu wechseln. »Das mochtest du glauben, aber es ist nicht die Wahrheit.«

Clara seufzte. »Ich weiß nicht, ob es wahr ist oder nicht, aber könntest du dir nicht ein kleines bisschen verzeihen? Du hattest einige falsche Entscheidungen getroffen, und das Ergebnis … war überaus tragisch. Aber das war doch nicht deine Absicht!

Du hast es nicht vorhergesehen. Wie denn auch? Murray Ridgley ist das wahre Monster. Nicht du.«

»Es kann mehr als ein Monster geben, Clara.« Doch sein Ton war sanfter geworden, und es schwang auch noch etwas anderes mit, das sie aber nicht einordnen konnte.

Vielleicht, dachte sie. Vielleicht werden wir alle unter bestimmten Umständen zu Monstern. »Du bist nicht durch und durch schlecht, Jonah«, flüsterte sie. Er hatte Schlimmes getan, doch die Folgen waren nicht beabsichtigt gewesen, und er hatte für seine Fehler gelitten. Allerdings erlaubte er sich zu leiden, er zwang sich regelrecht dazu, das spürte sie. Seit acht Jahren hielt Jonah erbarmungslos an seinem Leid fest.

»Wer ist das schon?«, fragte er ironisch. Dann lachte er unverständlicherweise.

»Niemand, das mag schon stimmen. Aber ich glaube, dass es Erlösung gibt für jeden, der sie wirklich will. Wenn man sie sich erarbeitet.«

»Ach, Clara, du bist naiv. Für mich gibt es keine Erlösung. Weißt du, was geschehen ist, als ich aus dem Krankenhaus entlassen wurde? Draußen wartete eine Menschenmenge. Als Myrtle mich hinausrollte, haben sie geschrien und mich bespuckt.«

Einen kurzen Augenblick war Clara wütend, weil Jonah sie naiv genannt hatte, doch ihr Zorn verging rasch und wurde zu Trauer. Das Herz tat ihr weh. Mit hängendem Kopf stellte sie sich vor, was er empfunden haben musste. »Es tut mir so leid. Es tut mir leid, dass es dir passierte, als du furchtbare Schmerzen hattest. Es tut mir leid, dass Menschen grausam zu dir waren, als du verwundet und untröstlich warst, als du Liebe gebraucht hättest und keine Verurteilung.«

»Warum denn? Ich habe es doch verdient. Und akzeptiert. Ich war das Gesicht in dem Prozess, und ich war das Gesicht des späteren Blutbades. Und wie leicht man dieses Gesicht erkennen kann!«

»Bleibst du deswegen hinter dieser Mauer? Weil die Menschen dich an deinen Narben erkennen könnten? Weil du fürchtest, sie könnten dich wieder so grausam behandeln?«

Jonah schwieg einen langen Moment, als wüsste er nicht, was er darauf antworten sollte. »Weil es so einfach besser ist.«

»Das glaube ich nicht.« Clara war nicht sicher, an welchem Punkt seiner Erzählung sie beschlossen hatte, Jonah die nahe statt die ferne Vergebung zu gewähren, doch ganz plötzlich begriff sie, dass sie die Entscheidung getroffen hatte.

Diese Überzeugung machte sie stark. Sie richtete sich auf, als wäre da ein Seil, das Jonah und sie zueinander hinzog. Clara erhob sich auf die Knie und wandte sich der Mauer zu, den Mund gegen eine der schmalen Spalten gepresst. »Ich glaube, du verdienst Vergebung, Jonah Chamberlain.«

Der raue Stein scheuerte an ihren Lippen, trotzdem drängte Clara sich enger heran in der Hoffnung, irgendwie den Atem der Vergebung durch die winzige Öffnung hauchen zu können, auf die andere Seite, wo ihr verletzter Wünschesammler saß, verzweifelt und voller Schmerz. Allein. »Ich glaube …«

Sie spürte Feuchtigkeit an ihrer Wange und wich zurück, legte den Kopf in den Nacken und hielt nach Regen Ausschau. Aber der Himmel war blau und wolkenlos.

Clara starrte die Mauer an. Tropfen rannen über die Steine. Ihr blieb fast das Herz stehen. *Sie weint!* »Jonah«, rief Clara und presste ihre Hände auf das raue Gebilde. »Die Mauer weint.«

Eine überwältigende Freude ergriff sie, Hoffnung und Ehrfurcht. Clara lachte laut heraus. »Siehst du es? Weint die Mauer auch auf deiner Seite?«

»Ja.« Plötzlich wurde die Öffnung auf der anderen Seite dunkel. Undeutlich konnte sie den Rotton seiner Lippen erkennen. Clara hob ihren Finger an die Ritze, und obwohl die Mauer massiv und der Spalt zu klein war, um den Finger hindurchzustecken, konnte sie Jonahs warmen Atem spüren. Sie bekam eine Gänsehaut.

»Jonah …« Ein Gefühl wie in einem Traum hatte von ihr Besitz ergriffen. Clara verstand es nicht und wollte doch mehr davon. Sie zog ihren Finger zurück, brachte den Mund an die Mauer und hauchte wieder seinen Namen. Ihr beider Atem vermischte sich miteinander.

Einen Moment lang atmeten sie nur. Clara schloss die Augen und stellte sich vor, wie es von oben aussehen musste: ihre Körper in derselben Haltung an die trennende Mauer gepresst. Es war der intimste Augenblick, den sie je erlebt hatte.

Die Tränen der Mauer rannen über ihre Wangen und in ihre Mundwinkel. Clara steckte die Zungenspitze heraus und kostete, dann lachte sie. »Sie sind salzig, Jonah.« Genau wie echte Tränen. *Angelinas Tränen.*

Trauer mischte sich in Claras Freude. Das Wunder der weinenden Mauer wurde gedämpft durch das Wissen über die Legende: Dass die Mauer erst dann aufhören werde zu weinen, wenn Angelina befreit war.

Möglich, dass sie Angelina nicht befreien konnte. Vielleicht weinte die Mauer auch aus anderen, unerklärlichen Gründen. Aber Jonah Chamberlain war real, und vielleicht konnte sie ihm helfen, seiner selbst auferlegten Isolation zu entkommen. Vielleicht konnte sie doch noch etwas Gutes in Windisle bewirken.

»Triff dich mit mir, Jonah«, flüsterte sie in den Stein.

»Was?«, krächzte er. »Warum?«

Clara zog sich ein Stück zurück, um deutlicher sprechen zu können. Sofort fehlte ihr die Intimität seines Mundes, der ihrem so nah gewesen war. *Ein Kuss, nur eben nicht ganz.* »Weil du mir vertrauen kannst. Weil ich deine Freundin bin. Ich weiß von deinen Narben. Ich weiß, dass es … schwer für dich ist. Ich verstehe das. Wirklich. Aber wenn du den ersten Schritt machst, wenn du hinter dieser Mauer hervorkommst, und sei es nur kurz, dann werde ich bei dir sein, um diesen Schritt mit dir zu tun.«

Hoffnung erfüllte Claras Brust. Seit Jahren hatte sie keine derartige Freude mehr gespürt, denn mit der Krankheit ihres Vaters hatten sich Schatten über sie gesenkt. *Zeit ist so kostbar.* Clara hatte gelernt, dass Zeit niemals verschwendet werden sollte. Manchmal gab es keine zweite Chance mehr.

»Triff dich mit mir. Komm hinter der Mauer hervor und triff dich mit mir«, wiederholte sie.

Auch Jonah rückte von der Mauer ab. Clara konnte seine Anspannung und Unentschlossenheit mit Händen greifen. »Ich kann nicht.«

»Du kannst es, Jonah, du kannst das.« Sie überlegte, ob sie darum bitten sollte, zu ihm hinüberkommen zu dürfen. Aber irgendwie erschien es ihr wichtiger, dass Jonah herauskam. Später vielleicht würde er sie in sein Refugium einladen, irgendwann war es ihr vielleicht gestattet, Windisle mit eigenen Augen zu sehen, statt nur seinen Beschreibungen zu lauschen. Doch jetzt ging es um ihn. Clara glaubte, wenn Jonah nur einmal vor die Mauer trat, würde er begreifen, dass er nicht wie ein Monster in der Falle leben musste. Und dann konnte er vielleicht damit beginnen, sich selbst zu vergeben.

Angelina würde nie wieder zum Leben erweckt werden. Aber Claras Wünschesammler konnte leben. Und sie würde ihm dabei helfen. »Du kannst es«, flüsterte sie mit aller Überzeugung, die ihr Herz aufbringen konnte.

Sie beobachtete die wechselnden Schatten, die durch die Ritzen der Mauer fielen, als Jonah sich ebenfalls erhob. Wieder standen sie sich zu beiden Seiten an der Mauer gegenüber, nun mit dem ganzen Körper.

Ein warmes Prickeln überlief Clara. Sie schluckte. »Am Donnerstag sind die Proben um neun zu Ende. Ungefähr eine Meile von hier gibt es einen Park mit einem Brunnen und ein paar Bänken. Kennst du ihn?«

»Ja«, sagte Jonah stockend.

»Komm dorthin. Ich warte am Brunnen. Ich habe dort noch nie einen Menschen gesehen. Es wird spät sein, und nur ich werde dort auf dich warten.«

»Clara, ich …«

»Bitte. Ich warte auf dich. Du musst nur zu mir kommen.«

Jonah schwieg eine ganze Weile, bevor er schließlich vernehmlich den Atem ausstieß. »Okay.«

Clara lächelte vor Glück, dann lachte sie hell auf. »Ja? Okay«, bekräftigte sie noch einmal und entfernte sich, bevor Jonah seine Meinung ändern konnte. Ihr Taxi würde sie ein Stück weiter unten bestellen. »Dann sehen wir uns dort. Bis dahin, Wünschesammler«, rief sie.

11. KAPITEL

November 1860

Die kühle Herbstbrise strich über Angelinas nackte Haut und machte sie schaudern. Doch ihr Mund lächelte weiter vor Glück. Sie spürte Johns Lippen auf ihrer Schulter. Sanft biss er zu. Sie lachte.

Die alten Bettfedern quietschten, als sie sich in seine Arme schmiegte, mit einem Finger über sein glattes Kinn strich und dann einen Kuss daraufsetzte. Unter der Decke konnte sie spüren, wie er sich regte, und lächelte wieder. »Ich muss zurück«, flüsterte sie.

Er stöhnte und zog sie an sich. »Nur noch ein paar Minuten.«

Angelina zögerte. Sie wollte nichts lieber als den Rest des Tages mit ihm in der Hütte verbringen, doch mit jeder Minute, die sie dem Haus fernblieb, wuchs die Gefahr einer Entdeckung. »Ich will ja, John, aber …«

»Ich weiß«, sagte er, drückte einen Kuss auf ihren Mund und setzte sich auf. Angelina tat es ihm gleich und griff nach ihrem Kleid, das auf dem Boden lag. Ein Knopf hing lose am Faden, den musste sie später wieder annähen.

John hatte es wirklich eilig, mir das Kleid auszuziehen! Wieder lächelte sie in Erinnerung an ihr Liebesspiel.

Angelina spürte, wie seine Hand langsam an ihrem Rücken hinunterfuhr. Als sie über die Schulter schaute, sah er sie andächtig an, als würde die bloße Berührung ihrer Haut ihn hypnotisieren. »Eines Tages werden wir alle Zeit der Welt haben, um zusammen zu sein«, murmelte er. »Eines Tages werden wir uns keine Sorgen mehr machen müssen, wer uns erwischen könnte. Und jeder kann wissen, dass wir zusammen sind.« Er sprach gedämpft, in sich versunken, als wüsste er nicht um den Sinn seiner Worte.

»Das wird schön«, antwortete sie und stand auf, sodass seine Hand herabfiel. *Schön? Was für eine Untertreibung! Herrlich kam der Sache schon näher.*

Angelina war sich bewusst, dass sie ein Spiel des Was-wäre-wenn spielten, aber es war ein zu schönes Gefühl, um damit aufzuhören. Was wäre wenn … er ihr gehörte, wenn sie zusammen einschlafen und miteinander aufwachen könnten? Wenn sie Hand in Hand über die Straße spazieren könnten … gemeinsam essen und eines Tages heiraten und … Angelina verbot sich jeden weiteren Gedanken und zog sich mit dem Rücken zu John ihr Kleid über. Dann drehte sie sich wieder zu ihm um. Er saß immer noch auf dem Bett, und sie sah, wie seine goldene Haut in dem dämmrigen Licht leuchtete, das durch die Jutevorhänge fiel.

Angelina war bereit, das Spiel zu spielen, doch es wurde schmerzlich, wenn sie ihren Gedanken allzu freien Lauf ließ. Sie wusste sehr gut, wie wichtig Grenzen waren. Doch das Betrachten von Johns nackter Brust erinnerte sie daran, dass sie bereits einige davon überschritten hatte. Ein Schauer durchfuhr sie, der nichts mit der kühlen Luft in der Hütte zu tun hatte.

»Komm her«, sagte John. Offenbar hatte er gespürt, wie ihr zumute war. Er zog sie an sich und hielt sie in seinen Armen, streichelte sie einen Moment, dann ließ er sie los, stand auf und zog sich gleichfalls an.

Danach stellte er sich vor Angelina und umfing kraftvoll ihre Oberarme. »Wir werden eine Möglichkeit finden. Und wenn wir auf einen anderen Kontinent wechseln und in einer Höhle in der Wüste leben müssten!«

Angelina lachte, und John zwinkerte ihr zu, aber möglicherweise würde ihnen gar nichts anderes übrig bleiben. Und dennoch ... eine Höhle, in der sie John ganz für sich hätte, bei Tag und bei Nacht ...

»Oder in einem Bau unter einer gewaltigen Eiche.« Einmal hatte sie eine Kaninchenfamilie gesehen, die zum Eingang ihrer Höhle hoppelte. Angelina hatte sie beneidet. Wie friedlich musste es dort unten sein! Wie sicher. »Wir bringen eine Hängematte zum Schlafen an und essen Eicheln zum Abendbrot.«

John lachte zwar, aber sein Lächeln wirkte gequält. Er wickelte sich eine ihrer Locken um den Finger, zog leicht daran und ließ sie zurückspringen. Einen Moment lang staunte er sie an, als seien ihre Haare ein Wunder. »Es wird auf dieser großen, weiten Welt einen Ort für uns geben, Angelina. Vertraust du mir?«

»Ja«, flüsterte sie aus der vollen Überzeugung ihres reinen, zärtlichen Herzens. »Ja.«

Sie küssten einander minutenlang, jahrhundertelang, äonenlang, und es war immer noch nicht genug, doch Angelina wusste, dass die Zeit knapp wurde. Sie spürte es in ihrem Blut, als trage sie eine Art innerer Uhr, die die Stunden zählte und auf ein unbekanntes Ende zusteuerte. *Lass es ein gutes Ende sein*, dachte sie. *Bitte, bitte.*

Sie ließ John in der Hütte zurück, mit zerwühltem Haar und roten Lippen von all den Küssen, und eilte zum Haus zurück, den Gemüsekorb am Arm.

Atemlos betrat sie die Küche und stellte den Korb auf den Tisch. »Hallo, Mama«, grüßte sie lächelnd, doch ihre Mutter erwiderte das Lächeln nicht. Sie senkte den Blick auf die Kartoffel, die sie schälte. Die Schalen fielen in langen Streifen in den Korb zu ihren Füßen.

»Du musst vorsichtig sein, Lina.«

Angelina erschrak, gab sich aber Mühe, ungerührt zu sein. Sie räumte das Gemüse aus dem Korb und legte es säuberlich auf den Tisch. »Ich bin immer vorsichtig, Mama.«

Mama Loreaux richtete sich auf. Ihre dunkelbraunen, klugen Augen glitten über das Gesicht ihrer Tochter, über ihren Leib und blieben an dem losen Knopf hängen. Dann sah sie Angelina wieder ins Gesicht. Angelina spürte, wie ihr die Hitze in die Wangen stieg. Unwillkürlich griff sie nach dem Knopf, spielte einen Moment damit und ließ ihn wieder los. Ihre Hand fiel schwer herunter.

Ihre Mutter begutachtete das Gemüse auf der Arbeitsplatte, nahm einen gelben Kürbis zur Hand und drehte ihn prüfend in ihren Händen, bevor sie ihn wieder hinlegte. »Scheint, du hast vergessen, wann Gemüse reif ist und wann nicht. Komisch, obwohl du doch Gemüse erntest, seit du ein kleines Mädchen warst.«

»Ich war müde, Mama. Ich habe schlecht geschlafen.«

Ihre Mutter starrte sie an. Angelina hätte geschworen, dass sie in diesen Augen Angst sah, nicht nur Missbilligung. »Wir sind alle müde, Lina.« Sie wandte sich ab. »Musst wissen, wem du vertraust.« Wieder wandte sie sich der Tochter zu, und ihre Augen glitzerten verdächtig. Angelina wurde starr. Sie hatte ihre Mutter noch nie weinen sehen, nicht ein Mal in ihrem Leben. »Und wem nicht.«

Mama Loreaux nahm wieder das Messer zur Hand und fuhr mit ihrer Arbeit fort, während Angelina das restliche Gemüse aus dem Korb herausholte, die halb reifen Früchte, die John offenbar in blinder Hast gepflückt hatte, weil er zu ihr wollte.

Bei diesem Gedanken konnte sie ein leises Lächeln nicht unterdrücken. Angelina sah ihre schöne Mutter an, die samtzarte tiefschwarze Haut, die hohen, stolzen Wangenknochen, die weit auseinanderliegenden Augen, die alles zu sehen schienen und es auf eine Art verstanden, die anderen verwehrt war. »Hast du ihn geliebt, Mama?«

Die Mutter sah sie nicht an, als sie antwortete. »Liebe? Hier ist kein Platz für Liebe.«

Doch darin irrte die Mutter. Angelina liebte. Und Elijahs Mutter hatte ihren Sohn geliebt. Sie hatte geheult wie eine Wahnsinnige, als sie ihn am Baum hängen sah. Es hatte Angelina das Herz zerrissen. Und obwohl die Mutter es nicht eben oft zeigte, fühlte sich Angelina von ihr geliebt, ob es nun einen »Platz« für Liebe gab oder nicht. Nein, Angelina glaubte nicht, dass Liebe so funktionierte. »Die Liebe schafft sich selbst Platz, wenn keiner da ist, Mama«, sagte sie leise. »Liebe bahnt sich ihren Weg an die schwierigsten Orte.«

Mama Loreaux hielt erneut im Schälen inne. Mit ihrem scharfen Blick, so scharf wie das Messer, das sie sachkundig in ihren schwieligen Händen hielt, musterte sie ihre Tochter. »So ein Geschwätz bringt dich nur ins Elend.«

Dann legte sie das Messer klirrend auf die Platte und drehte ihrer Tochter die schmalen Schultern zu. »Nein, ich habe deinen Vater nicht geliebt und er mich auch nicht. Wir haben dich auf dem Kellerboden gemacht, während seine Frau eine feine Teeparty im Salon hatte. Er ist auf die Idee gekommen, mir die Röcke hochzuheben, während ich Dosen mit eingelegten Rüben eingeräumt hab, und ich hab gedacht, lass ihn mal, ist einfacher so.«

Sie machte die Augen schmal, doch dann seufzte sie lange aus tiefstem Herzen, und ihr Blick wurde wieder freundlicher. »Er ist kein grausamer Mann und auch nicht ganz schlecht, aber er würde seine richtige Familie immer dir vorziehen, immer. Du kannst so reden wie die, und du kannst so viel lieben, wie du willst, aber die werden dich nie genauso zurücklieben und dich nie für eine von ihnen halten. Hast du verstanden?«

Angelina starrte in das Achtung gebietende Gesicht ihrer Mutter. Sie stellte sich die Szene im Keller vor, den feuchten, schimmligen Boden, auf dem sie gezeugt worden war. Hochrot im Gesicht wandte sie den Blick ab. Sie stürzte in einen Strudel der Verwirrung der Gefühle. Übrig blieb ein Gefühl des Verletztseins.

Was hatte sie sich denn vorgestellt? Dass ihr Vater ihre Mutter insgeheim liebte? Dass Angelina und ihre Mutter für ihn etwas Besonderes waren, obwohl er es nicht offen zeigen konnte, damit seine Frau nicht ungehalten wurde? Dass er Angelina, weil er sie auf seinen Knien geschaukelt und seinen kleinen Kolibri genannt hatte, ebenso liebte wie seine anderen Kinder? Ja, so hatte sie sich das wohl vorgestellt. Mr Chamberlain hatte ihr das Gefühl gegeben, in einer Welt, in der sie keinen Wert hatte, doch etwas zu bedeuten.

Düsternis senkte sich über Angelina. Doch dann dachte sie an John. Wie anders war es doch zwischen ihr und John! Ihre Vereinigung war kein rasches Intermezzo auf einem schmutzigen Kellerboden. Sie streichelten einander und lachten viel, gaben einander Versprechen, woben an ihrem gemeinsamen Traum. Und der Vergleich schenkte Angelina wieder Hoffnung. *Vertraust du mir?*, hatte er gefragt. *Ja*, hatte sie geantwortet, und sie meinte es auch so. Von ganzem Herzen. Sie würden eine Möglichkeit finden. Auch wenn es keinen »Platz« für ihre Liebe gab, auch wenn die ganze Welt gegen sie war. Sie würden einen Weg finden. Denn wo Liebe war, da gab es auch immer, immer Hoffnung.

Angelina wandte sich von der Mutter ab, spürte jedoch im Rücken das Brennen ihres besorgten Blicks. Der kribbelte auf ihrer Haut, als wäre sie zu nahe an ein Feuer getreten und liefe Gefahr, sich zu verbrennen.

12. KAPITEL

Tu es.

Jonah starrte auf den Riegel an seinem Tor. Er rührte sich nicht von der Stelle.

Oder … nicht.

Er blickte über seine Schulter. Myrtles Wagen stand zwar nicht weit entfernt in der Einfahrt, aber er würde sie ganz bestimmt nicht darum bitten. Zum einen wollte er Myrtle nicht in die Sache hineinziehen, zum anderen war sein Führerschein seit Jahren abgelaufen. Der eigentliche Grund aber war, dass Jonah sich noch nicht entschieden hatte, ob er sich tatsächlich mit Clara treffen sollte. Und er wollte verdammt sein, wenn er wusste, warum er ihrem Vorschlag überhaupt zugestimmt hatte.

Oder vielleicht doch. Ja, gestand sich Jonah seufzend ein. *Ich weiß es.*

Ihre große Erwartung – ihre Freude – hatten ihn mitgerissen. Und er konnte nur darüber staunen, dass sie ihm Vergebung gewährte, nachdem sie seine Geschichte gehört hatte, in all ihren grausigen Details. So viel Verständnis machte Jonah ganz benommen.

Triff dich mit mir, hatte Clara gesagt, und ihre Stimme war erfüllt gewesen von Hoffnung und Freude, als die Mauer angefangen hatte zu »weinen«. Claras Staunen war ansteckend gewesen, einige Minuten lang hatte Jonah sich wie ein Teil von ihr gefühlt, ein Teil von Claras lebendigem Wesen. Sonst wusste er ja nicht viel von ihr. Er wusste nicht, wie sie aussah, nur, dass ihr Haar die Farbe von gesponnenem Gold besaß – so viel hatte er durch den Spalt in der Mauer erkennen können –, und dass sie die schlanke, athletische Gestalt einer Tänzerin hatte. Ansonsten kannte er nur Claras sensibles und zutiefst loyales Wesen.

Sie hatte ihn sogar geküsst! Natürlich war ihm bewusst, dass es kein richtiger Kuss gewesen war und sie eigentlich nur Freunde waren, doch es war einer der schönsten Augenblicke seines Lebens gewesen. Jonah hatte sich wieder wie ein Mann aus Fleisch und Blut gefühlt, nachdem er so lange nichts weiter gewesen war als ein Monster.

Er legte eine Hand auf den Riegel und stieß die angehaltene Luft aus, schlug seinen Kragen hoch und zog seine Beanie so tief wie möglich in die Stirn.

Die Mondsichel verschwand hinter einer Wolke, die Nacht wurde schwärzer. Clara wartete auf ihn. Er würde das schaffen.

Mit einer hastigen Bewegung schob Jonah den Riegel zurück, trat durch das Tor und ließ es hinter sich zufallen.

Sein Herz raste, er bekam feuchtkalte Hände. Jonah atmete tief durch. In acht langen, unglücklichen Jahren hatte er Windisle nicht ein einziges Mal verlassen.

Einen Augenblick lang stand er neben dem Tor und nahm all seinen Mut zusammen. Dann steckte er die Hände in die Taschen seiner leichten schwarzen Jacke und ging die leere Straße hinunter.

Er bewegte sich im Schutz schlecht beleuchteter Abschnitte vorwärts und hielt den Kopf gesenkt, als müsse er sich vor dem Wind schützen, obwohl in dieser Nacht nicht einmal eine leichte Brise wehte. Je weiter Jonah sich von Windisle entfernte, desto stärker schlug sein Herz. Mehrere Male hätte er fast kehrtgemacht und wäre zurückgelaufen, wie ein ängstliches

Kind, das sich in der Nacht von Ungeheuern verfolgt fühlt. Aber das einzige Monster auf der Straße war er, und plötzlich verstand Jonah, dass es besser war, von Dämonen verfolgt zu werden als selber der Dämon zu sein. Wenn er das nur geahnt hätte …

Eine Viertelstunde später traf er am Park ein. Jonah lehnte sich an einen Baum. Ein verblüfftes Lachen stieg in seiner Kehle hoch, halb Erstaunen, halb Entsetzen. Er hatte es geschafft! Hatte Windisle verlassen und den ganzen Weg in den Park zurückgelegt, wo Clara ihn erwartete. Sicher, es waren nur ein paar Blocks, für Jonah aber war es eine Million Meilen. Immer noch fühlte er sich beklommen, aber auch leicht triumphierend. Wie lange hatte er sich nicht mehr so gut gefühlt! *Ich hätte nicht gedacht, dass ich das noch einmal spüre.*

Jonah wurde ganz still und konzentrierte sich auf das Flüstern des Wassers, auf das leise Plätschern, das ihm die Nähe des Brunnens verriet. *Clara.* War sie bereits da? Obwohl er ihr schon so nah gewesen war, hatte er im Moment das Gefühl, sie seien einander nie näher gewesen. Nun würde er Clara zum ersten Mal sehen.

Er würde der sanften Stimme hinter der Mauer ein Gesicht geben, der Frau, die ihm so viel von sich gegeben hatte, ihm, einem Fremden, der es nicht verdiente.

Doch auch Clara würde sein Gesicht sehen. Würde sie entsetzt sein? Sich angewidert abwenden? Oh Gott, er fürchtete sich vor ihrer Reaktion!

Jonah rief sich die Menschen ins Gedächtnis, die ihn nach der Explosion gesehen hatten: ihre von Abscheu verzerrten Mienen. Er zitterte bei der Erinnerung, wie weh das getan hatte, wie tief die innere Verletzung gegangen war. Von Clara würde er das nicht ertragen können. *Niemals.*

Mit angehaltenem Atem bahnte er sich einen Weg durch

die Bäume, folgte dem Plätschern des Wassers. Claras Versprechen trieb ihn an.

Der Brunnen kam in Sicht. Das sprudelnde Wasser fing den Lichtschimmer einer Straßenlaterne ein.

Jonah befand sich bei einer kleinen Gruppe von Bäumen, schritt um einen mächtigen Stamm herum und verbarg sich sofort hinter ihm. Clara war dort. Sie saß auf dem Rand des grauen Steinbeckens, hatte die Hände auf die Knie gelegt und wartete auf ihn.

Das Licht spielte goldene Reflexe in ihr Haar. Clara drehte den Kopf zur Seite und beobachtete den Parkeingang, dann richtete sie ihren Blick auf die Bäume, hinter denen Jonah sich versteckte, lautlos gegen den Stamm der großen Eiche gepresst.

Sein Herz blieb kurz stehen, um dann umso schneller zu schlagen, als er zum ersten Mal ihr Gesicht erblickte. Er stöhnte leise, bemüht, sein Versteck nicht zu verraten.

Sie ist schön.

Jesus, ist sie schön.

Clara, die er zuvor nur als sanfte Stimme auf der anderen Seite der Mauer erlebt hatte – die Frau, die ihn getröstet und dazu gebracht hatte, sein ganzes Verhalten infrage zu stellen –, war äußerlich ebenso schön wie innerlich! Er war völlig verstört.

Das Herz wurde ihm schwer, sein ganzes Inneres war so gelähmt, dass er kaum noch Luft bekam. Warum hatte er nur das Gefühl, als sei seine Welt plötzlich eingestürzt? Hatte er gehofft, Clara wäre selbst ohne Reize und wollte deshalb jemandem wie ihm eine Chance geben? Und war er wirklich so unsensibel – so oberflächlich –, dass er glaubte, Menschen würden sich nur aufgrund ihres Aussehens ineinander verlieben? Aber hatte er nicht früher Frauen allein wegen ihrer körperlichen Vorzüge ausgewählt? War er nicht stolz zu einer Party oder in ein Restaurant mit einer schönen Frau am Arm gegangen – die er gegen eine neue eintauschte, sobald die Beziehung schal wurde, was irgendwann unweigerlich der Fall war? Keine dieser Frauen hatte er geliebt. Keine einzige.

Was für ein Durcheinander in seinen Gedanken, Herrgott noch mal. Liebe? Wie kam er überhaupt dazu, auch nur an Liebe zu denken? Er, das Narbengesicht, verborgen hinter einem Parkbaum, zu eingeschüchtert und beschämt, um aus seinem Schutz hervorzutreten und sich dem Mädchen zu nähern, das dort am Brunnen auf ihn wartete.

Jonah seufzte. Sein ganzer Mut verließ ihn, während er sich schwer an den Baum lehnte. Er war verwirrt, traurig, einsam. Er wollte nur nach Windisle zurück und sich verstecken.

Als hätte sie sein leises Seufzen gehört, drehte Clara den Kopf. Ihre Augen sondierten die Dunkelheit, die ihn umgab. Jonah erstarrte, doch ihr Blick glitt über ihn hinweg, ohne ihn zu sehen.

Ein Auto hielt in der Nähe des Parkeingangs. Clara stand auf, sah erwartungsvoll in seine Richtung. Der Wagen fuhr an. Sie setzte sich wieder auf den Brunnenrand, wandte sich mit traurigem Gesicht dem Wasser zu und zog ihre Finger hindurch.

Claras Bewegungen waren elegant und feminin, und der Mann in Jonah sprach darauf an. Sie musste wunderbar tanzen. Kummervoll erkannte er, dass er ihr nie dabei zusehen würde.

Sehnsüchtig beobachtete er Clara, hielt im Geist jede ihrer Bewegungen fest. Ab und zu blickte sie zu den Sternen auf. *Was denkst du dabei?*, fragte Jonah stumm. Er sehnte sich danach, es zu erfahren. *Wonach hältst du Ausschau?* Das würde ihm für immer verborgen bleiben.

Eine Stunde verging, und immer noch wartete Clara. Jonah wurde von Minute zu Minute das Herz schwerer. Sie sollte zuerst aufbrechen, damit auch er nach Hause gehen konnte. Hier in dem dunklen Park würde er sie nicht allein lassen, selbst wenn Clara glaubte, dass er genau das getan hätte. Nein, er würde warten, bis ihr bestellter Wagen kam, erst dann würde er sich auf den Weg machen. Als Clara sich jedoch ein paar Minuten später erhob, sich ein letztes Mal umsah und zum Parkausgang schritt, wartete dort kein Wagen auf sie.

Was zum Teufel …?

Es war eine relativ sichere Gegend, aber dennoch … Sie sollte wirklich nicht allein durch ein ihr unbekanntes Viertel gehen.

Jonah folgte ihr, in den Schatten verborgen, den Kragen hochgeschlagen und den Kopf gesenkt, falls ein Passant sich nähern sollte. Doch die Gegend war ziemlich einsam. Er folgte Clara mit großem Abstand und hoffte, dass sie seine Schritte nicht hörte.

Trotz seiner heftigen Gefühle und seines schlechten Gewissens Clara gegenüber spürte Jonah noch den Triumph von vorhin. Er hatte sein selbst auferlegtes Gefängnis verlassen und ging wie ein ganz normaler Mensch eine Straße entlang. Er hatte es geschafft!

Jonah schloss die Augen. Er atmete Freiheit ein und Angst aus.

Wenn er vorsichtig war und sich dermaßen vermummte, dass niemand ein zweites Mal hinschaute, konnte er einfach so durch die Gegend spazieren. Er würde sich im Verborgenen halten – er verdiente das Leben im Schatten –, er wollte nicht gesehen werden. Aber er musste sich auch nicht länger herumquälen mit Tagen der Langeweile und des immer Gleichen.

Die Gegend wurde zunehmend belebter, je weiter Clara ging, und als sie schließlich ein fast leeres, gut beleuchtetes Diner ansteuerte, stieß Jonah einen Seufzer der Erleichterung aus. Er stand in einem dunklen Hauseingang und sah Clara an einem Tisch am Fenster sitzen, die Hände um einen dampfenden Kaffeebecher geschlossen.

Im hell erleuchteten Diner konnte er sie besser betrachten – ihr hübsches herzförmiges Gesicht und die weit auseinanderstehenden Augen, die eleganten Wangenknochen und die volle Unterlippe, auf der sie kaute, während sie gedankenverloren aus dem Fenster starrte.

Jonah drehte leicht den Kopf, um sie mit seinem gesunden Auge zu betrachten. Er hatte Clara tief enttäuscht, aber es war besser so. Er nutzte den Augenblick, um diese Clara mit dem Mädchen zu verschmelzen, das er kannte, bis er sie nicht nur hören, sondern auch sehen konnte, wie sie auf der anderen Seite der Mauer saß, ihr glänzendes Haar zum Pferdeschwanz gebunden, die langen, schlanken Beine untergeschlagen.

Er schrak aus seinen Träumereien auf, als Clara unvermittelt aufstand, in ihrer Tasche nach Münzen suchte und sie auf den Tisch legte. Dann verließ sie das Diner.

Jonah hatte nicht gesehen, dass sie nach einem Taxi telefonierte, aber er nahm es an. Als Clara jedoch in beide Richtungen schaute und dann über die Straße lief, auf ihn zu, duckte er sich tiefer in den Hauseingang und spähte erst wieder heraus, als er hörte, wie sich ihre Schritte entfernten, zurück dem Park zu, in Richtung Windisle. Was hatte sie vor?

Wieder folgte er ihr, nur diesmal in die entgegengesetzte Richtung. Clara eilte die dunklen Straßen entlang, es war ganz klar, dass sie nach Windisle wollte. Jonah hatte sie versetzt – wie sie annehmen musste –, und nun würde sie ihn zur Rede stellen.

Oder vielmehr: Sie würde ihm gründlich die Meinung sagen durch diese Mauer, die nun für immer zwischen ihnen stand.

Jonah war beeindruckt von ihrer Kühnheit.

Diese Frau gab nicht auf. Sie hätte eine verdammt gute Anwältin abgegeben. Doch ihr Körper, das sah Jonah jetzt, hatte sie eindeutig zur Tänzerin bestimmt. Clara war schlank und kräftig zugleich, ihre wohlgeformten Beine steckten in hautengen Jeans, jede ihrer Bewegungen war anmutig und elegant. *Könnte ich sie doch nur einmal tanzen sehen.* Damit er dieses Bild für immer in seinem Kopf behalten konnte. Vielleicht würde es ihm Kraft schenken für den Rest seiner Tage, die er einsam, aber auch geschützt hinter dieser verdammten Mauer verbrachte.

Doch Jonah konnte es nicht zum Tor auf der Rückseite schaffen, ohne dass sie ihn sah. So musste er sich weiter versteckt halten, bis Clara aufgab und fortging.

13. KAPITEL

Ihre Fingerspitzen strichen über den rauen Stein; sie hatte die Stirn an die Mauer gelehnt und lauschte.

Der schmale Sichelmond gewährte nicht viel Licht, doch genug, um zu erkennen, dass Jonah nicht an seinem üblichen Platz war. Das hatte sie auch nicht erwartet und dennoch seinen Namen gerufen, nur für den Fall.

Clara wartete, doch es kam keine Antwort. Befand er sich irgendwo anders in der Nähe? Vielleicht an einen der riesigen Bäume gelehnt, die auf Windisle standen? Sie spürte ihn, sie hätte fast schwören können, dass er da war, bloß … nein, das war töricht. Es lag an diesem Ort, an seinem Ort: Weil sie hier war, verband sie das warme Kribbeln auf ihrer Haut sofort mit ihm.

Allerdings hatte Clara das Prickeln auch im Park gespürt. Dort war Jonah jedoch nicht aufgetaucht. Also hatte das Gefühl offenkundig gar nichts mit seiner Anwesenheit zu tun – vielleicht eher damit, dass sie ausschließlich an ihn dachte.

Und dennoch: Wenn er sie hören konnte, musste sie sich entschuldigen … Oder vielleicht einfach nur ihren Gefühlen freien Lauf lassen, hier, an der Mauer, wo sie so sicher gewesen war, dass Angelina ihnen ein Zeichen gesandt hatte.

»Es tut mir leid, Jonah.« Sie seufzte. »Als die Mauer weinte, bin ich übergeschnappt. Ich … ich habe mich aufdringlich und egoistisch verhalten. Ich habe dich praktisch dazu gezwungen, mich zu treffen. Aber du warst wahrscheinlich gar nicht bereit dazu.« Claras Schultern sackten herab. »Du warst ganz sicher noch nicht bereit. Du musst dir deswegen nicht den Kopf zerbrechen. Es war meine Schuld.«

Sie schwieg einen Moment, in dem sie ihre Gedanken sammelte. Hier, an diesem Ort, fiel Aufrichtigkeit anscheinend leichter. »Ich bin deine Freundin, und ich hätte mehr auf deine Ängste hören sollen. Ich hätte … dich fragen sollen, wozu du bereit warst, statt übereifrig Pläne zu machen.«

In dem dichten Gebüsch hinter Clara raschelte es. Sie versuchte, etwas zu erkennen. Ein Eichhörnchen vermutlich, oder vielleicht auch nur eine Brise, die zu ihr hochgeweht war.

Sie wandte sich wieder der Mauer zu. »Mir liegt an dir, Jonah. Ich fühle mich … ganz stark zu dir hingezogen, und nun bist du wieder hinter deiner Mauer, und ich stehe hier draußen und …« Sie brach frustriert ab. »Aber ich werde deine Freundin bleiben in allem, wenn du mich brauchst. Ich möchte, dass du das weißt. Ich will nur … dass du das weißt, das ist alles.«

Clara zog den Zettel aus der Tasche, den sie im Diner geschrieben hatte, und steckte ihn durch einen Spalt. Sie hoffte, Jonah würde ihn lesen und nicht fortwerfen wie die anderen Wünsche, die er gesammelt hatte. *Mein Wünschesammler*, dachte sie mit einem Aufseufzen.

Sie drehte sich wieder um und lehnte sich mit dem Rücken an die Mauer. Wieder raschelte es im Laub. In diesem Moment wurde die Mondsichel von einer Wolke verdeckt, sodass die Schatten ineinanderflossen und wuchsen und lebendig zu werden schienen.

Ein Schauer lief Clara über den Rücken, ihre Haut kribbelte. Als sie herkam, war sie zu aufgeregt gewesen, um auf ihre Umgebung zu achten. Jetzt aber … fühlte sie sich von jemandem beobachtet, und weil dieser Jemand sich genau wie sie außerhalb der Mauer befand, war sie alarmiert.

Clara zog ihr Handy aus der Tasche und bestellte sich einen Uber. Zehn Minuten später war der Wagen da, doch das Gefühl des Beobachtetwerdens wich erst, als Windisle ganz aus dem Rückfenster verschwunden war.

Das Gefühl hielt an. Natürlich war das Paranoia. Das wusste Clara ganz genau, denn jetzt war sie auf der Ballettprobe, auf der anderen Seite der Stadt, weit von Windisle entfernt.

Es war spät, und Clara war müde, aber Madame Fournier bestand darauf, dass alle Tänzer blieben, bis ihnen ein perfekter Durchlauf gelungen war.

Clara taten sämtliche Muskeln weh. Ihre Zehen in den Spitzenschuhen waren blutig und voller Blasen. Aber sie wusste, dass die anderen dieselben Schmerzen hatten, also setzte sie ein Lächeln auf und tanzte unverzagt die vorgeschriebenen Schritte.

Marco hob Clara in die Höhe, wobei seine Hand ein wenig länger als nötig auf ihrem Hinterteil ruhte. Clara warf ihm einen tadelnden Blick zu, dann drehte sie sich mühelos und entwand sich seinem Griff. Sie sah sein Zwinkern in dem Moment, bevor sie den Kopf drehte und ihr Blick die vorgezeichnete Markierung fand.

Eine Bewegung im Hintergrund des Saales erregte ihre Aufmerksamkeit. Clara stolperte, fing sich jedoch rasch wieder und schaute zu Madame Fournier, die zum Glück gerade nicht hinsah.

Ein Mann – Clara konnte nur seine Umrisse erkennen – verschwand um eine Ecke. Ein Hauswart vielleicht oder jemand, der einen der Tänzer abholte. Doch ihr Stolpern mahnte sie, sich besser zu konzentrieren. Auch die anderen wollten irgendwann die Probe beenden.

Nach einer Zeitspanne, die Clara wie eine Ewigkeit erschien, klatschte Madame Fournier zweimal in die Hände, teilte ihnen mit, dass es für heute genug sei und dass sie sie morgen wieder erwartete. *Danke dir, oh Gott der Fußblasen*, dachte Clara. Doch bereits das Wort Blasen ließ sie vor Schmerzen zusammenzucken.

Sie holte schnell ihren Matchsack, zog eine Jogginghose über ihre Strumpfhose und band sich die Schuhe zu.

Die anderen Tänzer stöhnten und reckten sich und schimpften über ihre schmerzenden Muskeln. Clara machte, dass sie aus dem Saal kam. Die Tür fiel schwer hinter ihr ins Schloss. Sie hastete zur Bushaltestelle an der Straßenecke und zog auf dem Weg ihr Handy aus der Tasche. Keine verpassten Anrufe. Traurig, aber sie hatte eigentlich auch nichts anderes erwartet.

Als sie Jonah ihre Telefonnummer durch die Mauerspalte zugeworfen hatte, hatte Clara sich gefragt, warum sie das nicht schon früher getan hatte. Aber dann war ihr klar geworden, dass sie ihn am liebsten in Windisle besuchte. Das wäre nicht mehr nötig gewesen, hätte er ihre Nummer gehabt. Aber Clara zog es vor, auf ihrer Seite der weinenden Mauer zu sitzen und Jonahs Stimme zu lauschen, nah an ihrem Ohr, wie eine beruhigende Liebkosung.

Aber wie auch immer, er hatte nicht angerufen.

Vielleicht besaß er kein Handy oder schaltete es, seit er auf Windisle lebte, gar nicht mehr ein. Vielleicht wollte er auch einfach nicht mehr mit ihr reden.

Traurigkeit senkte sich auf Clara. Unschlüssig überlegte sie, ob sie zu ihm gehen sollte, um eine Entschuldigung vorzubringen, die er dieses Mal vielleicht annahm. Was wäre, wenn er den Zettel, den sie ihm durch die Mauer gesteckt hatte, nicht einmal angesehen hatte? Was, wenn …

Clara stöhnte. Sie massierte sich die Schläfen, als könnte sie sich auf diese Weise davon abbringen, weiter über Jonah nachzudenken. Denn das hatte sie getan, seit sie ihn kannte, und sie brauchte eine Pause.

Sie sollte sich eine Flasche Wein besorgen und ihren Kummer darin ertränken, aber Alkohol war nie ihre Sache gewesen. Morgen früh fand die nächste Probe statt, und wenn sie sich jetzt beeilte, würde sie es gerade noch zu dem Kostümverleih schaffen, den sie heute im Netz gefunden hatte.

Es war eine feuchte, kühle Nacht. Auf dem Weg zum French Quarter hinterließ der Regen schmutzige Streifen an den Fenstern des Busses.

Der Kostümball war für alle Angehörigen des städtischen Balletts Pflicht. Sie sollte sich jetzt wirklich ein angemessenes Kleid besorgen und nicht bis zum letzten Moment warten. Allerdings war zwei Tage vor der Veranstaltung schon so gut wie der letzte Moment. Sie schickte ein Stoßgebet zum Himmel, dass sie noch ein passendes Outfit fand.

Auf den Bürgersteigen drängte sich eine lachende, plaudernde Menschenmenge. Die Leute kamen aus den Restaurants und den Tourist Shops, manche trugen schillernde Federboas und balancierten farbenfrohe Drinks in ihren Händen.

In New Orleans schien immer irgendwo eine Party im Gange zu sein, egal zu welcher Stunde oder an welchem Wochentag. Hier konnte man nach Herzenslust bummeln, die Leute beobachten und von Geschäft zu Geschäft wandern.

Ein Mann rempelte Clara an und lachte übermütig. Auch er balancierte einen Drink in der Hand, von dem einige Tropfen überschwappten. Um Verzeihung bittend hob er die Augenbrauen, dann torkelte er unverschämt grinsend weiter.

»Mist«, brummte Clara, trat in einen Hauseingang und wischte über die grellroten Tropfen auf ihrem rosa Trikot, das sie immer noch unter einer halb geschlossenen, dünnen Jacke trug.

Sie seufzte und zog den Reißverschluss der Jacke jetzt ganz hoch. Dabei fiel ihr Blick auf die Haustür. *Madame Catoire. Handlesen und Geistersehen: Vergangenheit, Gegenwart, Zukunft.*

Sie zögerte einen Moment. Doch dann gewann ihre Neugier die Oberhand. Sie beugte sich zu der beschlagenen Scheibe vor und spähte in den winzigen Laden. Clara konnte einige Tische erkennen, auf denen Kerzen und Nippes standen. Bevor sie es sich anders überlegen konnte, öffnete sie die Tür, wobei ein Glöckchen bimmelte.

Im Laden hing ein übermäßig süßer Duft. Von irgendwoher im Hintergrund wehten die Töne eines Windglockenspiels und sanfte Pianomusik heran. Ein Luftzug streifte Claras Wange, obwohl nirgends Fenster offen standen und die Tür nun geschlossen war.

Sie war sehr nervös, aber auch sehr neugierig. Clara wanderte umher und betrachtete die interessant aussehenden Objekte. Da waren Kristalle und Geoden, die auf einem Tisch um die Wette glitzerten, sowie auf einem anderen winzige bernsteingelbe Fläschchen, die beschriftet waren. *Geld*, *Erfolg* oder *Liebe* stand auf den Etiketten. *Es gibt ja so viele Möglichkeiten, sich in dieser Welt etwas zu wünschen!*

»Und was wünschst du dir, mein liebes Mädchen?«

Clara fuhr herum. Eine ältere Frau in einem dunkelroten Kleid stand im hinteren Teil des Geschäfts in einer Türöffnung, halb verdeckt von einem Vorhang. *Was wünschst du dir*, hatte sie gefragt. Es war, als hätte die Frau ihre Gedanken erraten.

Die Frau trat näher, und Clara sah, dass sie trotz ihres Alters auffallend attraktiv war. Sie hatte riesige blaugrüne Augen, und ihre Haarfarbe war so geschickt aus Weiß und einem blassen Blond gemischt, dass Clara die beiden Töne erst unterscheiden konnte, als die Frau dicht vor ihr stand.

»Du wünschst dir Liebe, nicht wahr?«

»Ich … ich glaube schon.« *Tut das nicht jeder?*

Die Frau legte den Kopf schief und betrachtete Clara sinnend. »Es fällt dir schwer, dir etwas für dich selbst zu wünschen? Das ist selten.«

Es klang wie eine Frage, doch die Frau wandte sich von Clara ab, als erwarte sie keine Antwort. »Komm mit. Ich habe zwar geschlossen, aber ich werde dir trotzdem die Zukunft weissagen. Umsonst.«

»Oh, ich muss um Verzeihung bitten. Ich habe gar nicht gemerkt, dass …«

Die Frau tat Claras Entschuldigung mit einer Handbewegung ab und hielt ihr den Vorhang auf. Clara zögerte, es drängte sie jedoch zu hören, was die Frau ihr prophezeien würde. Und ihre Neugier gewann die Oberhand über das mulmige Gefühl, das sie seit Betreten des Shops überkommen hatte.

Clara warf noch einen Blick zum Eingang. In diesem Augenblick entfernte sich ein Schatten, der dort gestanden und sich ein wenig vorgebeugt hatte, als spähe er hinein.

Sie wandte sich wieder der Frau zu. Auch diese schaute zur Tür hin, wo sich einen Moment zuvor der Schatten bewegt hatte. Ein Stirnrunzeln beschattete ihr schönes Gesicht. Doch so schnell, wie es entstanden war, verging es wieder. Erneut bedeutete die Frau Clara, ihr zu folgen, und begab sich mit ihr zusammen hinter den schweren roten Vorhang.

Das Hinterzimmer war schwach beleuchtet und nur spärlich möbliert. Unter der Decke waren blinkende Lichterketten gespannt, und ein runder Tisch stand in der Mitte des Raums, an dem die Frau bereits Platz genommen hatte. Clara setzte sich auf den Stuhl ihr gegenüber.

»Ich bin Madame Catoire. Und du heißt …?«

»Clara.«

Die Frau lächelte dünn und zog ein Kartenspiel zu sich heran, das in der Mitte des Tisches gelegen hatte. »Misch sie bitte.« Sie reichte ihr die Karten. Clara mischte und gab sie zurück. Madame Catoire mischte noch einmal und ließ Clara währenddessen nicht aus den Augen.

Dann legte die Wahrsagerin die Karten aus. Auf jeder waren Symbole und Zahlen, die Clara nichts sagten. Madame Catoire betrachtete die Karten eine Zeit lang, dann lehnte sie sich auf ihrem Stuhl zurück.

»In dir ist eine Traurigkeit. Du hast einen Verlust erlitten, allerdings ...« Ihr Brauen zogen sich zusammen, als suche sie nach dem richtigen Wort. »Es ist kein richtiger Verlust.« Sie schaute Clara an. »Jemand, den du liebst, ist sehr krank.«

»Ja«, flüsterte sie. »Mein Vater.«

Madame Catoire nickte. »Was die Ärzte dir gesagt haben, trifft zu.«

Clara senkte traurig den Kopf. Ja, das wusste sie.

Madame Catoire studierte die Karten ein weiteres Mal. »Du suchst Lösungen für ein Rätsel.«

Claras Herz machte vor Schreck einen Satz. Sie holte tief Luft und zwang sich, in einem neutralen Ton zu antworten. Wahrsager waren clevere Geschäftsleute, nicht wahr? Zu zeigen, wie aufgeregt man war, verschaffte ihnen einen Vorteil. »Das stimmt.«

Madame Catoire schien diese Bestätigung nicht zu brauchen. Sie beugte sich vor. Ihre Augen schimmerten im goldenen Schein der Lichterketten. »Such weiter. Hör nicht auf. Das ist sehr wichtig.«

»Okay ...«

»Sehr wichtig«, wiederholte die Frau flüsternd. Dann schaute sie wieder nachdenklich auf die Karten, die vollen roten Lippen leicht nach unten verzogen.

Clara fröstelte und setzte sich gerade hin. Konnte es sein, dass Madame Catoire tatsächlich das Rätsel meinte, dass sie wusste, wie man Angelina befreien konnte? »Madame Catoire, können Sie mir sagen, wo ich die Lösungen finde? Und wo ich suchen muss?«

»Nein. Die Karten beantworten keine Fragen und sind in ihren Vorhersagen vage. Sie sprechen aus dem Schatten, und ich sehe nur das, was aus den Nebeln emportaucht.«

Tja, das klang … wirklich vage. Enttäuschung senkte sich über Clara. Sie fragte sich, ob alles nur ein Trick war. Wenn Madame Catoire nicht ins Detail gehen und spezifische Fragen beantworten konnte, trafen ihre allgemeinen Aussagen dann nicht auf jeden zu? Andererseits … Die zwei Dinge, die sie gesagt hatte, betrafen nicht jeden x-Beliebigen. Sondern nur Clara. Und die Wahrsagerin hatte sogar darauf bestanden, es umsonst zu machen, um Betrug konnte es sich daher nicht handeln.

Madame Catoire sah Clara fest in die Augen, während sie mit einem Finger langsam, fast zärtlich, über eine Karte strich. »Sei auf der Hut vor dem Mann mit den zwei Gesichtern. Er wird dich verletzen, wenn du es zulässt.«

Sei auf der Hut … Der Mann mit den zwei Gesichtern? Konnte sie … Jonah meinen? Er hatte Narben, das ja, aber was meinte die Wahrsagerin mit den zwei Gesichtern? Sein altes Gesicht und sein neues Gesicht? *Er wird dich verletzen, wenn du es zulässt?* Jonah?

Clara schüttelte den Kopf. Sie konnte nicht glauben, dass Jonah ihr etwas antun würde. Sie vertraute ihm. Zumindest … fühlte sie sich sicher bei ihm. Andererseits war sie vielleicht naiv. Sie glaubte ihn gut zu kennen, aber konnte man einen Menschen, den man nie gesehen hatte, der sich hinter einer Mauer verbarg, wirklich kennen? *Ja*, sagte ihr Herz. *Ja.* Doch der Zweifel blieb … Jonah war nicht zum vereinbarten Treffpunkt im Park gekommen. Und hinter der Mauer hatte er auch nicht auf sie gewartet.

»Sehen Sie da noch etwas, Madame Catoire? Etwas über … Liebe?«

Die Wahrsagerin lehnte sich wieder zurück. Sie wirkte leicht erschöpft, was Clara ein wenig überraschte, immerhin saßen sie ja erst seit zehn Minuten an diesem Tisch. »Deine wahre Liebe tanzt zwischen Mondstrahlen.«

Was in aller Welt …? Tanzen? Sie war Tänzerin, offenkundig, aber abgesehen davon hatte Clara keine Ahnung, was diese Worte zu bedeuten hatten. Sie öffnete schon den Mund, um nachzufragen, da erhob sich Madame Catoire unvermittelt. »Die Sitzung ist beendet.«

Schwungvoll sammelte sie die Karten ein und verließ den Raum durch eine andere Tür als die, durch die sie hereingekommen waren. Clara hörte, wie sie eine Treppe hochstieg. Sie stand nun auch auf, durch den plötzlichen Abschied verwirrt. Würde die Frau sie nicht zur Ladentür bringen und abschließen? Sie hatte gesagt, dass sie geschlossen habe …

Clara nahm einen Zwanziger und einen Fünfer aus ihrem Portemonnaie und legte die Scheine gut sichtbar auf den Tisch. Kein Preisschild verriet, wie viel Madame Catoire für eine Sitzung nahm, aber Clara fand es nicht richtig, wenn ein Mensch für seine Arbeit nicht bezahlt wurde. Sie hoffte nur, dass die Summe dem üblichen Honorar entsprach.

Über dem Eingang bimmelte wieder das Glöckchen, als Clara in die feuchtkalte Nacht hinaustrat. Die Straße war nun weniger belebt.

Clara zog ihr Handy aus der Tasche, um nach der Uhrzeit zu sehen. Verblüfft stellte sie fest, dass eine volle Stunde vergangen war. *Wie ist das möglich?*

Sie wandte sich nach rechts und eilte die Straße hinunter. Ihr blieben noch zehn Minuten, um etwas beim Kostümverleih zu finden, das sie auf dem Maskenball tragen konnte. Und dann eine weitere einsame Nacht. Clara wusste, dass sie nicht aufhören würde, über die Worte der Wahrsagerin nachzudenken: *Such weiter. Hör nicht auf. Das ist sehr wichtig.*

14. KAPITEL

Januar 1861

»Mr Whitfield, Sie sehen heute Abend wirklich sehr schick aus!«

John lächelte ein wenig gezwungen. Falls es Mrs Chamberlain auffiel, so ließ sie sich jedoch nichts anmerken. »Danke sehr, Mrs Chamberlain. Sie sehen wie immer bezaubernd aus.«

Er wandte sich Astrid zu, die zur Rechten ihrer Mutter stand. »Wie auch Sie, Astrid.«

Astrid errötete bis unter die Haarwurzeln. John spürte, wie ihm unbehaglich wurde. Es missfiel ihm sehr, das junge Mädchen als Vorwand zu benutzen, um Zeit in Windisle verbringen zu können – *Zeit mit Angelina* –, doch im Augenblick sah er keine andere Möglichkeit.

»Ist das dort Mrs Holdsworth? Ich glaube schon. Warum nehmt ihr jungen Leute euch nicht ein Glas Punsch? Bin gleich wieder bei euch.«

Mrs Chamberlain tätschelte ihrer Tochter den Arm und sah sie mahnend an. John wandte den Blick ab und gab vor, den dezenten Wink nicht bemerkt zu haben.

Er räusperte sich und nickte Mrs Chamberlain zu, als sie an ihm vorbeischwebte. »Punsch?«, wandte er sich an Astrid.

Wieder errötete das junge Mädchen und zog ein um Verzeihung bittendes Gesicht. »Mutter ist nicht gerade feinfühlig. Doch ja, bitte. Ich hätte gern ein wenig Punsch.«

John lächelte in sich hinein. Er hegte keinerlei romantische Absichten, aber Astrid war unbestritten ein nettes Mädchen. Und sie war hübsch. Ein wenig ähnelte sie Angelina, die auch die mandelförmigen Augen des gemeinsamen Vaters und dessen hohe Stirn geerbt hatte. Eines Tages würde Astrid einem Mann gefallen, und dieser Mann würde Glück haben, wenn sie seine Gefühle erwiderte, trotz dieses Drachens von einer Mutter.

Er führte Astrid zu dem Tisch mit der Punschkaraffe, schenkte ihr eine Schale ein und bediente sich selbst. »Ein glückliches neues Jahr, Astrid«, wünschte er ihr und stieß mit ihr an.

»Ein glückliches neues Jahr, John«, erwiderte sie leise und nippte an ihrem Punsch.

Ein Mann mit Zylinder und schwarzer Maske ging an ihnen vorbei. Er war in Begleitung einer Frau mit roter Federboa und elegantem Hütchen und lachte aus vollem Hals. »Mir war nicht klar, dass es sich um einen Maskenball handelt.«

»Oh, das hat auch nicht in der Einladung gestanden. Vor vielen Jahren haben meine Eltern zu Silvester einen Kostümball gegeben, und manche Gäste verkleiden sich immer noch, um die Tradition zu ehren.«

»Ah, verstehe.« John nippte an seinem wässerigen Punsch. Er wünschte, er wäre stärker oder er hätte selbst etwas Stärkeres mitgebracht, mit dem sich die gesellschaftliche Banalität dieses Abends besser ertragen ließ.

Am liebsten wäre er mitten durch den Gästeschwarm gestürmt, hinaus in die kühle Nacht. John wollte zu der anderen. Er begehrte sie so sehr, dass es schmerzte.

Plötzlich war ihm, als hätten seine Gedanken Gestalt angenommen, denn er erblickte Angelina … oder vielmehr eine Frau, die sich bewegte wie Angelina. Sie trug ein hochgeschlossenes blassrosa Kleid und die Vollmaske eines Katzengesichts, die auch ihren Scheitel bedeckte. John versuchte, die Erscheinung als Fantasterei abzutun, aber nein, diese Frau hatte wirklich die Bewegungen seiner Angelina. Er musste es wissen, hatte er doch lange Stunden damit verbracht, sich jeden Augenblick mit ihr wieder ins Gedächtnis zu rufen, die Biegsamkeit ihres schlanken Leibes, jede ihrer Gesten, jede noch so kleine Veränderung ihrer Mimik. Aber Angelina wäre niemals zu dieser Party eingeladen worden. Sie war irgendwo hier, in der Nähe, aber, bei Gott, gleichzeitig Welten entfernt.

»Nun, John«, hob Astrid an. Er löste seine Augen von der Frau auf der anderen Seite des Saals und wandte sich Astrid zu, die nervös an ihrer Unterlippe nagte. »Es, äh, war sehr schön, mit Ihnen Tee zu trinken. Ich hoffe, also, ich …«

John schaute wieder zu der maskierten Frau, während Astrids Stimme sich in einem Murmeln verlor. Die Frau streckte ihre behandschuhte Rechte aus und nahm einen Kuchenhappen von einem Tablett, das ein Diener durch die Menge trug. Mit einer Hand bedeckte sie den unteren Teil ihres Gesichts und schob den Bissen diskret unter die Maske. Als sie die Hand wieder senkte, bog sich ihr Rücken ein wenig durch.

Diese kaum wahrnehmbare Bewegung … In derselben Art genoss Angelina die Liebe, wenn sie ihren Rücken wölbte. *Verflucht*. Der Lärm der Party explodierte in Johns Kopf.

»John? Was ist mit Ihnen? Haben Sie gehört, was ich sagte?«

»Wie bitte?«, murmelte er – und sah, dass Astrid ihn musterte, mitleidig und leicht gekränkt.

»Ich habe Sie gefragt, ob …«

»Verzeihen Sie meine Unhöflichkeit, Astrid, aber ich muss dringend mit jemandem sprechen.«

»Oh, freilich, ich …«

John ließ Astrid stehen und näherte sich unauffällig der

Frau am Fenster – nein, nicht der Frau. Angelina. Seine Angelina, die hier mit dem Feuer spielte.

Sein Magen zog sich vor Angst zusammen. Mühsam unterdrückte er einen Fluch. Stattdessen setzte John ein, wie er hoffte, lässiges Lächeln auf, als er an Angelina vorbeiging. »Komm mit«, raunte er, schritt rascher aus, verließ den Saal und ging den Korridor entlang, wo er sich kurz umschaute, ob sie ihm auch wirklich folgte, ob niemand ihr Fortgehen bemerkt hatte.

John betrat die Bibliothek am Ende des Ganges und ließ die Tür einen Spalt offen. Als Angelina eine Sekunde später hereinschlüpfte, riss er sie in seine Arme, trat die Tür mit einem Fuß zu und schloss sie mit einer raschen Drehung des Schlüssels in seiner Hand ab. »Was zum Teufel tust du hier?«

»Wie hast du mich erkannt?«

Er streifte ihr die Maske vom Gesicht und warf sie zu Boden, packte sie fester, wobei er keuchend den Atem ausstieß. »Ich würde dich überall erkennen, weißt du das nicht?«

Angelina schaute zu ihm auf, sie lächelte. Sie legte eine Hand auf Johns Herz, das wie rasend schlug, wegen des Risikos, das sie eingegangen war, aber auch vor Freude, dass er sie nun in den Armen hielt, was er sich so glühend gewünscht hatte.

»Ich wollte dir nahe sein, John. Ich wollte mit dir tanzen und Champagner trinken. Ich wollte die Kuchen probieren, meine Mutter hat den ganzen Tag gebacken. Und da habe ich die Masken gesehen und gedacht, dass …«

John erstickte ihre Rede mit einem Kuss. Seufzend klammerten sie sich aneinander und küssten sich voll Sehnsucht und in dem Bewusstsein, dass es für sie keinen Tanz gab, keinen Champagner. *Aber wir haben dies. Das kann uns keiner nehmen,* raunte es in Johns fiebrigen Gedanken. Auch wenn es nicht annähernd genug war.

»Ich will mich nicht verstecken«, flüsterte Angelina an seinem Mund, »nicht in einer Höhle und nicht in einem Bau. Ich will im Licht leben, John.«

Oh, verdammt. Verdammt, verdammt. *Das ist Wahnsinn*, dachte er. Es machte ihn rasend, machte ihn verrückt, weil er handeln, eine Lösung für sie beide finden musste. Doch obwohl John keinen Schlaf fand, obwohl er nachts lange aufblieb und an die Decke starrte, konnte er sich keine Lösung vorstellen, die Angelinas Leben nicht in Gefahr bringen würde. Ihr Leben, das ihm kostbarer war als sein eigenes.

»Angelina«, flüsterte er. Seine ganze Liebe und Hilflosigkeit lagen in dem einen Wort. Er brauchte mehr Zeit. Was konnten sie tun?

Er küsste Angelina ein letztes Mal und strich mit dem Finger über ihre zarte Wange. »Wir werden beide das Sternenlicht trinken, das du in Flaschen gefüllt hast. Wir werden der ganzen großen Welt unser Licht leuchten lassen.«

Sie lachte leise, doch es klang nicht freudig. »Das ist aber nicht real, und das weißt du.«

Angelina löste sich von ihm. Sie hob die Maske vom Boden auf und ging zum Schreibtisch. Dort nahm sie ein Buch zur Hand, schaute es an und legte es mit hochgezogenen Schultern wieder hin. Sie wandte sich vom Schreibtisch ab und öffnete den Mund, um etwas zu sagen, doch in diesem Moment klapperte ein Schlüssel im Schloss. Bevor einer von ihnen reagieren konnte, platzte Astrid in die Bibliothek. Sie blickte mit weit aufgerissenen Augen von John zu Angelina und wieder zurück zu John. Der Ausdruck ihres Gesichtes war schwer zu deuten. John sank der Mut. *Oh Gott, nein.*

Er wollte sich gerade schützend vor Angelina stellen, als sie Absätze auf den Hartholzdielen des Korridors hörten. Sekunden später betrat Mrs Chamberlain das Zimmer.

Sie schaute von einem erschrockenen Gesicht zum anderen. »Was, bitte schön, geht hier vor?«

Verzweifelt suchte John nach einem Ausweg. Sie würden Angelina etwas antun – vielleicht nicht unbedingt eine körperliche Strafe, aber sie würden einen Weg finden, um ihr zu schaden. Das durfte er nicht zulassen.

Da trat Astrid vor. Ein sprödes Lächeln hob ihre Mundwinkel. »Mama, ich hatte Angelina gebeten, eine Maske aus meinem Zimmer zu holen und mir zu bringen. Es sollte eine Überraschung für deine Gäste sein!«

Sie ging zu Angelina und streckte auffordernd ihre Hand nach der Katzenmaske aus.

John sah Angelina vor Angst erbeben. Er wollte zu ihr gehen, ihr beistehen, doch er hielt sich mit aller Macht zurück.

»Nicht wahr, Angelina?«

John starrte Astrid nur an, bereit einzuschreiten, wenn es nötig wurde. Er fragte sich, was in aller Welt Astrid da machte? Deckte sie sie etwa?

»Ja, Ma'am«, sagte Angelina leise und legte die Maske in Astrids ausgestreckte Hand.

Immer noch mit dünnem Lächeln wandte sich Astrid wieder ihrer Mutter zu. »War das wirklich nötig, Astrid?«, fragte Mrs Chamberlain. »Nur die Älteren hängen noch an dieser Tradition.« Sie schaute zu John. »Was haben Sie denn hier verloren, John?«

»Ich, äh, habe mich in der Tür geirrt. Hab das Badezimmer gesucht.«

»Ach du meine Güte, Sie waren doch inzwischen wirklich oft genug hier, um sich auszukennen.« Sie wedelte mit der Hand. »Nun, offenbar nicht lange genug, um alle Zimmer zu kennen.« Sie zögerte kurz. »Was sich bald ändern wird, wie ich hoffe.«

»Nun denn« – er wandte sich an Angelina – »es tut mir leid, wenn ich Ihnen Angst eingejagt habe, Miss.«

Mrs Chamberlain starrte Angelina an, als hätte sie deren Anwesenheit vollkommen vergessen.

»John, vielleicht kennen Sie Angelina. Sie ist unsere Küchenhilfe und serviert uns den Tee«, sprang Astrid in die Bresche.

John blickte zu Angelina. Mit seinen Augen versuchte er ihr zu vermitteln, wie verdammt leid ihm das alles tat. Andererseits wollte er sie schütteln für ihre Waghalsigkeit, die sie beide an den Rand der Katastrophe gebracht hatte. Zum Glück hatte Astrid rasch reagiert. Später würde er sich für sie eine Erklärung ausdenken. Doch wenn sie bewusst für ihn und Angelina gelogen hatte, musste sie bereits etwas geahnt haben. Und warum sie sich für diese Lüge entschieden hatte, war ihm ein Rätsel.

Er nickte Angelina zu. »Ja, hallo.« Er richtete den Blick auf Astrid. »Sie haben mir noch nicht den Tanz gewährt, um den ich Sie gebeten hatte.«

Mrs Chamberlain klatschte in die Hände und wirkte höchst zufrieden. »Dem muss unverzüglich abgeholfen werden. Astrid, John hat dich um den nächsten Tanz gebeten.«

Die Spannung in ihm wuchs zugleich mit dem Wissen, wie sehr es Angelina demütigen musste, dass er sie auf diese Weise ignorierte. Doch jetzt mussten sie vor allem vorsichtig sein. Und sie waren ja daran gewöhnt. Wenn sie ihm Tee servierte und die Tasse reichte, berührten sie sich leicht mit den Fingerspitzen. Sie wussten beide, was es hieß, sich verstellen und lügen zu müssen.

Ich will mich nicht verstecken. Ich will im Licht leben, John. Er drängte ihre Worte beiseite. Noch war die Zeit nicht gekommen.

»Ich würde sehr gern tanzen, John«, murmelte Astrid. Er

reichte ihr den Arm, dann wandten sich alle drei zur Tür. John wagte nicht zurückzuschauen.

Während sie auf den Saal zuschritten, begannen die Musiker, ein langsames Stück zu spielen – zweifellos auf Befehl von Mrs Chamberlain.

John nahm Astrid in seine Arme und drehte sich mit ihr im Kreis zusammen mit den anderen Paaren. »Ich danke Ihnen«, sagte er leise.

Einen Moment wirkte sie angespannt, doch dann nickte sie. John war froh, dass sie nicht so tat, als wisse sie nicht, wofür er ihr dankte. »Astrid …«

»Sie müssen mir nichts erklären. Ich wusste es bereits. Oder hatte es zumindest vermutet. Wie Sie sie ansehen, John … schon vor Wochen war es mir klar.«

Er stieß erstaunt den Atem aus. »Glauben Sie, dass es auch Ihre Mutter weiß?«

»Ich weiß, dass sie es nicht weiß. Wenn sie es wüsste, würde Angelina … Sie beide gehen ein sehr großes Risiko ein«, fuhr sie leise fort. »Sind Sie sicher, dass es das wert ist?«

Aus dem Augenwinkel sah John Angelina, die eben aus der Tür schlüpfen wollte, um wieder in die unteren Regionen des Hauses zu verschwinden. Einen Herzschlag lang sahen sie einander in die Augen, dann war sie fort. Sein Körper war zwar hier im Saal, aber seine Seele, das hätte er schwören können, war ihr gefolgt. »Ja«, erwiderte er leise, aber bestimmt.

»Dann müssen Sie vorsichtiger sein. Wenn ich es gemerkt habe, dann ist es nur noch eine Frage der Zeit, bis Mutter es ebenfalls bemerkt. Sie ist sehr egozentrisch und hat einen scharfen Instinkt für Dinge, die ihre Pläne stören könnten.«

»Wie ihre Pläne für Sie und mich«, ergänzte John, von einem Nadelstich des schlechten Gewissens durchbohrt.

Astrid zögerte. »Ja, wie für Sie und mich.«

»Es tut mir leid, Astrid. Wenn …«

Das junge Mädchen lachte leise. »Lächeln, John. Sie sehen aus, als würde ich Sie mit vorgehaltenem Revolver zum Tanz zwingen. Und wenn Sie gerade sagen wollten, dass Sie, lägen die Dinge nur anders, froh über meine Liebe wären, dann tun Sie es bitte nicht. Es gibt Grenzen für das, was ich ertragen kann.«

»Ich wollte es sagen, und ich hätte es auch so gemeint. Sie werden eines Tages einen Mann sehr glücklich machen, Astrid.«

»Aber nicht Sie.«

»Nein … nicht mich.« Er löste sich behutsam von ihr und sah ihr tief in die Augen. »Werden Sie uns helfen, Astrid?«

Die junge Frau zögerte, wandte einen Moment den Blick ab, dann schaute sie ihn wieder an. John war sich bewusst, dass seine Bitte nicht nur unhöflich gewesen war, sondern auch von schierer Verzweiflung kündete. *Aber dieses Wagnis musste er für Angelina eingehen.* Sie verdiente es, im Licht zu leben. *Sie beide verdienten eine Chance.* Seine einzige Hoffnung bestand darin, dass Astrid im Namen der Liebe über die ihr angetane Kränkung hinwegsehen würde.

Sie holte tief Luft. »Ja, John. Ich helfe Ihnen.«

15. KAPITEL

»Falls ich es dir noch nicht gesagt habe: Du siehst fantastisch aus.« Marco ergriff ihre Hand und half ihr beim Aussteigen.

Clara lachte leise. »Du hast es bereits gesagt – zweimal ungefähr. Trotzdem danke.«

Marco grinste. Auch er sah nicht schlecht aus in seinem schwarzen Smoking und einer schlichten schwarzen Maske, die lediglich Augen und Nase bedeckte. Er bot ihr seinen Arm, um sie in das Luxushotel zu führen, in dem der Charity-Maskenball stattfand.

Clara fühlte sich auch fantastisch in ihrem schwarzen Atlaskleid mit Tellerrock, winzigen angeschnittenen Ärmeln und engem Oberteil, das mit Hunderten blauer und grüner Pailletten besetzt war.

Die Auswahl im Kostümverleih war nicht sonderlich groß gewesen, doch sie hatte eine azurblaue Maske mit filigraner Goldfadenstickerei entdeckt, an der Seite geschmückt mit einer Kaskade blauer und grüner Federn. Es war eine erlesene, einzigartige Maske, die Clara gut gefiel, weil sie an einen Kolibri erinnerte.

Eigentlich hatte sie ein einfaches, aber hübsches langes schwarzes Kleid tragen wollen wie im Vorjahr bei der Hochzeit einer Freundin. Aber dann hatte sie im Schaufenster eines Vintage-Ladens das Pailletten-Kleid entdeckt, das wunderbar zu ihrer Maske passte. Als sie es anprobierte, saß es wie angegossen. Sie musste es kaufen.

Clara war daran gewöhnt, sich zu verkleiden – es gehörte zu ihrer Ausbildung –, aber dieses Kleid war etwas ganz Besonderes. Noch nie hatte sie etwas so Schönes getragen. Schimmernde Seide. *Romantisch.* Sie empfand es nicht als Verkleidung. Es war eher so, als brächte das Kleid ihre Persönlichkeit zum Ausdruck.

»Wow«, stieß Marco hervor, blieb stehen und sah sich anerkennend um. Und Clara musste ihm voll und ganz beipflichten: *Wow, in der Tat.*

Der Saal war vollständig in Schwarz, Weiß und Gold dekoriert; gewaltige Kronleuchter schickten ihr Gefunkel durch den Raum und betonten die goldenen Akzente. Vasen mit weißen Lilien und grünen Ranken waren auf den Tischen verteilt. Jede stand auf einem Spiegel, der noch zusätzlich Licht in den Saal reflektierte.

Tief atmete Clara den süßen, schweren Duft der Blumen ein und schloss vor Entzücken die Augen.

Marco beugte sich zu ihr vor. »Tanz mit mir«, flüsterte er.

Clara ließ sich von ihm auf die Tanzfläche führen. Dort drehten sich schon einige maskierte Paare zur Musik einer Band, die sich in einer Ecke des Raumes befand.

Marco nahm sie in seine Arme. Clara betrachtete die anderen Paare, bewunderte ihre Masken, ihre perfekte Gesellschaftskleidung. Weil die Ausstattung des Saals sich auf Schwarz, Weiß und Gold beschränkte, leuchteten die Kleider der Damen wie bunte Edelsteine.

»Bist du meine Berührung so sehr gewöhnt, dass du abschaltest, wenn wir zusammen tanzen?«

Clara schüttelte den Kopf. »Ich habe nicht abgeschaltet. Bloß die Kostüme bewundert.«

»Und ich bewundere dich«, flüsterte er in ihr Haar.

Clara zwang sich, ihre Aufmerksamkeit Marco zuzuwenden.

In seinem Smoking sah er wirklich elegant aus. Sie hatte in ihm einen Schürzenjäger gesehen, aber er hatte nur Augen für sie. Vielleicht … vielleicht war das hier so etwas wie ein Date? Und ihre Regel, sich niemals mit Kollegen zu verabreden, doch zu strikt? Wo sonst sollte sie denn jemanden kennenlernen? An der Mauer einer gottverlassenen Zuckerrohrplantage?

Innerlich verspottete sie sich. Vielleicht wäre es jetzt allmählich an der Zeit, ihre Aufmerksamkeit von einem problematischen Menschen abzuwenden, der sich selbst nicht verzeihen konnte und für alle Ewigkeit ein Leben hinter einer Mauer gewählt hatte.

Clara war beileibe nicht ungeduldig oder lieblos, aber wenn Jonah unzugänglich blieb … Sollte sie fortfahren, ihm gut zuzureden? Sie wollte leben. Und zwar jetzt.

Sie schlang ihre Arme um Marcos Nacken und zog ihn an sich. Er sah sie erstaunt an, schloss sie dann aber fest in seine Arme. Clara versuchte, mehr in ihm zu sehen als Marco, den Kollegen. Er war ein Mann, der an vielen Frauen interessiert war, vielleicht aber auch nur darauf wartete, dass die Richtige seinen Weg kreuzte.

Und vielleicht wartete auch sie auf den Richtigen.

In ein paar Sekunden würde er sie küssen, und sie würde ihn gewähren lassen.

»Verzeihung«, sagte eine Frauenstimme hinter ihnen. Leiser Zorn flammte in Marcos Augen auf. Er löste sich von Clara und sah über seine Schulter hinweg die Frau an. Sie räusperte sich verlegen. »Wir haben noch zehn Minuten.« Es war Roxanne, die dem Ballett angehörte. Sie warf Clara einen neugierigen, jedoch nicht unfreundlichen Blick zu, dann ging sie davon.

Marco schüttelte unmutig den Kopf. »Tut mir leid.«

»Muss dir nicht leidtun. Ich hätte euren Auftritt beinahe vergessen. Du solltest dich fertig machen. Zehn Minuten.«

Marco nickte frustriert. »Stimmt.«

Er führte Clara von der Tanzfläche. »Der Auftritt dauert bloß eine halbe Stunde. Wartest du hier auf mich?« Er deutete auf einen Tisch in der Nähe.

Clara hatte sich nicht für die Vorführung gemeldet, da an Freiwilligen kein Mangel herrschte. Nun freute sie sich darüber. Es war schön, ausnahmsweise einmal Publikum zu sein und die Füße auszuruhen.

Sie nahm am Tisch Platz und rief Marco noch »Viel Glück!« hinterher, obwohl sie wusste, dass er keinen Zuspruch brauchte. Marco war einer der begabtesten Tänzer, die sie kannte.

Clara bestellte sich ein Glas Wein und genoss die letzten Minuten des Wartens, bis die Lichter gedimmt wurden. Sie liebte diesen Moment, egal ob sie Zuschauerin oder Akteurin war, liebte die atemberaubenden letzten Sekunden, bevor der Vorhang aufging, wenn ihr Herz wie gespannt an einem Faden hing. *Es gibt nichts, was damit vergleichbar wäre.* Ein erwartungsvolles Kribbeln lief über ihre Haut.

Die Scheinwerfer gingen an. Marco und Roxanne standen in der Mitte der Bühne, in der Anfangsposition und vollkommen ruhig.

Ein Saxofonist begann zu spielen. Die rauchig klingenden Töne schwebten durch die Stille des Saals, während das Paar in wunderbarer Harmonie zu tanzen begann.

Das Licht war ein wenig sonderbar. Clara schaute nach oben. Über der Tanzfläche war ein Mond aufgehängt. Und an der Decke funkelten tausend winzige Lichter, sie stellten die Sterne dar.

Roxanne wirbelte aus der Mitte an den Bühnenrand. Clara konzentrierte sich wieder auf Marco, der nun allein unter dem künstlichen Nachthimmel tanzte.

Deine wahre Liebe tanzt zwischen Mondstrahlen.

Claras Herz tat einen Satz. Hatte die Wahrsagerin ihre Worte auf Marco bezogen? Sie beobachtete ihn scharf und versuchte, ihn nicht mehr so kritisch zu sehen. Zu vergessen, dass er nach den Proben immer von Frauen erwartet wurde – und jede Woche von einer anderen. Dass er hemmungslos mit Kolleginnen flirtete, die er ein paar Tage später um einer neuen Flamme willen versetzte.

Marco hatte wunderbare, präzise Bewegungen, auch sein Gesicht drückte intensive Konzentration aus. Er war kein emotionaler Tänzer, rührte Clara nicht zu Tränen wie manch anderer. Aber er war gut. Nein, sogar brillant. Aber sie glaubte nicht, dass die Musik, die Story des Stücks, Marco in seiner Seele berührte.

Sie selbst war vermutlich genau das Gegenteil. Sie fühlte zu viel und vergaß darüber, die nötigen Schritte mit vollendeter Präzision auszuführen. Die großen Tänzer, so glaubte Clara, besaßen beides: Präzision und Emotion. Und das war selten.

Plötzlich vibrierte es in ihrer Handtasche. Das Display des Handys schimmerte durch das zarte Gewebe. Clara beugte sich vor, in Gedanken sofort bei ihrem Dad. Sie stand vom Tisch auf, als die Musik zu einem Crescendo anschwoll, und entfernte sich in den hinteren Teil des dunklen Saals, bis sie weit genug weg war, um die Show nicht zu stören. Erst dann nahm sie ihr Handy aus der Tasche und las eine SMS von einer unbekannten Nummer.

Du bist heute Abend wunderschön.

Clara starrte ungläubig auf ihr Handy. Ein Schauer überlief sie. Wer in aller Welt hatte ihr das geschickt?

Sie hob den Kopf und sah sich in dem dunklen Saal um. Marco tanzte noch immer unter der bestirnten Decke.

In der Nähe einer der Türen sah sie einen Schatten, der

rasch verschwand. Aber Clara hätte schwören können, dass der Mann sich noch einmal umgesehen und sie direkt angeblickt hatte.

Sie ging auf die Tür zu. Ihr Herz schlug wild, als sie auf die Nachricht antwortete.

Wer ist da?

Man hat mich den Wünschesammler genannt.

Clara sog scharf die Luft ein und blieb abrupt stehen. Dann setzte sie sich wieder in Bewegung. Sie umrundete ein Pärchen, das ganz hinten im Saal stand. Die beiden warfen ihr einen fragenden Blick zu, dann schauten sie wieder vor zur Bühne. Clara eilte zu der Tür, durch die der Mann verschwunden war. *Bist du hier, Jonah? Wirklich?* Wie hatte er sie in der Menge ausfindig machen können? Ihr halbes Gesicht war hinter einer Maske verborgen.

Die Tür führte in einen Hof, in dessen Mitte ein Brunnen sprudelte. Rund um den Hof standen Topfpalmen, deren Wedel bewegliche Schatten auf das Kopfsteinpflaster warfen. Der Mann war verschwunden.

Langsam und mit klopfendem Herzen wagte Clara sich vor. Es war ein milder Abend, doch ihr war heiß vor Anspannung, Skepsis und einem Hauch Furcht.

Ein Schatten bewegte sich zu ihrer Linken. Clara stieß einen leisen Schrei aus. Dort war ein Mann, groß und breitschultrig. Zuerst war er nur ein Schatten unter anderen, doch dann trat er aus seiner Deckung hervor.

Clara war verunsichert, verängstigt, fluchtbereit, aber … es war Jonah. *Es gibt nichts zu fürchten,* sprach sie sich Mut zu. Dass er nun endlich leibhaftig vor ihr stand, ließ all ihre Bedenken nichtig erscheinen. Sie trat einen Schritt vor, um ihn besser anschauen zu können.

Eine leise innere Stimme warnte sie: Von nun an würde sich

alles ändern. Alles. Clara machte noch einen Schritt. Allmählich gewöhnten sich ihre Augen an die Dunkelheit.

Und weiteten sich ungläubig, als sie sein Gesicht sah. Vor Schreck klappte ihr der Mund auf: Es war ein Totenschädel! Dann besann sie sich: Es war lediglich eine Maske, die eine Gesichtshälfte komplett bedeckte und wie ein Totenkopf bemalt war, während die andere Hälfte lediglich das Auge und einen Teil der Nase verbarg.

Obwohl sie den Blick nicht von seinem Gesicht abwandte, bemerkte Clara trotzdem, dass Jonah einen schwarzen Smoking trug. Deutlich hob sich die weiße Fliege davon ab, ebenso wie die weißen, gemalten Knochen auf seiner schwarzen Maske.

Die Luft stand still. Der Duft des nachtblühenden Jasmins stieg Clara in die Nase. Das stete Plätschern des Wassers lenkte sie von ihrer Aufregung und Furcht und Verwirrung und hundert anderen Emotionen ab, die sie gepackt hatten.

»Das ist nicht der Brunnen, an dem du mich treffen solltest«, sagte sie ein wenig atemlos.

Jonah schien wie erstarrt. Die sichtbare Hälfte seines Mundes war zu einer grimmigen Linie zusammengepresst.

Dann, allmählich, löste sich seine Anspannung. »Ich weiß.« Er war es: ihr Wünschesammler. Clara hätte diesen tiefen Tenor mit dem singenden Tonfall überall wiedererkannt. Jonah besaß eine Stimme, die zum Geschichtenerzählen, zum Zauberwirken geschaffen war. Sie fesselte und verführte und brachte verträumte Mädchen dazu, Dinge zu tun, die sie eigentlich nicht tun wollten. Hatte er sie von Beginn an in seinen Bann gezogen? *Und wenn es so ist, warum gefällt es mir dann so sehr?*

Nun trat sie vor Jonah und spürte die Hitze seines Körpers. Es gab eine plötzliche atmosphärische Veränderung, eine Art chemischer Reaktion, die Clara sich nicht erklären konnte, die sie aber spürte. Wie die Vorahnung eines Gewitters – das Kollidieren der Atome, das Schwirren des Ozons. Nur hier fand es ausschließlich zwischen ihnen beiden statt.

Er ist hier, flüsterte ihr Herz. Sie stand direkt vor ihm, keine Mauer trennte sie mehr. Ehrfurcht erfüllte Clara, ein Gefühl der Unwirklichkeit, als wäre alles nur ein Traum, aus dem sie jeden Moment erwachen könnte. Sie streckte ihre Hand aus und strich über den festen Stoff seines Jacketts. Nichts trennte sie mehr, überhaupt nichts. Abgesehen von den Masken.

Clara hob die Arme. Mit einem nervösen Schlucken schob sie ihre Maske hoch. Schaute ihm schüchtern in die Augen und drehte ihr Gesicht ins Licht. Er reagierte nicht.

»Hi, Jonah«, flüsterte sie. *Ich bin es*. Sie hatte keine Ahnung, was er zu sehen erwartete – falls er überhaupt etwas erwartet hatte. Gleichwohl war sie nervös und spürte, dass sie zitterte.

»Hi, Clara.« Seine Stimme klang rau, unsicher. Zaghaft streckte sie die Hand nach seiner Maske aus. Er wich sofort zurück. Ihre Hand fiel herab. »Du bist schön.«

Sein Ton war beinah ehrfürchtig.

Sie war erstaunt, dass ihr sein Kompliment so gut gefiel. Clara hatte ihr Aussehen nie allzu wichtig genommen, sondern sich stattdessen auf ihr Talent und ihre Fähigkeiten konzentriert, auf etwas, über das sie die Kontrolle besaß.

Aber sie war auch eine Frau … Und dass der Mann, auf dessen Meinung sie inzwischen etwas gab, sie für eine Schönheit hielt, bereitete ihr große Freude. Und zugleich machte es ihr schmerzlich bewusst, warum er wegen seiner Narben scheu war.

»Ich bin an jenem Abend im Park gewesen«, sagte Jonah und drehte den Kopf, schaute sie mit dem Auge an, das er offenbar bevorzugte. »Ich habe dich beobachtet. Ich … war einfach noch nicht bereit.«

Er ist an dem Abend dort gewesen? Oh. Clara stieß ihren angehaltenen Atem aus und trat ganz dicht an ihn heran, suchte seine Wärme. Er war noch nicht bereit, ihr sein Gesicht zu zeigen – seine Narben –, und sie wollte ihn gewiss nicht drängen. Doch es gab schon so viel Trennendes zwischen ihnen, und es fiel ihr schwer, seiner Anziehung zu widerstehen.

»Ist schon gut. Jetzt bist du ja da.« Nachdenklich zog sie die Brauen zusammen. »Aber wie kommt das? Woher wusstest du, wo wir auftreten?«

Jonah lachte verlegen. »Ich wollte dich tanzen sehen. Ich habe bei einer Probe zugeschaut.« Er schüttelte kaum merklich den Kopf. »Es tut mir leid. Ich weiß, es klingt ein bisschen …«

»Es klingt nett. Ich wünschte, du hättest es mir gesagt. Ich wünschte, ich hätte gewusst, dass du mir zusiehst. Dann hätte ich nur für dich getanzt.«

Ihre Blicke verschränkten sich für die Dauer eines Herzschlags. Obwohl sie von Jonah nur ein Auge sehen konnte, strömte eine seltsame Energie zwischen ihnen, die Clara nicht benennen konnte.

Jonah wandte sich ab und lehnte sich an die Mauer. Im Mondschein konnte Clara den Pulsschlag an seiner Kehle sehen. Das erregte sie auf seltsame Weise. Sie wollte seinen Hals berühren, wollte spüren, wie das lebendige Blut in seinen Adern pulsierte, ahnte jedoch, dass Jonah sich dann noch mehr zurückziehen würde. Es sah so aus, als würde er beim geringsten Anlass die Flucht ergreifen, und Clara wollte doch nur, dass er bei ihr blieb.

»Im Foyer lag ein Flyer für den Maskenball.« Seine Lippen – die schön geschwungene Hälfte seines Mundes, die Clara sehen konnte – kräuselten sich. »Das mochte ich doch nicht versäumen.« Sein Lächeln erlosch. »Ich bleibe auch nicht lange.«

»Warum nicht?« Sie nahm seine Hände in ihre, und Jonah betrachtete sie erstaunt. Clara lächelte ihn an. »Ich bin so stolz auf dich. Es muss dir schwergefallen sein, Windisle zu verlassen. Aber jetzt bist du hier. Du hast es geschafft.«

»Ja. Ich habe es geschafft.« Er legte den Kopf auf die Seite. »Ich weiß zwar nicht, ob ich es noch oft tun werde, aber ich danke dir. Du hast mich daran erinnert, dass es noch eine Welt außerhalb Windisles gibt. Und wenn es dunkel genug ist …«

»Ach, Jonah« – sie drückte seine Hände –, »du musst doch nicht auf die Dunkelheit warten. Du kannst im Licht leben.« Aber sie spürte einen leisen, schuldbewussten Stich. Wieder schien es, als bedränge sie ihn, obwohl das gar nicht ihre Absicht war. Sie wollte Jonah inspirieren, sie wollte ihm ein Gefühl der Sicherheit vermitteln, keinen Druck ausüben. »Aber in deinem eigenen Tempo. Dass du hier bist« – wieder drückte sie seine Hände –, »ist die schönste Überraschung meines Lebens.«

Er lächelte bei diesen Worten. Dennoch schienen sie ihm zu gefallen. Und Clara hoffte, dass Jonah wusste, dass sie nicht im Geringsten übertrieben hatte.

Er blickte zur Tür, aus der die Musik der Tanzdarbietung drang, dann wieder auf ihre Hände. Er drehte seine Hände um und betrachtete Claras Hände. Mit dem Daumen strich er über einen Fingerknöchel und ließ lange und leise bebend seinen Atem ausströmen. Auch Clara bebte. Als sie ihm in die Augen sah, zog sich ihr ganzes Inneres zusammen.

Noch nie hatte sie jemand so intensiv angesehen. Sie hatte Jonah als Freund gesehen, aber das hier hatte überhaupt nichts mit Freundschaft zu tun! Die Berührung seiner Hände, seine Anwesenheit … war pure Erotik. Clara schluckte. Sie hatte keine Kontrolle mehr über ihre Gefühle, die stärker waren als alles, was sie je zuvor empfunden hatte.

Clara hatte bislang zwei feste Beziehungen mit dem dazugehörenden Sex gehabt. Aber die Gefühle von damals ließen sich nicht einmal annähernd mit denen vergleichen, die sie heute hatte – und dabei hielt sie lediglich Jonahs Hand. Es war die Hand eines Mannes, dessen Gesicht sie nur im Internet gesehen hatte, eines Mannes, der unter seiner Maske scheußliche Narben verbarg. Allerdings bedeckte die Maske nur eine Gesichtshälfte. Die andere Seite war vollkommen glatt, unverletzt. Clara erkannte darin die Schönheit des Online-Fotos.

Sei auf der Hut vor dem Mann mit den zwei Gesichtern. Er wird dich verletzen, wenn du es zulässt.

Ein Schauder jagte über ihren Rücken. Clara schüttelte ihre Ängste ab, und sie zerstreuten sich, vergingen in der jasminduftenden Nacht.

»Glaubst du an Prophezeiungen, Jonah?«, fragte sie, ohne nachzudenken.

Jonahs Daumen strich noch einmal über ihren Fingerknöchel. Hitze strahlte von ihm aus. Es war eine angenehme Nacht mit milden Temperaturen. Doch ihr war heiß geworden.

»Prophezeiungen?«

»Ja. Glaubst du, dass die Zukunft bereits feststeht?«

Jonah schüttelte den Kopf. »Nein, ich glaube, dass jeder seinen Weg selbst wählt. Ich habe meinen gewählt, und er …«

»Hat dich zu mir gebracht«, ergänzte Clara, obwohl sie wusste, dass es ihm nicht darum ging. Jonah hatte sagen wollen, dass dieser Weg ihn nach Windisle gebracht oder zu einem Mörder gemacht habe. Aber das würde sie nicht zulassen.

Jonah verzog den Mund. »Ja«, sagte er zögernd. »Ja, ich schätze schon.«

Er hob ihre miteinander verschränkten Hände, löste seine Finger und griff wieder zu, drückte ihre Hand. Clara seufzte vor Wonne. »Warum fragst du?« Seine Stimme klang gepresst, tiefer.

»Ich … ich …« Clara schüttelte den Kopf. Als seine Finger sich lösten und wieder zupackten, hatte sie den Faden verloren. »Spielt keine Rolle.«

Die Band begann ein neues Stück. Leise drang die Musik aus dem Ballsaal in den Hof. »Tanzt du mit mir?«

Jonah zögerte. Er schnaubte nervös. »Clara …«

»Nur einen Tanz?«, flüsterte sie. Was, wenn Jonah beschließen sollte, Windisle nie mehr zu verlassen? Was, wenn dieser Maskenball ihre einzige Chance war, mit ihm zu tanzen?

»Einverstanden«, murmelte er und nahm sie ganz behutsam in die Arme. Seine Wärme hüllte sie beide ein. Clara schmolz dahin. »Es ist so lange her, seit ich zum letzten Mal getanzt habe.«

Sein Atem strich wie ein Hauch über ihre Wange, als sie die Arme um ihn schlang und begann, sich im Takt der kaum hörbaren Musik hin und her zu wiegen.

Clara tanzte jeden Tag. Sie war es gewohnt, dass sich ein Männerkörper an sie drückte, dass Hände sie berührten. Sie war so sehr daran gewöhnt, dass sie sich manchmal gefragt hatte, ob ihr Körper überhaupt noch auf Berührung reagieren konnte. Aber Jonahs Nähe machte sie so empfindlich, als sei sie elektrisch geladen.

»Ich habe mich gefragt …«, setzte Jonah an.

»Ja?«, flüsterte sie. Vom Klang seiner Stimme nah an ihrem Ohr bekam sie Gänsehaut.

»Als du an dem Brunnen auf mich gewartet hast, hast du sehr oft zu den Sternen aufgeschaut.« Sein Mund war ganz nah und ließ ihren ganzen Leib pulsieren. »Woran hast du gedacht?«

Einen Augenblick lang war Clara von der Frage überrumpelt. Sie befand sich so sehr im Hier und Jetzt, dass es ihr schwerfiel, sich an Vergangenes zu erinnern. »Ich … ich habe mir überlegt, wie viele Leben wir haben, um mit den Menschen zusammen zu sein, die wir lieben. Ich habe gedacht – gehofft –, dass später noch etwas kommt. Ein neues Leben, eine neue Chance.« Sie drehte ganz leicht den Kopf, brachte ihren Mund näher an seinen Hals. Jonah erbebte leicht. »Liebe kann doch nicht einfach verschwinden, wenn ein Leben zu Ende ist, oder? Selbst wenn unsere Körper zu Staub zerfallen, muss unsere Liebe irgendwohin gehen.«

Jonah sagte nichts dazu, sondern schloss sie noch enger in seine Arme. Auch Clara drängte sich an ihn, auf der Suche nach mehr Nähe. Sie hörte, wie ihm der Atem stockte, spürte, wie seine Muskeln sich anspannten. Einige Sekunden wiegten sie sich im Takt der Musik, dann löste er sich von ihr und trat einen Schritt zurück. »Ich sollte jetzt lieber gehen.«

Clara wollte, dass er blieb. Wenn er sich nicht umstimmen ließ, dann würde sie mit ihm zusammen gehen. In diesem Augenblick wurde die Tür zum Hof aufgestoßen und knallte gegen die Mauer. Sie vernahmen eilige Schritte, dann rief jemand ihren Namen.

Clara runzelte unwillig die Stirn. Sie trat unter dem kleinen Dachvorsprung hervor, der sie und Jonah verborgen hatte.

Marco drehte sich zu ihr um. »Da bist du ja. Ich habe dich gesucht.«

So ein Mist. Clara war sich bewusst, dass sie Marco damit vor den Kopf stoßen würde, aber sie würde den Ball mit Jonah verlassen. *Das wird jetzt ein bisschen peinlich*, dachte sie und zuckte unmerklich zusammen.

»Was machst du denn hier draußen?«

»Ich habe mich unterhalten. Marco, darf ich dir …« Sie drehte sich zu Jonah um, aber der war verschwunden.

Marco stellte sich vor Clara und starrte in die Dunkelheit, wo Jonah noch Augenblicke zuvor gewesen war.

Clara schaute über ihre Schulter und sah eine Tür, die zur anderen Hofseite hinausführte. Ihr wurde schwer ums Herz. Er war gegangen. Er war schon fort.

16. KAPITEL

Jonah presste seinen Rücken gegen die Wand des Gebäudes neben dem Hotel und rang nach Luft.

Er hatte sich aus dem Hof gestohlen, war eilig eine Treppe hinabgestiegen und hatte das Hotel verlassen. Anstrengend war es nicht gewesen. Dass er so atemlos war, lag an Clara. *Clara.*

Alle Muskeln waren verspannt, sein Körper vibrierte bei der Erinnerung, wie sie sich an ihn drückte, ihr Duft ihn einhüllte, wie sie ihn angeschaut hatte. *Braun. Ihre Augen sind goldbraun. Wie süßer Karamell.* Und ihm war, als hätte sie trotz der Maske sein Gesicht gesehen. Mit aller Macht versuchte er sich zu beruhigen, befahl seinem Herz, langsamer zu schlagen.

Als Jonah sich besser unter Kontrolle hatte, stieß er sich von der Wand ab, steckte die Hände in die Jackentaschen und senkte den Kopf.

Er trug immer noch seine Totenkopfmaske und konnte sich daher freier auf der Straße bewegen.

Einige Passanten schauten ihn fragend an, aber in New Orleans waren Menschen in seltsamen Gewändern und Kostümen ein alltäglicher Anblick, und nach einem neugierigen Blick gingen sie ohne ein Wort weiter.

Dennoch missfiel ihm die Aufmerksamkeit, er war noch nie gern angestarrt worden. Er wünschte bei Gott, er könnte wieder in die Anonymität abtauchen. Doch damit war es für alle Zeiten vorbei. Jonah senkte den Kopf noch mehr und schlug den Kragen hoch.

Neugierige Blicke erinnerten ihn an den gravierenden Unterschied zwischen einst und jetzt. Angestarrt zu werden drückte ihm das Herz ab. Angestarrt zu werden machte ihm klar, warum er niemals mit einem Menschen wie Clara durch die Welt spazieren konnte.

Vor der Kreuzung stand eine Gruppe junger Menschen. Jonah blieb in einem Hauseingang stehen, er wollte nicht zwischen ihnen hindurchgehen, sondern wartete, bis sie die Straße überquert hatten.

Er bewegte sich im Storchenschritt vorwärts, setzte übertrieben behutsam die Füße auf, damit kein Geräusch ihn verriet. Wie bei einer Pantomime, dachte er verzagt, dieses Huschen von Schatten zu Schatten, das Wissen, wohin er treten musste, um das Licht so gut wie möglich zu meiden, selbst den Mondschein.

Einst war Jonah ein Mann gewesen, der im Rampenlicht glänzte, und jetzt war er ein Mann, der zwischen Mondstrahlen tanzte.

Das klänge romantisch, wenn es nicht so verdammt erbärmlich wäre.

Die lachenden jungen Menschen überquerten die Straße, und Jonah setzte seinen Weg fort, in Gedanken bei seiner Begegnung mit Clara.

Wie schön sie war und dazu herzensgut. Ihr wacher Geist dachte über die Liebe und das Leben nach und beschäftigte sich mit Dingen, die über ihre Existenz als Einzelmensch hinausgingen. Sie war gütig und selbstlos, und sie roch einfach himmlisch … und Jonah wollte, dass sie ihm gehörte. Es war eine schmerzliche Sehnsucht.

Er dachte wieder an die Ballettprobe, wo er sie hatte tanzen sehen. Im Schatten verborgen hatte er zugesehen, wie Claras Körper herumwirbelte und Sprünge vollführte, dass einem schwindlig werden konnte. Beim Zusehen war Jonah das Herz weit geworden und im nächsten Augenblick beinahe gebrochen.

Auch der Ausdruck ihres Gesichtes hatte ihn fasziniert, als die Musik anschwoll und in ein Crescendo überging. In Claras Miene konnte man die Seele der Musik lesen. Ihr Gesicht hatte ihm die Handlung des Balletts erzählt. Jonah wusste den Titel des Stückes nicht, aber es musste eine Geschichte voller Herzeleid und Kummer sein, die schließlich in Erlösung mündete. Clara hatte die Geschichte mit ihrem Körper und ihrem Gesicht erzählt, mit den Tränen, die in ihren Augen schimmerten. *All das habe ich gespürt und mich verliebt.* Auf der Stelle, einfach so.

Er hatte sich verliebt, und Clara hatte nicht einmal geahnt, dass er dort war. Hatte nicht gewusst, dass sein Herz im Takt der Musik schlug, zu der sie so anmutig tanzte.

Da war er gegangen, zu überwältigt von seinen Gefühlen, um ihr weiter zuzuschauen. Und hatte im Hinausgehen den Flyer gesehen, den Hinweis auf den Maskenball.

Als Jonah an der Einmündung einer Gasse vorbeiging, hörte er ein Paar, das in einen heftigen Streit verwickelt war. Sofort kehrten seine Gedanken in die Wirklichkeit zurück. Die Stimme der Frau war schrill vor Angst, dazwischen hörte er die drohenden Worte des Mannes.

Jonah duckte sich unter einen Dachvorsprung. Warum hörte er sich das an? Warum war er überhaupt stehen geblieben? Das ging ihn nicht das Geringste an. Er war auf dem Weg zu seinem Motorrad, das er ungefähr ein Jahr vor dem Prozess gegen Murray Ridgley erstanden und fahren gelernt hatte. Ursprünglich hatte er mit diesem Spielzeug zur Arbeit fahren wollen, es aber nach ein- oder zweimaligem Ausprobieren unpraktisch gefunden.

Im Lauf der Jahre hatte Jonah die Maschine bisweilen gestartet, aus Langeweile an ihr herumgebastelt und halbherzig geplant, Rundfahrten durch sein Viertel zu unternehmen, da er unter dem dunklen Helm vor neugierigen Blicken sicher war. Doch Furcht und Scham hatten ihn letztlich davon abgehalten. Jonah hatte beschlossen, Windisle gar nicht mehr zu verlassen, nicht einmal zu einem Trip um den Block. Er hatte weder den Willen gehabt noch einen Grund dafür gesehen. Erst Clara hatte das geändert.

»Ich besorge dir das Geld«, sagte die Frau mit zittriger Stimme.

»Das hast du schon letzte Woche gesagt, du Zweigroschenhure. Ich bin doch kein gottverdammter Wohlfahrtsverein. Entweder du blechst, was du mir schuldest, oder du kannst es hier jetzt auf der Stelle abarbeiten. Deine Entscheidung!«

»Bitte, Donny. Ich tue so was nicht. Und mein kleines Mädchen ist ganz allein zu Haus. Ich muss gehen.«

»Dann mal schnell auf die Knie, und gib dir ja Mühe!« Der Mann packte die Frau an den Haaren und zwang sie auf die Knie. Sie schrie vor Schmerz.

Oh Jesus. Jonah atmete tief ein und langsam wieder aus. Er sollte lieber umkehren – diese Frau hatte sich offenkundig mit dem falschen Typen eingelassen und würde nun eine harte Lektion bekommen.

Das hat nichts mit mir zu tun. Seine Muskeln spannten sich an, um den Rückzug anzutreten.

Du stehst jetzt vor einem entscheidenden Schritt für deine Zukunft, Jonah. Er erstarrte. Er war sicher, die Stimme seines Bruders gehört zu haben, und wusste zugleich, dass es nur Einbildung sein konnte.

Der Satz erinnerte Jonah an eine vergangene Zeit, in der er sich ebenso gefühlt hatte wie jetzt – zerrissen, unentschlossen, geplagt von … Schuld? Ja, genau das war es. Schuld, weil er nicht hingeschaut hatte, Schuld, weil er Teil einer Sache gewesen war, die grundfalsch war.

Jonah trat aus seiner Deckung hervor. »Lass die Frau los.«

Der Mann grunzte. Er drehte sich zu Jonah um, ohne seinen Griff im Haar der Frau zu lockern. Ihre Augen waren weit aufgerissen vor Angst. Schmerzlich verzog sie das Gesicht, als der Mann fester zupackte, an ihrer Kopfhaut zerrte. »Verpiss dich, Mann. Das geht dich 'nen Scheißdreck an.«

Jonah trat in den trüben Lichtkegel einer Straßenlaterne. Der Mann riss ungläubig die Augen auf. Der Frau fiel der Kinnladen herunter, ihre Angst wich Panik. Jonah sah in seiner Totenkopfmaske offenbar noch furchterregender aus als ihr Peiniger.

»Wer zum Henker bist denn du?«, fragte der Mann, während sein Blick über Jonahs Smoking und dann zurück zu dem Knochengesicht glitt.

»Ich bin der Typ, der diese Angelegenheit zu seiner macht«, gab Jonah zurück. Seine Stimme war nur ein leises Knurren, kaum lauter als die Klimaanlagen, die am nächsten Haus surrten.

Der Mann ließ den Haarschopf der Frau los, die daraufhin auf dem Pflaster zusammensackte. Dann kam sie wieder hoch und rutschte wie ein verängstigter Krebs rückwärts.

Der Mann lachte so ölig wie sein Haar, das in Strähnen in sein gedunsenes Gesicht hing. Jonah seufzte. Jetzt musste er diesen dreckigen Scheißkerl auch noch anfassen!

»Noch haben wir nicht Halloween, Kleiner. Geh nach Haus und bestell deiner Mammi, sie hat dich zu früh verkleidet.«

»Vielleicht bin ich unter der Verkleidung noch viel erschreckender, du Wichser!«

Der Mann baute sich vor ihm auf. »Weißt du überhaupt, mit wem du dich hier anlegst?«

Jonah machte einen Schritt nach vorn, nahm den Köder an. Etwas Wildes brandete in ihm auf – nicht, weil eine Frau von einem brutalen Mistkerl angegriffen wurde, sondern weil er diesmal nicht schuldig werden wollte, indem er eine Ungerechtigkeit geschehen ließ. Er wollte diesen Kerl am Boden sehen. Es juckte ihm förmlich in den Fingern.

Ob ich weiß, mit wem ich mich anlege? Jonah lachte. »Mit einem schmierigen Rüpel, der sich in einer versifften Gasse an Frauen vergreift, die halb so groß sind wie er.« Er merkte, dass er die Fäuste ballte, die Füße weit auseinandergestellt hatte, bereit zu jeder Art Angriff, die diesem Kerl einfiel.

Der Mann kniff die Augen zusammen und scharrte unentschlossen mit den Füßen. Offenbar war er verblüfft, weil Jonah keinerlei Furcht zeigte und auf ihn zukam, statt den Rückzug anzutreten. Und obwohl der Mann sich über die Totenkopfmaske lustig gemacht hatte, grauste ihm vermutlich auch davor, denn durch die Vermummung war ihr Träger schwerer einzuschätzen.

Jetzt zog der Mann etwas Glänzendes aus der Tasche. Jonah schrak zurück. Es war ein Messer, und der Mann zielte damit genau auf ihn. »Mach schon, zieh endlich Leine, du Monster.«

Monster.

Jonah warf einen raschen Seitenblick auf die Frau, die immer noch halb kniend am Boden kauerte. Er wich einen Schritt zurück, als sei er unschlüssig geworden, ob er es auf einen Kampf ankommen lassen solle. Der Mann senkte das Messer einen halben Zentimeter. Jonah drehte sich von ihm weg, dann wirbelte er plötzlich herum und trat mit aller Kraft gegen den Arm seines Kontrahenten, setzte seine Beinmuskeln ein, die er in den letzten verfluchten acht Jahren trainiert hatte.

Der Mann jaulte vor Schmerz auf. Klirrend fiel das Messer zu Boden. Jonah trat mit einer einzigen Bewegung die Waffe fort und in das Gesicht seines Gegners.

Es krachte. Blut spritzte. Der Mann stieß einen schrillen Schrei aus und schlug die Hand vor sein Gesicht. »Du hast mir die Nase gebrochen, du verdammter Wichser!«

Dann fing er an, blindlings auf Jonah einzudreschen. Er schaffte es, ihm einen Schlag zu versetzen, dann duckte Jonah sich weg, steppte zur Seite und trat den Mann in den schwammigen Bauch. Sich krümmend rang er um Luft.

Jonah setzte wieder sein Bein ein und traf den Mann an der Schläfe. Der Mistkerl ging schwer zu Boden und klatschte in eine ekelhafte Pfütze. Die kalte Flüssigkeit spritzte auf Jonahs Schuhe. *Scheiß drauf.*

Jonah entfernte sich einige Schritte, hob das Messer auf und ging zu dem Mann zurück, der stöhnend am Boden lag.

Er hielt dem Mann das Messer an den Hals, bohrte die Spitze ganz leicht in die Haut. Der Mann keuchte, während sein Blick der glänzenden Klinge folgte, die Jonah langsam an seinem verschwitzten Hals entlanggleiten ließ. »Wenn du noch einmal in ihre Nähe kommst, dann sorge ich dafür, dass dieses Messer deine fetten Eingeweide durchlöchert. Verstanden?«

Der Mann bewegte den Kopf, hörte aber rasch damit auf, als sich die Klinge schmerzhaft in seine Haut bohrte. »Steh auf.«

Der Mann zögerte einen Moment, als wüsste er nicht, ob Jonah es ernst meinte, dann setzte er sich auf, rutschte rückwärts und kam mühsam auf die Beine. Dabei keuchte er, als hätte er einen Marathon hinter sich.

Immer noch tropfte Blut aus seiner Nase und aus der Stelle an der Kehle, wo Jonah das Messer angesetzt hatte. Es sammelte sich in den Speckrollen seines Halses.

»Hau ab«, krächzte Jonah und trat beiseite. Der Mann rannte, wobei er in jede schmierige Pfütze auf seinem Fluchtweg trat.

»Danke, Mister.« Jonah drehte sich um. Die Frau kauerte immer noch auf dem Boden. Jetzt erhob sie sich langsam, sichtlich bemüht, nicht zu straucheln. Sie strich ihre Kleider glatt und fuhr sich mit den Händen über ihre schwarz geränderten Augen.

Jonah nickte. »Gehen Sie nach Hause zu Ihrem kleinen Mädchen. Was auch immer Sie getan haben, dass Sie bei einem Widerling wie dem in der Schuld stehen, tun Sie's nicht wieder. Sie müssen um Ihrer Tochter willen die richtigen Entscheidungen treffen. Damit sich jemand für sie stark macht. Sie verlässt sich darauf, dass Sie die richtige Entscheidung treffen.«

Du stehst jetzt vor einem entscheidenden Schritt für deine Zukunft, Jonah.

Auch wenn sie mit üblen Dingen geschlagen war, hatte die Frau immer noch die Möglichkeit, die richtige Wahl zu treffen, den richtigen Weg zu gehen. Jonah hoffte es zutiefst.

Die Frau nickte, wischte eine letzte Träne ab. »Das werd ich. Danke. Sie haben ja keine Ahnung …« Sie schluckte. »Tausend Dank.« Sie lief an Jonah vorbei und verließ die Gasse in entgegengesetzter Richtung ihres Peinigers.

Sie haben ja keine Ahnung … Doch, die hatte er allerdings. Jonah wusste genau, wie es sich anfühlte, am Boden zu sein. Zu beschädigt, um wiederhergestellt zu werden, hoffnungslos, hilflos …

Monster.

Doch jetzt war er sich nicht hilflos vorgekommen. Er hatte einem Menschen geholfen, der wehrloser war als er. Ob Justin nicht schrecklich stolz auf ihn wäre? Jonah lachte leise in sich hinein. »Das war für dich, Bro.«

Die Worte erzeugten Kummer, aber auch eine nicht zu leugnende Wärme in seiner Brust, wie Jonah sie lange, sehr lange nicht mehr gespürt hatte. Einen Augenblick lang war er sich nützlich vorgekommen und hatte den ziellosen Mann der letzten Jahre hinter sich gelassen.

Im Gehen steckte er seine Hand in die Hosentasche und spürte die glatte Oberfläche des Handys, das Myrtle ihm tags zuvor aufgeladen hatte. Jetzt zog er es heraus und starrte auf das Display. Er hatte eine Textnachricht erhalten.

Clara: *Wohin bist du verschwunden?*

Rasch tippte er die Antwort ein. **Sorry, Clara. Ich musste weg. Danke für den Tanz.**

Sich zu bedanken erschien vollkommen unzureichend. Oder vielleicht war das, wofür er ihr danken wollte, falsch. *Danke, dass du mir das Gefühl gabst, wieder lebendig zu sein, wenn auch nur für einen Moment. Danke, dass du mir das Gefühl gabst, ich könnte doch etwas taugen.* Shit, damit würde er sie sofort in die Flucht schlagen. Nein, ob es der Wahrheit entsprach oder nicht, so etwas konnte er niemals schreiben.

Jonah schloss die Augen und sah Clara vor sich, in ihrem schimmernden Ballkleid, ein Wesen aus einer Märchenwelt. Ihr Haar war in Locken gelegt und ergoss sich in Wellen über ihren Rücken, die leuchtend blaugrüne Maske hatte ihre roten, vollen Lippen betont. Oh Gott, er hatte sie küssen wollen, schmecken …

Stopp. Denk nicht einmal dran.

Jonah hätte schwören können, dass in dem Garten etwas Großes, Bedeutsames vorgegangen war – die gegenseitige Anziehung war unleugbar gewesen. Doch wenn Clara sich von ihm angezogen fühlte, dann nur, weil sie sein Gesicht noch nicht gesehen hatte.

Und zuvor hatte er sie beobachtet, wie sie mit dem anderen Tänzer aus dem Ballett tanzte, wie auch schon vorher bei der Probe. Unweigerlich hatte er sich gefragt, ob zwischen den beiden etwas vorging. Eine Sekunde lang hatte er sogar geglaubt, der Kerl werde Clara küssen, und heißer Zorn hatte ihn erfasst. *Eifersüchtig. So also fühlt sich Eifersucht an.* Aber darauf hatte er kein Anrecht.

Clara: *Wann kann ich dich wiedersehen?*

Jonah verzog das Gesicht und steckte das Handy in die Tasche zurück. Er wusste nicht, was er ihr antworten sollte.

Die Heimfahrt ging vorbei wie im Rausch, denn Jonah durchlebte aufs Neue die wunderbaren Momente mit Clara. Er war immer noch halb betäubt, als er den Helm abnahm. Dabei löste sich auch die Maske und fiel zu Boden.

»Wir haben uns schon Sorgen um dich gemacht.«

Jonah fuhr vor Schreck zusammen. »Jesus, Cecil. Ich hätte fast einen Herzanfall gekriegt.«

»Na, dann sind wir ja jetzt quitt. Was in Gottes Namen rast du mit dem Ding in der Stadt rum?« Er wies auf das schnittige schwarze Motorrad.

»Ihr beide redet mir seit Jahren zu, dass ich mal rausmuss – und wenn ich es dann tue, beschwert ihr euch.« Jonah legte den Helm auf den Motorradsitz und wandte sich Cecil zu.

»Nicht grad beschweren. Es kam bloß so plötzlich, und wir zwei haben uns gewundert, warum du so ein Geheimnis draus machst. Wo hast du denn gesteckt? Warum warst du weg? Was hast du angestellt?« Cecil runzelte die Stirn, als Jonah in den Lichtkegel der Außenbeleuchtung trat. »Was ist denn da passiert?« Mit zusammengekniffenen Augen musterte er Jonahs Gesicht. Was sollte das? Wurde der Mann allmählich senil?

»Eine Bombe ist vor meinem Gesicht explodiert.«

»Ach, um Himmels willen, das meine ich doch nicht. Du blutest ja.«

Jonah hob seine Finger an den Mund, wo sein Gegner ihn getroffen hatte. Als er sie wieder fortnahm, klebte Blut an ihnen. »Ich …« Er schüttelte den Kopf und ließ die Hand sinken. »Ich habe gesehen, wie eine Frau attackiert wurde. Da bin ich eingeschritten. Es war im Grunde nichts.«

Cecil musterte ihn einige Sekunden lang. »Nichts«, wiederholte er.

Jonah drehte sich um, ging Richtung Haus. »Richtig. Nichts.«

»Das war also deine geheime Mission? Nachts, in der Stadt?«

Jonah blieb abrupt stehen. Lachend wandte er sich zu Cecil um. »In geheimer Mission? Jesus, Cecil. Ich …« Er warf seine Hände hoch und ließ sie wieder fallen. »Ich habe mich mit einem Mädchen getroffen.«

Plötzlich zögerte Cecil mit der Antwort. »Ein Mädchen? Meinst du die von der Mauer?«

Jonah seufzte. »Ja. Sie heißt Clara. Sie ist … nur eine Freundin. Heute Abend war ein Maskenball, und da habe ich sie getroffen. Das ist alles.«

»Das ist alles.«

»Bist du jetzt ein Papagei?« Jonah stieß entnervt den Atem aus und fuhr sich mit der Hand über das kurz geschnittene Haar, fühlte die vernarbten Stellen an der linken Seite seines Kopfes, wo die Haare nicht mehr wachsen wollten.

»Ich bin doch bloß … ein bisschen ausgegangen, Cecil. Auf dem Ball heute Abend war ich anonym, unter meinem Helm erkennt mich kein Mensch, also kann ich mir doch das Bike schnappen und mal eine Weile woanders sein, okay?«

»Clara«, wiederholte Cecil, für ihn eindeutig das wichtigste Detail der Information, die Jonah ihm geliefert hatte.

»Ja, Clara.«

»Wer ist das?«

Jonah wandte sich ab. Er ging ins Haus und schlug geradewegs den Weg zu seinem Zimmer ein. Cecil ließ sich jedoch nicht abschütteln. »Bloß ein Mädchen.«

»Bloß ein Mädchen.«

Jonah seufzte, drehte sich wieder zu dem Alten um. »Ja, bloß ein Mädchen. Ein Mädchen namens Clara.«

Cecil beugte sich vor und sah ihn forschend an. »Du schmachtest.«

»Ich schmachte?«

Cecil verschränkte die Arme vor der Brust. »Jaja. Absolut. So wie du ihren Namen aussprichst. Wie ein Gebet.«

Oh Gott. Der Alte verlor wohl den Verstand. Oder war extrem scharfsinnig. Jonah wollte lieber an die erste Möglichkeit glauben. Obwohl … *Gott ja*, er begehrte Clara. Verdammt, ja, er schmachtete.

Er seufzte leise. Es spielte ohnehin keine Rolle, und er würde Cecil oder Myrtle ganz bestimmt nicht auf die Nase binden, wie heftig er verliebt war. Das ging niemanden etwas an. »Ist keine große Sache.«

»Wenn du es sagst.« Cecil zog eine Braue in die Höhe.

Jonah hielt einen Moment vor dem Korridor inne, der zu seinem Zimmer führte. »Es gibt nichts, worüber ihr euch Sorgen machen müsstet. Es ist … Es geht vorüber.« Die Art und Weise seiner Existenz würde gar keine dauerhafte Beziehung erlauben, erst recht nicht mit einer lebenssprühenden Frau wie Clara.

Jonah hatte die Freiheit auf seinem nächtlichen Ausflug mit dem Bike genossen, aber er war nicht sicher, ob es das Risiko lohnte. Irgendwann konnten sie ihn anhalten. Und er besaß nicht einmal einen Führerschein … und müsste dem Officer sein Gesicht zeigen.

Ein leichter Schauder überlief ihn. Verdammt, schon heute Nacht hatte er einen Zusammenstoß mit den Gesetzeshütern riskiert, weil er mit dem Trottel in der Gasse aneinandergeraten war.

Nein, all das war bloß eine zeitweilige Ablenkung von seinem farblosen Leben. Und damit wäre es in Kürze vorbei. Er selbst würde es beenden. Kein Ding auf der Welt war es wert, dass er sich in der Öffentlichkeit exponierte.

Jonah wandte sich dem Alten zu, und urplötzlich fiel ihm auf, dass Cecil viel mehr weiße als schwarze Haare hatte und dazu eine Unmenge Falten. Er alterte ebenso wie Myrtle. Die beiden würden nicht immer für ihn da sein. Ein beängstigender Gedanke. Jonah seufzte. »Wenn ich noch mal ausgehen will, gebe ich dir Bescheid, Cecil. Sag Myrtle, sie soll sich keine Sorgen machen.«

Er wartete die Antwort nicht ab, obwohl er hätte schwören können, dass Cecil mit besorgter Stimme »Yup, definitiv am Schmachten« in seinen Bart murmelte.

Jonah suchte nun sein Zimmer auf und schloss die Tür hinter sich. Wieder summte sein Handy.

Clara: *Jonah, bist du da?*
Jonah: *Ja, sorry. Ich bin zu Hause. Und du – noch auf dem Ball?*
Clara: *Nein. Ich habe mir einen Wagen gerufen und bin gleich nach dir gegangen.*

Erleichterung durchströmte Jonah. Auch wenn sie mit dem Tänzer gekommen war, nach Hause gefahren hatte dieser sie nicht.

Clara: *Jonah, möchtest du ein paar Minuten am Telefon reden? Wenn nicht, ist es auch okay.*

Er zögerte. Sie ließ ihm stets die freie Wahl, obwohl er ein solches Entgegenkommen nicht verdiente. Bevor er antworten konnte, hatte sie aber bereits eine weitere Nachricht geschickt.

Clara: *Es ist bloß, weil ich deine Stimme vermisse.*

Gott, dieses Mädchen. Auch ihm fehlte ihre Stimme. Mit geschlossenen Augen wollte er dasitzen und mit ihr reden wie so viele Male zuvor. Jonah ließ sich rücklings auf sein Bett fallen und schob einen Arm hinter den Kopf, während er ihre Nummer wählte.

»Hey«, meldete sich Clara schläfrig. Allein der Klang ihrer Stimme bewirkte, dass Jonahs Herz schneller schlug.

»Hey.« Er stellte sich vor, wie sie in diesem Moment aussehen mochte: im Bett mit irgendeiner Art Nachtgewand, ein Tanktop vielleicht, aus zartem, weichem Stoff. Sein ganzer Körper zog sich bei dem Bild zusammen, das sein Geist heraufbeschworen hatte. Jonah zwang sich zur Ruhe.

»Das klingt vertraut, aber doch ganz anders. Wenn ich die Augen zumache, dann ist es so, als wärst du immer noch jenseits der Mauer. Aber es ist eine andere Mauer, sie ist dünn wie Papier.« Jonah musste bei der Vorstellung lächeln. Dann jedoch wurde Clara ernst: »Wird denn immer etwas zwischen uns stehen, Jonah?«

»Ja«, erwiderte er und hörte selbst sein Bedauern. Immer würde etwas zwischen ihnen sein. Wenn es keine Mauer war, dann ein Handy, eine Maske oder die Schatten, in denen er sich verbarg.

Clara schwieg eine Weile. Er spürte, wie sie überlegte, ob sie es akzeptieren oder versuchen sollte, ihn vom Gegenteil zu überzeugen. »Ich hoffe, dass du eines Tages anders darüber denken wirst.«

»Das wird nicht geschehen, Clara.«

»Du hast aber auch mal gesagt, dass du niemals hinter deiner Mauer hervorkommen würdest – und dann hast du es doch getan!« Der Triumph in ihrer Stimme war nicht zu überhören.

Jonah grinste. »Jetzt hast du mich erwischt. Du kannst sehr überzeugend sein. Hättest Anwältin werden sollen.«

Clara lachte. »Oh Gott, nein, da würde ich kläglich versagen. Wenn ich vor Publikum reden soll, kriege ich meinen Mund nicht auf. Sieht echt gruselig aus.«

Jonah lachte, obwohl ihn bei ihren Worten ein Schauder überlief. Clara hatte ja keine Ahnung, was gruselig war. Wenn sie erst einmal die erstarrte, vernarbte Hälfte seines Gesichts sah, würde das Wort für sie eine neue Bedeutung bekommen.

»Jonah … ich hoffe, du hast nichts dagegen, wenn ich frage … aber wieso musst du nicht arbeiten? Ich weiß, das ist eine sehr persönliche Frage, und ich will auch gar nicht …«

»Ist schon in Ordnung. So persönlich ist sie gar nicht.« Besonders nicht, wenn man bedachte, was er ihr schon alles anvertraut hatte. »Die Wahrheit ist – ich bin reich.«

Er wälzte sich auf die Seite und schaute aus dem Fenster in das dunkle Laub der Bäume. »Die Chamberlains waren immer schon gut betucht, aber mein Vater hat zusätzlich ein Vermögen verdient und gut investiert. Als er starb, hat er alles mir und Justin hinterlassen. Und als Justin zu Tode kam, habe ich seinen Anteil bekommen.«

»Oh«, flüsterte Clara. Sie schien zu verstehen, warum Jonah sich an seinem Reichtum nicht erfreuen konnte. Er war zu teuer erkauft.

»Wenn ich könnte, würde ich alles abgeben«, setzte er hinzu. »Jeden einzelnen Cent.«

»Ich weiß«, sagte Clara, und er hatte das unbedingte Gefühl, dass sie ihn wirklich verstand.

»Aber gerechterweise muss ich auch zugeben, dass ich dankbar für mein Geld bin, denn es gestattet mir, ein Leben voller Trost zu verbringen, wie ich es wollte.« *Trost.* Das schien nicht ganz das richtige Wort zu sein – Jonah hatte selten Trost empfunden –, aber er korrigierte es nicht und Clara ebenso wenig.

»Aber warum in Windisle? Warum einen Ort wählen, von dem du selbst sagst, dass er heruntergekommen und reparaturbedürftig ist?«

»Weil es am Anfang der einzige Ort war, der mir einfallen wollte, um der Reportermeute und den Kameras zu entkommen und … allen anderen Menschen auch. Die Familie Chamberlain hatte Windisle schon vor langer Zeit verlassen. Jeder wusste, dass das Haus leer stand. Cecil und Myrtle waren schon vor meinem Einzug die Verwalter, wohnten damals aber nicht hier. Danach … Ich weiß auch nicht. Es war wohl das Einfachste, mich hier zu verstecken.«

Clara schwieg eine Weile. Jonah stellte sich vor, wie ihre großen, mitfühlenden Augen zur Decke blickten. Wie sie ihre volle Unterlippe zwischen die Zähne zog, wenn sie sich konzentrierte – er hatte es bei der Ballettprobe gesehen. »Was ist denn mit deiner Mutter? Lebt sie noch?«

»Ja.«

»Ja?« Es klang erstaunt.

»Meine Mutter lebt mit ihrem neuen Ehemann in Südfrankreich.«

»Oh, ich … Also, sie muss doch wissen, was mit dir passiert ist.«

»Sie weiß es.« Seine Brust zog sich schmerzhaft zusammen. Jonah fand es erstaunlich, dass die Tatsache, von seiner Mutter im Stich gelassen worden zu sein, nach all den Jahren noch derart wehtat.

»Sie lebten damals schon im Ausland. Meine Mutter ist für kurze Zeit hier gewesen, aber schnell wieder abgereist.« Jonah war zu benebelt gewesen von den Schmerzmitteln, um sich an Details ihres Besuchs zu erinnern. »Es war alles zu viel für sie … Justins Tod und dazu alles, was mir zugestoßen war.«

»Zu viel für sie?«

»Meine Mutter ist eine egoistische Person, Clara. Das war sie schon immer. Mehr hatte ich gar nicht von ihr erwartet.« Das war die Wahrheit – aber zugleich eine Lüge –, und beide waren so eng miteinander verknüpft, dass Jonah nicht wusste, wie er sie trennen sollte. Schon so lange hatte er nicht mehr darüber nachgedacht.

Da er jahrelang kein Telefon hatte, pflegte seine Mutter Postkarten von ihren jeweiligen Urlaubsorten zu schicken. Jonah las die obligatorischen Einzeiler – *Wünschte, du wärst hier!* Oder: *Hab dich furchtbar lieb!* – und wusste nie, ob er darüber lachen oder weinen sollte. Eigentlich war ihm nach beidem zumute, aber normalerweise riss er die Karten in hundert Schnipsel und warf sie in den Müll. Er antwortete seiner Mutter nie.

»Oh«, hauchte Clara. Jonah hörte selbst aus der einen Silbe ihre tiefe Traurigkeit heraus.

»Was ist mit deiner Mutter, Clara? Du hast sie noch nie erwähnt.«

»Meine Mutter ist gestorben, als ich acht war. Ich habe nicht viele Erinnerungen an sie, aber die, die ich habe, sind gut.«

»Da hast du Glück.«

»Ja, ich …« Sie verstummte. Jonah wartete, bis sie sich gesammelt hatte. »Es tut mir leid, dass du so einsam gewesen bist.«

Sein Herz blutete. Aber er verdiente es! Er verdiente sein einsames Leben. Und er wollte es auch, hatte es sich in langen Jahren erkämpft, trotz einiger Motorradfahrten und eines

Maskenballs. Warum also taten ihm Claras Worte – ihre aufrichtigen Worte – so weh? Warum lösten sie solche Sehnsucht in ihm aus? Dieser alte Mistkerl Cecil hatte recht gehabt!

»Du bist nicht mehr allein.«

Ihr Mitgefühl brachte ihn zum Lächeln, auch wenn es ein trauriges Lächeln war. »Du klingst müde«, sagte er. Ein Vorwand, um das Thema zu wechseln.

»Das stimmt.« Clara gähnte herzhaft, dann lachte sie. Jonah schloss die Augen, horchte auf jeden winzigen Laut von ihr, um ihn für alle Ewigkeit festzuhalten. »Und ich muss morgen früh raus. Kann ich dich wieder anrufen?«

»Natürlich.«

Er hörte das Lächeln in ihrer Stimme, als sie »Gute Nacht, Jonah« sagte.

»Gute Nacht, Clara.«

Er wälzte sich auf den Rücken und ließ das Handy neben sich aufs Bett fallen. Er war völlig erschöpft, und dennoch dauerte es lange, bis er an diesem Abend Schlaf fand.

In der Nacht träumte er von Clara. Sie lief davon, raffte ihr Ballkleid hoch, warf immer wieder ängstliche Blicke hinter sich. Dieses Traumbild vermischte sich mit düsteren Bildern dunkler Gassen und langer Reihen von Zuckerrohr, einer Frau, die in einer dunklen Pfütze kniete, in der sich der Glanz eines Messers spiegelte, das sich in ein Rasiermesser verwandelte.

Im Hintergrund hörte Jonah ein merkwürdiges Stampfen. Vor Angst schlug sein Herz rasend schnell. *Beeil dich! Beeil dich!* Und dann sah er Justin am Ende der Gasse winken. Sein Bruder lächelte, dann verschwand er im wabernden Nebel.

17. KAPITEL

Am nächsten Tag sah die Welt wieder heiterer aus. Es kam Jonah so vor, als hätte ein hauchzarter Dunst über allem gelegen, der sich mit einem Mal gehoben hatte.

Jonah wusste, warum. Es lag daran, dass er mit Claras Stimme im Ohr eingeschlafen war. Trotz seiner teilweise beklemmenden Träume war sie bei ihm gewesen, eine Art Trost.

Jonah lief seine übliche Morgenstrecke. Danach schlenderte er gelöst über sein Grundstück, streckte sich und sog die frische Morgenluft ein, während sein Herzschlag sich beruhigte und der Schweiß von seiner Haut trocknete.

Als er eben den Weg zum Haus einschlagen wollte, meinte er, ein leises Weinen zu hören. Jonah stutzte und lauschte. Ja, da war etwas neben dem lauten Gesang der Vögel zu hören.

Vorsichtig näherte er sich der Mauer, bemüht, nicht auf trockene Zweige oder Blätter zu treten. Jonah beugte sich vor und legte sein gesundes Auge an einen etwas breiteren Spalt. Durch ihn konnte er zwar nicht viel erkennen, aber das da draußen war eine Frau. Sie schluchzte leise vor sich hin.

Jonah wollte den Rückzug antreten. Es war beschämend, eine Frau zu belauschen, die sich allein und unbeobachtet wähnte. Doch da öffnete sie den Mund.

»Ich weiß, ich war schon mal hier und hab meinen Wunsch eingeworfen, aber ich habe mir gedacht, es schadet nicht, wenn ich es noch mal versuche. Du bekommst bestimmt eine Menge Wünsche … und wenn meiner dir auffiel …«

Ein kleiner Schluckauf unterbrach ihre Worte. Dann gab sie einen erstickten Laut von sich, halb Lachen, halb Weinen. »Gott, ich bin so was von hoffnungslos, was?« Sie besann sich einen Moment. »Es ist nur ... ich habe mir gedacht, dass ich vielleicht nicht genau genug gewünscht habe. Du bist zwar ein Geist, Angelina, aber deshalb kannst du nicht unbedingt Gedanken lesen, oder, na ja, vielleicht schon, aber ...«

Die Frau atmete zitternd aus. Jonah stand ganz still. Auf keinen Fall würde er sich jetzt bewegen und ihr zu erkennen geben, dass hier ein Zeuge war, dem sie ihr Herz ausschüttete. *Ich weiß genau, wovon du sprichst*, dachte er und strich mit geschlossenen Augen mit den Fingern über den rauen Stein, stellte sich vor, wie Clara auf der anderen Seite der Mauer seinen Geständnissen gelauscht hatte.

Er kam sich wie ein Voyeur vor, weil er nicht einfach ging, aber die Vögel waren verstummt, die Frau schluchzte nicht mehr, und nun hatte er Angst, beim Fortgehen ein Geräusch zu machen. Er steckte fest.

»Wie auch immer«, hob die Frau wieder an. Jonah fiel auf, dass ihre Stimme nun dumpfer klang, als hätte sie jede Hoffnung verloren, als hätte sie sich bereits selbst von der Unmöglichkeit der Erfüllung ihres Wunsches überzeugt. »Mein Sohn heißt Matthew Fullerton, und er liegt im Kinderkrankenhaus. Er ist sehr krank, und er muss dringend operiert werden ... wenn es überhaupt noch eine Hoffnung für ihn gibt. Ich kann mir die Operation nicht leisten, und ich brauche Hilfe. Hilfe« – wieder gab sie einen erstickten Laut von sich – »im Wert von fünfzigtausend Dollar.«

Sie verstummte erneut. Jonahs Herz zog sich schmerzlich zusammen. Er schloss die Augen. War das die Frau, die den Zettel wegen eines kranken Kindes über die Mauer geworfen hatte? Sie musste es sein!

»Das ist alles.« Ihre Stimme war nur noch ein erschöpftes Flüstern. »Ich brauche Hilfe, um meinen Jungen zu retten.«

Jonah hörte, wie sich ihre Schritte entfernten. Er legte sein Auge an den Spalt, sah ein blaues Auto fortfahren. Dann nur noch Stille.

Er ließ sich ins Gras nieder. Er fühlte sich ebenso hilflos wie beim ersten Mal, als er den Wunsch der Frau für ihr todkrankes Kind gelesen hatte.

Aber du bist nicht hilflos, oder?

Die verdammte Frage steckte in seinem Kopf. Eine Sekunde lang war ihm, als habe ein anderer sie gestellt. Wo war das nur hergekommen? Hielt er sich jetzt gar für den maskierten Rächer, nur weil er einer Frau geholfen hatte, die in einer dunklen Gasse angegriffen worden war?

Jonah fuhr sich über den Kopf. Sein vom Laufen nasses Haar war in der sanften Brise, die über Windisle strich, trocken geworden. *Du bist ein verdammter Idiot.*

Obwohl ... Diese Art von Hilfe erforderte von seiner Seite kaum Anstrengung: Die Frau hatte lediglich um Geld gebeten. *Mein Sohn muss dringend operiert werden, und ich kann mir die Operation nicht leisten.*

Heftig stieß er den Atem aus. Wollte er jetzt ernsthaft anfangen, Wünsche zu erfüllen? Mein Gott, wie das Justin gefallen würde!

Entschlossen stand Jonah auf. Ein Plan reifte in seinem Kopf. Es dürfte eigentlich nicht schwierig sein, der Frau zu helfen. Dazu musste er nicht einmal das Grundstück verlassen. Obwohl ... Nein, er wollte nicht, dass man das Geld zu ihm zurückverfolgen konnte. Er musste die Übergabe persönlich durchführen. Er musste sicher sein, dass Matthew Fullertons Mutter es auch bekam. Fünfzigtausend Dollar. Für ihn war das nichts, für sie alles.

Und zum ersten Mal seit vielen, vielen Jahren stellte das Leid eines anderen Menschen sein eigenes in den Schatten.

Vielleicht konnte er der Welt immer noch nützlich sein. Und musste nicht darauf warten, bis er in einer düsteren Gasse über einen missglückten Drogendeal stolperte. Vielleicht konnte er Angelina sein.

Jonah grinste in sich hinein. Dabei spürte er, wie sich die Haut über seiner verletzten Gesichtshälfte spannte, was ihm wieder sein Handicap bewusst machte. Und dennoch war eine Leichtigkeit in seinem Herzen, und der Tag wurde sogar noch ein wenig heller.

Durchscheinende buttergelbe Strahlen brachen durch silbrig gesäumte Wolken, sie verliehen dem Tag, der in fahlem Grau begonnen hatte, ein wenig Licht und Wärme. Jeannie wünschte nur, sie könnten auch die Trauer durchbrechen, die ihr Herz wie in einer eisernen Klammer hielt.

Sie blickte an der Fassade des Krankenhauses zu dem Zimmer hoch, in dem Matthew lag. Ihr kostbarer Junge, dem auf dieser Welt nicht mehr viel Zeit vergönnt war. Jeannie wusste nicht, wie sie ohne ihn weiterleben sollte.

Reglos saß sie auf der hölzernen Bank, durchwärmt von der Sonne, und starrte in sich gekehrt auf den Weg, auf dem Patienten sich Bewegung verschafften. Manche gingen am Arm einer Krankenschwester, andere wurden im Rollstuhl geschoben. Alle nutzten die kurze Pause in der Schlechtwetterperiode, um ein wenig frische Luft zu schnappen.

Ein Mann näherte sich der Bank. Jeannie sah ihn aus dem Augenwinkel, obwohl sie nicht in seine Richtung schaute. Er trug Verbände im Gesicht und eine schwarze Sportjacke mit hochgeschlagenem Kragen.

Der Mann ging gebückt wie ein alter Mensch, doch seine kräftige Gestalt wollte nicht so recht zu seiner Körperhaltung passen. Wenn Jeannie ihn hätte beschreiben sollen, hätte sie nach ihrem kurzen Eindruck einen Begriff wie ... bärenstark ... gewählt. Der Mann setzte sich ans andere Ende der Bank, vornübergebeugt, die Ellbogen auf die Oberschenkel gestützt, und musterte die Patienten.

Jeannie war neugierig, aber sie hatte keine Angst. Sie befanden sich im Freien, von mindestens einem Dutzend Menschen umgeben. Und im Grunde fürchtete sie auf dieser Welt auch nicht mehr viel. Ihre größte Angst war, ihren kleinen Jungen zu verlieren. Diese Bedrohung hing über ihr wie ein Felsbrocken, der sich jeden Moment lösen konnte. Und wenn der Felsen fiel, würde er sie zerquetschen.

»Ihr Sohn ist krank?«

Jeannie fuhr überrascht herum. Der Mann schaute vor sich auf den Weg, sie konnte lediglich sein Profil sehen. Sein Gesicht war dick verbunden. Der Mann trug eine Baseballkappe, und sie konnte nicht erkennen, ob sein Kopf verletzt war oder nur sein Gesicht. Auch sein Haar war nicht zu sehen, das immerhin einen Hinweis auf sein Alter hätte liefern können. Seine Stimme jedoch klang jung, tief und freundlich.

»Verzeihung ... Kennen wir uns?«

Der Mann zögerte. »Ich habe gehört, wie Sie über Ihren Sohn sprachen«, sagte er. »Matthew? Er ist sehr krank.«

Jeannie runzelte die Stirn. Der Mann musste Patient hier sein. Er hatte wohl Matthews Diagnose aufgeschnappt, vielleicht hatte er ihren Sohn einmal im Korridor gesehen. Auch Jeannie war über die anderen Patienten informiert, einfach aus dem Grund, weil sie so viel Zeit im Krankenhaus verbrachte.

Dieser Mann jedoch war ihr völlig unbekannt. Es konnte aber sein, dass er erst kürzlich seine OP gehabt und vorher ganz anders ausgesehen hatte.

Jeannie seufzte tief. Jeder hier hatte seine Leidensgeschichte, dieser Mann gewiss auch. »Krebs. Er ist todkrank.«

Wieder entstand eine Pause. Dann sagte der Mann: »Das tut mir sehr leid. Haben Sie nicht einmal gesagt, dass er unbedingt eine Operation braucht?«

Jeannie warf ihm einen Blick zu. Der Mann war ganz sicher Patient in diesem Krankenhaus. Sie erinnerte sich nur zu gut, wie sie geweint und die Ärzte angefleht hatte, Matthew in die Studie aufzunehmen: Eine neuartige Form der Behandlung war für Kinder mit seinem Krebsleiden entwickelt worden. Die Operationen hatten spektakuläre Erfolge gebracht, selbst in Fällen, in denen die Krankheit weit fortgeschritten war. Außerdem war Matthew ein geeigneter Kandidat. Jeannies Versicherung wollte jedoch nicht für die experimentelle Behandlung aufkommen, und Jeannie selbst besaß nicht einmal annähernd die Mittel, um sich diese OP leisten zu können.

Die Ärzte waren teilnahmsvoll und kümmerten sich rührend um Matthew, das wusste sie, aber außer Trost konnten sie ihr nicht viel bieten.

Jeannie hatte keine Familie, die ihr unter die Arme greifen konnte. Matthews Vater hatte sich in dem Moment, als er von der Existenz seines Sohnes erfuhr, aus dem Staub gemacht. Matthew hatte nur sie und sonst niemanden auf der Welt.

Und ich versage bei ihm.

All das erzählte sie dem Mann unter Tränen. Jeannie hätte nicht sagen können, warum sie ausgerechnet einem Fremden, der selbst offenkundig litt, ihr Herz ausschüttete. Sie konnte aber nicht anders – die Worte strömten aus ihr heraus, als wäre ein Damm gebrochen.

Hinzu kam, dass der Mann mit einer Empathie sprach, die nur jene zu besitzen schienen, die wussten, was Schmerzen bedeuteten. Früher hatte Jeannie kein Gespür dafür gehabt, doch für den Rest ihres Lebens würde sie diesen Tonfall immer erkennen. Es lag an den Qualen, vermutete sie: Sie schärften die Sinne für das stumme Leid der anderen.

»Es tut mir leid«, sagte sie schließlich und schüttelte über sich selbst erstaunt den Kopf. »Damit haben Sie wahrscheinlich gar nicht gerechnet.«

Sie spürte, dass er lächelte – falls er das unter dem vielen Verbandsmull überhaupt zustande brachte. »Sie auch nicht, schätze ich. Manchmal wirft einen das Leben ... schlicht aus der Bahn.«

Jeannie lächelte nun auch. Es fühlte sich ungewohnt an, als hätte sie es schon seit längerer Zeit verlernt. Aber auch gut – sie sollte es wohl öfter versuchen.

Sie wollte stark sein für Matthew. Sie wollte ihm vermitteln, dass sie leben konnte, wenn er von ihr ging. Ob sie daran glaubte oder nicht, ihrem Sohn würde es Frieden schenken. Ihr kleiner Junge, der die Rolle des Mannes im Haus angenommen hatte, als sei er ihr Beschützer.

Als Erwachsener wäre er ein unglaublicher Mann geworden. Der geborene Anführer. Eine Kraft des Guten in der Welt. Jeannie spürte das ganz tief in sich, nicht nur als stolze Mutter, sondern auch als Frau, die in Bezug auf Männer viele falsche Entscheidungen getroffen und am Ende gelernt hatte, was einen guten Menschen ausmachte – einen Menschen wie Matthew.

»Schon jetzt denke ich an ihn in der Vergangenheitsform.« Eine Träne rann über ihre Wange. »Ich muss damit aufhören. Die Wahrheit ist, Matthew hat mich auf den rechten Weg gebracht. Bevor es ihn gab, steuerte ich auf, na ja, nichts Gutes zu, sagen wir mal so.«

Sie seufzte vor Scham, der Mann reagierte jedoch nicht darauf. Ein behagliches Schweigen entstand. Jeannie genoss es eine Weile, während sie Gott für ihren Jungen dankte, der ihrem Leben eine neue Richtung gegeben hatte.

»Sie haben sich gewünscht, dass diese Operation an ihm durchgeführt wird.«

Jeannie legte die Stirn in Falten. Er meinte dies wohl eher allgemein. Er konnte doch nichts von ihrem verzweifelten Versuch wissen, auf eine Lokallegende zurückzugreifen, von der sie zuletzt als Kind gehört hatte. »Ja, das wünsche ich mir jeden Tag. Sobald sein Zustand sich verschlechtert, kommt er für die Studie nicht mehr infrage.«

»Ich möchte Ihnen den Wunsch erfüllen.« Der Mann griff in seine Tasche, zog einen Umschlag heraus und reichte ihn Jeannie.

Völlig verwirrt starrte sie darauf. »Was ist das?«

»Bleiben Sie auf Ihrem Weg«, sagte der Mann und stand auf. »Sorgen Sie dafür, dass auch Ihr Sohn auf dem rechten Weg bleibt. Helfen Sie ihm, ein guter Mann zu werden.«

Jetzt erkannte Jeannie, dass sie mit ihrer anfänglichen Vermutung über seine Gestalt richtiggelegen hatte. Der Fremde war groß gewachsen und breitschultrig und tatsächlich … bärenstark. Und dennoch hatte er zunächst den Eindruck erweckt, als sei er alt und gebrechlich.

Bevor er ging, drehte er sich noch einmal zu ihr um. Jeannie riss erschrocken die Augen auf. Er wandte sich eilig ab, doch in dem kurzen Augenblick hatte sie gesehen, dass unter dem Verbandmull eine Totenkopfmaske saß.

Jeannie war einen Moment lang erschüttert, völlig perplex. Sie starrte auf den Umschlag in ihren verkrampfen Händen, riss ihn auf. Darin lag ein Bankscheck, auf ihren Namen ausgestellt, in Höhe von fünfzigtausend Dollar.

Sie sprang auf und suchte den Park nach dem Fremden ab, der ihr soeben ihren größten Wunsch erfüllt hatte, nach dem Mann, der ihrem Sohn eine Gnadenfrist geschenkt hatte.

Überall waren Patienten unterwegs, nur der Mann war nirgends zu sehen. Er war verschwunden.

Jeannie schluchzte vor Freude und rannte auf das Krankenhaus zu, zu ihrem Sohn.

»Du klingst glücklich, Jonah.«

Er grinste zufrieden vor sich hin. Saß auf dem Stuhl in der Zimmerecke und zog sich die Schuhe aus. *Nicht wahr?*

Jonah lehnte sich zurück und strich sich die Haare aus der Stirn. Er dachte wieder daran, was er heute vollbracht hatte, an den Ausdruck im Gesicht der Frau, als er sie angesprochen hatte.

Zuerst hatte sie voller Argwohn auf seinen Verband geblickt. Und in dem Augenblick, als er sie voll angesehen und sie den Totenkopf unter seinem Verband bemerkt hatte, hatte sie regelrecht erschrocken gewirkt.

Doch Jonah war zum ersten Mal am helllichten Tag außerhalb Windisles gewesen, die doppelte Vermummung war ihm daher zwingend notwendig erschienen. Natürlich sah das unheimlich aus. Aber es war verdammt noch mal der Mühe wert gewesen, als er die Hoffnung in Jeannies Augen gesehen hatte, nachdem ihr klar gewesen war, was sie da in der Hand hielt.

Nun: »Glücklich« traf es vielleicht nicht so richtig. Aber unglücklich war er auch nicht, und das war doch eine eindeutige Verbesserung. »Glücks-nah«, antwortete er mit einem spöttischen Unterton.

In Claras Stimme lag ein Lächeln. »Es macht mich glücklich, wenn ich höre, dass du dich glücks…nah fühlst.«

Er lachte, während er sich das T-Shirt über den Kopf zog und es in Richtung Wäschekorb warf.

»Jonah, erinnerst du dich, dass ich dich neulich abends gefragt habe, ob du an Prophezeiungen glaubst?«

»Ja.«

»Also ... Ich habe gefragt, weil ich zu dieser Wahrsagerin gegangen bin, und die hat etwas gesagt, das mich zum Nachdenken gebracht hat.«

»Eine Wahrsagerin, Clara?«

»Ich weiß! Ich habe auch nie an solche Dinge geglaubt. Aber es war ... ich weiß auch nicht, irgendwie unheimlich. Sie hat gesagt, ich würde die Lösung eines Rätsels suchen, und es sei sehr wichtig, dass ich nicht aufgebe.«

»Du meinst die Enträtselung des Fluchs, der auf John und Angelina liegt?« Das war ja ursprünglich der Grund gewesen, warum Clara nach Windisle gekommen war, jetzt fiel es ihm wieder ein. *Hilf mir, dir zu helfen, Angelina.*

»Ja.«

Jonah seufzte leicht entnervt. »Wer sucht denn nicht nach der Lösung von Rätseln, Clara? Selbst wenn das ›Rätsel‹ etwas absolut Unbekanntes ist ... wie zum Beispiel: Werde ich Erfolg im Beruf haben? Werde ich die große Liebe finden? Werden die Mets die Meisterschaft gewinnen?«

Seine Erklärung dafür, wie die unbekannte Wahrsagerin es geschafft hatte, Claras Interesse zu gewinnen, klang selbst in Jonahs Ohren ein bisschen schwach, aber Wahrsager waren nun einmal Trickbetrüger, schlicht und ergreifend. Welche Methode auch immer sie angewandt hatte, um bei Clara eine Glocke zum Klingen zu bringen, es war Zufall gewesen. Schwindel.

»Scheint wohl so.« Clara klang jedoch nicht überzeugt. »Wie dem auch sei, ob ihre Erklärungen nun aus dem Himmelreich stammen oder nicht«, sagte sie voller Ironie, »möchte ich doch nichts unversucht lassen. Sie hat mich jedenfalls in meinem

Wunsch bestärkt, mehr über Angelina und den Fluch herauszufinden.«

»Okay.« Jonah knöpfte seine Jeans auf und ließ sie zu Boden fallen, trat sie beiseite. Nur noch in Boxershorts setzte er sich auf sein Bett und lehnte sich gegen die Kissen.

Er liebte die Entschlossenheit, die er in Claras Stimme hörte. Sie war ihr ganz persönlicher Charakterzug und auch der Grund, warum sie immer wieder zu ihm zurückkam. Clara hatte entschieden, dass Jonah ihre Bekanntschaft wert war, und deshalb hatte sie ihn selbst dann nicht aufgegeben, als er es ihr befahl. Sie war … Sie war einfach unglaublich. Er bewunderte sie über alle Maßen.

Clara war eine Schönheit, aber Jonah wollte verdammt sein, wenn er nicht auch ihre Seele liebte. »Und wie willst du das anstellen?«

»Ich habe über Wege nachgedacht, die ich noch nicht erforscht habe. Es sind zwar nicht viele, aber … Ich hoffe auf deine Hilfe. Was kannst du mir über Astrid Chamberlain sagen?«

»Astrid Chamberlain? Nicht viel, wenn ich ehrlich sein soll. Justin hat sich mit unserer Familiengeschichte besser ausgekannt. Er hätte dir alles sagen können, was du wissen willst.«

Jonah schwieg einen Augenblick, während er sich daran erinnerte, dass sein Bruder ständig über Windisle geredet hatte, über seine neuesten Entdeckungen. Justin hatte ihren Besitz der Denkmalgesellschaft verkaufen wollen, und Jonah war auch gar nicht dagegen gewesen, er hatte nur zu viel um die Ohren gehabt. Hatte Justin das Wort abgeschnitten, wann immer er die Rede darauf brachte. Hatte den Verkauf immer wieder verschoben, auf später, wenn er Zeit haben würde. Und natürlich musste sich Jonah in der Rückschau eingestehen, dass er niemals die Zeit gefunden hatte.

»Justin hatte einige Ordner mit Informationen zusammengestellt, Stammbäume und so Zeug. Ich habe alles, soweit ich mich erinnern kann, auf den Speicher geschafft. Könnte sie für dich raussuchen.«

»Würdest du das tun?« Clara war derart enthusiastisch, dass Jonah lächeln musste. Seiner Meinung nach überstieg ihre Begeisterung den tatsächlichen Wert von staubigen Dokumenten auf dem Speicher von Windisle.

»Natürlich.«

Clara schwieg einen Moment. »Die Sache ist die, Jonah, ich habe so ein Gefühl, als ob die Lösung irgendwo auf uns wartet. Sie wartet darauf, zusammengesetzt zu werden, und ... Ich weiß nicht, aber ich spüre dieses ... Ticken. Als ob eine Uhr tickt. Hört sich das verrückt an?«

Ja, irgendwie schon, aber das wirklich Verrückte war, dass Jonah es ebenfalls spürte. Ein Trommeln unter seinen Rippen, das ihn drängte, sofort auf den Speicher zu gehen und die Dokumente zu suchen. Oder vielleicht war es auch nur sein intensiver Wunsch, Clara auf jede nur mögliche Weise zu gefallen.

»Nein, es hört sich nicht verrückt an. Das ist wirklich interessant, Clara. Aber die Menschen, die Fragen dazu beantworten oder sich noch an Geschichten erinnern können, sind entweder schon sehr alt oder tot.«

»Ja«, stimmte sie zu. Doch etwas in ihrer Stimme verriet ihm, dass sie diesen Weg gar nicht hatte einschlagen wollen.

»Was ist mit der alten Priesterin, die damals auf der Party das Rätsel zitierte, mit dem der Fluch zu brechen ist? Weißt du noch, wie sie hieß?«

Der Name erschien in Jonahs Kopf, als wäre er in sein Gehirn gebrannt. »Tatsächlich weiß ich das. Merkwürdig. Ihr Name steht in Justins Aufzeichnungen – in einer der Originaleinladungen zu der Party. Die hat er mir nämlich gezeigt, und der Name der Priesterin stand darauf. Sie hat den Unterhaltungsteil bestritten.«

Damals hatte Jonah nur einen flüchtigen Blick auf die Einladung geworfen, er hatte andere Dinge im Kopf gehabt. Aber der Name der Frau war ungewöhnlich gewesen, und er hatte ihn aufgrund der Alliteration behalten. »Sibille Simoneaux.«

Clara wiederholte den Namen leise einmal und noch einmal, als wollte sie ihn fest im Gedächtnis bewahren. »Glaubst du, dass noch jemand von ihrer Familie am Leben ist?«

»Ich habe keine Ahnung, aber selbst wenn, kannst du nicht einfach losziehen und bei wildfremden Menschen an die Tür klopfen. In New Orleans gibt es gefährliche Leute und zwielichtige Viertel.«

»Dann komm mit.«

Jonah atmete schwer aus. »Du weißt, dass ich das nicht kann.«

Clara schwieg einen Moment. »Vielleicht könnte ich dann kommen.«

»Hierher?«

»Ich könnte dir doch helfen, die Dokumente durchzusehen.«

»Das glaube ich nicht.« Jonah schloss die Augen. Er hasste es, wenn er Clara etwas abschlagen musste, was es auch war. Er hatte sie einmal versetzt, und nun kam es ihm so vor, als täte er es wieder, aber … Nein, er konnte nicht gestatten, dass Clara die Grenze der weinenden Mauer überschritt, konnte nicht zulassen, dass sie den Ort sah, wo er keine Maske trug. Er wollte sie nicht in seinem Refugium haben. Hier musste er sich nicht verstecken, weder vor den Bäumen noch vor den Geistern oder vor Myrtle und Cecil. Aber eine schöne junge Frau würde bei seinem Anblick ihr Gesicht voll Abscheu abwenden. Selbst seine Mutter hatte seinen Anblick nicht ertragen. Jonahs Herz schlug dumpf. Nein, er konnte Clara nicht hereinbitten.

»Okay«, flüsterte sie schließlich verständnisvoll, sodass Jonah sich noch schuldiger fühlte. »Aber rufst du morgen an, wenn du Gelegenheit hattest, die Dokumente durchzusehen? Was immer du dort findest, Jonah … Wirst du dein Wissen mit mir teilen?«

Ich würde alles mit dir teilen, wenn ich könnte. Selbst meine schwarze Seele … »Ja. Ich ruf dich morgen an.«

»Okay.« Jetzt war ein Lächeln in ihrer Stimme. »Schlaf gut.«

»Du auch. Gute Nacht, Clara.«

18. KAPITEL

April 1861

Angelina schlug die Kapuze zurück, die ihr Gesicht verbarg, und schloss die Tür. Sie wandte sich John mit einem Lächeln zu, das jedoch augenblicklich erlosch. »Was hast du, John? Du siehst bedrückt aus.«

Er ging auf sie zu. Laut hallten seine Stiefel auf den morschen Planken des alten Bootshauses, das zum Besitz seiner Familie gehörte.

Sie trafen sich hier unter dem Vorwand, dass Astrid Angelina zu angeblichen Botengängen in die Stadt ausschickte. So konnten sie einige ungestörte Stunden miteinander verbringen, ohne Angst vor einer Entdeckung zu haben. Immer noch lagerten im Bootshaus Geräte und Werkzeuge, aber seit Johns Vater Anfang des Jahres gestorben war, kam niemand mehr hierher.

John zeigte eine so ernste Miene, dass Angelinas Herz zu pochen begann. Er nahm ihr Gesicht in seine großen Hände und schaute sie einen Moment schweigend an. Angelina erwiderte seinen Blick, sah ihm tief in die Augen und fand dort seine tiefe Liebe wieder.

Sie stieß ihren angehaltenen Atem aus. Was ihn auch bedrückte, so schlimm konnte es nicht sein. Solange sie Johns Liebe besaß, würde sie alles ertragen können.

»Ich ziehe in den Krieg, Angelina.«

Sofort bildete sich ein Kloß in ihrer Kehle. Sie wandte sich ab und lehnte sich an die Wand.

»Wann?«, stieß sie erstickt hervor.

»Übermorgen.«

Angelinas Herz zog sich schmerzhaft zusammen. Sie legte die Hand auf ihre Brust. »Übermorgen? Warum, John?«

Unruhig schritt er auf und ab, fuhr sich mit den Fingern durch das Haar. »Die Konföderation braucht mich.« Er sprach so hastig, dass sich ihr die Nackenhaare aufstellten. Sein Ton war anders, nie zuvor hatte er so gesprochen. Angelina hatte den unbestimmten Eindruck, dass er log oder ihr etwas verschwieg.

John wandte sich ihr wieder zu. »Dieser Krieg, Angelina, könnte alles verändern. Er könnte deine Befreiung bedeuten«, stieß er atemlos hervor. Dann presste er die Lippen zu einem schmalen Strich zusammen, während an seinem Kiefer ein Muskel zuckte.

Angelina starrte ihn an. Dieser Krieg, von dem John schon seit Monaten sprach, war ihr so unwirklich, so fern, so ohne jeden Bezug zu ihrer Welt vorgekommen. Doch mit einem Mal begriff sie, dass dies nicht länger galt.

»Aber John, du wirst für den Süden kämpfen!« Das wäre der Kampf gegen die Seite, die die Freilassung der Sklaven versprach, Freiheit auch für ihre Mutter und für all die Männer, Frauen und Kinder, die Tag für Tag erschöpft und ohne Hoffnung auf Besserung von den Zuckerrohrfeldern heimkehrten.

John knurrte frustriert. »Das stimmt. Es muss aber sein.«

Er schloss die Augen und atmete tief ein, legte seine Hände um Angelinas Oberarme und hielt sie fest, als befürchtete er, sie könne sich jeden Moment in Luft auflösen. »Es scheint falsch zu sein. Ach verdammt, Angelina, ja, es ist wohl auch falsch. Aber ich … Ich muss. Es tut mir leid.«

Sie war verletzt, kam nicht dagegen an. Angelina wusste, dass es nicht Johns Schuld war, dass er nur seine Pflicht als Soldat tat, dass er den Befehlen anderer gehorchen musste, die eine ganz andere Weltanschauung hatten. So funktionierte Krieg nun einmal, nicht wahr?

Doch das Wissen, dass er gegen ihre Freiheit zu kämpfen hatte, durchbohrte ihre Seele wie ein Pfeil. John hatte keine andere Wahl, aber dass seine Waffe gegen die Männer gerichtet sein würde, die für die Befreiung der Sklaven eintraten, war eine niederschmetternde Vorstellung – jenseits aller Logik oder Vernunft.

»Ich weiß«, hauchte sie. Denn das tat sie, auch wenn sie es nicht so empfand.

»Hör mir gut zu, Angelina. Zieh den Kopf ein. Gehe kein Risiko ein. Spiele streng nach den Regeln, bis dieser Krieg vorbei ist.«

Sie wollte lachen oder weinen oder beides gleichzeitig. Was wusste John schon davon, wie man den Kopf einzog? Sie war dazu erzogen, vielleicht sogar dazu geboren worden. Es war alles, was sie kannte. Sich still zu verhalten hatte ihr Leben bestimmt … bis sie John kennenlernte.

Und jetzt befahl auf einmal er, sie solle kein Risiko eingehen. Das würde Angelina nicht weiter schwerfallen, immerhin ging er ja fort. Eigentlich hätte sie erleichtert sein müssen: Endlich hatte das Versteckspielen und Lügen und Sich-heimlich-Davonschleichen ein Ende.

Vielleicht hätte sein Befehl, ab jetzt den Kopf einzuziehen, Angelina erzürnen müssen. Aber ihre Gefühle waren ein einziges Chaos, aus dem sich lediglich der Kummer heraushob.

Angelina wollte nicht, dass John fortging. Sie wollte auch keinen Krieg – und ganz besonders keinen, aus dem der Süden womöglich als Sieger hervorgehen würde. Sie wollte nur lieben und geliebt werden. Warum war das zu viel verlangt? Warum musste Hautfarbe über Schicksal entscheiden? Kriege auslösen? Trennungen herbeiführen? Wie konnte die Hautfarbe eines Menschen solche Unterschiede bestimmen, wenn doch niemand darum gebeten hatte, als dieser oder jener geboren zu werden? Sicherlich war das nicht Gottes Plan gewesen. Oder doch?

»Küss mich, John.«

Sein Blick wanderte langsam über ihr Gesicht, als wollte er sich jeden ihrer Züge unauslöschlich einprägen. Dann spürte sie seinen Mund, fordernd, drängend und hatte das Gefühl, dass die Uhr tickte ... dass die Zeit unaufhaltsam dahinraste.

Plötzlich fand sich Angelina auf dem Boden wieder. John griff mit beiden Händen unter ihr Kleid. Etwas Hartes bohrte sich in ihren Rücken, doch es war ihr gleich. Solange John bei ihr war, würde sie auf der Erde oder auf Steinen oder den Dornen von hundert Rosenbüschen schlafen.

Mit einem geschmeidigen Stoß glitt John in sie hinein. »Ich liebe dich. Ich komme zu dir zurück, hörst du?«, keuchte er, jedes Wort unterstrichen von seinen stoßenden Hüften.

»Versprich es«, hauchte sie. Ihre Nägel bohrten sich in seinen verschwitzten Rücken.

»Ich verspreche es dir, Angelina.«

Sie nahm sein Versprechen tief in sich auf und verschloss es sorgfältig. Es war alles, was sie auf dieser Welt besaß. Nichts sonst gehörte ihr – weder ihre Zukunft, noch ihr Glück – nicht einmal sie selbst.

19. KAPITEL

Dampf stieg aus einem Kanaldeckel, als sie vom Bürgersteig aus in beide Richtungen blickte und dann die schmale, verlassene Straße überquerte.

Ganz sicher war es kein sonderlich sicheres Viertel, aber Clara war fest entschlossen, ein Geschäft aufzusuchen, dessen Adresse sie im Netz gefunden hatte. Es gehörte Fabienne Simoneaux, die ihren Beruf mit Voodoo-Priesterin angab und spirituelle Heilung versprach. Am meisten Hoffnung hatte Clara ein Satz am Ende der Anzeige gemacht: »Aus einer langen Ahnenreihe von Voodoo-Priesterinnen.«

Sie hatte mehrmals versucht, die in der Anzeige angegebene Nummer zu erreichen, nur um zu hören, dass die Mailbox voll sei.

Eine persönliche Kontaktaufnahme versprach vielleicht mehr Erfolg. Clara konnte nicht wissen, ob Fabienne Simoneaux wirklich eine entfernte Verwandte von Sibille war, aber ganz offensichtlich gab es nur einen Weg, das herauszufinden.

Plötzlich meinte sie Schritte hinter sich zu hören. Aber die Straße war völlig verlassen, keine Menschenseele in Sicht.

Obwohl es noch lange nicht dunkel war, spürte Clara ein merkwürdiges Kribbeln im Nacken. Sie entfaltete den Computerausdruck und vergewisserte sich, dass die Hausnummer stimmte. Das Geschäft musste sich im nächsten Block befinden. Sie beschleunigte ihre Schritte.

Jonah hatte sie vor eigenmächtigen Unternehmungen gewarnt, und Clara war sich bewusst, dass sie vorsichtig sein musste. In verrufenen Stadtvierteln mussten Frauen stets auf alles gefasst sein. Aber ihre Unruhe drängte sie dazu, etwas zu unternehmen, sie konnte nicht untätig herumsitzen.

Sie nahm das Blatt mit der Adresse in die eine Hand und steckte die andere in die Jackentasche mit dem Pfefferspray.

Clara kam an mehreren mit Brettern vernagelten Ladenlokalen vorbei, an einem Waschsalon, einem Rahmenbauer und einem ehemaligen Feinkostgeschäft. War dies eines der Viertel, die immer noch unter den Verheerungen von Katrina zu leiden hatten? Mr Baptiste hatte erzählt, dass manche Stadtbezirke immer noch darum kämpften, wirtschaftlich wieder auf die Beine zu kommen, obwohl die Katastrophe sich vor mittlerweile zehn Jahren ereignet hatte. *Wie schrecklich.*

Gab es hier überhaupt Geschäfte, die geöffnet hatten? Clara wollte schon den Mut verlieren, da erblickte sie den gesuchten Laden – das Schild war zwar beschädigt, aber er existierte noch. Das Schaufenster war mit schwarzer Farbe übermalt, aber unter der Tür schien Licht hervor, wie sie mit Erleichterung feststellte.

Sie drückte auf die Klinke, fand die Tür jedoch verschlossen. Daraufhin klopfte sie und wartete mit den Händen in den Jackentaschen. Schließlich näherten sich Schritte, die Tür wurde aufgerissen und vor Clara stand eine wunderschöne Frau mit langen schwarzen Locken. Sie trug Hüftjeans und ein bauchfreies Top, das den Blick auf ihren glatten mokkafarbenen Leib lenkte. »Ja?«

»Hi. Sind Sie Fabienne?«

Die Frau musterte sie misstrauisch. »Wer will das wissen?«

Clara streckte ihr die Hand hin. Die Frau ergriff sie zögernd. »Ich bin Clara, und ich hatte gehofft, dass Sie heute geöffnet haben. Könnte ich Ihnen ein paar Fragen stellen?«

»Was für Fragen?«

Clara hörte Stimmen auf der Straße. »Darf ich vielleicht reinkommen?«

Fabienne spähte über Claras Schulter. Sie presste den Mund zu einer schmalen Linie zusammen, dann schaute sie wieder Clara an. Sie seufzte. »Die Sitzung kostet hundertfünfzig.«

»Oh, ich bin nicht desw–«

»Die Sitzung kostet hundertfünfzig.«

»Gut«, sagte Clara, der langsam ein Licht aufging. Diese Frau würde nur für Geld Fragen beantworten.

»Ich habe nicht so viel Bargeld dabei.«

»Ich nehme auch Kreditkarten.«

Clara starrte sie einen Moment an. Sie hielt ihrem Blick stand, ohne Anzeichen von Verlegenheit. »Na schön, aber bevor ich für eine Sitzung bezahle, muss ich wissen, ob Sie eine Verwandte von Sibille Simoneaux sind.«

Fabienne schaute über ihre Schulter und zeigte auf ein Foto, das zwischen anderen an der Wand hing.

Clara ging zu dem Bild und betrachtete mit zusammengekniffenen Augen das Porträt einer sehr alten Frau mit milchig weißen Augäpfeln. Obwohl sie offensichtlich blind war, schien sie direkt in die Kamera zu blicken. »Ist sie das?«, murmelte sie mit leisem Erschauern.

Diese Augen … Clara hätte schwören können, dass sie ihr folgten, als sie zu Fabienne zurückging.

»Das ist Sibille«, sagte Fabienne.

Clara zog ihre Kreditkarte aus der Innentasche ihrer Jacke und reichte sie Fabienne.

Die nahm die Karte entgegen und zog sie durch einen Kartenleser, der mit ihrem Smartphone verbunden war, dann hielt sie es Clara zum Unterschreiben hin. Rasch kritzelte Clara ihren Namenszug, wobei sie sich bemühte, nicht daran zu denken, dass sie gerade die hundertfünfzig Dollar ausgab, die für die Anzahlung ihres Wagens gedacht waren. *Dann sollte es das auch wert sein.* Sie glaubte aber schon jetzt nicht mehr so recht daran.

»Was möchten Sie wissen?« Fabienne setzte sich auf ein schwarzes Samtsofa, das bessere Tage gesehen hatte, und schlug ihre langen Beine übereinander.

»Bekomme ich eine Sitzung und Antworten auf meine Fragen?«, fragte Clara, während sie sich auf einem Holzstuhl niederließ.

»Das kostet extra.«

Clara konnte sich gerade noch davon abhalten, die Augen zu verdrehen. Sie legte keinen gesteigerten Wert auf eine spiritistische Sitzung bei dieser Frau, die sie höchstwahrscheinlich gerade erfolgreich um hundertfünfzig Dollar geprellt hatte.

»Ich interessiere mich für John Whitfield, einen Soldaten der Konföderierten, und Angelina Loreaux, eine Sklavin. Das sind die beiden Geister, die der Legende nach in der Plantage von Windisle gefangen sind.«

»Okay.«

Clara war erleichtert. Fabienne kannte die Geschichte offenbar und war gewillt, darüber zu sprechen.

»Ihre« – was wäre der verwandtschaftliche Grad von Sibille zu Fabienne? Urgroßmutter sechsten Grades vielleicht? – »Urahne erwähnte bei einer Party einen Rätselspruch, der, wie sie sagte, den Fluch brechen würde, der John Whitfield auferlegt war. Irgendwie war auch Angelina in diesen Fluch verstrickt, und daher sind beide auf Windisle gefangen. Kennen Sie dieses Rätsel?«

»Frischen Sie mein Gedächtnis auf.« Fabiennes Blick glitt zur Treppe. Aus den oberen Räumen drang das Weinen eines Babys. Als es einen Moment später aufhörte, sah sie wieder

Clara an. Entweder hatte das Baby im Schlaf geweint, oder jemand anders hatte sich seiner angenommen.

Clara biss sich auf die Lippe und konzentrierte sich wieder auf das Gespräch. »Sibille sagte, das Einzige, was den Fluch brechen könne, den Angelinas Mutter, Mama Loreaux, über John Whitfield verhängt hatte, sei ein Tropfen von Angelinas Blut, der ans Tageslicht gebracht werde.«

Fabienne sah Clara ungerührt an. »Und das glauben Sie?«

»Ob ich an … Flüche glaube? Oder daran, dass sie gebrochen werden können?« Clara wusste selbst nicht genau, was von Geistergeschichten oder Flüchen zu halten war. Es war alles so … jenseitig. Aber welchen anderen Spuren sollte sie folgen, um Antworten auf die Fragen zu finden, die ihr durch den Kopf schwirrten?

Vielleicht war die Legende über die beiden vom Fluch Gebannten nicht einmal wahr. Vielleicht wanderten ihre Seelen gar nicht durch den Rosengarten, blind für die Gegenwart des anderen, auf ewig gefangen, trotz der Legende und der vielen Menschen, die sie angeblich gesehen hatten, trotz der unleugbaren Tatsache, dass die Mauer geweint hatte.

Aber es musste einen Grund dafür geben, warum John Angelina im Stich gelassen hatte, warum er Astrid Chamberlain dann doch nicht geheiratet hatte, einen Grund …

»So meinte ich das nicht. Flüche sind sehr real.« Fabienne beugte sich vor. »Und jeder Fluch hat einen Schwachpunkt – wenn man es richtig anfängt, wird der Fluch gebrochen, und der Verfluchte kommt frei.«

Fabienne deutete mit dem Finger auf die Porträtgalerie an der Wand. »Das ist es, was die alte blinde Priesterin gemeint haben muss. Viel Glück beim Lösen des Rätsels.«

Clara runzelte die Stirn. *Viel Glück?* »Die alte blinde Priesterin? Ich dachte, sie sei mit Ihnen verwandt.«

Fabienne schüttelte den Kopf. »Habe ich nie behauptet.«

»Aber Ihr Nachname …«

»Es gibt Tausende Simoneaux in New Orleans.«

Du liebe Zeit! Clara seufzte. Sie konnte nicht einmal zornig sein. Sie war von völlig falschen Voraussetzungen ausgegangen, während diese Frau sie geschickt dazu gebracht hatte, eine beträchtliche Summe herzugeben, die sie besser hätte nutzen können. *Super.* Beinahe hätte sie von Fabienne eine Rückerstattung gefordert, wurde aber von dem Baby daran gehindert, das wieder zu weinen begann. Diesmal klang es sehr dringend. Clara musterte Fabienne. »Wissen Sie überhaupt irgendetwas über John Whitfield und Angelina Loreaux?«

Fabienne betrachtete einen Moment ihre Fingernägel, Clara spürte aber, dass die Lässigkeit nur vorgetäuscht war. Die Frau wollte nur noch zu ihrem Baby. »Nur das, was Sie mir erzählt haben. Klingt nach einer ganz tollen Geschichte.«

Clara ließ die Schultern sinken und erhob sich langsam. »Das ist sie auch. Sollten Sie mal googeln.« Sie wandte sich zum Gehen.

Auch Fabienne stand auf. »Eins kann ich Ihnen allerdings sagen.« Clara drehte sich wieder zu ihr um. »Flüche fangen niemanden ein, für den sie nicht bestimmt sind.«

»Was … was meinen Sie damit?«, fragte Clara, während das Weinen des Babys in Gebrüll überging und Fabienne sich Zentimeter für Zentimeter auf die Treppe zubewegte, die vermutlich in den Wohnbereich führte.

»Wenn der Fluch über John ausgesprochen wurde, betrifft er nicht Angelina. Wenn Angelina hiergeblieben ist, dann seinetwegen. Wegen ihres Soldaten.«

Das Baby schrie noch einmal kläglich. Clara nickte Fabienne zu und bedankte sich, bevor sie den Laden verließ.

Einen Augenblick blieb sie im Hauseingang stehen,

Fabiennes Worte noch im Ohr. *Wenn Angelina hiergeblieben ist, dann seinetwegen.* Aber warum? Warum sollte eine Frau eines Mannes wegen bleiben, der sie, wie sie bis zum Augenblick ihres tragischen Todes glaubte, verraten hatte?

Plötzlich erlosch die nackte Glühbirne, die über dem Hauseingang hing. Während der Zeit bei Fabienne war die Sonne untergegangen. Die Straßen lagen im Dunkeln, aber Geräusche von nah und fern verrieten, dass die Gegend wohl doch nicht so verlassen war.

Ein Hund bellte, und ein anderer antwortete ihm. Etwas, das sich wie ein Mülleimerdeckel anhörte, fiel scheppernd zu Boden. Ein Mann lachte. Glas ging zu Bruch. Clara setzte sich in Bewegung, um die ein paar Straßen weiter gelegene Bushaltestelle zu erreichen.

Eigentlich hatte sie ein Uber nehmen wollen, doch es war kein Fahrer frei gewesen. Also war sie mit dem Bus gekommen, weil sie sich ein belebtes Geschäftsviertel vorgestellt hatte, aber diese Zeiten waren lange vorbei. Es war wohl besser, ein Taxi zu rufen, als etliche Blocks durch ein wenig vertrauenerweckendes Viertel laufen zu müssen.

Clara blieb stehen, trat in den Schatten eines Hauseingangs und zog ihr Handy aus der Jacke.

»Kommst du zu mir?«

Sie quiekte erschrocken auf und fuhr herum. In einem Winkel saß ein Obdachloser. Er lachte und hielt eine Flasche in einer braunen Papiertüte in die Höhe. »Kannst gerne mithalten, Süße.«

Rasch verließ Clara den Hauseingang, eine Entschuldigung murmelnd, die ihr in ihrer Angst kaum bewusst war. Der Mann lachte schallend, als Clara vor ihm die Flucht ergriff.

Hinter sich hörte sie Schritte. Ein Schuh platschte in eine Pfütze, und sie lief schneller.

»Hey du«, rief jemand. Die Stimme war tiefer als die des Obdachlosen. Ihr Verfolger musste dicht hinter ihr sein. Ein anderer Mann rief Clara etwas zu, das sie nicht verstand, und als sie sich umschaute, sah sie zwei Männer, begleitet von muskelbepackten Pitbulls. Claras Herz hämmerte.

Sie überquerte die Straße, das Pfefferspray in der Tasche fest umklammernd, und ihre Angst wuchs, als die beiden Männer mit den knurrenden Hunden ebenfalls die Straßenseite wechselten. *Oh Gott.* In was war sie da hineingeraten?

Sie hätte hübsch in Fabiennes Hauseingang bleiben und dort ein Uber rufen sollen. *Wie blöd kann man eigentlich sein?*

Die Männer hinter ihr unterhielten sich, als wäre diese Situation für sie das Normalste auf der Welt, was Clara nur noch mehr Angst einjagte.

Etwas zerschellte in einem Hof, an dessen offen stehendem Tor sie vorbeiging. Jemand stieß einen Fluch aus, und die Hunde hinter ihr knurrten bedrohlich.

»Geh lieber heim, Kleine. Gehörst hier nicht hin«, rief ihr der Mensch aus dem Hof zu. Clara rannte.

Die hell erleuchtete Bushaltestelle vor einer geöffneten Tankstelle war nur noch zwei Blocks entfernt. Wenn sie es bis dorthin schaffte, war sie in Sicherheit.

»Da willst du aber sicher nicht hin«, rief einer der Männer. Clara reagierte nicht, sah sich nicht um.

Sie rannte einen Block weiter, das Herz dröhnte ihr in den Ohren. Trampelnde Schritte folgten ihr und steigerten ihr Entsetzen. *Oh Gott.*

Tränen strömten Clara über das Gesicht, ihr Atem ging in kurzen Stößen, als sie in die Straße einbog, in der sich die Haltestelle befand – und die gut beleuchtete Tankstelle, wo der Angestellte die Polizei alarmieren würde –, nur um festzustellen, dass sie irgendwo falsch abgebogen war.

Vor ihr lag eine weitere dunkle, verlassene Straße. Clara schluchzte auf und lief hinein – jetzt spielte es ohnehin keine Rolle mehr –, um ihren Verfolgern zu entkommen. *Reiß dich zusammen! Du bist stark. Du hast die nötige Ausdauer.* Sie fühlte einen Adrenalinschub. *Ja!* Sie hatte einen gut durchtrainierten Körper. Sie würde diesen Scheißkerlen davonlaufen.

Clara hörte das Keuchen der Hunde, das Geräusch ihrer Krallen auf dem Asphalt, dazu die schweren Schritte der Männer, und sprintete in die düstere Straße, in der es nicht einmal Laternen gab.

Das Ende der Straße wurde durch einen Zaun versperrt. Clara ächzte vor Angst und Verzweiflung, schlug die Hände in den Maschendraht. *Oh Gott, oh nein.*

Sie warf einen Blick über die Schulter. Die beiden Männer befanden sich bereits an der Einmündung der Straße. Langsam schritten sie voran, die Hunde zerrten ungeduldig an ihren Leinen.

»Hey, halt doch mal, wir wollen bloß mit dir reden.« *Wer's glaubt!*

Clara schluckte den Kloß in ihrer Kehle hinunter und machte sich daran, den Zaun zu erklimmen. Sie schwang ein Bein darüber und für einen Augenblick war sie voller Hoffnung. Sie würde es schaffen, denn die Hunde konnten nicht so hoch springen.

Clara schwang das andere Bein hinüber und versuchte, für ihren Fuß eine Stelle in den Maschen zu finden, als sie einen Schatten hinter den Männern erspähte, der im Mondschein langsam in die Höhe wuchs, sich hinter ihnen aufbaute und von unglaublicher Größe war.

Sie keuchte vor Schreck. Ihr Fuß verlor in dem Moment den Halt, als die Männer sich zu dem Schatten umdrehten.

»Wer zur Hölle bist denn du?«, fragte einer der beiden, und Clara hörte, wie unsicher, ja verängstigt er klang.

Sie wollte sich wieder am Zaun festhalten, aber sie hatte sich zu weit zurückgelehnt, und ihre Finger streiften den Draht nur.

Clara schrie auf, drehte den Kopf und sah das Pflaster auf sich zurasen. Dann wurde alles schwarz.

20. KAPITEL

Clara roch ihn: *Jonah. Mein Wünschesammler*. Sein Geruch stieg ihr in die Nase, sein sauberer, männlicher Geruch, den sie im Hof des Hotels eingeatmet hatte und nach dem sie sich seitdem sehnte.

Sie schlief. In ihrem Traum trug er sie auf seinen starken Armen.

Ihr Kopf wurde ein wenig klarer. Ein leises Stöhnen drang aus ihrer Kehle, als eine ungewisse Angst in ihrer Erinnerung aufblitzte.

»Schhh«, machte er. Es war seine Stimme, da gab es keinen Irrtum. Jonahs Geruch mochte ihr nicht so vertraut sein – vielleicht hatte sie sich ihn nur eingebildet. Aber seine Stimme? Die hätte sie überall wiedererkannt. Jonahs Stimme war ein Teil von ihr geworden.

»Kannst du dich an mir festhalten?«

»Ich halte mich an dir fest«, sagte sie. Sie sprach undeutlich. Deutlich aber spürte sie seine sehnige Kraft, als sie die Arme um seine Schultern schlang.

»Ich meinte fest.« Er setzte sich und nahm sie auf seinen Schoß.

Clara schmiegte sich an ihn. Der Nebel um sie herum lichtete sich ein wenig, als sie ein Auge öffnete und es sofort wieder zukniff. Das Licht bereitete ihr Kopfschmerzen.

»Macht nichts«, sagte er so leise, als spräche er mit sich selbst. Clara wollte nur noch schlafen. Sie war in Sicherheit –

sicher bei Jonah – und musste nur ein Weilchen die Augen schließen. »Zu gefährlich.«

Was? Was ist zu gefährlich?

Sie trieb dahin, fest davon überzeugt, Jonah mit jemandem sprechen zu hören. Doch seine Arme waren um sie geschlungen, und es war ein so gutes Gefühl, und ihr war warm. Es konnte überhaupt nichts Gefährliches geben.

Clara schlief ein. Als sie aufwachte, hörte sie, wie eine Autotür zuschlug, dann eine weitere. Jemand sprach mit Jonah, redete mit rauer, besorgter Stimme auf ihn ein. Dann war sie wieder in seinen Armen, wurde auf etwas Weiches gebettet. »Lass mich nicht allein«, flüsterte sie.

Clara drehte sich um, ihre Augen öffneten sich einen Spalt, sie sah alles verschwommen. Sein Gesicht schwebte vor ihr, und ihr Herz machte einen kleinen Satz. Das Licht war so schwach und er bloß ein Schatten.

Jonahs Gesicht kam näher. Sie atmete stoßweise. Deutlich traten die Knochen eines Totenkopfes hervor.

Clara stieß vernehmlich den Atem aus, während ihre Finger über den Wangenknochen unter seiner Gummimaske strichen. »Lass mich nicht allein«, wiederholte sie. Jonah konnte gern eine Maske tragen, wenn er das wollte, ihretwegen konnte er sich eine Papiertüte über den Kopf stülpen … Sie wollte nur, dass er hier war, bei ihr.

Er erstarrte leicht. Sie sah, wie sich seine Augen unter der Maske bewegten.

»Du bist mir gefolgt«, murmelte sie. Die Erinnerung kehrte zurück: die Männer, die Hunde, der Zaun. Jonah war der Schatten hinter den Männern gewesen, dessen Anblick sie so erschreckt hatte, dass sie den Halt verloren hatte und gestürzt war.

»Und das war auch gut so.« Seine Stimme klang düster, und in seinem unbedeckten Stück Kiefer zuckte ein Muskel. »Du hast möglicherweise eine Gehirnerschütterung.« Er legte ihr sanft die Hand auf den Kopf und strich ihr die Haare aus der Stirn. Clara spürte einen leichten Stich, dann kamen die Kopfschmerzen wieder. »Wie fühlst du dich?«

»Verletzt. Und der Kopf tut mir weh. Wo bin ich?«

»In Windisle.«

In Windisle, dachte sie aufgeregt. Mehr noch aber interessierte sie der Mann. Körperlich. Sie verstand ja, warum er sich verbergen wollte. Aber hinter dieser Maske war er ihr viel zu fern.

Jonah verschwand. Clara sank auf das weiche Kissen zurück. Das roch noch stärker nach ihm. Sie lag in seinem Bett? Ein Beben durchfuhr sie, noch bevor er mit einem Glas Wasser und zwei Tabletten zurückkam. Clara legte sie sich auf die Zunge und spülte sie mit einem Schluck Wasser hinunter.

Sie schloss die Augen, als sie Jonah fortgehen hörte. Dann legte er ihr etwas Kühles, Feuchtes auf die Stirn. Es brannte ein wenig, aber Clara verzog nicht einmal das Gesicht.

Beim Entfernen sah sie, dass es ein weißes Tuch war, und sie entdeckte eine Spur von getrocknetem Blut daran. Das hätte ihr eigentlich Sorgen bereiten müssen, aber sie lag ja in seinem Bett. Und er saß bei ihr. Berührte sie. *Ich bin in Sicherheit. Selbst wenn ich verletzt bin.*

»Ich bin nicht so sehr dran gewöhnt, die Jungfer in Bedrängnis zu spielen.«

Er zog einen Mundwinkel hoch. »Nein, du bist wohl eher diejenige, die den Laden schmeißt.« Er tupfte wieder an ihrer Schnittwunde herum und gab dann eine Salbe darauf. »Und ich habe immer gedacht, Tänzer könnten springen.«

Clara lachte – und zuckte zusammen, weil es so wehtat. »Nicht unbedingt so hoch. Außerdem waren Männer hinter mir her – Männer mit Hunden.«

Jonah zog die Folie von einem großen Wundpflaster ab und klebte es mit ein wenig mehr Druck auf, als Clara für nötig hielt. »Das waren die Brass Angels.«

»Die … was?«

»Das ist eine Gang, aber eine von der guten Sorte. Sie patrouillieren in den Straßen von New Orleans, besonders in Vierteln wie dem, wo du dich gestern Nacht herumgetrieben hast. Es hatte dort einen Überfall gegeben. Sie wollten dir bloß ein paar Fragen stellen.«

»Oh.« Ja tatsächlich: *Oh. Ach du meine Güte.* Jetzt kam sie sich wie ein kompletter Idiot vor.

»Trotzdem«, sagte Jonah, und seine Stimme kratzte leicht auf ihrer Haut, was durchaus kein unangenehmes Gefühl war, »war es ziemlich dumm von dir, allein durch diese Straßen zu wandern.«

»Ich bin nicht herumgewandert. Ich habe in dem Viertel eine Voodoo-Priesterin aufgesucht, von der ich glaubte, sie sei mit Sibille Simoneaux verwandt.«

Jonah seufzte. »Niemals hätte ich dir den Namen sagen dürfen. Nachdem du ihn erfahren hattest, konntest du einfach nicht mehr still sitzen, nicht wahr?« Er schalt sie, aber Clara gefiel die Wärme, die in seiner Stimme mitschwang.

Sie setzte sich ein wenig auf und zuckte zusammen, als ein scharfer Schmerz ihren Schädel durchbohrte. »Nein. Ich habe es dir ja gesagt, Jonah: Ich spüre, dass die Sache … wie soll ich sagen … drängt.«

Trotz ihres Hinweises auf die Dringlichkeit spürte Clara auf einmal, wie alle Kraft sie verließ. Sie sank zurück in Jonahs weiches Bett, mit schweren Lidern und Gliedern.

»Morgen kannst du dich wieder auf Gespensterjagd begeben«, sagte er. »Zunächst einmal musst du schlafen. Ich werde dich ein paarmal wecken, falls du doch eine Gehirnerschütterung haben solltest. Myrtle wird dich morgen hinausbegleiten.«

Als hätte sie ihren Namen gehört, betrat eine alte Frau mit tiefbrauner Haut und Zöpfen, in die Perlen geflochten waren, das Zimmer. Sie hatte ein breites, rundes Gesicht. Clara wusste sofort, dass sie Myrtle sein musste, und lächelte der Frau zu, versuchte sich aufzusetzen.

»Nein, nein«, winkte Myrtle ab und bedeutete Clara, sich wieder hinzulegen. Sie schob ihre Brille mit den dicken Gläsern auf der Nase hoch und starrte finster auf Jonahs Maske. »Grundgütiger! Mit dem Ding wirst du noch einen Menschen vorzeitig ins Grab bringen.«

Dann sah sie wieder zu Clara, blinzelnd, trotz der Brille. »Wie ich höre, wäre das auch fast passiert. Sie haben Glück, dass Sie nur eine Beule haben.«

Sie trat näher und musterte Clara mit Augen, die durch die Brille stark vergrößert waren. Sie legte ihre kühle Hand auf Claras Stirn und ihre Fingerknöchel an Claras Wange. Offenkundig zufrieden glättete sich ihre Miene, und sie setzte sich auf die Bettkante.

Jonah stand auf, ging zur anderen Seite des Bettes hinüber und holte das leere Glas. »Ich füll das mal nach, damit du in der Nacht Wasser hast, falls du Durst bekommst.«

Clara nickte und schaute Jonah hinterher. Ihr Blick verweilte auf seiner hochgewachsenen Gestalt. Offenbar war sie nicht zu angeschlagen, um seinen muskulösen Hintern und die breiten, kräftigen Schultern zu würdigen.

Als Clara ihren Blick wieder Myrtle zuwandte, sah sie die alte Frau schmunzeln. Sie wurde rot und senkte die Augen.

»Jonah wollte, dass ich reinkomme und mich vorstelle und Ihnen sage, dass ich im Zimmer nebenan bin, wenn Sie was brauchen.«

Clara runzelte die Stirn. »Oh, okay. Danke!«

»Ich schätze, er meint, Sie haben Angst, wenn Sie glauben, Sie wären mit ihm allein.«

Clara schüttelte den Kopf. »Ich habe keine Angst vor Jonah, Myrtle. Nicht mal ein kleines bisschen.«

Myrtle lächelte freundlich und mitfühlend. In ihren tief liegenden Augen hinter der dicken Brille meinte Clara Tränen zu erkennen. »Nein, ich seh schon, die haben Sie nicht.«

Myrtle reichte Clara ihre Hand und drückte sie leicht. »Ich lass Sie jetzt schlafen. Kommen Sie morgen früh runter in die Küche, dann mach ich Ihnen was Gutes, bevor Sie gehen.«

Clara nickte und biss sich auf die Lippe. Jonah hatte gesagt, Myrtle würde sie am Morgen hinausbegleiten. Damit meinte er wohl, dass er selbst nicht da sein würde. Warum? Wollte er ihr nicht erlauben, ihn am Tag zu sehen – selbst wenn er eine Maske trug?

Myrtle erhob sich und wandte sich zum Gehen. »Myrtle?«

Die Frau drehte sich zu Clara um und hob fragend den Kopf.

Vorsichtig richtete Clara sich auf, sie stützte sich auf den Ellbogen. »Myrtle, wie sieht er unter der Maske aus?«, fragte sie leise. Ihr war, als würde sie Jonah schon durch die Frage hintergehen. Dennoch konnte sie der Gelegenheit nicht widerstehen.

Für einen flüchtigen Moment glitt Kummer über Myrtles faltiges Gesicht. In ihren Augen war ihre bedingungslose Liebe zu Jonah zu erkennen. »Er sieht aus wie ein Mann, dem von der Welt ganz übel mitgespielt worden ist, und der glaubt, es gäbe nix Liebenswertes mehr an ihm.«

Claras Herz zog sich so stark zusammen, dass es fast körperlich schmerzte.

Myrtle schenkte ihr ein herzerwärmendes Lächeln und verließ still das Zimmer. Clara hörte, wie sie vor der Tür etwas sagte, und dann Jonahs sanfte, volle Stimme, bevor er ins Zimmer trat.

Er stellte das Glas Wasser auf den Nachttisch. »Bitte schön. Wenn du sonst noch etwas brauchst, wird Myrtle …«

»Bitte geh nicht, Jonah. Leg dich zu mir.«

Jonah zögerte. Er fasste sich an die Maske, unwillkürlich vielleicht, öffnete den Mund und schloss ihn wieder.

»Lass sie auf, wenn du willst. Ich möchte nur, dass du bei mir bleibst. Bitte.«

»Clara …«

»Bitte.«

Er seufzte vernehmlich, zögerte, dann nickte er. Griff über sie hinweg und löschte die Lampe, die ohnehin nur ein sehr schwaches Licht geworfen hatte. Dunkelheit hüllte sie ein.

Jonah legte sich neben sie. Einen Augenblick hielt Clara den Atem an. Seine Nähe brachte ihr Blut zum Singen.

Langsam drehte sie sich zu ihm, legte ihren Kopf an seine Schulter und schloss die Augen. Sie spürte, dass sich für einen kurzen Moment seine Muskeln verspannten, doch dann entspannten sie sich wieder; er hob den Arm und legte ihn um sie. Warm und beschützt ruhte sie in der Wiege seiner Arme, ihr Kopf unter seinem Kinn.

Clara genoss die Art, wie Jonah sie gleichzeitig beschützte und erregte. Und es gefiel ihr, dass sie im Dunkeln seine Maske nicht sehen konnte, die ihr wegen ihrer Ausdruckslosigkeit Angst machte. Denn diese Maske war nicht der Mann, der sie in den Armen hielt. Jonah war nicht ausdruckslos. Er war sensibel und fürsorglich, auch wenn er selbst es nicht glaubte.

Ich tue es. Ich glaube an ihn, flüsterte es in ihrem Innern.

Sie strich mit ihrer Hand über sein unbedecktes Kinn. Er blieb ganz ruhig unter ihrer Berührung.

»Jonah«, flüsterte sie. »Im Dunkeln stelle ich mir dich vor wie auf den Fotos, die ich im Netz gesehen habe. Denn nur nach ihnen kann ich mich richten.«

Er schwieg, doch Clara spürte seine plötzliche Anspannung.

»Aber das kommt mir falsch vor. Weil ich weiß, dass du nicht mehr dieser Mann bist. Und du sollst wissen, dass du es für mich auch nicht sein musst. Ich will dich sehen. Ich will dich kennen.«

Sie rückte ein Stück von ihm ab. Im grauen Licht des dunklen Zimmers, erhellt nur vom Mondschein, der durch die hauchdünnen Vorhänge einsickerte, schaute sie in seine maskierten Augen.

Jonah gab einen erstickten Laut von sich und wandte den Blick ab. Er zog sie enger an sich.

»Stell dir einfach vor, dass ich auch jetzt noch so aussehe, Clara. Es freut mich, dass du weißt, dass es nicht mehr stimmt, aber glaube mir, es ist besser so.«

Clara schwieg. Sie wollte es nicht glauben. Ihr lag so viel an ihm, dem Menschen, dem Mann. Sie war nicht so oberflächlich, dass Narben sie störten. Und würde Jonah sich nicht freier fühlen, wenn er sie ihr zeigte? Es konnte ihm doch nicht gefallen, eine Maske zu tragen! Aber … sie konnte ihn nicht zwingen. Immer wieder tat sie das … Bedrängte ihn, wenn er noch nicht bereit war, und bereute es später. Sie schmiegte sich an ihn. »Ich bin aufdringlich, was?«

Er lachte leise. »Ja, bist du.« Aber es klang nicht erzürnt, und seine Hand machte etwas ganz Wunderbares und Beruhigendes an ihrem unteren Rücken, woraufhin Clara sehr schläfrig wurde.

Wenn Jonahs Arme um sie geschlungen waren, wenn er sie streichelte, gab es nichts Wichtigeres auf der Welt – keine Flüche, keine Rätsel und keine Geschichten über Menschen, die schon lange nicht mehr lebten. Keine Narben oder Masken oder Mauern, die ihn von ihr trennten. Es gab nur noch seine Zärtlichkeit und sein Herz und seine Stimme. Nur ihn. Und sie.

Als Clara erwachte, schien die Sonne in das Zimmer.

Blinzelnd setzte sie sich auf. In ihrem Kopf war noch ein dumpfer Restschmerz, aber sie fühlte sich viel besser. Verschwommen erinnerte sie sich daran, dass Jonah sie mehrere Male in der Nacht geweckt und beruhigend zu ihr gesprochen hatte, woraufhin er sie wieder schlafen ließ. Clara erhob sich langsam von dem hohen Bett und blickte sich im Zimmer um.

An der gegenüberliegenden Wand befand sich ein wunderschöner gemauerter Kamin, und die Möbel aus Mahagoni waren offenbar wirklich so alt, wie sie aussahen. Das Zimmer war sparsam möbliert, aber charmant und elegant, nicht zuletzt wegen der Zierleisten an den Wänden und den breiten Dielen, die unter ihren Füßen knarrten.

Etwas auf dem Nachttisch erregte Claras Aufmerksamkeit. Es war ein Aktenordner, auf dem ihr Name in Blockbuchstaben stand.

Clara schlug den Ordner auf und machte große Augen. Es handelte sich um das Material, das Jonahs Bruder Justin über die Familie Chamberlain zusammengestellt hatte. Jonah hatte den Ordner für sie vom Speicher geholt. Clara drückte ihn an die Brust. *Bitte*, dachte sie, während Hoffnung und Aufregung sie erfüllten, *lass etwas Wichtiges darin sein. Und dass ich es auch erkenne.*

21. KAPITEL

Jonah hatte sich nach draußen in der Nähe des Hauses zurückgezogen, als Myrtle mit Clara vor die Tür trat. Angeregt plauderten die beiden Frauen miteinander. Myrtle begleitete wie üblich ihre Worte mit vielen Gesten und brachte Clara zum Lachen. Jonah hörte es von seinem Versteck aus, und sein Herz zog sich vor Sehnsucht zusammen.

Er hätte Clara wirklich gerne selbst verabschiedet, aber am Tag konnte er sich nicht dazu überwinden, die Maske zu tragen. Nachts wirkte sie bloß unheimlich, im hellen Tageslicht jedoch irgendwie beängstigend, geradezu clownesk. Mit einem dämonenhaften Aussehen konnte er leben. Damit, wie ein böser Clown auszusehen, nicht.

In finsterer Nacht waren Bestien von einem verführerischen Nimbus umgeben, nicht wahr? Es gab schon einen Grund, warum Scheusale das Licht des Tages mieden. Und außerdem war das verdammte Ding nach einer Weile furchtbar unbequem, weil er unter dem Gummi stark schwitzte. Am liebsten hätte er sie dann weit von sich geworfen.

Myrtle sagte etwas. Clara schaute an ihr vorbei zum Haus.

Jonah wandte ihr sein gesundes Auge zu und versuchte, den Ausdruck auf ihrem schönen Gesicht zu deuten. *Ehrfürchtig*, dachte er. Ja, Claras Miene drückte Staunen aus, während sie das Haus betrachtete. Und er wollte verdammt sein, wenn er in diesem Moment nicht eifersüchtig auf den alten Kasten war!

Clara wandte sich wieder Myrtle zu und lächelte warmherzig, während sie zum Abschied winkte und durch den Seiteneingang schlüpfte, den Myrtle wieder hinter ihr verriegelte. Das Schließen des Riegels hatte etwas Endgültiges, Einsames und rief Jonah den langen, leeren Tag ins Bewusstsein, der ihn erwartete.

Einen Augenblick später hörte er das Auto fortfahren, das Clara nach Hause brachte. Myrtle ging zum Haus zurück, wobei sie mit sich selbst redete.

Obwohl er sich aus den bekannten Gründen hinter den Bäumen versteckt hatte, war Jonahs Herz von Freude erfüllt. Clara wusste von seinen Narben und mochte ihn dennoch. Wie schön war es gewesen, sie in den Armen zu halten! Ihren weichen, nachgiebigen Körper an seinem zu spüren, ihren Atemzügen zu lauschen. Doch ein Rest Unruhe blieb.

Er hatte geglaubt, wenn er sie nur einmal tanzen sah, würde es ihm für den Rest seines langen, einsamen Lebens genügen – doch tatsächlich war das Gegenteil eingetreten. Nun sehnte er sich nach mehr. Also hatte Cecil recht gehabt. Er schmachtete nach ihr. Und wie! Das Gefühl war wie eine Wunde, die sich nicht schließen wollte.

Niemals würde er Clara sein nennen.

Als er die Hände in die Taschen seines Sweatshirts steckte, stieß er wieder auf die kleine Karte. Er holte sie heraus. Wer hätte gedacht, dass ein Mitglied einer Gang Visitenkarten verteilte? Ein Name, eine Adresse und ein Angebot, das ihm der Mann namens Ruben mit den vermutlich im Gefängnis gestochenen Tattoos unterbreitet hatte: »Wenn du jemals einen Nachtjob suchst, Maskenmann, dann ruf mich an. Wir können dich gut gebrauchen.« Und dann hatte er gelacht, aber es hatte nicht unfreundlich geklungen, sondern respektvoll. Was Jonah verdammt stolz gemacht hatte, obwohl eine stöhnende Clara in seinen Armen lag, die er dringend in Sicherheit bringen musste.

Wobei ihm einfiel … Er musste Myrtle oder Cecil Bescheid sagen, damit einer der beiden ihm half, sein Motorrad zu holen. Sobald ihm klar war, dass Clara zu angeschlagen war, um auf dem Bike mitzufahren, hatte er zu Hause angerufen, damit sie mit dem Wagen kamen. Das Motorrad hatte er angekettet, nachdem Clara an der Bushaltestelle ausgestiegen war.

Jonah seufzte. Er kam unter den Bäumen hervor und wandte sein Gesicht dem Himmel zu, an dem sich Wolken türmten. Bald würde es regnen.

Er ging zu der Mauer hinüber und fuhr mit seiner Hand über die Steine. Genau hier hatte die Veränderung seines Lebens ihren Anfang genommen. Und er wusste immer noch nicht, ob sein innerer Wandel etwas Gutes war oder ihm am Ende nur größeres Leid bescheren würde.

Auf der anderen Seite der Mauer waren Schritte zu hören. Dann hörte Jonah den tiefen Seufzer eines Mannes; ein Zettel wurde durch einen Spalt gesteckt und fiel ins taufeuchte Gras.

Die Schritte des Mannes entfernten sich. Eine Minute später sprang ein Motor an, und ein Auto entfernte sich in die andere Richtung.

Die Tinte war bereits vom Tau verschmiert. Behutsam entfaltete Jonah den Zettel und las: »Ich wünschte, ich hätte einen Grund, heute Abend nicht von der CCC zu springen. Einfach nur irgendeinen Grund.« *Herrgott. Die CCC.*

Die Crescent City Connection, die Brücke über den Mississippi, die Downtown New Orleans mit der West Bank verband. Jonah hatte sie früher oft benutzt, in seinem anderen Leben.

Er lehnte sich gegen die Mauer, die, das hätte er schwören können, unter seinem Gewicht schwankte. Das ehrwürdige Ding litt an Altersschwäche und würde eines schönen Tages zusammenbrechen, wenn er es bloß antippte.

Er faltete den Zettel zusammen und steckte ihn in seine Tasche. Dann zog er ihn zugleich mit Rubens Visitenkarte wieder heraus.

Ein Mann wollte heute Abend von einer Brücke springen und suchte nach einem Grund – irgendeinem Grund –, um es nicht zu tun. Er dachte darüber nach. Wenn es einen Menschen gab, der wusste, wie armselig man sich vorkommen konnte, wie ratlos über den Sinn des eigenen Lebens, dann war er es – Jonah.

Ein- oder zweimal hatte er schon daran gedacht, seinem Leben ein Ende zu setzen, aber Myrtles und Cecils bedingungslose Liebe und Fürsorge hatten ihn stets von der Ausführung seines Plans abgehalten. Für ihn wurde gesorgt. Er hatte die beiden. Mit einem Mal empfand Jonah ungeheure Dankbarkeit, die ihm schmerzlich die Brust zusammenzog.

Vielleicht hatte Justin recht gehabt. Oft hatte sein Bruder darauf hingewiesen, dass es immer etwas gebe, für das man dankbar sein könne. Die Hälfte von dem, was Justin sagte, hatte Jonah stets als Schwachsinn abgetan. Dieser fast schon gläubige Optimismus hatte ihn wirklich genervt. Aber … nun gut. Seine Worte mochten tatsächlich ein Körnchen Wahrheit beinhalten.

Hätte er wirklich ohne Myrtle und Cecil so lange überlebt? War ihr unerschütterlicher Glaube an ihn nicht tröstlich in seinem Kummer und Zorn und Schmerz gewesen? *Dieser Mann hingegen hat nichts.*

Und doch …

Wie auch immer – wäre es nicht fahrlässig, wenn er nichts unternahm, um den Mann von seinem Vorhaben abzubringen?

Jonah verweilte noch einen Augenblick an der Mauer, grübelte vor sich hin, und dann setzte er sich in Bewegung.

Denn er hatte eine Verabredung.

Eddy starrte in das tosende Wasser tief unter ihm. Angst erfüllte ihn, aber sie war nicht groß genug, um die Leere zu vertreiben, die wie eine eiternde Wunde in seiner Seele schwärte. Eine Leere, die sich unendlich anfühlte, ein schwarzes Loch aus Schmerz.

Eddy hatte geglaubt, dass Leere seine Sinne abstumpfen würde, aber nein, sie hatte sein Empfinden nur noch schärfer gemacht, stechender. Er konnte nicht mehr damit leben. Er wollte doch nur, dass es aufhörte. Dafür würde das Wasser da unten schon sorgen. Es würde den inneren Lärm übertönen, die Verletzungen heilen, die Erinnerungen ertränken, und nun ja, auch die Luft aus seinen Lungen verdrängen ... Einen anderen Weg sah er nicht.

Eddy wollte es. Er wünschte, er hätte etwas, irgendeine Hoffnung, dass die Dinge sich zum Besseren wenden würden. Sogar zu dieser blöden Mauer war er gefahren, was, na ja, reichlich dämlich gewesen war. Nichts würde sich jemals ändern, und er konnte keinen weiteren Tag dieser Qual ertragen.

»Ganz schön tiefer Fall.«

Eddy sog erschrocken die abgasgeschwängerte Luft ein und krampfte die Hände um das Metallgeländer, während er sich halb umdrehte.

»Z-zurück«, befahl er mit einer Stimme, die alles andere als gebieterisch klang.

Er hatte sich einen Platz ausgesucht, der außer Sichtweite der auffahrenden Autos lag. Wie hatte dieser Kerl ihn nur entdecken können?

Der Schwarze, ein älterer Mann, der eine Lederweste und ein dunkles Stirnband um seinen fast völlig kahlen Kopf trug, zuckte nicht mit der Wimper und trat auch keinen Schritt zurück. Stattdessen kam er auf Eddy zu und musterte ihn. »Du bist bei der Marine.«

»Das war ich«, gab Eddy zurück. Er wusste nicht genau, warum er seine Uniform angezogen hatte. Es war ihm passend erschienen. Er hätte auf dieser Wüstenpiste eine halbe Weltreise entfernt sterben sollen, so wie seine sechs Kameraden, aber stattdessen war er aus einem ihm unbegreiflichen Grund gerettet worden, und es hatte ihm nichts als Kummer eingebracht. Also hatte er beschlossen, in Uniform zu sterben.

»Ja«, seufzte der Mann. Eine Welt des Verstehens lag in dem einen Wort. »Die Vergangenheit ist nie wirklich vergangen, oder?«

Er lehnte sich an den mächtigen Metallträger und steckte seine Hände in die Taschen, als wäre dies eine ganz alltägliche Situation, die ihn nicht im Geringsten aus der Fassung bringen konnte.

Eddy legte den Kopf schief und musterte den Mann. Er mochte in den Sechzigern sein, war aber noch gut in Form. Ganz offenkundig hielt er sich fit, und seine Kleidung ließ an einen Biker denken.

Eddy konnte von seinem Platz aus nicht erkennen, was die Aufnäher auf der Weste zu bedeuten hatten, nahm aber an, dass sie für irgendwelche Clubs standen, zu denen der Mann gehörte. *Gehörte.* Das Wort hallte in seinem Kopf wider, obwohl er nicht wusste, warum. Es löste eine unbestimmte Sehnsucht aus. »Sie waren auch bei den Marines?«

»Yup. Neunundsechzig aus Vietnam zurückgekehrt. Hab auch schon ein paarmal da gestanden.«

»Sie wollten auch von der Brücke springen?«

Der Mann lachte in sich hinein. Es klang ein wenig schmerzlich. »Nö. Meine Brücke waren Drogen und Alkohol.«

»Oh.« Eddy wandte sich wieder dem Wasser zu und schaute in die strudelnde Tiefe. Es sah kälter aus als vorher. Schwärzer.

»Die Sache ist die«, sagte der Kerl hinter ihm. Eddy drehte den Kopf. »Einen Typen wie dich könnten wir brauchen. Einen ehemaligen Soldaten, der weiß, wo's langgeht.«

Eddy runzelte die Stirn. »Brauchen – wofür?«

»Für die Brass Angels.«

»Sie sind ein Brass Angel?« Eddy hatte von der Gang gehört: Freiwillige, die das Verbrechen in New Orleans bekämpften, die in besonders gefährlichen Stadtvierteln patrouillierten.

»Ich bin übrigens der Chef von der New Orleans-Ortsgruppe.« Der Mann trat näher. »Heiße Augustus Bryant.«

»Eddy Woods.« Augustus bot ihm die Hand.

Augustus packte seine Hand und drückte sie fest. Eddy spürte, wie sich etwas in ihm löste. Er atmete tief ein.

»Und jetzt komm runter da, Eddy. Lass uns darüber reden, wie du bei uns reinpasst.«

Eddy zögerte einen winzigen Moment. Er erinnerte sich an den Wunsch, den er heute in die Mauer gesteckt hatte. Den Wunsch, den er noch vor Minuten als dämlich bezeichnet hatte. *Ich wünschte, ich hätte einen Grund, heute Abend nicht von der CCC zu springen. Einfach nur irgendeinen Grund.*

Und dies war ein Grund, oder etwa nicht? Zum Teufel, es war wirklich ein Grund. Zum ersten Mal seit langer, langer Zeit – vielleicht seit dem Tag, als er zusehen musste, wie seine Kameraden vor seinen Augen in die Luft gesprengt worden waren. Jenem Tag, als er fast ohne einen Kratzer aufgestanden war, während das Blut von Männern, mit denen er Sekunden zuvor Witze gerissen hatte, vom Himmel geregnet war und den Sand mit den Rosttönen des Todes gefärbt hatte.

Eddy stieg von dem Sims herunter. Augustus hatte seine Hand die ganze Zeit nicht losgelassen.

»Ich weiß, Mann, ich weiß. Tut so weh, in einer Welt zu leben, wo Gott zulässt, dass so furchtbare Dinge passieren. Nichts ergibt mehr einen Sinn. Ohne Zweck und Ziel.«

»Ja«, sagte Eddy. Wieder löste sich ein Knoten in ihm. Er fühlte sich ganz schwach.

»Ja«, sagte auch Augustus. »Ja.« Er sah ihm gerade in die Augen. »Aber da ist Licht in der Dunkelheit, Mann. Ich versprech es dir. Und du wirst ein Teil davon. Gibt keinen Besseren als dich, um Teil davon zu sein.«

Eddy wischte sich die aufkommenden Tränen aus den Augen. Plötzlich war er so überwältigt von Dankbarkeit für das winzige Quäntchen Hoffnung, dass er nur stumm nicken konnte.

»Kommt raus, Jungs!«, rief Augustus. Zwei Männer tauchten auf, sie schienen aus dem Nichts zu kommen. Als sie ins Licht traten, erschrak Eddy. Einer der beiden Männer trug eine Totenkopfmaske, die sein halbes Gesicht bedeckte.

»Was zum Henker …?«, knurrte er.

Augustus kicherte. »Das habe ich zuerst auch gedacht.« Er deutete auf den Unmaskierten, der mit seinen vielen Gesichts-Tattoos ebenfalls reichlich finster wirkte. »Das ist Ruben.« Dann zeigte er auf die Totenkopfmaske. »Und das da Jonah.«

Jonah trat auf Eddy zu und schüttelte ihm die Hand. »Freut mich, deine Bekanntschaft zu machen, Eddy.« Ein gewisser Ausdruck lag in seinen Augen, ein beinahe feierlicher Ernst. Eddy dachte, er würde jede Wette eingehen, dass ein Typ, der mit einer Maske herumlief, auch seine ganz eigene Geschichte hatte.

»Jonah.«

Augustus grinste. Er legte eine Hand auf Jonahs Schulter und die andere auf die Eddys. Etwas wie Stolz leuchtete aus seinen erfahrenen Augen. »Jetzt haben wir ein Superteam.«

Eddy lachte. Er fühlte sich überhaupt nicht super, aber irgendetwas an diesem zusammengewürfelten Haufen schenkte ihm eine innere Ruhe. *Und damit konnte er leben.* Er konnte damit leben.

»Wie geht's dir, Jonah?«

»Gut.« Lächelnd wischte er die Regentropfen von der Gartenbank, lehnte sich zurück und rieb die nasse Hand an seinem Sweatshirt trocken.

»Du klingst gut. Ich hör es dir an.«

Jonah legte den Kopf zurück und schloss die Augen. Er rief sich in Erinnerung, wie sich Claras Lippen angefühlt hatten.

Wieder begann das schmerzhafte Pochen in seinem Blut. Vermutlich müsste er dieses Gefühl verabscheuen – weil es ihm zeigte, was er nicht haben konnte –, aber im Moment schaffte er das einfach nicht. Im Moment fühlte er sich einfach zu gut, von einer gefährlichen Hoffnung durchdrungen.

Aus dem Handy drang ein Geräusch, das wie das Öffnen und Schließen von Schubladen klang. »Bist du grade erst nach Hause gekommen?«

Clara seufzte. »Ja. Spätes Training. Werde später eine heiße Dusche nehmen und dann kopfüber ins Bett springen.«

Jonah konnte nicht zulassen, dass die Vorstellung von Clara unter der heißen Dusche und noch weniger von Clara im Bett zu übermächtig wurde, doch das Wort kopfüber erinnerte ihn wieder an ihren Sturz. »Wie geht's deinem Kopf?«

»Besser. Ich hatte heute Kopfschmerzen, aber ein paar zusätzliche Tylenol haben ganz gut geholfen.«

Clara schien zu überlegen. »Jonah, ich habe dich gar nicht

gefragt, warum du mir gestern Abend gefolgt bist. Ich habe ja auch gar nichts dagegen«, beeilte sie sich hinzuzufügen, »ich bin dir eigentlich sogar dankbar, aber … warum? Warum folgst du mir?«

Jonah schlug die Augen wieder auf. Genau über ihm stand der Große Wagen.

Es war eine wunderbar klare, strahlende Nacht. Diese leuchtenden Sterne … Sie hatten alles gesehen, was sich auf Erden abspielte, jede Geschichte seit Anbeginn der Zeit. Jonah fragte sich, wie oft sie mit den Menschen mitgelitten hatten.

»Weil ich dir nahe sein will«, sagte er, ohne zu überlegen. *Ich sehne mich nach dir. Ich will dich beschützen.*

Eine kleine Pause entstand. Jonahs Herz schlug dumpf. Er setzte sich gerade hin, rief sich zur Ordnung. »Ich hör auch wieder damit auf«, versicherte er und lachte verlegen. »Ich bin nicht immer ein Monster gewesen. Es ist nur …«

»Stopp«, sagte sie leise. »Ich will dir auch nahe sein. Du musst mir nicht unerkannt folgen. Ich will bei dir sein.«

Sein Herz tat einen Satz vor Freude. Doch mischte sich auch Enttäuschung hinein, denn er wusste, mehr als dies, dieser Moment, war ihm nicht beschieden.

»Eigentlich«, fuhr sie fort und wechselte das Thema, vielleicht hatte sie gespürt, dass seine Gedanken einen düsteren Kurs eingeschlagen hatten, »rufe ich an, weil ich heute Mittag Justins Ordner durchgesehen habe.«

Justins Ordner. Es gefiel Jonah, wie real sein Bruder für Clara war, und er liebte es, wenn sie seinen Namen aussprach. »Ja? Und was hast du gefunden?«

»Tatsächlich etwas ziemlich Interessantes. Was weißt du über die Reconstruction?«

»Nur das Nötigste, fürchte ich. Nachdem die Union den Bürgerkrieg gewonnen hatte und Millionen von Sklaven befreit waren, gab es noch eine Menge sozialer Probleme zu bewältigen.«

»Ja. Und hast du gewusst, dass der Mann, den Astrid Chamberlain heiratete, ein gewisser Herbert Davies, zu jener Zeit ein Vorkämpfer für die Rechte ehemaliger Sklaven war?«

Jonah runzelte die Stirn. »Das habe ich nicht gewusst, aber über Herbert Davies war ich auch nie gut informiert.«

»Allem Anschein nach war er ein berühmter Bürgerrechtler. Ich muss erst noch alles gründlich lesen, aber wirklich interessant fand ich, dass Astrid ihrem Mann in seinem Kampf zur Seite gestanden hat. In dem Ordner gibt es Briefe, in denen sie sich über seine Arbeit austauschen.«

»Hm«, machte Jonah. »Ich meine: Schön zu hören, dass einer meiner Vorfahren auf der Seite der Guten gestanden hat. Aber was schließt du aus all dem?«

»Ich weiß es noch nicht.« Ihre Stimme klang nachdenklich. »Ich glaube, es spricht für Astrids spätere Haltung zur Sklaverei. Und es bringt mich zu der Frage, welche Rolle sie in der Tragödie ihrer Halbschwester gespielt hat. Denn bis jetzt habe ich nicht gewusst, dass Astrid möglicherweise Mitleid mit Angelina hatte oder die Sklavenhaltung ihrer Familie überhaupt ablehnte.«

»Hm«, machte er wieder. Ganz ehrlich: Jonah konnte nur schwerlich nachvollziehen, in welcher Art diese Erkenntnisse mehr Licht auf so lange zurückliegende Ereignisse werfen konnten.

Er blickte auf den verfallenen Brunnen, der nur eine Pfütze Regenwasser enthielt. Darauf schwammen Blätter und bildeten eine modrige Schicht. Genau hier war es geschehen, hier hatte Angelina alle Hoffnung verloren und sich mit einem Rasiermesser die Pulsadern durchtrennt. Ein Schauer lief ihm den Rücken hinunter.

»Es ist einfach ein weiterer Teil des Puzzles, weißt du? Ich finde … Ich habe das Gefühl, wir kommen der Lösung des Rätsels allmählich näher.«

Jonah liebte den hoffnungsfrohen Klang ihrer Stimme, die unterschwellige Erregung, und wollte Claras Begeisterung gewiss nicht dämpfen, aber selbst wenn es hier ein Rätsel zu lösen gab, wie um alles in der Welt sollten sie ihre Theorie untermauern?

Zu viele Jahrzehnte waren vergangen, zu viele Beweise hatten sich in Staub verwandelt, und zu viele Geschichten und Wahrheiten waren mit denen gestorben, die sie auf ihren Schultern trugen.

»Danke, dass du mir hilfst.«

»Ich bin auch froh darüber.« Und das stimmte, trotz seiner Zweifel, dass es irgendwohin führen würde. Aber für die Frau am anderen Ende der Leitung würde Jonah wirklich alles tun.

»Ich habe dir noch gar nicht erzählt, was die Priesterin gesagt hat, bei der ich war.«

Ach ja … *Die Priesterin.* Jonah hatte gesehen, dass Clara den Laden betreten hatte und wieder herausgekommen war. »Was hat sie denn gesagt?«

Clara seufzte. »Sie kann natürlich auch eine … Also, auf jeden Fall hat sie mir einen guten Rat erteilt, was Flüche angeht. Du weißt doch: Die Legende besagt, dass Angelina in Windisle gefangen ist, weil sie auf irgendeine Weise in den Fluch verstrickt ist, der über John gesprochen wurde?«

»Ja.«

»Die Priesterin, Fabienne, meinte, dass das so aber nicht funktioniere. Menschen können nicht Teil eines Fluches werden, der nicht über sie gesprochen wurde.«

»Okay …«

»Also«, fuhr Clara mit festerer Stimme fort, »meinte Fabienne, dass Angelina, wenn sie immer noch in Windisle ist, dies aus freien Stücken tut. Sie bleibt Johns wegen.«

»Das versteh ich nicht.«

Clara seufzte. »Die Legende irrt sich. Etwas daran ist nicht korrekt.«

»Aber was?«

»Das müssen wir eben herausfinden. Warum sollte Angelina sich dafür entscheiden, für alle Ewigkeit gefangen zu sein und ausgerechnet auf den Mann zu warten, der sie verraten hat? Das ist wichtig, Jonah. Angelina hat ihr ganzes Leben in Ketten verbracht, sie war immer gefangen. Sie würde sich nicht dafür entscheiden, auch ihr Leben im Jenseits auf diese Art zu verbringen, wenn es nicht wichtig für ihre Seele wäre. Sinnt sie auf Rache? Oder liebt sie John weiterhin, trotz seines Verrats? Es gibt einen Grund, warum sie bei ihm bleibt, Jonah, und wir müssen ihn herausfinden.

Und übrigens: Warum bleibt John in Windisle? Liegt es daran, dass Windisle der Ort ist, an dem der Fluch über ihn verhängt wurde?« Sie schwieg kurz. »Oder«, jetzt klang sie sehr aufgeregt, »hat Windisle damit zu tun, dass der Fluch gebrochen wird?«

Einen Moment lang war Jonah von der ernsthaften Leidenschaftlichkeit in ihrer Stimme mitgerissen worden. Er brauchte einige Sekunden, um sich zu sammeln. »Clara, ich glaube ehrlich gesagt nicht an Geister. Und solange du nicht mit ihnen sprechen kannst, wüsste ich nicht, wie du dieses Rätsel lösen willst.«

Clara holte tief Atem. Sofort bereute er seine Worte. Er hasste sich dafür, ihre Begeisterung zu dämpfen. Andererseits würde er nicht vorgeben, an Dinge zu glauben, die keine Grundlage im realen Leben hatten.

Das hatte nicht nur keinen Sinn, sondern Jonah fand es auch auf einer sehr persönlichen Ebene gefährlich. Er durfte sich auf keinen Fall in Fantasien verlieren. Wohin würde es ihn treiben, wenn er seinen Träumen freien Lauf ließe? Selbst wenn es um diejenigen ging, die schon lange tot und begraben waren.

»Es gibt einen Weg«, murmelte Clara. »Mir ist natürlich klar, dass dieses ganze Geisterzeug reine Hypothese ist, aber … ich glaube immer noch, dass man etwas finden kann. Wenn wir nur wüssten, wonach wir suchen müssen.«

Blätter raschelten um ihn herum. Er setzte sich auf. Ein Strahl perlmuttfarbenen Mondlichts fiel auf einen dornigen Rosenbusch, der keine Blüten mehr trug. Daneben wiegte sich ein Streifenfarn im Wind. Jonahs Haut prickelte, als hätte Angelina selbst ihn von seinen Zweifeln sprechen hören und wollte ihm nun das Gegenteil beweisen.

Der Farn wiegte sich stärker. Ein kleines Kaninchen sprang plötzlich durch die Wedel. Jonah verdrehte die Augen und sank wieder auf die Bank zurück, während das Tier ihn mit zuckender Nase anstarrte.

»Sag mir Bescheid, wenn du irgendwas Neues in dem Ordner findest, ja?«

Clara gähnte. »Mach ich. Ich geh jetzt duschen. Hey, Jonah?«

»Ja?«

»Danke.«

»Wofür?«

»Dass du du bist.«

22. KAPITEL

Juni 1861

»Angelina, folge mir bitte in den Salon«, sagte Mrs Chamberlain kurz angebunden. Ohne ein weiteres Wort drehte sie sich um und ging davon.

Angelina trocknete sich langsam die Hände an der Schürze ab, während sich Furcht in ihrer Magengrube sammelte. Sie hatte in den letzten drei Monaten den Kopf eingezogen, wie John befohlen hatte. Das war ihr nicht schwergefallen – der Kummer über seinen Fortgang hüllte sie ein, als sei sie von einem undurchdringlichen Nebel umgeben.

Angelina warf ihrer Mutter, die am Küchentisch mit geübten Bewegungen eine Zwiebel hackte, einen raschen Blick zu. Fragend gab Mama Loreaux ihn zurück. Angelina zwang sich zu einem Lächeln und zuckte die Achseln, während sie sich anschickte, Mrs Chamberlain zu folgen.

Im Salon standen sämtliche Fenster offen. Eine frische Sommerbrise versetzte die leichten Vorhänge in Bewegung. Es roch nach Rosen, Gartenrosen. Die Erinnerung an ihre erste Begegnung mit John belebte Angelina und verlieh ihr wieder Kraft.

Mrs Chamberlain stand vor dem Kamin, sie hatte ihrer Dienstmagd den Rücken zugekehrt. »Ja, Mrs Chamberlain?«, fragte Angelina leise. In diesem Moment sah sie Astrid, die mit bleichem Gesicht und gesenkten Augen auf der anderen Seite des Salons auf einem Stuhl saß.

»Etwas hatte mich gestört bei der Party, nachdem du Astrid die Maske gebracht hattest. Ich war nicht gleich darauf gekommen, was es war, erst vor ein paar Tagen. Du hattest dein Sonntagskleid an.« Mrs Chamberlain drehte sich ganz langsam zu Angelina um. In den Händen hielt sie ein Buch. »Warum der feine Sonntagsstaat, wenn du doch nur etwas für Astrid holen solltest?«

Angelina faltete die Hände, während sie verzweifelt nach einer passenden Antwort suchte. »Ich« – sie schluckte schwer –, »ich wollte Sie nicht in Verlegenheit bringen, Mrs Chamberlain. Es war doch eine Party.«

Mrs Chamberlain zog die Brauen hoch. »Es hat überhaupt nicht gepasst«, murmelte sie, als hätte Angelina gar nicht gesprochen.

Nun wedelte sie mit dem Buch und rümpfte dabei die Nase, als stiege aus den Seiten ein übler Geruch auf. »Ich habe noch nie verstanden, warum man ein Tagebuch führt«, bemerkte sie. »Vor allem, wenn so viele schmutzige Geheimnisse darin stehen.«

Angelina schaute zu Astrid, während Mrs Chamberlain sich wieder abwandte. Astrid erwiderte ihren Blick. Der Ausdruck im Gesicht ihrer Halbschwester raubte Angelina jegliche Hoffnung. Nun begriff sie, dass Mrs Chamberlain gar keine Antwort auf ihre Frage brauchte. Denn sie wusste bereits alles.

»Es tut mir leid«, flüsterte sie. Wie Blei fielen ihr die Worte aus dem Mund, von schrecklicher Angst beschwert.

Mrs Chamberlain wandte sich ihr wieder zu. »Schmutzige, schäbige Geheimnisse«, sagte sie kalt, während ihr verächtlicher Blick über Angelinas Körper glitt.

»Mrs Chamberlain«, brachte sie krächzend heraus, während sie verzweifelt nach einer Möglichkeit suchte, das zu erklären, was im Tagebuch bereits enthüllt worden war. Aber vielleicht hatte Astrid nicht alles verraten. Vielleicht gab es noch eine Chance. »Es tut mir leid, ich verstehe nicht, was Sie mir sagen wollen.«

Mrs Chamberlain lachte, böse und höhnisch. »Nein? Nun, dann frage ich dich Folgendes: Weißt du, was alten, verbrauchten Sklaven wie deiner Mama widerfährt, wenn ihre Besitzer sie nicht länger brauchen können und wegwerfen wie Abfall? Weißt du, was Negerhuren passiert, die weiße Männer aus reichen Familien mit ihrem üblen Voodoo verführen? Ist es das, was du getan hast, Angelina? Hast du John Whitfield verhext? Ihn fälschlich glauben lassen, du seist etwas von Wert für ihn?«

Furcht und Schrecken ergriffen Angelina so plötzlich und heftig, dass sie nach der Wand tastete, um nicht zu fallen.

»Mama«, sagte Astrid flehend.

»Schweig, du Undankbare! Du dreckige Lügnerin! Wie kannst du es wagen, das Wort an mich zu richten?« Mrs Chamberlain kreischte mit wutverzerrtem Gesicht, ihre Haut war krebsrot angelaufen.

Astrid sank auf ihren Stuhl zurück. Sie machte ein todtrauriges Gesicht. Ihre Hände waren so fest verschränkt, dass die Knöchel weiß hervortraten.

»Also«, fuhr Mrs Chamberlain fort, »Folgendes wird geschehen. Wenn John zurückkehrt, wirst du mit deiner Unzucht aufhören und deine unanständigen Verführungsversuche einstellen, damit sich eine anständige und saubere Liebe zwischen John und Astrid entwickeln kann. Ist das klar?«

Das Blut rauschte in ihrem Kopf, ihre Knie gaben nach. Angelina konnte nicht mehr sprechen, ihr Mund war schlaff und nutzlos geworden. Und wieder schien Mrs Chamberlain gar keine Antwort zu benötigen. Sie wandte sich an Astrid. »Ist das klar, Astrid?«, zischte sie.

»Ja, Mutter«, sagte Astrid.

Hilflos blickte Angelina ihre Halbschwester an. Die schaute wieder auf ihren Schoß, ihre Miene war wie versteinert. Astrid hatte ihnen geholfen, als sie noch glaubte, ihr Geheimnis würde unentdeckt bleiben. Aber sie war keine ebenbürtige Gegnerin ihrer Mutter, hatte sich nie gegen diese behaupten können.

»Also dann«, sagte Mrs Chamberlain, nahm ein Streichholz vom Kamin und riss es an. Sie hielt das Tagebuch über den Rost. Die Seiten flammten so rasch auf, dass Mrs Chamberlain sich beinahe verbrannt hätte. Das Buch fiel in den Kamin, verwandelte sich in Asche.

Ein Schluchzen löste sich aus Angelinas Kehle. Ihre Hände zitterten, während sie verzweifelt versuchte, ruhig zu bleiben. Das hier war eine Warnung. Eine drastische Warnung vor dem, was noch kommen sollte.

Der Krieg, in dem John kämpfte, hatte Einzug in Windisle gehalten. Der Sturm näherte sich. Und Angelina war in seinem Zentrum. Schutzlos.

23. KAPITEL

»Ich habe dich gestern Abend angerufen«, sagte Marco. »Aber du hast nicht zurückgerufen.«

Clara verzog das Gesicht. Sie hatte wirklich ein schlechtes Gewissen, weil sie in der vergangenen Woche all seine Versuche, mit ihr in Kontakt zu treten, ignoriert hatte. »Sorry, Marco. Als ich deine Nachricht bekam, war es echt spät.« Tatsache war, dass sie gerade mit Jonah telefoniert hatte, als der Anruf kam. Sie hatte ihn zur Voicemail umgeschaltet.

»Und außerdem wusste ich ja, dass wir uns heute sehen. Du warst übrigens fantastisch. Bei dem Auftritt wirst du es allen so richtig zeigen.«

»Danke.« Marco trat näher, streckte den Kopf vor und musterte die Prellung an ihrer Stirn. Clara hatte zwar Bühnen-Make-up aufgetragen, durch Schwitzen hatte es sich jedoch aufgelöst. »Was ist denn da passiert?«

Sie fasste sich an die Stelle. »Ich bin gegen eine Tür gelaufen.«

Marco zog zweifelnd eine Braue hoch. »Du? Eine der trittsichersten Personen, die ich kenne, rennt gegen eine Tür?«

Clara lachte verlegen, weil sie bei einer offensichtlichen Unwahrheit ertappt worden war – sie war nie eine gute Lügnerin gewesen. Sie wollte Marco aber auch nicht wissen lassen, wie die Verletzung tatsächlich zustande gekommen war.

»Selbst die Geschicktesten stolpern ab und zu.« *Manchmal sogar über Zäune*, dachte sie mit einem innerlichen Zusammenzucken.

»Ist wohl so. Wie auch immer, ich …«

»Hey, Marco«, grüßte Roxanne, die plötzlich hinter ihnen aufgetaucht war. Sie schenkte Marco ein kokettes Lächeln. »Ich habe mich gefragt, ob du heute Abend vielleicht Zeit hättest, um die Szene in der …«

Clara nutzte die Gelegenheit, um sich davonzumachen. Marco sollte keine Gelegenheit bekommen, ihr wieder eine Mitfahrt anzubieten. Ihr war nicht nach belanglosem Geplauder zumute. Sie wollte den Bus nehmen, um in Ruhe über Angelina nachdenken zu können. Wenn sie ihre Gedanken schweifen ließ, würden vielleicht einige der schwer zu fassenden Puzzleteile ihren Platz finden.

Außerdem wollte sie Zeit für Justins Ordner haben, den sie stets im Matchsack mit sich herumtrug.

Zum Glück bog der Bus gerade um die Ecke, als Clara die Haltestelle erreichte. Sie stieg ein und zeigte ihr elektronisches Ticket vor, lächelte den Fahrer grüßend an.

Jede Busfahrt erinnerte Clara an ihren Vater, der Tag um Tag so schwer gearbeitet hatte, weil sie es einmal besser haben sollte. Stets war er mit einem Lächeln nach Hause gekommen, obwohl er sehr erschöpft gewesen sein musste. Ihr Herz schmerzte, wenn sie daran dachte. Sie hatten zusammengesessen und über die Geschehnisse des Tages geredet, über die lustigen Dinge, die bei seiner Arbeit passiert waren, wie über die schrecklichen Primadonnen, denen Clara im Ballettunterricht begegnete. Er fehlte ihr so sehr!

Clara suchte sich einen Platz in dem fast leeren Bus, lehnte sich zurück und genoss das Röhren des Motors. Zum ersten Mal heute saß sie ruhig da und konnte ihre Muskeln entspannen.

Zehn Minuten Fahrt reichten jedoch nicht aus, um die vielen Puzzleteile in ihrem Kopf zu ordnen. Clara seufzte frustriert und zog den Chamberlain-Ordner aus ihrer Tasche. Sie blätterte darin herum, las einige Dokumente, auf die sie bereits einen flüchtigen Blick geworfen hatte, und öffnete schließlich einen braunen Umschlag, der mehrere Briefe an Herbert Davies enthielt. Sie sahen wie Geschäftsbriefe aus, aber Clara wusste bereits, dass sie von seiner Frau stammten.

Gestern hatte sie nicht genug Zeit gehabt, sie vollständig zu lesen, denn die Schrift war altertümlich und voller Schnörkel, was das Lesen sehr erschwerte.

Clara hatte bislang lediglich erfahren, dass Astrid Herbert bei seiner Arbeit unterstützt hatte. Nun aber nahm sie sich Zeit, weitere Briefe zu lesen. Einige Zeilen, die Astrid in Großbuchstaben geschrieben und zweimal dick mit Tinte unterstrichen hatte, fielen ihr ins Auge. »Wir dürfen niemals die Sicherheit über das Recht stellen. Sicherheit ist die Decke, unter der Feiglinge schlafen. Sicherheit erstickt jede Hoffnung und löscht jeden Kampfgeist aus.«

Clara las diese Zeilen einmal, dann noch einmal. Für Astrid hatten sie offenbar eine tiefe Bedeutung gehabt. Wieder einmal fiel ihr auf, wie kräftig die Schrift bei diesen Sätzen war – und auch leicht zittrig, als hätte die Hand der Verfasserin vor Aufregung gebebt.

Langsam steckte Clara die Briefe in ihre Umschläge zurück. Sie war unruhig. Aber warum? Was war ihr entgangen?

Sie zog die Brauen zusammen, während weitere Puzzleteile auftauchten, noch ohne jeden Zusammenhang. Das Gesamtbild war da, sie spürte es. Sie musste nur die Teile in die richtige Reihenfolge bringen. Sobald sie nach Hause kam, würde sie Jonah anrufen und ihn fragen, was er dazu meinte.

Sicherheit ist die Decke, unter der Feiglinge schlafen. Wer war der Feigling gewesen? Und welche Sicherheit hatte jemand über das Recht gestellt?

Clara strich den Papierstapel glatt. Dabei fiel ihr der Stammbaum ins Auge, der obenauf lag. Sie fuhr mit dem Finger an der Liste der bekannten Namen entlang und stoppte bei Jonah – das Datum. »Oh mein Gott«, flüsterte Clara und beeilte sich, den Ordner in ihre Tasche zu stopfen, weil ihre Haltestelle die nächste war. Und er hatte natürlich kein Sterbenswörtchen davon gesagt.

Wie spät war es jetzt? Clara blickte auf ihr Handy. Sie hatte gerade noch genug Zeit, um ein bestimmtes Geschäft aufzusuchen, ungefähr zehn Blocks von ihrer Wohnung entfernt. Dort hatte sie etwas gesehen, das perfekt zu dem Anlass passte.

Clara atmete tief durch, bevor sie laut und lange an die Pforte klopfte, durch die Myrtle sie vor ein paar Tagen hinausgelassen hatte. Niemals hätte sie vermutet, dass es diesen Nebeneingang gab, der von dornigem Strauchwerk überwuchert war. Ein ungepflasteter Zufahrtsweg führte zu dem Tor. Er war dermaßen mit Riedgras überwuchert, dass er wie ein Feld aussah. Selbst die Limousine, die Clara vor dem Haus hatte parken sehen – und die sicherlich ab und zu gefahren wurde –, konnte das Unkraut nicht bändigen. Wenn man an der Außenseite der Mauer entlangschaute, sah man, dass der Mississippi fast schon an das Grundstück stieß; nur ein vernachlässigter Streifen Marschland trennte Windisle von dem mächtigen Strom. Man konnte den Eindruck gewinnen, dies sei ein höchst gefährdetes Gelände. Niemals hätte Clara gewagt, dem riedbewachsenen Weg zu folgen, wenn sie nichts von der Pforte gewusst hätte.

»Wer ist da?«, hörte sie Myrtles Stimme.

»Hier ist Clara, Myrtle«, rief sie. Es dauerte einen Moment, dann hörte Clara, wie Myrtle die Pforte entriegelte. Sie öffnete sie.

»Clara, meine Liebe, alles in Ordnung mit Ihnen?« Die alte

Frau war im Eingang stehen geblieben und versperrte so den Zugang zum Grundstück. Ohne ihre Brille blinzelte Myrtle kurzsichtig. Claras Herz zog sich schmerzlich zusammen.

Diese alte, beinahe blinde Frau agierte als Jonahs Beschützerin, als Barriere der Zuneigung vor der Außenwelt. Etwas sagte Clara, dass sie wie eine Löwin kämpfen würde, um ihren Schützling zu verteidigen.

»Ja, Myrtle, alles in Ordnung.« Sie streckte der Älteren ihr Mitbringsel entgegen. »Das ist ein Geburtstagsgeschenk für Jonah. Würden Sie es ihm bitte geben? Ich habe angerufen, aber er ist nicht drangegangen, dann hab ich ihn an der weinenden Mauer gerufen, aber dort war er wohl nicht, und ich … Also, ich möchte wirklich, dass er das hier bekommt.«

Myrtle nahm den kleinen blauen Geschenkbeutel entgegen, während sie ein wenig besorgt und grüblerisch wirkte. »Das ist sehr aufmerksam von Ihnen.«

Clara lächelte und wandte sich zum Gehen, doch Myrtle hielt sie mit erhobener Hand auf. Sie machte das Tor weiter auf und trat ein Stück beiseite. »Er ist hinter dem Haus. Da ist kein Licht. Ich denk … also ich denk, wenn Sie rufen, wenn er weiß, dass Sie das sind, hätte er wohl nichts dagegen, wenn Sie's ihm selbst geben.«

»Oh«, hauchte Clara, die mit einem Mal unsicher wurde. »Ich möchte ihn aber nicht verärgern, Myrtle.«

»Nein«, murmelte Myrtle. Ihr verschwommener Blick glitt von Clara fort, während sie an der Innenseite ihrer Wange kaute. »Aber … doch.«

Clara wusste nicht recht, was sie von diesen widersprüchlichen Äußerungen halten sollte.

Myrtle sah sie wieder an und legte ihr die Hand auf den Arm. »Sie müssen ihn vorwarnen. Erschrecken Sie ihn nicht.« Sie reichte Clara den Beutel zurück.

»Mach ich, ich verspreche es.«

Myrtle beschrieb ihr den Weg, und Clara setzte sich in Bewegung. Als sie um die Hausecke bog und auf die Bäume zuhielt, war auch die letzte Helligkeit verschwunden. Vor ihr lag nur noch Dunkelheit.

Clara legte Jonahs Geschenk auf eine Gartenbank. Sie wollte lieber beide Hände zur Verfügung haben, wenn sie sich in diese Düsternis vorwagte.

»Jonah?«, rief sie leise. Eine Gänsehaut überlief sie, halb Zweifel, halb erregte Erwartung. Sie war ihm nahe. Er befand sich hier, irgendwo, gerade außerhalb ihrer Reichweite, aber nicht mehr lange.

Wieder warf sie seinen Namen in die dunkle Leere, ließ ihre Stimme vorangehen, gab sich keine Mühe, ihre Schritte zu dämpfen.

War dies auch Angelinas Empfindung gewesen – ohne Hoffnung natürlich, dass der Mann, den sie suchte, ihren Ruf auch vernahm? Wie trostlos und wie furchtbar: zu wissen, dass der Mann, der dein Herz erfüllt und dein Blut zum Wallen bringt, dort draußen ist, so nah und dabei doch so fern.

»Jonah?«

Ein Dach aus moosbewachsenen Bäumen schirmte das Licht des Mondes ab und tauchte die Umgebung in dunkelstes Grau. Clara hielt sich eine Hand vor die Augen, entfernte sie ein Stück von ihrem Gesicht und konnte sie nicht mehr erkennen.

»Jonah?«, rief sie wieder. Heftig schlug ihr Herz. »Ich bin's, Clara.«

Sie hörte Schritte zu ihrer Rechten und fuhr herum, starrte blicklos in die tintige Dunkelheit.

»Vielleicht stehst du ja auf Monster? Ist es das, Clara?«

Jonah. Seine Stimme war tief, rau, eine Stimme, die Clara

überall wiedererkannt hätte, obwohl sie seinen Ton nicht deuten konnte.

»Du bist kein Monster, Jonah. Aber wenn du dich unbedingt so bezeichnen musst, dann kann ich nur antworten: Ja, ich stehe auf Monster.«

»Dumme Clara«, erwiderte er, aber sein Ton war sanfter geworden. »Du bist in meiner Höhle, das ist dir doch klar?«

»J-ja«, stammelte Clara, während seine Stimme bereits aus einer anderen Richtung kam. Blindlings wandte sie sich dorthin, konnte aber nichts erkennen, nicht einmal eine Bewegung.

Jonah lachte leise. Wie Magie überfielen sie die Laute, nahmen sie gefangen, überzogen sie mit Gänsehaut.

»Du spielst mit mir.« Es war eine Feststellung, aber zugleich auch eine Frage. Im Grunde hätte sie zornig sein müssen, aber es war auch sehr aufregend.

Clara sah zwar Jonah nicht als Monster, doch zu spielen, sie sei seine Beute, gefiel ihr offenbar. *Werde ich wirklich zur Beute, wenn ich eingefangen werden will?* Sie bebte vor Erwartung.

»Was machst du hier draußen?«

»Myrtle hat mir gesagt, wo du bist. Sie dachte, es sei okay, wenn …« Clara biss sich auf die Lippen. Sie fühlte sich merkwürdig nackt, ungeschützt.

»Wenn was?« Jonah war näher gekommen. Sie hatte es nicht gehört. Ihr war, als explodierten winzige Bläschen unter ihren Rippen.

»Wenn ich dich vorwarne.«

»Nichts hätte mich davor warnen können«, sagte er leise. Direkt in ihr Ohr.

Clara erschrak und wirbelte herum, wobei ihr ein unterdrücktes Lachen entfuhr. »Halt«, befahl sie dann mit atemloser Stimme. »Ich weiß nicht, wo du bist.«

Da hörte sie ein leises Knirschen, und im nächsten Moment spürte sie, wie seine warme Hand ihre ergriff.

»Komm mit.«

Clara hielt sich an seiner Hand fest wie an einem Rettungsseil. Leicht stolpernd versuchte sie, mit ihm Schritt zu halten. »Ich kann den Weg nicht erkennen.«

»Brauchst du auch nicht«, sagte Jonah. »Ich kenne diesen Grund und Boden wie meine Westentasche. Ich lasse dich schon nicht hinfallen.« Clara packte seine Hand fester, genoss seine zuverlässige Kraft.

Jonah ging schneller, zog sie mit sich. Clara lachte vor Freude und gab sich Mühe, seinen langen, sicheren Schritten zu folgen. Sie schlängelten sich zwischen Bäumen hindurch oder vielleicht auch zwischen Steinen, sie hatte keine Ahnung, aber Jonah kannte den Weg, und sie vertraute ihm. Ihr Vertrauen in ihn war so groß, dass er sie führen konnte, wohin er wollte, selbst in stockdunkler Nacht auf unbekanntem Terrain.

Er würde nicht zulassen, dass sie fiel. Obwohl es dafür längst zu spät war. Denn Clara war ihm verfallen. Irgendwo auf dem langen Weg, den sie zusammen gegangen waren.

Als Jonah abrupt stehen blieb, lief sie in ihn hinein und lachte vor Überraschung auf, als er sich im selben Augenblick umdrehte und beide sanft zusammenprallten. Dann trat er einen Schritt zurück, sodass sie ihn nicht mehr sah. »Sind wir im Wald?«, fragte Clara.

»Ja. Weißt du nicht, dass es gefährlich ist, Monstern in den Wald zu folgen?« Aber sie wusste, dass er sie bloß neckte.

»Dann muss Gefahr mir wohl gefallen.« Clara lächelte, wurde aber rasch wieder ernst. »Ich glaube, ich würde dir überallhin folgen, Jonah.« Ihre Stimme drückte die ganze Tiefe ihres Herzens aus, die Aufrichtigkeit ihres Bekenntnisses. Ja, es stimmte: Sie würde Jonah überallhin folgen.

Er schwieg einen Augenblick, dann sagte er: »Clara.« Etwas wie eine Warnung klang in seinem Ton, aber das war ihr gleichgültig. Sie würde nicht darauf hören, das sollte er allmählich wissen.

In der Nähe raschelte hohes Gras – vielleicht vertrocknetes Zuckerrohr. Eine Eule schrie. Leise sang der Wind.

»Herzlichen Glückwunsch zum Geburtstag, Jonah.«

Nach einem kurzen Schweigen antwortete er. »Danke schön. Woher hast du gewusst, dass ich heute Geburtstag habe?«

»Aus dem Stammbaum in Justins Ordner.«

»Aha.«

»Ich habe dir etwas mitgebracht. Ein Geschenk. Deshalb bin ich gekommen. Um es dir persönlich zu geben.«

»Ein Geschenk?«

»Ja. Bloß ein … Es ist nichts Besonderes, aber …«

Clara wurde immer nervöser. »Ich hatte versucht, dich vorher anzurufen …«

»Ich war hier draußen.«

»Was hast du gemacht?«

»Bin einfach rumgelaufen.«

Erst da hörte Clara das Quietschen von Türangeln. Überrascht nahm sie zur Kenntnis, wo sie sich befanden. *Oh.*

»Wir sind bei den Sklavenhütten«, bestätigte Jonah ihre Vermutung und zog sie mit sich. Clara folgte ihm. »Da ist eine Stufe«, warnte er sie und half ihr behutsam. »Geh rein. Schalte die Taschenlampe deines Handys ein und schau dich um. Ich bleibe hier draußen.«

»Das brauchst du nicht. Ich werde dich auch nicht anleuchten, ich verspreche es. So etwas tue ich nicht.«

Jonah wartete zwei Herzschläge lang, dann folgte er Clara in die Hütte. *Er vertraut mir,* dachte sie froh. Quietschend fiel die Tür hinter ihm zu, dann hörte sie, wie er zur Seite trat, nicht tiefer in den Raum hineinging. Sie roch altes Holz und den süßlichen Fäulnisgeruch nasser Blätter.

Clara wandte sich von Jonah ab und wischte über ihr Smartphone. Das jähe Licht brachte sie zum Blinzeln. Sie machte die Taschenlampe an und stellte diese so dunkel wie möglich, leuchtete einmal durch den Raum.

Möbel gab es keine, nur vier nackte Wände, die gewiss viele Geheimnisse kannten, die sie allerdings niemals verraten würden.

Clara trat ans Fenster und fuhr mit der Fingerspitze über das gesprungene, schmutzige Glas. Selbst bei Tag hätte man durch diese Scheibe nicht viel erkennen können.

Sie ging durch den Raum und leuchtete mit der Lampe in jeden Winkel und an die Decke, stets darauf bedacht, sie nicht auf Jonah zu richten, ihm die Dunkelheit zu gewähren, in der er sich sicher fühlte.

Nach ein paar Minuten schaltete Clara ihr Handy aus und steckte es in die Tasche. Sie wandte sich in die Richtung, in der sie Jonah vermutete, tappte blindlings mit vorsichtigen Schritten vorwärts. Beim Näherkommen hörte sie seine Atemzüge, die ihr seinen Standort verrieten.

»Reichst du mir deine Hand?«, bat sie. Jonah kam ihrer Bitte nach und ergriff ihre ausgestreckte Hand. Clara trat näher, bis sie direkt vor ihm stand. Ihr beider Atem vermischte sich, seine Atemzüge wurden hastiger.

Etwas entzündete sich zwischen ihnen, wie ein elektrischer Funke, der auf beide übersprang. Clara war erstaunt, dass er nicht die dunkle Hütte mit Licht erfüllte. Sie spürte ihn deutlich auf ihrer Haut.

»Ich hätte gedacht, dass hier nur Traurigkeit zu finden ist«, meinte sie. »Ich dachte … Ich weiß auch nicht, dass mir das Herz schwer würde oder …«

»Ich weiß. Irgendetwas Besonderes ist in dieser Hütte. Ich spüre es jedes Mal. Komisch, dass du es auch fühlst.«

Clara wusste nicht genau, was es zu bedeuten hatte, war aber überzeugt, dass sie nun etwas ganz Besonderes mit Jonah teilte. Sie ergriff seine Hände und trat so dicht an ihn heran, dass ihre Körper sich berührten. Seit ihrer Begegnung im Hof des Hotels hatte sie sich danach gesehnt. Doch jetzt war es sogar noch besser, stärker … »Glaubst du, dass Orte Erinnerungen bewahren können?«

Sie merkte, dass er seinen Arm hob, dann spürte sie, wie seine Hand ganz zart ihre Wange streifte. Clara sog den Atem ein und schmiegte sich an Jonah. Ein leises Stöhnen entrang sich seiner Kehle.

»Nein.«

Einen Augenblick lang wusste Clara nicht mehr, wie ihre Frage gelautet hatte, so sehr hatte seine Nähe sie abgelenkt.

»Nein«, wiederholte Jonah. »Nur Menschen bewahren Erinnerungen.«

Clara lächelte und drückte ihr Gesicht fester gegen seine Hand. Er drehte die Hand um und strich mit den Fingern sacht über ihre Wange. Sie seufzte vor Glückseligkeit.

Menschen … Seelen, dachte Clara. Vielleicht weilte Angelina wirklich hier, und die alte Hütte war ein Ort, der ihr Glück bewahrte. Die Vorstellung gefiel ihr, stimmte sie jedoch gleichzeitig traurig.

Sie drehte den Kopf und streifte mit dem Mund seine Finger. Jonah stöhnte und flüsterte ihren Namen.

»Diese Wände aber«, sagte er dann, »sind heilig. Sie gehören anderen.«

Er ergriff ihre Hand. Clara holte tief Luft, als er sie aus der Hütte zog, in die dunkle Nacht hinein. Er ging voraus, und sie lachte, weil sie ständig stolperte in ihrem Bemühen, mit ihm Schritt zu halten. Als er unvermittelt stehen blieb, prallte sie gegen seinen breiten Rücken. Jonah drehte sich um, sodass sie einander gegenüberstanden. Wie in einem langsamen Tanz drehte er sie beide im Kreis. Clara spürte etwas Hartes an ihrem Rücken. »Nur ein hoher Zaunpfosten«, murmelte Jonah.

Clara hob das Kinn und atmete die kühle Nachtluft ein. Etwas roch stark und süß und frisch. »Der Garten, der von allein wächst«, sagte sie staunend. »Ich kann ihn riechen.«

»Ja. Das sind die Tomaten.« Sie spürte seinen Atem auf ihrem Gesicht. Wieder strich er ihr mit dem Finger über die Wange. »Sie sind so groß und süß, dass man sie essen kann wie Äpfel.«

Clara lächelte und leckte kurz über seine Finger, kostete den sauberen, salzigen Geschmack seiner Haut.

Jonah erstarrte. Sein Atem ging abgehackt, als wäre er gelaufen. Claras Herz schlug ebenfalls schneller, ihr Blut strömte in einem gemeinsamen Rhythmus.

Jonah umfing ihr Gesicht mit beiden Händen. Es war, als könnte er sie sehen, obwohl das in dieser Dunkelheit nicht möglich war. Instinktiv legte Clara den Kopf zurück, wartete auf ihn mit geöffneten Lippen. Ein heißer, flüssiger Schauer durchfuhr sie, brachte ihre Schenkel zum Zittern.

Sie erinnerte sich vage, dass sie einst geglaubt hatte, nichts sei mit der Erwartung vergleichbar, wenn sich der Bühnenvorhang hob. Wie sehr hatte sie sich geirrt! Auf Jonahs Kuss zu warten, war wie dieser Moment, nur unendlich schöner. *Oh ja. Gleich wird etwas Wunderbares geschehen.*

Sein Mund senkte sich auf ihren, weich und doch fest, und ihr war, als explodierten in ihrem Bauch tausend Feuerwerkskörper. Seine Hand wanderte zu ihrem Nacken, fing ihr Haar ein und zog ihren Kopf leicht nach hinten.

Sie stöhnte. Das schien ihn anzufeuern. Seine Zunge glitt in ihren Mund, und sie schmeckte ihn, spürte, wie sich sein Körper an ihren presste, spürte, wie er anschwoll und sich hart gegen ihre Hüfte drückte.

Immer heißer wurde ihr Kuss. Etwas ergriff Besitz von ihnen – ein Bedürfnis, verzweifelte Sehnsucht, sogar Schmerz. Clara gefiel es über die Maßen, was auch immer es war.

Jonah hatte nun beide Hände in ihrem Haar vergraben. Clara umfasste seine Oberarme, während er sie mit seinem Mund erforschte. Sie hätte so gern sein Gesicht berührt, wie es sich anfühlte, da er ihr nicht erlaubte, es zu sehen. Aber sie wusste, dies würde allem ein Ende bereiten, und sie wollte nichts tun, was ihn entmutigte, was den Zauber brechen und die Freude in ihrem Herzen zerstören könnte.

Jonahs Hüften bewegten sich leicht vor und zurück in einer unbewussten Erregung – seinem Bedürfnis zuzustoßen –, und Clara spürte, wie ihre Begierde mit seiner wuchs.

»Jonah«, keuchte sie zwischen zwei Küssen. Sie legte ihre Hand auf seine muskulöse Brust. Er stöhnte wie unter Schmerzen und wich leicht zurück, doch sofort drückte er sie wieder an sich.

Clara biss leicht in seine Unterlippe, fuhr mit der Zunge über seine Lippen. Sie spürte die Unebenheiten und seinen leicht schiefen Mund, diesen Teil von ihm, dessentwegen er sich verabscheuungswürdig fühlte, der Beweis für seine Verfehlungen. Sie lechzte nach einer Gelegenheit, ihm das Gegenteil zu beweisen. Irgendwann.

Irgendwann.

Jonah machte eine winzige Bewegung mit dem Kopf, übernahm wieder die Führung über den Kuss und lenkte sie von seinen Narben fort. Seine Botschaft war klar und deutlich: *nicht jetzt.*

Aber küssen konnte er, und offenbar hatte auch seine achtjährige Abstinenz nichts daran geändert.

Clara war zumute, als schwebe sie an einem riesigen Mitternachtshimmel. Jonahs Mund war ihr einziger Anker zur Wirklichkeit, der einzige Weg aus der Dunkelheit. Es war ein Kuss, der aus tausend sternhellen Träumen geboren war. Ein Kuss, der niemals enden sollte.

Nach einer weiteren Minute löste er sich von ihr. Keuchend ging sein Atem, als er seine Stirn an ihre drückte.

Clara stellte sich auf die Zehenspitzen und suchte wieder seinen Mund, doch sie reichte nicht an ihn heran. Jonah lachte. Es klang humorvoll und doch frustriert und schloss mit einem schmerzlichen Stöhnen.

»War das mein Geschenk?«, fragte er mit einem Lächeln in der Stimme. Clara wagte es nicht, ihre Hand zu heben und seine Lippen mit dem Finger nachzuzeichnen. *Irgendwann*, sagte sie sich erneut. Irgendwann würde er ihr voll und ganz vertrauen. Irgendwann würde er ihr erlauben, alles zu sehen.

Sie lachte, schlang ihre Arme um seine Taille und hielt ihn umschlungen, wie in der Nacht in seinem Bett. Drückte ihre Nase an seine Brust und atmete seinen Geruch ein, der ihr allmählich so vertraut war wie seine Stimme.

»Wir sollten zurückgehen«, sagte Jonah. Er küsste sie auf den Scheitel und sog den Duft ihres Haares ein. Rieb seine Wange daran, die weniger vernarbte Seite seines Gesichtes, wie Clara annahm. Tatsächlich hatte sie bisher nur sein Kinn, die Hälfte seines Mundes und einen Teil seiner Wange gesehen.

»Müssen wir das wirklich? Mir gefällt es hier mit dir. Es ist, als gäbe es im ganzen Universum nur uns beide.«

Er lachte leise. »Dann würdest du aber einsam werden, meinst du nicht?«

Clara lächelte, während sie an die Menschen dachte, die sie

vermissen würde. Ihren Vater natürlich, aber daran hatte sie sich schon gewöhnt. Aber Mrs Guillot und Madame Fournier würden ihr fehlen und dazu die vielen Leute, auf die sie sich jeden Tag freute, überraschenderweise sogar einige ihrer Kolleginnen, die ihr seit Kurzem freundlicher gesinnt waren. »Vielleicht ein bisschen, irgendwann.«

Sie schmiegte ihre Wange an sein weiches Baumwollhemd. Jonah hatte sich selbst in seine Frage nicht eingeschlossen. Clara begriff: Er war schon so lange einsam, dass er nicht an eine Verschlimmerung glaubte. Jonah tat ihr unendlich leid. Es lag nur an seiner Überzeugung, dass er ein Ausgestoßener sein sollte.

Er sieht aus wie ein Mann, dem von der Welt ganz furchtbar übel mitgespielt worden ist, und daher glaubt, es gäbe nichts Liebenswertes mehr an ihm.

Ach, Jonah. Sie drückte ihn an sich, wollte ihm zeigen, dass sie ihn niemals im Stich lassen würde. Gleichzeitig aber war sie sich bewusst, dass er sie von sich stoßen konnte. Inständig hoffte Clara, dass dies nie geschehen würde. Sie wollte Jonah davon überzeugen, dass es für sie beide ein Leben jenseits dieser tiefen, bodenlosen Dunkelheit gab.

Solange Jonah es erlaubte, würde sie ihn hier treffen. Claras sehnlichster Wunsch aber war, dass er irgendwann ihre Hand nehmen und zulassen würde, dass sie ihn aus der Leere eines Universums für zwei in das Licht der Welt für alle führte.

Jonah hatte so viel zu geben. Nicht nur ihr, sondern auch anderen. Clara glaubte von ganzem Herzen daran. Er machte sie so glücklich. Dieses Glück wollte sie mit allen anderen teilen.

»Komm«, flüsterte er. »Ich bringe dich jetzt zurück, sonst wird es zu spät. Geh ins Haus und frag, ob jemand dich fährt. Myrtle setzt sich nachts nicht mehr hinters Steuer, wenn sie es vermeiden kann, aber Cecil tut dir sicher gern den Gefallen.«

Clara wollte protestieren. Sie war noch nicht bereit zum Abschied. Aber Jonah hatte recht: Es war spät, und sie hatte morgen früh Probe. Sie sollte das Vernünftige tun und sich den Schlaf holen, den sie brauchte.

»Ich werde von dir träumen«, versprach sie, reckte sich hoch und küsste ihn auf die Unterseite seines Kiefers. Jonahs Kinn bewegte sich, und der leichte Hauch seines Atems verriet ihr, dass er lächelte.

»Ich träume schon seit einer ganzen Weile von dir«, sagte er leise und ernst, als wäre dies ein gefährliches Geständnis.

»Wovon träumst du?«

»Von Dingen, die ich nicht träumen sollte.«

»Nein«, hauchte Clara. »Was du auch träumst, ich verspreche dir, ich will alle deine Träume Wirklichkeit werden lassen.«

»Wenn du das nur könntest.«

»Ich kann es, wenn du mich nur lässt.«

Wieder lächelte er, aber sie spürte, dass es ein trauriges Lächeln sein musste. Jonah küsste sie auf den Scheitel und nahm sie bei der Hand. Er geleitete sie durch den Wald an Bäumen vorbei, die so plötzlich vor Clara aufragten, dass sie einige Male erschrak. Da fasste er ihre Hand noch fester und zog sie eng an seine Seite, während er einen Weg beschritt, den er offensichtlich mit verbundenen Augen kannte.

Acht Jahre, dachte Clara. Acht Jahre war Jonah hier umhergestreift, Tag für Tag, Nacht für Nacht. Seine Welt hatte sich auf Windisle verdichtet. Darüber hinaus gab es nichts.

Endlich traten sie aus dem Wald heraus und sahen die Sterne am schwarzen Himmel tanzen, ein einzigartiges Aufblitzen aus silbrigem Licht.

Jetzt konnte sie Jonahs Silhouette vor sich sehen. Unvermittelt blieb er stehen, drehte sich blitzschnell zu ihr um. Sie lachte erschrocken, als er sie in die Arme schloss, ihr einen raschen Kuss gab und sie ebenso rasch wieder freigab.

Clara tat einen Schritt nach vorn und sah das Licht aus dem Haus durch die Bäume schimmern.

»Gute Nacht, Clara.«

Sie streckte die Hand nach ihm aus und erhaschte noch einmal einen flüchtigen Blick auf seine Finger, dann verschwand er im Wald. Mein Monster. Mein Wünschesammler. *Mein Liebster.*

»Ich habe dir etwas auf die Bank hinter dem Haus gelegt«, rief sie. »Gute Nacht, Jonah. Alles Gute zum Geburtstag.« Dann drehte sie sich um und strebte auf das Licht von Windisle zu. Fort. Immer sollte sie fort von Jonah.

Obwohl sie sich doch nichts sehnlicher wünschte, als ihm näherzukommen.

24. KAPITEL

Lächelnd stellte Jonah die Spieldose auf den Tisch. Behutsam strich er mit den Fingern über die kleine blonde Ballerina, die sich zu der Melodie von *Mehr will ich nicht von dir* im Kreis drehte, so oft er es wünschte. Könnte er sich doch von Clara das Gleiche wünschen!

Ein für sie typisches Geschenk, wie er glaubte. Auf diese Weise bat sie ihn, an sie zu denken, selbst wenn sie getrennt waren. Ach, wenn sie nur wüsste! Er tat nichts anderes, als an Clara zu denken. Sich nach ihr zu sehnen. Sie verzweifelt zu begehren. Sein Kummer, so hatte Jonah erfahren, hatte etwas sehr Körperliches angenommen.

Und doch beschwor er ihr Bild immer und immer wieder herauf, als wäre Clara nicht nur die Ursache, sondern auch die Heilung seiner Qual.

Mann, ich bin hoffnungslos verknallt.

Jonah fragte sich, ob Clara den Song mit Absicht ausgewählt hatte. Er kannte *Das Phantom der Oper* gut, hatte es mehrmals gesehen, einmal sogar während einer Geschäftsreise nach New York, wo er Tickets für eine Broadway-Aufführung ergattert hatte. Damals war er mit einem Mädchen dort gewesen, aber wenn er jetzt versuchte, sich an sie zu erinnern, war ihm ihr Aussehen ganz und gar entfallen.

Das Liebeslied der Spieldose stammte aus einer Oper über ein maskiertes Phantom, das sein zerstörtes Gesicht nicht zeigen wollte, und über die Frau, die es trotz allem liebte.

Mein Gott, Clara.

Ja, sie quälte ihn, aber er hatte es auch ihr zu verdanken, dass sich die unnachgiebige Schlinge um seinen Hals gelockert hatte. Seit jenem Tag, als er zum ersten Mal durch die weinende Mauer mit Clara gesprochen hatte, war ihre lebensbejahende Art wie Balsam in ihn eingedrungen. Bevor er Clara kannte, hatte er sich kaum vorstellen können, einmal richtig Luft zu holen.

Jonah fuhr mit der Hand über sein raues, zerklüftetes Gesicht, er strich mit dem Finger über eine besonders wulstige Narbe, die von seinem zerstörten Auge über seinen Wangenknochen verlief.

Vielleicht konnte Clara lernen, sein Aussehen zu akzeptieren – Myrtle und Cecil hatten es ja auch vermocht. Allerdings war Myrtle ohne ihre Brille halb blind, und Cecil war in seinem ersten Leben Schweinezüchter gewesen, er war es also gewöhnt, mit weniger ansehnlichen Kreaturen umzugehen. Keiner von beiden zuckte bei Jonahs Anblick auch nur mit der Wimper.

Sein Finger strich über seine Unterlippe und berührte die verbrannte Seite, die Clara mit ihrer Zunge gestreift hatte. Sie war nicht zurückgeschreckt, hatte es sogar noch einmal versucht, bevor er sie daran hindern konnte. Aber es gab einen Unterschied zwischen dem bloßen Ertasten einer Narbe und ihrem Anblick bei hellem Tageslicht.

An dem Tag, als Myrtle ihn vom Krankenhaus abgeholt hatte, war ihnen ein Journalist gefolgt. Jonahs Verbände hatten sich gelockert, weil Myrtle mit einem Ruck angefahren war, auf der Flucht vor der brüllenden Menge. Der Reporter hatte durch das Seitenfenster gestarrt und das rote, rohe Fleisch unter dem Verbandmull gesehen. Er war zurückgefahren, schieres Entsetzen im Gesicht. Ekel. Damals war Jonah froh über diese Reaktion gewesen, denn der Anblick seines entstellten Gesichts hatte ihm den Typ vom Hals geschafft. Zumindest hatte er sich das eingeredet.

Die Spieldose klang aus. Die Stille ließ ihn traurig werden.

Einsam.

Normal.

Jonah wollte nicht, dass es endete. Aber es musste ein Ende haben, oder nicht? Er spürte, wie er sich veränderte, wie er sich aus seinem Kokon schälte. Aber für ihn würde es keine Verwandlung von einer Raupe in einen Schmetterling geben – er würde bis in alle Ewigkeit wie das hintere Ende eines Insekts aussehen.

Er erinnerte sich daran, wie er vergangene Woche mit Clara durch sein Grundstück gestreift war, wie sie geschmeckt, wie sich ihr Körper angefühlt hatte, als er sich an sie drückte. Oh Gott, er wollte mehr von ihr! Nicht nur ihre Lippen, sondern auch ihren Hals, ihre Schultern und die warme, süße Stelle zwischen ihren Schenkeln.

Seit jenem magischen Abend hatten sie lediglich miteinander telefoniert. Clara hatte viele Proben gehabt, und Jonah war fast jede Nacht draußen mit den Angels eine Stunde auf Patrouille gewesen.

Diese Aufgabe verschaffte ihm das Gefühl, etwas Sinnvolles zu tun, das er so brauchte. Außerdem fühlte er sich für Eddy verantwortlich. Der Junge war noch nicht über den Berg. Aber er kam zu jedem Treffen, so wie Jonah auch, und das war ein gutes Zeichen.

Eddy hielt sich bei den Gängen durch die Stadt stets an Augustus, sie redeten viel miteinander und lachten sogar manchmal. Jonah wusste genau, wie das war, sich nach langer Zeit der Isolation jemandem anzuschließen, endlich ein offenes Ohr zu finden. Und wenn er Eddy und Augustus beobachtete, sagte er sich, dass er das Richtige getan hatte, als er nach dem Lesen von Eddys Wunsch Augustus angerufen hatte und nicht die Polizei.

Vor einer Woche hörte er Augustus zu Eddy etwas über Vergebung sagen. Man müsse Verzeihung von den Menschen erlangen, denen man Unrecht getan habe. Dies sei Teil des Heilungsprozesses. Dabei war Jonah bewusst geworden, dass auch er sich entschuldigen musste. Ob seine Bitte um Vergebung akzeptiert würde, wusste er nicht. Eigentlich fand er sogar, sie sollte abgelehnt werden. Aber um Vergebung bitten würde er müssen. Nicht alle Leute, die in die damaligen Ereignisse verstrickt waren – diesen schuldete er nichts –, aber zumindest eine Person. Jonah hatte keine Ahnung, ob es für ihn noch Hoffnung auf ein anderes Leben gab, aber wenn doch, wenn es auch nur ein Quäntchen Hoffnung gab, dann musste er diesen Schritt tun.

Einen Schritt, der schon lange überfällig war.

Jonah wartete, bis am sternenübersäten Himmel der Mond aufging – nur ein Streifen gelben Lichts vor dem samtblauen Nachthimmel.

Als er vor dem schäbigen Bungalow im Neunten Bezirk anhielt, klopfte sein Herz unter der Lederjacke ein schnelles Stakkato. Der Motor seines Bikes dröhnte noch einen Augenblick in der Stille der Nacht, dann fingen die Grillen wieder an zu zirpen.

Jonah warf einen Blick den Block hinunter. Die Straße machte den Eindruck, als seien die meisten Häuser immer noch nicht wieder bewohnt. In Windisle mochte es Geister geben oder auch nicht, aber in diesem Viertel wehte definitiv noch der Geist von Katrina.

Jonah behielt den Helm auf, als er die drei wackligen Stufen zu Lucille Kershaws Haustür hinaufstieg. Bevor er sich sein

Vorhaben wieder ausreden konnte, hatte er bereits die Hand gehoben und an den Rahmen der Fliegengittertür geklopft. Die Tür klapperte in ihren Angeln, sicher würde sie bald ganz herausfallen.

»Wer ist da?«, rief eine Stimme direkt hinter der Tür.

»Ähm, ich möchte zu Lucille Kershaw, Ma'am«, sagte Jonah unsicher.

»Sie haben sie gefunden. Und wer zum Teufel sind Sie?«

Jonah zögerte. Er hatte keine andere Wahl, als dieser Frau seinen Namen zu nennen. Aber dann würde sie sagen, er solle sich verziehen, und er hätte keine Chance, die Entschuldigung anzubringen, die er so sorgfältig geprobt hatte.

»Jonah Chamberlain, Ma'am«, antwortete er ein wenig atemlos. »Bevor Sie sagen, dass ich wieder gehen …«

Der Schlüssel wurde umgedreht, die Tür einen Spalt weit geöffnet. »Jonah Chamberlain? Der Anwalt?«

Jonah war so erstaunt über den Empfang, dass er einen Moment lang die Frage nicht verstand. »Äh, ja. War ich. Ich war Anwalt. Ich war mit dem Fall von, äh …«

»Ja, ich weiß, wer Sie sind«, erwiderte die Frau und machte die Tür noch ein Stück weiter auf. Mit ausdrucksloser Miene starrte sie ihn an.

Jonah war sich bewusst, wie bedrohlich er mit dem schwarzen Motorradhelm und geschlossenen Visier wirken musste. Er griff sich an den Kopf, konnte sich aber noch nicht dazu durchringen, das Ding abzusetzen. »Was wollen Sie?«

»Ich würde gerne mit Ihnen sprechen, wenn Sie ein paar Minuten Zeit hätten. Ich werde Sie auch nicht lange aufhalten.«

Zu seiner Überraschung machte die Frau die Tür nun ganz auf und trat einen Schritt zurück. »Ja, ich erkenne Ihre Stimme, Jonah Chamberlain. Na, nun kommen Sie schon rein.«

Sie drehte sich um, und Jonah folgte ihr in ein kleines Wohnzimmer. Im Fernsehen lief die Quizsendung *Jeopardy*.

Das Zimmer war mit nicht zueinander passenden, abgenutzten Möbeln ausgestattet, aber es war peinlich sauber. An der Lehne des hässlichen braunen Sofas und auf dem zerschlissenen Ohrensessel lagen säuberlich gefaltete Decken.

Lucille Kershaw nahm im Fernsehsessel Platz und schaltete den Apparat mit der Fernbedienung auf stumm, während Jonah sich auf die Sofakante setzte. Lucille sah ihn an. Er holte tief Luft, nahm den Helm ab und legte ihn neben sich auf die Couch.

Langsam hob er den Blick zu der Frau, auf jede nur denkbare Reaktion gefasst. Sein Puls raste. Er legte seine verschwitzten Hände auf die Schenkel, während er Amanda Kershaws Mutter anblickte. Sie zeigte keinerlei Erschrecken, sondern fuhr fort, ihn anzusehen, ohne eine Miene zu verziehen.

Jonah musterte sie einen Moment, dann ging ihm ein Licht auf.

Sie ist blind.

Verflucht noch mal. Fast hätte er laut gelacht. Er hatte all seinen Mut zusammengenommen … und war auf eine Blinde gestoßen!

»Nun?«, fragte sie. »Wenn Sie etwas zu sagen haben, dann sagen Sie es.«

»Mrs Kershaw, ich bin gekommen, weil … weil …« – die Stimme versagte ihm. Jonah richtete sich auf und räusperte sich – »… weil ich mich bei Ihnen entschuldigen wollte. Ich weiß, das, was ich getan habe, ist nicht wiedergutzumachen. Das ist mir bewusst. Ich musste Ihnen aber einfach sagen, wie leid es mir tut. Ich habe viel zu lange mit meiner Entschuldigung gewartet, ich weiß. Ich bin eben … Sie können sich nicht vorstellen, wie leid es mir tut.« Seine Stimme verebbte, gefangen in Kummer und Reue, die er tief in sich trug, und die nun an die Oberfläche drang und ihm die Kehle zuschnürte.

Lucille Kershaw, die Frau, deren Tochter er im Zeugenstand förmlich zerlegt hatte, deren Tochter seinetwegen gestorben war, starrte ihn lediglich an, die Stirn in Falten gelegt. »Ich habe Sie nie dafür verantwortlich gemacht, junger Mann.«

»Was?« Sein Wort war nur ein Flüstern. Es klang heiser und rau und kratzte in Jonahs Kehle, als sei es mit scharfen Stacheln gespickt.

Lucille Kershaw schüttelte den Kopf. Ihr Blick war auf Jonah geheftet. Die blinden Augen schienen sich in ihn zu bohren. »Ich habe Sie nicht verantwortlich gemacht«, wiederholte sie.

Dann seufzte Mrs Kershaw und lehnte sich in ihrem Sessel zurück, die Hände im Schoß gefaltet. »Hat es was damit zu tun, wie Sie Amanda im Zeugenstand befragt haben? Sodass sie nur noch heulen konnte?«

Jonah bewegte den Kopf auf und ab. Wieder spürte er den Kloß in seiner Kehle, der ihn am Sprechen hinderte. Schließlich aber brachte er ein abgehacktes »Ja« heraus. »Ich war im Unrecht.«

»Das waren Sie nicht. Gott weiß, wie oft ich das Mädel ausgeschimpft hab. Da hab ich noch viel, viel schlimmere Sachen gesagt. Hab sie einen Junkie und eine Loserin genannt. Und dass ich meine Zeit an sie verschwende. Hab es mit liebevoller Strenge versucht. Oh, sie hat geflennt und ist zusammengebrochen, und manchmal hat sie versprochen, dass sie sich bessert. Hat am Ende aber alles nichts genutzt.«

Bei ihren letzten Worten glitt ein Ausdruck tiefer Traurigkeit über Mrs Kershaws Gesicht. Jonah spürte eine Enge in der Brust. Dass sie ihn nicht für den Tod ihrer Tochter verantwortlich machte, war wie ein gnädiger Schock. Er glaubte nicht, dass er das verdiente.

»Sie sind ihre Mutter, Mrs Kershaw«, betonte er. »Sie haben aus Liebe gehandelt. Ich aber nicht.«

»Vielleicht hätte es ja ohne Liebe besser funktioniert.« Sie seufzte tief, ihre Schultern hoben und senkten sich wieder. »Aber dann hat dieser verdammte Psycho sie am Ende erschossen.« Wieder schüttelte sie den Kopf. »Nee, ich weiß schon, dass ein paar Ihnen die Schuld geben, aber ich? Ich hab's nie getan. Sie haben sie nicht getötet.« Ihre blinden Augen fanden sein Gesicht. »Und Sie haben, so hör ich, sowieso Ihren Preis bezahlt.«

Unbewusst griff Jonah sich an die vernarbte Gesichtshälfte. Doch bevor seine Fingerspitzen über die wulstigen Erhebungen fahren konnten, ließ er die Hand wieder sinken. Hier war diese Geste der Erinnerung überflüssig.

»Ja«, bestätigte er. Ob verdientermaßen oder nicht – und dass er sich überhaupt die Frage stellte, verwirrte und überwältigte Jonah –, einen Preis hatte er auf jeden Fall bezahlt. Es war eine Schuld, die er für den Rest seines Lebens abtragen musste, ob es ihm gefiel oder nicht.

Mrs Kershaw nickte ernst. »Das tut mir sehr leid für Sie, junger Mann.« Und was Jonah besonders mitnahm, was ihn den Kopf senken ließ und zu Tränen rührte, war, dass sie es ernst meinte. Lucille Kershaw, der er seinem Empfinden nach so Schreckliches angetan hatte, hatte ihm Gnade und Mitleid für seinen Schmerz angeboten.

Jonah wusste nicht, wie er sich fühlen, was er davon halten sollte. In seiner Brust schien sich ein riesiger Ballon aufzublähen.

»Da war mal ein anderer Mann hier, Anwalt wie Sie. Hat mir sein Beileid ausgesprochen. Ich konnte aber schon an seiner Stimme hören, dass er mir einen Haufen Lügen auftischte. Oh, der war gewieft, sagte genau das Richtige. Aber ich hab schließlich eine Lügnerin großgezogen. Ich erkenne einen Lügner, wenn ich einen vor mir habe.«

»Was?«, fragte Jonah mit einem scharfen Ausatmen, das ihm ein kleines bisschen Druck von der Brust nahm. »Und wer war das?«

Mrs Kershaw zuckte die Achseln. »Kann mich nicht an seinen Namen erinnern. Ich war an dem Tag nicht gut beieinander. Ein Bauunternehmer, den ich endlich angeheuert hatte, um die Wasserschäden im Haus zu reparieren, war mit meinem Geld abgehauen. Alles stand kreuz und quer herum … Eine Blinde kann nicht im Chaos leben.«

Sie seufzte. Jonah schaute sich im Zimmer um und bemerkte die Aufstellung der Möbel; sie war gut durchdacht, sodass Mrs Kershaw keine Hindernisse im Weg standen.

An der Wand war immer noch eine Wasserlinie zu sehen, und in der Luft hing leichter Modergeruch. Der Teppich war offensichtlich neu, und die Möbel – es musste sich um Ware aus zweiter Hand handeln – waren unbeschädigt.

Diese Frau hatte getan, was in ihrer Macht stand, doch selbst jetzt, zehn Jahre später, war ihr Heim noch nicht wieder in Ordnung gebracht, ebenso wenig wie die anderen Häuser im Viertel.

»Auf jeden Fall war er richtig alt, das konnte ich an seiner Stimme hören – alt, aber aalglatt, dieser Typ. Er hörte sich fast« – sie hielt inne, als suchte sie nach dem passenden Wort – »ölig an. Hat mich unter irgendeinem lächerlichen Vorwand um Amandas Handy gebeten. Ich sagte, ich wüsste nichts von einem Handy oder wo das Ding wär, aber das war gelogen.«

Jonah war sehr erstaunt. »Applegate?«, fragte er. »Hieß der Mann vielleicht Applegate?« Die ursprünglichen Partner der Kanzlei, für die er gearbeitet hatte, Applegate und Knowles, waren beide alt, aber der mit der Stimme eines Scharlatans war

Palmer Applegate. Und dazu hatte der Mann eine riesenhafte, übermäßig weiße Zahnprothese und ein Gesicht wie ein Gespenst – in seiner Art ein Ungeheuer.

Bin ich besser?

Mrs Kershaw nickte und schnippte mit den Fingern. »Genau. Applegate. Jetzt ist es mir wieder eingefallen. Ich weiß noch, wie ich gedacht hab, der Name passt aber gar nicht zu ihm.«

Nein, stimmte ihr Jonah im Stillen zu. Äpfel waren süß und frisch. Palmer Applegate hingegen war steinalt und roch nach Mottenkugeln und Gebissreiniger.

»Warum wollte er Amandas Handy haben, nachdem der Prozess doch längst vorbei war?« *Und nachdem sie tot war?*

Mrs Kershaw zuckte die Achseln. »Weiß ich nicht. Ich kann mit dem Ding ja nichts anfangen. Ich glaub nicht mal, dass Amanda wusste, dass ich es habe. Sie hatte es hier vergessen, als sie mal vorbeischaute, um mich anzupumpen. Sie war total zugedröhnt.« Die Frau seufzte. »Ich konnte sie nirgendwo erreichen, um ihr zu sagen, dass ich es hatte, also habe ich es weggelegt und mir gesagt, irgendwann wird sie's schon holen kommen.«

Mrs Kershaw starrte vor sich hin, wahrscheinlich in eine ferne Vergangenheit, die nur sie sehen konnte. »Später, nachdem dieser Applegate hier gewesen war, war's mir lieber, nicht zu wissen, was Amanda auf ihrem Handy hatte. Ist nie viel Gutes bei den Wegen rausgekommen, die sie eingeschlagen hat. Vielleicht konnte ich sie in diesem Leben nicht beschützen, aber ich kann dafür sorgen, dass sie im nächsten ihren Frieden hat.«

Jonah nickte. »Ich verstehe, Mrs Kershaw. Ich werde niemandem etwas von dem Handy verraten.«

Fragen über Fragen, was Palmer Applegate wohl mit dem Telefon gewollt hatte, gingen ihm durch den Kopf. *Warum nach dem Prozess? Was war nur so wichtig gewesen?* Er würde es ohnehin niemals erfahren. Außerdem war er gekommen, um Wiedergutmachung anzubieten. Nur das.

»Sie sollen es haben.«

Jonah zuckte vor Überraschung zusammen. »Was?«

»Weil ich niemand anders kenne, dem ich genug traue, damit er sich's mal ansieht. Und vielleicht findet Amanda dann ihren Frieden, was auch immer auf dem Ding drauf ist. Sie werden schon das Richtige damit machen, egal was Sie finden.«

»Ich … ich weiß nicht, was ich sagen soll«, stammelte Jonah. Er war überwältigt. Verwirrt. Zutiefst dankbar. Fassungslos.

Doch ein Quäntchen Furcht blieb. Nicht nur, dass er sich nicht für würdig hielt, Amanda Kershaws Handy zu bekommen, er hatte auch Angst davor, wieder in den Fall einzusteigen. Damals war der Prozess sein Ruin gewesen und hatte den Tod vieler unschuldiger Menschen zur Folge gehabt. Und doch hatte Mrs Kershaw ihm selbstlos Vergebung angeboten, Verständnis und nun auch noch Vertrauen. Wie konnte er da ablehnen?

Mrs Kershaw erhob sich, ging langsam, aber sicheren Schritts um den Couchtisch herum und verließ das Wohnzimmer. Jonah hörte, wie eine Tür geöffnet wurde, dann klang es, als würde ein Möbelstück gerückt … Eine Minute später war sie schon wieder da und reichte ihm ein altes Klapphandy.

Jonah starrte auf das Ding und war kaum überrascht, als er nach dem Aufklappen feststellte, dass es tot war. »Haben Sie das Ladekabel?«

»Nein. Das müssen Sie sich schon selbst besorgen.«

Jonah nickte, wobei er sich fragte, ob Ladekabel für Klapphandys überhaupt noch hergestellt wurden. »Mach ich, Mrs Kershaw.« Er steckte das Handy in seine Tasche und stand auf.

»Ich gebe Ihnen Bescheid, wenn ich etwas finden sollte.« Er hielt inne, suchte nach Worten zum Abschied. »Ich kann Ihnen gar nicht genug danken, dass Sie sich Zeit für mich genommen haben. Ich danke Ihnen für … für Ihre Freundlichkeit. Ich würde alles tun, um Amanda wieder lebendig zu machen. Wenn ich die Zeit zurückdrehen könnte …«

Mrs Kershaw lächelte ein wenig traurig. »Vielleicht ist es besser, in die Zukunft zu schauen.« Sie reichte ihm die Hand. Jonah nahm sie in seine beiden Hände und drückte sie herzlich, während er leise lachte.

»Ja«, sagte er. »Ja.«

Ihr Lächeln wurde tiefer. »Gut. Sie werden allein hinausfinden müssen. Ich hab schon die Hälfte von *Jeopardy* verpasst.«

Jonah lachte wieder und nahm seinen Helm von der Couch. Mrs Kershaw setzte sich in ihren Sessel und stellte den Ton an. Alex Trebeks Stimme füllte den Raum, er stellte gerade eine Frage über das antike Rom.

Jonah sah sich ein letztes Mal in dem schäbigen Zimmer um. Lucille Kershaw war auf so viele Arten vernichtet worden, und doch hatte sie alles immer wieder aufgebaut. Sie hatte ihr Herz nicht verschlossen und konnte einem schuldigen Mann Vergebung schenken. Täglich setzte sie tapfer einen Fuß vor den anderen. Dafür konnte man sie nur bewundern.

»Marcus Brutus«, hörte er Mrs Kershaw zu dem Fernseher sagen, während er das altersschwache Schloss aufdrückte, das Haus verließ und die Tür hinter sich zumachte.

Einen Moment lang stand Jonah auf der Treppe, den Helm in der Hand. Er wandte sein Gesicht zum Himmel, schloss die Augen und ließ zum ersten Mal seit acht Jahren eine Handvoll Sterne auf sein Antlitz scheinen.

Dann senkte er den Kopf, setzte den Helm auf und ging zu seinem Motorrad. Auf der Fahrt nach Windisle lächelte er.

Lucille Kershaw zog die Vorhänge zurück und ließ die Morgensonne ins Zimmer scheinen. Nicht, dass sie die Sonne gesehen hätte. Sie war aber nicht immer blind gewesen. Wahrscheinlich machte sie das jeden Tag aus reiner Gewohnheit. Oder die Begrüßung der aufgehenden Sonne verhieß, dass jeder Tag ein Versprechen bereithielt, wenn man nur seinen Teil erfüllte. Eine Art Wunschdenken.

Als die Kaffeemaschine dreimal piepte, um anzuzeigen, dass der Kaffee fertig war, hörte sie ein Klopfen an der Haustür. *Na, ist denn das zu glauben!* Drei Jahre lang hatte sie keinen einzigen Besucher gehabt und jetzt tatsächlich zwei innerhalb von vierundzwanzig Stunden.

»Wer ist da?«

»Mein Name ist Neal McMurray, Ma'am. Ich bin Bauunternehmer. Soll mir Ihr Haus ansehen.«

»Da müssen Sie sich in der Hausnummer geirrt haben. Ich hab keinen Bauunternehmer bestellt.« Sie hätte es vielleicht getan, wenn sie sich einen leisten könnte oder überhaupt noch einem von den Kerlen traute. Wann immer Lucille Kershaw sich an den Gauner von damals erinnerte, versetzte es ihr einen Stich. Nach der Verheerung durch Katrina, nach allem, was die Gemeinde bereits eingebüßt hatte, hielt sie dies für die schlimmste Art von Verrat.

»Nein, Ma'am. Jonah Chamberlain hat mich geschickt. Er sagt, Sie kennen ihn.«

Lucille wartete einen kleinen Moment, dann öffnete sie die Tür einen Spalt. Kühle Luft drang ihr in die Nase. Es roch nach Regen. In einer Stunde würde es nur so gießen. Stürme lösten selbst nach all den Jahren noch Angst bei ihr aus. »Warum sollte er Sie schicken? Ich kann mir keine Renovierung leisten.«

Ein paar Freunde aus der Nachbarschaft hatten Lucille im Laufe der letzten Jahre gegen ein kleines Entgelt geholfen. Sie hatten die Wände gestrichen, neuen Teppichboden verlegt und die Stellen mit den schlimmsten Wasserschäden ausgebessert. Lucille wusste, dass ihr Haus noch lange nicht in Ordnung war, aber es war bewohnbar, und sie würde weitere Renovierungen erst dann vornehmen lassen, wenn sie es sich leisten konnte.

»Er bezahlt die Arbeiten, Ma'am. Er hat schon eine Anzahlung geleistet, und ich soll Ihnen ausrichten, dass er auch den Rest übernehmen wird. Ich bin heute gekommen, um mir einen Überblick über die Reparaturen zu verschaffen, natürlich nur, wenn Sie nichts dagegen haben. Mein Team könnte übermorgen anfangen.«

Lucille war überwältigt. Sie hatte Jonah Chamberlain versichert, sie gebe ihm keine Schuld für das, was Amanda geschehen war, und das war bei Gott die reine Wahrheit. Er musste sich ihr nicht verpflichtet fühlen. Aber sie hatte den großen Schmerz in seiner Stimme gehört und auch die Aufrichtigkeit. Die ihr bei ihrer Tochter stets gefehlt hatte.

Lucille ahnte, dass die Annahme seines Geschenks dem jungen Mann helfen würde, die Schuld zu überwinden, derer er sich immer noch anklagte. Sie konnte aber trotzdem nicht verhehlen, dass sie gleichzeitig eine freudige Aufregung empfand. »Er wird für all das zahlen? Die ganze Rechnung?«

»Ja, Ma'am. Jeden Cent. Er meinte, der Schaden könnte beträchtlich sein.«

»Nun … er könnte.« Um die Wahrheit zu sagen, sie hatte keine Ahnung. Lucille hatte sich immer nur die notwendigsten Reparaturen leisten können, sie konnte aber auch den Schimmel riechen, der irgendwo im Verborgenen wuchs. Sie roch ihn besser als irgendjemand sonst.

»Dann wäre es doch das Beste, wenn ich gleich anfange.«

Jetzt machte sie die Tür ganz auf. Ein Sonnenstrahl, der seinen Weg durch die Wolkenschicht gefunden hatte, fiel auf ihr Gesicht. »Hat er Ihnen von meiner Behinderung erzählt?«

»Ja, Ma'am. Ich werde nichts verrücken. Ich lasse Sie wissen, wo ich mich zu jedem Zeitpunkt aufhalte, und wenn ich fertig bin, erkläre ich Ihnen, was ich festgestellt habe.«

»Das ist gut. Sonst müsste ich Ihnen ja ein Glöckchen um den Hals hängen wie einer Katze.« Der Mann lachte. Lucille fuhr fort: »Ich habe einmal einen Bauunternehmer angeheuert, als ich es mir noch leisten konnte. Hab ihm jeden Cent gegeben, den ich hatte, um dieses Haus wieder wohnlich zu machen. Er hat es mir gestohlen.«

Eine kurze Pause entstand, dann sagte Neal McMurray ernst: »Das tut mir sehr leid, Mrs Kershaw. Ich verstehe das einfach nicht. Wie ein Mensch einem anderen wehtun kann, der bereits verletzt ist, geht über meinen Verstand.« Seine Stimme klang so aufrichtig wie die von Jonah Chamberlain, nur ohne den Schmerz.

Lucille nickte kurz und wandte den Kopf ab, damit er die Tränen nicht sah, die plötzlich in ihren Augen brannten. »Nun denn, gehen Sie vor.«

25. KAPITEL

August 1861

Homer zuckte zusammen, als Angelinas Mutter die Salbe auf seine verschrammten Handflächen strich, dann aber malte sich Erleichterung auf seinem Gesicht.

»Besser?«, fragte Mama Loreaux, während sie den Kräuterbalsam in die geschundene Haut einmassierte.

»Ja, Ma'am«, erwiderte Homer. Sie zog Baumwollhandschuhe über seine Hände. Angelina hatte sie genäht.

»Trage sie heute Nacht beim Schlafen, und am Morgen ist's wieder gut.«

»Sie sind ein Prachtstück, Ma'am«, meinte Homer und lächelte mit sämtlichen Zahnlücken, was Angelina wie immer ein Grinsen entlockte. Scheu schaute er sie an, und sein Lächeln wurde verhalten. Er neigte den Kopf. »Miss Angelina. Schlafen Sie gut.«

»Sie auch, Homer. Kommen Sie morgen wieder, wenn Sie noch mal behandelt werden wollen.«

»Mach ich auf jeden Fall.« Mit einem weiteren Kopfnicken verließ er die Blockhütte, schloss leise die Fliegentür. Angelina stellte sich davor und blickte Homer nach, der in der Dunkelheit verschwand. Sie wünschte sich sehnlichst eine Brise, ein noch so kleines Lüftchen. Aber die Nachtluft war still und stickig. Die Trostlosigkeit, die sie vergessen hatte, solange Homer da war, breitete sich von Neuem in ihr aus.

Jede Nacht kamen die Leute zu ihrer Mutter und baten darum, dass sie sich ihrer Wunden und blutig gerissenen Hände, gezerrten Muskeln und Schmerzen jeglicher Art annahm. Das waren allerdings die leichten Fälle, die Mama Loreaux mit Salben und Kräutern, ihren Spezialölen oder herb riechenden Tinkturen behandeln konnte.

Der Schmerz hingegen, der Angelinas Seele erfüllte, konnte nicht auf diese Weise geheilt werden – der Verlust, der Kummer und die tiefe, tiefe Traurigkeit.

Irgendwo weit fort, unter demselben Mond, der schwach durch das Geäst über ihr drang, kämpfte John in einem Krieg. Er kämpfte gegen jene, die ein Ende der Ungerechtigkeit erstrebten, die Angelina jeden Tag erlebte, ein Ende der Not und des Leidens, ein Ende der Willkür von Frauen wie Delphia Chamberlain, die über Leben herrschten und es zerstörten.

Angelina liebte ihn, sie wollte John nicht die Schuld für Umstände geben, über die er keine Macht hatte. Doch je einsamer sie wurde, je ängstlicher und hoffnungsloser, desto mehr wuchs ihr Groll.

Mama Loreaux warf ihr einen Blick zu, während sie anfing, die Kräutersäckchen wieder in die Fächer des ledernen Behälters einzusortieren, in dem sie sie aufhob. »Von so viel Denken kriegst du am Ende Kopfweh.«

Angelina lachte, doch es klang nicht fröhlich. »Ich wünschte, ich könnte damit aufhören, Mama. Wenn du auch dafür eine Salbe hast, dann gib sie mir doch bitte.«

Ihre Mutter bedachte sie mit einem strafenden Blick. »Du musst selbst damit aufhören, Mädel. All das Denken und Träumen, dabei kommt nichts Gutes raus.«

Die Mutter hatte natürlich recht. Schon jetzt war nichts Gutes dabei herausgekommen. Sie hatte sich in einen Mann verliebt, der ihr Leben in Gefahr und Unsicherheit gestürzt hatte. Delphia Chamberlains Drohungen lasteten schwer auf Angelinas Schultern, denn sie betrafen nicht nur sie, sondern auch ihre geliebte Mama.

Seit jenem schrecklichen Tag im Salon hatte Angelina den Kopf eingezogen. Sie lebte ohne Hoffnung, war wie betäubt vor Angst. Nichts wollte ihr einfallen, wodurch alles wieder in Ordnung hätte kommen können.

Sie betrachtete den Kräuterkasten ihrer Mutter. »Mama, wie machst du das, wenn du jemanden mit einem Fluch belegst?«

Die Mutter hatte sie gelehrt, wie man Kräuter miteinander vermengte, um Arzneien herzustellen, wie man lindernde Tinkturen und Öle bereitete, doch niemals hatte sie ihr die anderen Rituale gezeigt, die sie nur dann vollzog, wenn Angelina nicht in der Hütte war. Es waren Rituale, die von ihrer Großmutter und Urgroßmutter auf ihre Mutter übergegangen waren, bevor diese über das große Meer nach Louisiana gebracht worden war.

»Manchmal, wenn ich zurückkomme, rieche ich den Rauch. Ich weiß, dass du immer noch die alten Riten praktizierst.«

Mama Loreaux fuhr fort, ihre Utensilien einzupacken. Sie sah ihre Tochter nicht an. »Das brauchst du nicht zu wissen. Sie nennen mich eine Hexe, sie sagen, es ist Teufelswerk, was ich tu. Du darfst so was nicht machen. Ich kann nicht anders, weil ich's weiß, aber dich werd ich davon fernhalten. Ist sicherer so.«

Sicherer.

Aber nichts an ihrem Leben war sicher. Fühlte sich so etwa Sicherheit an? Empfand ihre Mutter Sicherheit? Oder irgendeiner der Sklaven auf der Plantage, wie gehorsam er auch immer war, wie hart er auch arbeitete, wie gewissenhaft er die Regeln befolgte? Angelina bezweifelte es.

»Und überhaupt«, fuhr ihre Mutter fort, »können Flüche nur wirken, wenn die Seele dafür brennt. Sie wirken nicht, bloß weil du dir das wünschst.«

»Aber meine Seele brennt dafür«, insistierte Angelina. Sie wünschte Delphia Chamberlain einen tausendfältigen, elenden Tod. Denn genau das verdiente sie.

»Und für jede Unze Hass, die einen Fluch antreibt, brauchst du die gleiche Menge Liebe.«

Angelina sah ihre Mutter an und fühlte sich unendlich müde. All das hörte sich nur verwirrend und kompliziert an und würde deshalb ohne Wirkung sein.

Vielleicht hasste sie Delphia Chamberlain ebenso sehr, wie sie John liebte, obwohl sie keine Ahnung hatte, wie sie diese Liebe bemessen sollte. Aber es konnte doch nicht allein um Liebe und Hass gehen. Bei einer Verwünschung waren doch sicherlich auch Worte vonnöten. Ab und zu, wenn Angelina am Fenster der Hütte vorbeiging, hatte sie gehört, wie die Mutter murmelte. Und dazu waren feine Dämpfe irgendeiner Substanz, die sie verbrannte, über das Fensterbrett nach draußen gequollen.

Aber Mama Loreaux hatte ihre Tochter nie in die geheime Kunst eingeweiht, und Angelina bezweifelte stark, dass sie sie jetzt überreden konnte, mit der Unterweisung zu beginnen. Außerdem war sie sich nicht einmal sicher, ob sie an diesen alten Zauber glaubte.

Wenn ihre Mutter sich so gut mit Verwünschungen auskannte, warum hatte sie dann nicht ihren Vater verflucht, bevor er sie auf einem schmutzigen Kellerboden mit einem Baby schwängerte, das sie nicht haben wollte? Warum hatte sie nicht den Mann verflucht, der ihrer Mutter Fußschellen angelegt und sie in den übel riechenden Laderaum eines Sklavenschiffes gepfercht hatte? Warum hatte sie nicht die Weißen verflucht, die Elijah aufknüpften und seine Leiche zum Verwesen in der Sonne hängen ließen?

Für jede Unze Hass, die einen Fluch antreibt, brauchst du die gleiche Menge Liebe.

Was auch immer das bedeutete.

Angelina ließ sich schwer auf das Bett fallen.

»Es war dieser Mann, der damit angefangen hat«, bemerkte ihre Mutter mit hartem Gesicht, die Augen voller Sorge auf ihre verzweifelte Tochter gerichtet. »Wenn er dich wirklich lieben würde, hätte er nicht dein Leben in Gefahr gebracht.«

Aber wie konnte John sie lieben, ohne ihr Leben zu gefährden? Ob dieser Krieg wirklich die Befreiung der Sklaven mit sich bringen würde? Es schien Angelina undenkbar. Absurd. *Konnte die Welt sich jemals derart verändern?*

Der Zweifel brannte ihr auf der Haut. Sie wollte ja so gern daran glauben, dass John sie wirklich liebte, dass seine Versprechen wahr und echt waren. Doch sie erinnerte sich gleichzeitig auch daran, wie er den Blick abgewandt hatte, als er sagte, er werde für die Seite kämpfen, die Angelina niemals die Freiheit gewähren würde. Irgendetwas hatte er zurückgehalten, und dieses Etwas nährte auf der anderen Seite ihre Zweifel, dass ihrer Liebe am Ende kein Sieg beschieden sein würde.

»Ja«, murmelte Mama Loreaux. In ihren Augen stand ein erbitterter Ausdruck. »Er bedeutet nichts als Gefahr. Nichts als Gefahr.«

26. KAPITEL

Clara zog ihre leichte Jacke enger um sich. In tiefen Zügen atmete sie die frische, reine Abendluft ein, die der Regentag gebracht hatte.

Mit der leichten Brise schwebte die vertraute Stimme Mrs Guillots heran. Clara lächelte froh, als die schönen Töne an ihr Ohr drangen.

Lang meine Seele gefangen lag
Gebunden in Sünde und tiefer Nacht
Da goss dein Aug' ein blendend' Licht –
Und hell erstrahlte der Kerker um mich.

Clara öffnete das Gartentor und ging an der getigerten Katze vorbei, die auf dem Plattenweg saß und sich putzte.

Mrs Guillots Gesang verstummte. Ein Lächeln breitete sich auf ihrem Gesicht aus. »Clara, Liebes, wie geht's dir? Hab dich schon so lang nicht mehr gesehen.«

»Mir geht's gut. Ich hab nach Ihnen Ausschau gehalten, als ich neulich an Ihrem Haus vorbeikam, aber da waren Sie nicht auf Ihrer Veranda. Wie geht's Ihnen?«

»Wunderbar. Ich habe in letzter Zeit viel Besuch von Harry gehabt«, erwiderte Mrs Guillot, und Clara hätte schwören können, dass sie ein klein wenig rot wurde. »Und jetzt natürlich, wo's ein bisschen kühler ist, bin ich abends lieber drinnen.«

»Ja«, stimmte Clara zu. »Es ist so angenehm, dass es kühler geworden ist.«

»Nicht wahr? Ich wollt mir gerade einen Kaffee machen.

Möchtest du auch einen? Ich hab diese tollen Kaffee Creamer besorgt, die es immer im Herbst gibt, Kürbis mit Gewürzen und Minze und, warte mal« – sie legte den Finger ans Kinn, während sie sich vom Stuhl erhob – »ach ja! Crème brûlée.«

Clara lächelte. »Woher wussten Sie, dass ich eine Schwäche dafür habe?«

Mrs Guillot lachte, während sie das Haus betraten. »Wer hat die nicht, Liebes?«

»Jedenfalls niemand, den ich gerne kennen würde.«

Mrs Guillot lachte erneut, während Clara die Haustür hinter sich schloss und in das gemütliche Wohnzimmer eintrat. Die Einrichtung war alt, aber gepflegt: Wärmende Häkeldecken waren über Stuhllehnen gebreitet und plüschige Dekokissen lagen an den Enden zweier sich gegenüberstehender Sofas. In der Zimmerecke lief der Fernseher. Der Ton war so leise gestellt, dass er kaum zu hören war.

»Du nimm Platz, und ich setz den Kaffee auf. Wie ich sehe, bist du bei Mr Baptiste gewesen?«

Clara nickte und legte die Tüte mit Zucchini und gelbem Kürbis auf Mrs Guillots Couchtisch. »Ja. In ein paar Wochen ist Saisonende. Ich habe so oft wie möglich bei ihm eingekauft. Er ist nett. Ich werde ihn vermissen, wenn er nicht mehr an der Ecke steht.«

»Das ist er. Ich werd ihn auch vermissen. Mach's dir bequem, bin in ein paar Minuten wieder bei dir. Welcher Weißer darf's denn sein?«

»Kürbis und Gewürze, bitte«, sagte Clara, während sie sich auf das Sofa setzte und die Ziergegenstände betrachtete, die Mrs Guillot im Zimmer verteilt hatte. Sie warf auch einen Blick auf die vielen Fotos auf den Beistelltischen und der Konsole, auf der das Fernsehgerät stand. Es waren all die Menschen, die Mrs Guillot geliebt und verloren hatte.

Sie hörte sie jetzt die Melodie summen, die sie vorhin gesungen hatte. »Das ist ein wunderschönes Lied, Mrs Guillot«, rief sie in die Küche.

»Ja, das stimmt, Liebes«, antwortete Mrs Guillot. »Es heißt *And Can It Be.* Meine Mama, Gott hab sie selig, konnte nicht mal lesen, aber oh, sie konnte singen! Wie ein Engel. Sie hat mir alle Lieder beigebracht, die sie kannte.«

»Sie singen sehr schön.«

»Dank dir, Liebes. Oh, ich hab noch gar nicht erwähnt, dass ich eine Karte für deine Premiere ergattert habe. Ich hab danach Ausschau gehalten, und als sie im Vorverkauf waren, hab ich mir ganz schnell eine besorgt.«

»Das haben Sie gemacht?«, sagte Clara freudig überrascht.

Mrs Guillot war ja so nett! Claras Vater konnte natürlich nicht zur Premiere kommen – die erste, die er verpassen würde –, aber mit Mrs Guillot würde Clara zumindest einen Menschen im Publikum haben, der nur ihretwegen gekommen war. »Vielen, vielen Dank, Mrs Guillot. Das bedeutet mir so viel.«

»Ich kann's gar nicht erwarten.«

Die Kaffeemühle surrte. Clara ließ sich auf das Sofa sinken, während Mrs Guillot wieder zu summen begann. Gleichgültig starrte Clara auf den Bildschirm, wo gerade die Nachrichten gesendet wurden.

Eine Minute später setzte sie sich aufrecht hin und starrte ungläubig auf den Apparat. Sie griff nach der Fernbedienung, die auf dem Couchtisch lag, und stellte den Ton lauter, um die Kommentare zu hören.

»Ich liebe diese Story, Genevieve«, sagte der Nachrichtensprecher gerade zu der Nachrichtensprecherin. »Wie es aussieht, läuft dieser Maskierte durch die ganze Stadt und hilft Menschen in Not. Ein paar Leute haben erzählt, er sei Mitglied bei den Brass Angels, die sich, wie wir wissen, nach dem

Hurrikan Katrina als Gruppe freiwilliger Verbrechensbekämpfer gegründet hat.«

»Ein Maskierter?«, flüsterte Clara erschrocken. In dem einleitenden Clip zu dem Bericht glaubte sie einen maskierten Mann gesehen zu haben. Die Maske glich auf gespenstische Weise jener oder war sogar exakt die, welche Jonah bei ihren beiden Begegnungen getragen hatte. Ihr Herz begann schneller zu schlagen.

»Ja, Brennan«, erwiderte seine Kollegin Genevieve. »Es ist unglaublich interessant. Aber das Faszinierendste ist, dass er Menschen nicht nur als Mitglied der Brass Angels hilft, sondern in manchen Fällen sogar Geld verschenkt hat. Und zwar viel Geld.«

Im Bild war nun eine junge Frau zu sehen, die neben einem kleinen Jungen an einem Krankenhausbett saß. Die Frau erzählte mit belegter Stimme von einem Mann, der im Hof des Hospitals auf sie zugekommen war. Irgendwie hatte er Kenntnis von der Behandlung gehabt, die ihr Sohn benötigte, und ihr einen Bankscheck über fünfzigtausend Dollar gegeben. Auf dem Scheck war nichts über den Aussteller vermerkt, sondern nur die Adresse der Bank.

»Ich will ihm einfach nur danken«, sagte die junge Frau, während eine Träne über ihre Wange rann. »Die Operation meines Sohns ist für morgen angesetzt. Sie wird ihm hoffentlich das Leben retten und« – sie schniefte, griff nach der Hand ihres Jungen und drückte sie, während der Kleine sie voller Liebe und mit einem scheuen Lächeln ansah –, »und ich möchte einfach nur dem Mann danken, der das möglich gemacht hat.«

»Kanal Acht hat Bildmaterial von der Überwachungskamera in der Parkgarage des Krankenhauses erhalten, und wenn Sie genau hinschauen, können Sie den Maskierten erkennen, wie er gerade um eine Ecke biegt. Leider war die Kamera auf der anderen Seite zu diesem Zeitpunkt außer Betrieb, aber wir haben das Phasenbild eingefroren, auf dem der geheimnisvolle Mann in Richtung Bildschirm schaut. Wenn Sie ihn erkennen, geben Sie uns doch bitte Bescheid, damit diese dankbare Mutter und eine ganze Reihe anderer Leute sich bei ihm für seine Freundlichkeit und Großzügigkeit bedanken können.«

Auf dem Bildschirm erschien die körnige Aufnahme eines Mannes, der in die Kamera über ihm schaute. Sein Kopf war leicht zur Seite geneigt, als sähe er nur mit einem Auge gut.

Claras Herz tat einen Satz. Sie schlug die Hand vor den Mund.

»Ein Maskierter, der Menschen ohne Hoffnung hilft«, sagte Mrs Guillot hinter ihr und stellte zwei Kaffeetassen auf den Couchtisch. Der köstliche Duft von Kaffee und Kürbis mit Gewürzen stieg Clara in die Nase und löste sie aus ihrer Erstarrung. »Na das ist ja wirklich … Bin ich die Einzige in diesem Zimmer, die das … sexy findet?«

Clara konnte ein erschrockenes Auflachen nicht unterdrücken, als sie sich zu Mrs Guillot umwandte. *Sexy.* Oh nein, da war Mrs Guillot bestimmt nicht die Einzige. »Mrs Guillot, ich … kenne diesen Mann.«

Diese legte den Kopf schief. Erstaunen stand in ihren Augen. »Du kennst ihn? Wer ist er denn?«

Clara schüttelte den Kopf. »Das darf ich nicht sagen. Ich meine, ich habe es ja gar nicht gewusst, bis jetzt. Er will seine Identität offenbar geheim halten.«

Mrs Guillot legte ihre Hand auf Claras. »Ist er vielleicht zufällig der Mann, von dem du nicht wusstest, ob du ihm Vergebung von Nahem oder von Weitem anbieten sollst?«

»Ja.«

Mrs Guillot nickte langsam. »Und wofür hast du dich entschieden, Liebes?«

»Für Nähe. Für ganz nah.«

Mrs Guillots Mundwinkel hoben sich. Sie warf Clara einen verständnisvollen Blick zu. »Ich verstehe.« Im Fernsehen lief inzwischen der nächste Bericht. »Wie es scheint, war das eine gute Entscheidung. Jedem Menschen, der so handelt wie dieser Mann, ist es mit Wiedergutmachung sehr, sehr ernst.«

Wieder tätschelte sie Claras Hand. »Und jetzt trink deinen Kaffee. Dann gehst du zu deinem jungen Mann und gewährst ihm deine Vergebung. Und denk dran, ihm noch viel, viel näher zu rücken.«

Clara riss ungläubig die Augen auf. Dann lachte sie, schlang ihre Arme um Mrs Guillot und drückte sie mit aller Kraft.

27. KAPITEL

»Hallo? Jonah, bist du da?«

Als er ihre Stimme hörte, erstarrte er. Clara hämmerte an das Tor des Seiteneingangs, erschütterte die Stille von Windisle. Sein Herz tat einen Satz, doch in seine Aufregung mischte sich auch ein Anflug von Panik.

Was machst du hier? Jonah zwang sich zur Ruhe, atmete tief durch. Sollte er es wagen, sie einzulassen? Myrtle und Cecil waren zum Dinner ins French Quarter gefahren, danach wollten sie sich eine Show ansehen. Er war also allein.

Jonah berührte sein Gesicht, fuhr mit den Fingern über seine Narben. Seine Angst nahm zu. Nein … *nein.* Dazu war er nicht bereit. Noch nicht.

Das Beste war, er ließ sie erst gar nicht herein. Doch die Vorstellung, dass Clara wieder ging, war schlimmer, als wenn sie blieb. Sein Magen rebellierte.

Wieder rief sie seinen Namen. Ihre Stimme hallte über das Grundstück, durchfuhr ihn bis ins Mark. Und wenn etwas mit ihr nicht in Ordnung war? Wenn sie ihn brauchte?

Jonah stöhnte verzweifelt, löschte die wenigen Lampen im Haus, dann ging er nach unten und schaltete die Laterne über der Hintertür aus. Schwärze senkte sich über ihn, hüllte ihn in Sicherheit, dämpfte seinen Herzschlag. Das Hämmern hörte auf. Clara hatte offenbar gesehen, dass die Lichter gelöscht wurden, und wartete nun darauf, dass er zu ihr kam.

»Er kommt in der Dunkelheit«, flüsterte sie, als Jonah das

Tor öffnete, ihre Hand ergriff und sie hastig hereinzog, mit dem Fuß das Tor zukickte.

Die Seitentür führte in einen kurzen Korridor, von dem man in die Küche gelangte. Jonah schloss die Tür, dann drückte er Clara gegen die Wand.

»Warum bist du gekommen?«

Sie holte tief Luft. Er hatte den Eindruck, dass sie seinen Geruch einsog. Sofort war er erregt. »Deinetwegen«, erwiderte Clara.

»Ja, klar meinetwegen. Wer sonst sollte hier sein?«

»Nein, ich meine: Du warst in den Nachrichten.«

Seine Haut kribbelte vor Unbehagen. »In den Nachrichten?« Allein das Wort war mit Angst besetzt. Nachrichten bedeuteten nur Negatives. Einst hatten die Nachrichten Jonah bei lebendigem Leib gehäutet. »Ich war nicht in den Nachrichten.«

»Aber ja doch«, widersprach Clara. In ihrer Stimme lag so etwas wie ... Staunen? »Du gehst in der Stadt umher und hilfst allen möglichen Menschen.« Sie klang gleichzeitig ungläubig und erstaunt.

»Nein.« Jonah trat einen Schritt zurück und drehte sein Gesicht von ihr fort. Allerdings schien der Mond durch das Küchenfenster. Da er Clara nur als Silhouette sah, hoffte er, dass auch sie ihn nur in Umrissen wahrnahm.

»Nein«, wiederholte er, hörte jedoch selbst, dass es eher wie eine Frage klang. »Und wie waren die Kommentare dazu?«

»Die Art und Weise, wie du gerade dein Gesicht weggedreht hast«, murmelte sie. »Daran habe ich dich in dem Video erkannt.«

»Clara, wovon zum Teufel redest du?« Seine Unruhe wuchs.

»Sorry.« Er meinte ein schwaches Kopfschütteln zu erkennen. Von Begierde erfüllt, trat er näher. *Ich kann mich einfach nicht von dieser Frau fernhalten.*

»Sie haben einen Bericht gesendet über diesen maskierten Mann, der Menschen in New Orleans hilft. Sie haben eine Frau mit einem kranken Jungen gezeigt, der in eine ärztliche Studie aufgenommen wurde. Morgen wird er operiert.«

Jonah ließ dieses Stückchen Information an seinem Unbehagen vorbeifließen. Kurz war sein Herz von Freude darüber erfüllt, dass Matthew nun die Chance bekam, die er verdiente.

»Sie hat gesagt, dass dieser Mann ihr die Operation bezahlt hat, dass er am helllichten Tag auf sie zukam, einen Gesichtsverband trug und ihr einen Scheck gegeben hat«, berichtete Clara atemlos. »Und dann haben andere Leute berichtet, dass er mit diesen Freiwilligen auf Patrouille geht, mit diesen … Silver Angels, von denen du mir letztens erzählt hast. Diesen Typen, von denen ich glaubte, sie verfolgten mich.«

»Die Brass Angels«, murmelte Jonah. *Jesus.* Wie zur Hölle waren die Reporter bloß an diese Informationen gekommen? Und er war jetzt also eine Person von öffentlichem Interesse. Na vielen Dank. Das hatte er nie beabsichtigt. Er hörte es höchst ungern.

»Dieser Mann bist du«, betonte Clara. »Du bist der Mann in den Aufzeichnungen der Überwachungskamera in der Krankenhausgarage. Ich habe deine Maske erkannt und dann … dann hast du den Kopf auf diese typische Art zur Seite geneigt.« Sie streckte ihre Hand aus und tastete blind nach ihm, strich mit dem Finger an seinem Kiefer entlang. »Und da wusste ich es. Ich wusste, dass du es bist.«

»Clara …«

»Lüg mich nicht an, Jonah. Sag mir die Wahrheit.«

Er seufzte. Was spielte es schon für eine Rolle? Er vertraute Clara. Sie würde ihn niemals bloßstellen. Was also schadete es, wenn sie die Wahrheit kannte? Die Patrouillen, seine kurze, aber glorreiche Zeit mit den Brass Angels war nun natürlich vorbei, seine Anonymität nicht mehr gewährleistet. »Ja. Ja, das war ich.«

Clara schwieg einen Herzschlag lang. Ob sie ihn gar mit offenem Mund anstaunte? Jonah wechselte unbehaglich das Standbein. »Warum?«, hauchte sie, und wieder lag höchste Verwunderung in ihrer Stimme. »Warum tust du das?«

»Warum?«

»Ja. Ich meine, es ist toll, aber … Warum hast du dich dazu entschlossen, Menschen zu helfen? Um ein Held zu sein?«

»Oh Gott, Clara.« Jonah lachte kurz auf. »Du versuchst andauernd, aus mir einen Helden zu machen, aber ich bin keiner.«

»Für mich schon. Dagegen kannst du nichts machen, Jonah Chamberlain. Du kannst es nicht ändern, selbst wenn du willst. Für mich bist du ein Held, Punkt.«

Punkt? Jonah seufzte in gespielter Verzweiflung. In Wahrheit jedoch durchfuhr ihn jähe Freude. Er fühlte sich so lebendig. Nicht, weil er sich als Held sah – der er für niemanden war –, sondern weil er für Clara ein Held sein wollte. Oh ja, das wollte er wirklich. Und die Bestätigung dafür entnahm er nicht nur ihren Worten, sondern sie war Ausdruck ihres ganzen Wesens. Er spürte ohne jeden Zweifel, dass er es in Claras Augen gut gemacht hatte, dass sie stolz auf ihn war, wie eine Frau eben stolz auf den Mann ist, den sie erwählt hat. Diese Gewissheit erleuchtete seine Seele. Er, Jonah, mochte in der Dunkelheit leben, aber sie, Clara, war sein Licht.

Er flüsterte ihren Namen. Clara hob ihr Gesicht, fand im Dunkeln seinen Mund. »Hi«, flüsterte sie, zögerte einen winzigen Moment, bevor sie ihre Lippen auf seine legte.

Jonah lächelte, dann ergriff er die Initiative. Claras leises Stöhnen war wie ein Stromstoß in seine Lenden. Er verlor sich in ihrem Kuss, im warmen Rausch seines Blutes, der Erregung in jeder Zelle seines Körpers. »Ich habe deinen Mund so vermisst«, murmelte er.

Sie lächelte an seinen Lippen. »Das, was er sagt, oder das, was er tut?«

»Beides.«

Jonah trank ihr leises Lachen, küsste sie wieder, konnte nicht genug von ihr bekommen. Seine Hand glitt unter ihren Jackenkragen, entlang der Senke zwischen Hals und Schulter, dann hakte er die Finger unter die Träger des Trikots, das sie darunter trug.

»Du bist direkt von der Probe hergekommen«, stellte er fest. Sein Mund glitt an ihrer Kehle entlang. Clara legte den Kopf in den Nacken, damit er sie besser küssen konnte.

»Ja. Ich war gerade auf dem Heimweg und schaute kurz bei meiner Nachbarin vorbei. Und da habe ich dich in den Nachrichten gesehen.«

»Hmmm«, machte er und spürte, wie sie erbebte. Sein Inneres zog sich vor Begierde zusammen. Er mochte es, wie Clara auf seine Berührung reagierte. Mochte überhaupt alles an ihr. Mochte sie. »Und bist geradewegs hergekommen.«

»Natürlich.«

»Natürlich.« Jonah grinste in sich hinein. Natürlich hatte sie das getan. Clara war ein umsichtiger Mensch. Sie dachte gründlich nach, wenn sie sich unsicher war, aber sobald sie einen Entschluss gefasst hatte, handelte sie ohne Zögern.

»Mir hat die Spieldose übrigens sehr gut gefallen«, bemerkte er zwischen zwei Küssen.

»War das egoistisch von mir? Dass ich dir etwas schenke, das dich tagtäglich an mich erinnert?«

Er lachte leise und spürte wieder, wie sie erbebte. »Nein. Aber das wäre gar nicht nötig gewesen. Ich denke ohnehin jeden Tag an dich, Clara. Jeden Morgen. Jeden Abend. Jeden Moment.«

»Jonah«, flüsterte sie, schlang ihre Arme um seinen Nacken und zog seinen Kopf zu sich herab. »Tanze noch einmal mit mir wie an dem Abend des Maskenballs.«

»Das? Das kann man doch kaum Tanzen nennen. Du tanzt. Unser Tanz war bloß ein Hin- und Herwiegen«, neckte er sie.

»Ich soll dir also ein paar Ballettschritte beibringen, damit du ein richtiger Tänzer wirst?«

Jonah lachte entsetzt auf. »Um Gottes willen, nein. Ich würde dabei eine komische Figur abgeben. Du kannst das nicht wissen, aber früher war ich schon ein ziemlich guter Tänzer. Was meinst du wohl, auf wie vielen Wohltätigkeitsbällen und tollen Partys ich als angesehener Anwalt gewesen bin? Ich war der Stolz der Stadt.«

Clara lachte atemlos und küsste das Grübchen unter seiner Kehle, was Jonah ein Stöhnen entlockte. »Dann zeig's mir.«

Er verkrampfte sich. Sie schüttelte den Kopf und rieb ihre Nase an seinem Kehlkopf. »Mit deinem Körper. Lass es mich spüren«, beharrte sie.

Jonah ließ die Schultern sinken und lachte erneut. Dann nahm er Clara bei der Hand und führte sie durch die Küche in einen dunklen Korridor.

»Bleib hier«, flüsterte er, im Fortgehen ihre Fingerspitzen streifend. Er ging in die Bibliothek, wo der alte Plattenspieler stand. Im Dunkeln tastete er nach dem Tonarm und setzte die Nadel auf die LP, die bereits auf dem Plattenteller lag. Nachdem er Claras Geschenk erhalten hatte, hatte er nicht nur der Melodie, sondern auch den Worten des Songs lauschen wollen.

Die Töne von *Mehr will ich nicht von dir* schwebten durch den Raum. Jonah drehte auf maximale Lautstärke und ging zu Clara zurück, die im dunklen Korridor auf ihn wartete.

Sie keuchte leise, als er sie unvermittelt in seine Arme zog; sie hatte seine Schritte nicht gehört.

»Du kanntest das Lied also schon«, sagte sie mit einem Lächeln in der Stimme. Jonah schwenkte sie herum, und ihr Lächeln wurde zu einem Lachen, das süß von ihren Lippen perlte.

»Hast du es absichtlich ausgesucht?« Er zog sie eng an sich, tanzte mit ihr durch den Korridor und hob sie über die Stufe, die zur Halle führte. Sanft schien der Mond durch die hoch oben liegenden Fenster. Clara lehnte ihren Kopf an seine Schulter. »Ja«, gestand sie mit traumverlorener Stimme.

Jonah wirbelte sie herum, einmal, zweimal. Wieder lachte Clara. Die Schritte, die er einst so gut beherrscht hatte, standen ihm zu Gebot, als wären nicht Jahre vergangen, seit er zum letzten Mal mit einer Frau getanzt hatte.

Und Clara war nicht irgendeine Frau, irgendeine Partnerin, mit der er einmal tanzte, um sie danach sofort wieder zu vergessen. Niemals mehr wollte er mit einer anderen tanzen. Nur noch mit ihr.

Sie wirbelten durch das Herrenhaus. Jonah hob Clara hoch, wann immer sie eine Stufe passierten, in den Zimmern, die er wie seine Westentasche kannte, weil er jede Nacht in ihnen umhergewandert war.

Er führte, und sie ließ sich führen. In dieser Dunkelheit, Clara eng an ihn gepresst, voller Vertrauen, dass er sie nicht fallen lassen würde, konnte Jonah beinahe glauben, dass die Zeit zurückgedreht war … er einfach nur er selbst war, Jonah, ein Mann ohne Narben und dafür mit Freiheiten, wie er sie einst für selbstverständlich gehalten hatte.

Aber nein, das galt schon längst nicht mehr. Er hatte seine Narben – er war beschädigt – und vorzugeben, es wäre nicht wahr, tat bloß weh. Dies hier war seine neue Welt, er musste sie akzeptieren. Das eigentliche Wunder war, dass Clara in seine Welt eingetreten war, aus freien Stücken, und dass sie ihn ebenso festhielt wie er sie.

Jonah wirbelte sie an Fenstern vorbei, die schwache Mondstrahlen hereinließen, ein sanftes, perlmuttartiges Licht, das trotz der schweren Vorhänge Einlass gefunden hatte. Clara lachte und zog ihn näher an sich. »Du tanzt zwischen Mondstrahlen, nicht wahr, Jonah Chamberlain?« Ihre Stimme war ein wenig heiser geworden. Die Worte klangen in seinen Ohren vertraut, als habe er sie schon einmal irgendwo gehört oder gedacht, aber er konnte sich nicht erinnern.

»Wir tanzen zwischen Mondstrahlen«, betonte er und wirbelte sie wieder herum.

»Wir«, wiederholte Clara. »Ja.«

Die Musik wurde leiser und verstummte schließlich ganz, man hörte nur noch das Rauschen des Tonabnehmers. Jonah hörte auf, Clara herumzuwirbeln, beide atmeten heftig in den Armen des anderen. Er spürte ihren gemeinsamen Herzschlag und auch die Schwere, die plötzlich in der Luft lag.

»Küss mich, Jonah«, bat sie. »Nur hör diesmal nicht damit auf.«

Sein Herz setzte einen Schlag aus, dann begann es heftig zu pochen. »Was?«

Sie packte sein Shirt und zog ihn an sich. »Küss mich. Bring mich in dein Schlafzimmer.«

»Mein Schlafzimmer?« Jede ihrer weichen Kurven war an seinen Körper gepresst, und sein Herz schlug so stark, dass er nicht klar denken konnte.

»Der Ort, wo du schläfst?«, fragte Clara mit einem Lächeln in der Stimme. Sie lockerte ihren Griff an seinem Hemd und legte ihre Hand auf sein pochendes Herz. »Der Ort, wo ich schlafen werde.« Jonah hörte, dass sie sich über die Lippen fuhr. Ein Stromstoß explodierte zwischen seinen Schenkeln. »Unter dir. Und auf dir und …«

Sie schrie überrascht auf, als er sie auf seine Arme hob und den Weg zu seinem Schlafzimmer einschlug. In der Bibliothek blieb er kurz stehen und stellte den Plattenspieler aus, der jetzt ein Stück aus dem *Phantom der Oper* spielte, das Jonah nicht kannte. In der darauffolgenden Stille begab er sich zu seinem Zimmer, trat ein, kickte mit dem Fuß die Tür zu und ließ Clara sacht auf den Boden hinunter.

Als er sie küsste, packte sie wieder sein Shirt und drängte ihn gegen die Tür. Jonah wollte sich im seligen Nirwana der Lust verlieren, doch zuvor musste er sichergehen, dass Clara es nicht bereuen würde. »Willst du das wirklich? Du hast mich noch nie richtig gesehen. Ich …«

»Ist mir gleich«, hauchte sie zwischen zwei Küssen. »Weißt du das immer noch nicht?«

Jonah stöhnte. Er war so hart, dass es schmerzte, und Claras Hände waren überall, sie strichen über seine harte Brust, zeichneten sein Sixpack unter dem Stoff des Hemdes nach. *Langsam. Langsamer. Schneller. Hör nicht auf. Mehr.* Oh Gott, er wollte alles, und das sofort.

Diesen Jonah kannte er nicht, der so rasend vor Begierde war, dass er sich kaum zu halten wusste. Immer war er derjenige gewesen, der die Kontrolle behalten hatte, der das Tempo bestimmte, die Bedingungen des körperlichen Kontaktes festlegte.

Aber Clara … oh Gott, Clara … Sie gab kurze, atemlose Laute von sich, sie machte ihn wahnsinnig, jeder winzige Laut rief bei ihm eine Reaktion hervor. *Jesus.* Noch einen kurzen Moment, und er würde explodieren. So lange hatte er nicht mehr … Das würde nicht gut gehen. Wenn sie noch einmal ihre Hüften an seine drückte, würde er in seiner verdammten Hose kommen.

»Clara …« Verzweifelt versuchte er, die Situation spielerischer zu nehmen, was natürlich nicht gelingen konnte. Irgendwann einmal würden sie vielleicht darüber lachen können. *Keine große Sache. Einmal hast du mich angefasst, und schon ist es passiert.*

»Ich kann nicht mehr lange …« Seine Worte endeten in einem Stöhnen, als sie den obersten Knopf seiner Jeans öffnete. Im Nebel seiner Begierde hörte er kaum, wie sie den Reißverschluss herunterzog. »W-was machst du?«

»Ich helfe dir.« Ihre Hand schloss sich um sein hartes Fleisch. Jonah stöhnte wieder, den Rücken hart an die Tür gepresst.

»Oh Gott!«, japste er, als ihre Hand fester zupackte, langsam auf- und abfuhr. *Jesus. Jesus.* Es fühlte sich so gut an. Er sollte sie aufhalten … vielleicht. Aber ihm wollte kein Grund einfallen.

Clara beugte sich vor und küsste ihn auf den Hals, biss leicht zu, während ihre Hand weiterhin Zauber wirkte. Jonah wurde härter, sein Inneres zog sich verzückt zusammen. Dann kam er und keuchte ihren Namen, während sein Kopf nach hinten an die Tür schlug.

»Besser?«, flüsterte sie und ließ ihn los, während Jonah sich mühte, wieder zu Atem zu kommen.

»Gott, ja.« Nun war er doch ein wenig verlegen, aber stärker war die Seligkeit, die ihn immer noch ganz erfüllte. Schämen konnte er sich später. Oder auch nicht. Dazu war das Glück des Augenblicks viel zu groß.

»Gut«, sagte Clara und küsste ihn wieder. »Ich müsste mal duschen. Ist das in Ordnung? Ich bin direkt von der Probe hergekommen und …«

»Lass mich«, murmelte Jonah, nahm ihren Arm und führte sie ins Bad, bevor sie protestieren konnte. Er drehte den Wasserhahn auf. Langsam füllte sich die Wanne. Feuchter Dampf stieg auf, unsichtbar in der Dunkelheit. Als Jonah die Temperatur prüfte, hörte er, wie Clara sich auszog, hörte das leise Rascheln ihrer Kleider, die auf den Boden fielen. Das entzündete sein Verlangen aufs Neue.

Er half ihr beim Einsteigen. Clara stöhnte zufrieden, als sie in das heiße Wasser eintauchte. Sie lehnte ihren Kopf an den Rand der Porzellanwanne.

Jonah setzte sich auf einen Schemel dahinter, nahm ihre Haare zusammen und fuhr mit den Fingern durch die seidigen Strähnen.

»Das ist himmlisch«, seufzte sie wohlig.

Sie hatte keine Ahnung, was himmlisch bedeutete. Aber woher auch? Sie war ja nicht durch die Hölle gegangen wie er.

Jonah wusch Claras Haar, während das Wasser weiter anstieg. Der Duft des Shampoos breitete sich im Bad aus und vermischte sich mit dem Dampf.

»Tut mir leid, dass ich nichts … Blumigeres habe«, bemerkte er mit einem Lächeln in der Stimme, während seine Hände ihre Kopfhaut massierten. »Ich war nicht auf Damenbesuch eingestellt.«

Clara lachte. Es klang, als wäre sie leicht betrunken, so entspannt war sie. »Aber der Duft gefällt mir. Es ist, als wärst du rings um mich. Hinter mir. In der Luft. In mir.«

Mehr brauchte es nicht. Schon wieder war er erregt, hart, bereit. Jonah zitterte, während er mit der hohlen Hand Wasser auf ihr Haar schöpfte und das Shampoo ausspülte.

»Irgendwann«, sagte Clara leise und ein wenig verzagt, »möchte ich das bei Kerzenschein tun.«

Jonah hielt inne, wartete auf die vertraute Angst. Doch sie kam nicht. Er stellte sich das dunstige Bad vor, von Kerzen erhellt, stellte sich vor, wie Clara ihren Kopf drehte, wie ihr Blick über sein entstelltes Gesicht glitt. Und statt Furcht blühte Hoffnung in ihm auf. Vielleicht, ja vielleicht konnte

Clara ihn ansehen, so wie er war, nicht mit Entsetzen, sondern voller … Liebe.

Darüber würde er später nachdenken, aber nicht jetzt. Er war so von ihr gefesselt, dass er kaum klar denken konnte. »Vielleicht irgendwann. Aber nicht heute Abend.«

»Okay«, flüsterte Clara, und sie klang nicht einmal enttäuscht, sondern erfreut. Jonah begriff, dass er ihr zum ersten Mal ein Zugeständnis gemacht hatte: das Versprechen, sich ihr eines Tages ganz zu zeigen. Das hatte sogar ihn selbst überrascht.

Vielleicht.

Vielleicht.

So viel lag in diesem einzigen Wort.

Clara reichte ihm das Seifenstück, dass sie im Hängehalter am Wannenrand ertastet haben musste. Einen Augenblick lang hielt Jonah es einfach in der Hand, ohne zu wissen, was er damit anfangen sollte.

Sie schien auf etwas zu warten. Als ihm dämmerte, dass dies eine stumme Bitte war, auch ihren Körper zu waschen, jeden Zentimeter ihrer nassen, nackten Haut zu berühren, hätte er fast laut gestöhnt.

Wie war es dazu gekommen, dass sie hier gelandet waren? *War es überhaupt real?* Aber diese Momente im Himmel – ob Traum oder Wirklichkeit – würde er keinesfalls vergeuden, seien sie auch noch so kurz.

Er ließ die Seife über ihre Rundungen gleiten, erkundete sie in der warmen, feuchten Dunkelheit des Badezimmers, sah mit den Händen, was seine Augen nicht schauen konnten. Clara hatte gefragt, ob sie das eines Tages bei Kerzenlicht tun würden, und er hatte vage erwidert: irgendwann. Vielleicht. Doch auch Jonah sehnte sich danach. Es verlangte ihn danach, sie zu sehen und den Ausdruck auf ihrem Gesicht, wenn er sie berührte, alle Nuancen und Feinheiten ihres Körpers kennenzulernen.

Er schäumte die Seife zwischen seinen Händen auf, fuhr mit ihnen über ihre Schultern, vor und zurück, massierte sanft ihre Muskeln. Mit den Fingern wanderte er an Claras Schlüsselbeinen entlang und spürte, dass sie den Kopf nach hinten bog. Seine Hände strichen über ihren Brustkorb und dann nach oben, über die sanften Hügel ihrer Brüste. Er spürte, wie ihre Nippel sich aufrichteten. Ein leises Stöhnen entrang sich Claras Lippen, als seine Finger sich darumschlossen. Am liebsten hätte Jonah sich über sie gebeugt, sie mit dem Mund geschmeckt, doch er bezwang sich.

Wieder seifte er seine Hände ein und legte sie auf Claras Körper, verharrte kurz an ihrer Taille und glitt dann langsam nach unten, zu ihren festen, schlanken Hüften.

»Jonah«, hauchte sie und drückte ihren Rücken durch, brachte das Wasser in Bewegung. Sie nahm seine Hand und führte sie zu der Stelle zwischen ihren Beinen. Mit einem heftigen Ausatmen zwang er sich, nicht die Beherrschung zu verlieren.

Panik durchfuhr ihn, während seine Finger diesen geheimen, verletzlichen Ort erkundeten. Clara hatte ja keine Ahnung, wessen Hand sie in Wirklichkeit hielt. Wenn plötzlich das Licht anginge, würde sie dann mit entsetzten Augen auf das Ungeheuer schauen, dem sie solche Freiheiten mit ihrem begehrlichen Körper erlaubte?

Sie drückte sich gegen seine Hand, keuchte seinen Namen und lenkte ihn von seinen Gedanken ab, als spürte sie instinktiv, auf welche Abwege er geraten war. Und bevor Jonah wieder von Panik ergriffen werden konnte, stand Clara aus der Wanne auf und zog ihn mit sich hoch, ihren nassen Körper an sein Shirt pressend.

»Ich will dich«, sagte sie schlicht. »Dich.« Sie hatte seine Angst also gespürt. Clara hatte ihn so eindeutig durchschaut, als hätte er seine Zweifel, seine Angst in Worte gefasst. Jonah war gläsern für sie, selbst in völliger Dunkelheit. Das machte ihm Angst. *Das erregte ihn.*

Ihre Lippen fanden sich zu einem Kuss, als er Clara aus dem Wasser hob, nach einem Handtuch tastete und sie abtrocknete.

Sie hielt sich an seinen Schultern fest, während er auf das Bett zutaumelte. Jonahs Hände fuhren über ihren Po, kneteten das zarte Fleisch. Sie stöhnten einander in den Mund. Clara lachte, ein urtümlicher Laut, als ihre Beine an das Fußende seines Bettes stießen, dann fiel sie nach hinten und landete mit einem Plumps auf der Matratze. Jonah schleuderte seine Schuhe von sich, kaum merkte er, wie er sich seiner Kleider entledigte, so sehr verlangte es ihn nach der Wärme ihrer Umarmung.

Dann traf nacktes Fleisch auf nacktes Fleisch. Beide hielten einen Moment inne: Ein Strom ging zwischen ihnen hin und her. Jonah senkte seinen Mund auf ihre Brüste. Er hatte sie mit den Händen erforscht, nun wollte er es mit seinem Mund tun.

Er kostete und sog und biss sich an ihrem Körper entlang und entlockte ihrer Kehle weitere urtümliche Laute, die vielleicht Worte bedeuteten, eine Ermutigung darstellten. Doch ihr Sinn ging auf dem Weg zu ihrem Mund verloren.

Clara legte ihre Hände an seinen Kopf. Leicht streiften ihre Fingerspitzen über eine vernarbte Stelle unter seinem Haar. Jonah versteifte sich und drehte den Kopf weg. Sie begehrte nicht auf, sondern streichelte seinen Hinterkopf, drückte ihn leicht, damit er sich wieder ihrem Körper widmete.

Jonah erhob sich ein Stück von ihr, damit sein steifer, mit Blut gefüllter Körperteil Clara nicht berührte und ihn noch rasender machte. Er war verblüfft, dass es ihm gelang. Wie viele

Male würde er Clara besitzen müssen, damit diese überwältigende Begierde schwächer wurde? Früher hatte er stets die Kontrolle bewahren können. Oder lag es an ihr, weil er noch nie für eine Frau so viel empfunden hatte?

Er streichelte die seidige Haut an der Innenseite ihrer Schenkel, und Clara öffnete sich ihm. Als seine Zunge die empfindliche Stelle fand, drückte sie dagegen und schrie leise auf. Da leckte er sie, horchte auf ihre keuchenden Atemstöße, die ihm zeigten, wie sie es mochte. Sein Finger fand die Öffnung, und er ließ ihn hineingleiten. Gott, war sie nass! Sie war …

»Jonah!«

Verschwommen nahm er wahr, dass sie seinen Namen noch einmal laut rief. Jetzt zerrte sie an seinen Schultern: Er sollte einen Schritt weitergehen, sich beeilen.

Ein leises Lachen des Staunens löste sich aus seinem Mund. Dann glitt er an ihr hoch und küsste sie, während er in sie eindrang.

Oh Gott, oh heiliger Himmel, du fühlst dich so gut an.

»Ja. Oh«, seufzte Clara, löste sich aus dem Kuss und drückte ihren Kopf tiefer ins Kissen. »Ich will zum ersten Mal kommen, wenn du in mir bist«, flüsterte sie und schlang die Beine um seine Hüften.

Zum ersten Mal. Oh Gott. Er war gestorben und nun im Himmel angekommen.

Jonah stieß einmal zu, und ein fernes Feuerwerk erleuchtete die Düsternis seiner Seele. Nun drangen aus seiner Kehle nur noch rohe, abgerissene Laute. Clara grub ihre Fingernägel in seinen Rücken, stammelte immer wieder seinen Namen, während er sich in ihr bewegte, ihren Oberschenkel leicht anhob. So kam er tiefer hinein, besaß mehr von ihr, spürte jeden Teil dieser schönen Frau.

Ich liebe dich. Ich liebe dich. Ich liebe dich, sang es in ihm.

Clara wurde eng um ihn, ihre Beine pressten seine Hüften zusammen. Mit einem Mal bog sie den Rücken durch und schrie.

Jonah kam einen Augenblick später. Der Orgasmus traf ihn, als wäre eines der fernen Feuerwerke direkt unter ihm explodiert. Sein glitzerndes Licht schoss durch jede Zelle seines Körpers, und Claras Name war der letzte Funke, der von seinem inneren Himmel fiel.

»Na?«, seufzte sie. Es klang halb ehrfürchtig und halb neckend. Jonah lächelte, während seine Nase in ihrem Halsgrübchen vergraben war.

Einen Moment lang atmete er ihren Duft ein, dann gab er sie frei und rollte sich von ihr herunter. Clara folgte der Bewegung, schlang die Arme um seine Taille und legte ihren Kopf an seine vernarbte Schulter.

Sie küsste seine Brust und strich mit der Nase über seine Haut, bis er sie wieder an sich zog.

»Na?«, wiederholte sie und Jonah fühlte, dass sie dabei lächelte.

»Find ich auch«, sagte er, wickelte eine Strähne ihrer feuchten Haare um seinen Finger und hielt ihn an die Nase, roch ihren Duft, vermischt mit seinem Shampoo.

Einige Minuten lagen sie schweigend da. Die Seligkeit des Liebesspiels floss noch durch Jonahs Adern, die schweigende Dunkelheit gab ihm das Gefühl, sich in einem Kokon zu befinden. Mein Gott, wie hatte er sich danach gesehnt! Nach ihr. Für immer.

»Wie lange gehst du schon mit den Brass Angels auf Patrouille?«, fragte Clara dann. Ihr warmer Atem streifte seine Wange.

»Noch nicht so lange. Ein paar Tage nach deinem Sturz habe ich damit angefangen.« Claras Unfall war ein furchtbarer

Moment für Jonah gewesen. Die Zeit stand still, er wollte sich davon überzeugen, dass es ihr gut ging, musste aber erst herausfinden, ob Ruben und Augustus Feinde oder Freunde waren. Darauf zu warten, dass Clara die Augen wieder aufschlug, war die reinste Folter gewesen …

»Erzähl mir, was du da machst.«

Jonah berichtete von den Menschen, denen die Angels geholfen hatten, von den Wünschen, die er erfüllt hatte. Und dass er schließlich all seinen Mut zusammengenommen und Amanda Kershaws Mutter aufgesucht hatte.

Das Handy erwähnte er nicht, weil er keinen Grund dafür sah. Noch wusste er nicht, ob etwas Wichtiges darauf zu finden war, und deshalb erschien es ihm im Moment uninteressant. Bei eBay hatte er ein altes Ladekabel bestellt, doch die Lieferung würde ein paar Tage dauern. Dann würde er ja sehen, ob Amanda etwas Nützliches auf ihrem Handy abgespeichert hatte.

Im Moment gab es nichts außer Clara, nichts außer geflüsterten Worten und träge begonnenen Zärtlichkeiten, die rasch ihre Erfüllung fanden, als schließlich die Worte versiegt waren, Silben sich in Seufzer verwandelten.

Jonah hatte nicht erwartet, jemals wieder so viel Lust zu erfahren … sich so vollkommen gesättigt … und geliebt zu fühlen. Monster verdienten so etwas nicht.

Doch etwas in ihm veränderte sich allmählich.

»*Ich habe Sie nie dafür verantwortlich gemacht. Sie haben sie nicht getötet.*« Lucilles Worte.

»*Es ist, als wärst du rings um mich. Hinter mir. In der Luft. In mir.*« Claras Verlangen. Claras Liebkosungen. Ihre Berührungen. Ihre bereitwilligen Küsse. Und, wenn er sich nicht sehr irrte, ihr Herz, das sie ihm freudig schenkte.

Jonah erhob sich vor Sonnenaufgang, stahl sich aus der Wärme des Bettes und schlüpfte rasch in seine Kleider.

Sie murmelte etwas im Schlaf – seinen Namen, wie er glaubte. Es war ein Gefühl, als sei die Sonne in all ihrer leuchtenden Herrlichkeit aufgegangen.

Clara regte sich leicht. Jonah konnte in dem dunklen Zimmer nur ihre Silhouette erkennen. Er wollte nichts lieber, als wieder zu ihr unter die Decke zu kriechen. Sie beim Erwachen in seinen Armen halten.

Eine Stunde später würde das Zimmer vom milchigen Licht des frühen Morgens erhellt sein. Wenn Clara sich umdrehte, würde sie ihn sehen und …

Nein.

Er hatte zwar die Kontrolle über seinen Körper und über sein Herz verloren, aber so weit würde er nicht gehen.

Jonah ging zur Tür hinaus, blieb noch einen Augenblick im Korridor stehen. Die Erinnerung an die vergangene Nacht erfüllte ihn mit Freude und Hoffnung. Vielleicht würde er nicht immer aus Claras Armen flüchten, bevor die Sonne die Welt erleuchtete und sein zerstörtes Gesicht dem Licht preisgab. Vielleicht … *vielleicht*.

28. KAPITEL

Clara versenkte ihre Nase so tief in die duftende weiße Rose, dass die samtigen Blütenblätter sie kitzelten. Sie lächelte verträumt und fischte in der Tasche nach ihrem Handy, während sie die Blume in die Vase mit den elf weiteren Rosen und Eukalyptuszweigen zurückstellte.

Der Blumenstrauß war während der Probe geliefert worden. Die anderen Ballerinas hatten getuschelt und Clara anzügliche Blicke zugeworfen.

Clara: *Die Rosen sind wunderschön, danke. Hast du gewusst, dass weiße Rosen für Reinheit stehen? Hältst du mich nach letzter Nacht immer noch für rein? ;-)*
Jonah: *Die Verkäuferin im Blumengeschäft hat gesagt, weiße Rosen stehen für Verehrung und Respekt. Ja, ich halte dich immer noch für rein … so einigermaßen ;-)*

Clara lachte. Ihr Herz wurde weit vor Freude, weil Jonah sie verehrte. Gestern Nacht hatte sie es gespürt. Sie war sich kostbar vorgekommen.

Clara: *Dann mache ich es nächstes Mal besser.*
Jonah: *Besser als gestern Nacht geht nicht.*

Clara lächelte. Dabei sah sie ihr Bild im Spiegel des Umkleideraums und biss sich verlegen auf die Unterlippe: Ein total verknallter Teenager blickte ihr entgegen. Doch dann verzog sich ihr Gesicht zu einem breiten Grinsen. *Wen juckt's?* Ich bin ja wirklich total verknallt. Außerdem war niemand hier, der sich an ihrer albern-verklärten Miene stören konnte.

Allmählich musste sie sich aber auf den Weg machen. Das Gebäude war schon ziemlich leer. Clara war nach der Probe noch eine Weile geblieben, um einen bestimmten Pas zu üben, den sie noch nicht instinktiv beherrschte. Jedes Mal musste sie erst über die Ausführung nachdenken, und das hinderte sie daran, den Emotionen der Story nachzuspüren.

Clara: *Probe ist gerade zu Ende. Ich rufe an, wenn ich zu Hause bin.*
Jonah: *Dann unterhalten wir uns weiter.*

Clara schnürte einen Spitzenschuh auf, streifte ihn ab und massierte seufzend ihren schmerzenden Spann. Es tat immer so gut, die Dinger auszuziehen! Sie knetete die überstrapazierten Sehnen, und dabei kam ihr in den Sinn, wie Jonah vergangene Nacht ihren Körper gestreichelt hatte …

Clara stöhnte leise. Mit einiger Anstrengung drängte sie die Erinnerung beiseite. Es wäre nicht gut, total scharf zu werden, solange sie sich in einem öffentlichen Umkleideraum befand, auch wenn die anderen Mädchen bereits fort waren.

Nein, im Moment würde sie sich nicht mit den Einzelheiten ihrer Nacht mit Jonah aufhalten, obwohl diese bei Gott magisch gewesen war. Die tollste Liebesnacht ihres Lebens. Und sein Körper war ein Wunder: fest und muskulös und durch und durch maskulin. Sie hatte alles an ihm gespürt, jede Erhebung, jedes Grübchen und jede … Schwellung.

Sie hatte sogar die Narben ertastet, die Wülste auf Rücken und Schulter, und Jonah hatte es nicht einmal gemerkt. Und sie hatte ihn nur noch stärker begehrt, weil er eben nicht ganz und gar vollkommen war.

Ihr Wünschesammler kannte sich mit Frauen aus: Ganz offenkundig besaß er reiche Erfahrungen und wusste, wie er einem weiblichen Körper Genuss verschaffen konnte.

Kurz empfand Clara Eifersucht auf all jene Frauen, mit denen Jonah in der Vergangenheit zusammen gewesen war. Denn sie hatten seinen Anblick bei Licht genießen können, vielleicht sogar in strahlendem Sonnenschein, der ihn mit goldenen Tönen umfing.

Doch dann drängte sie ihren Neid beiseite: Jonah gehörte nun ihr und sie ihm. Clara ertappte sich beim Summen einiger Takte aus *Mehr will ich nicht von dir*, dem Song, zu dem sie durch die dunklen Gänge und Räume von Windisle Manor getanzt hatten. Es war ihr vorgekommen wie ein Tanz in einem Himmelskörper, als Jonah sie von Raum zu Raum geführt hatte, als er sie über Stufen hob, die er wie Trittsteine nutzte, um sie durch den Mitternachtshimmel zu wirbeln.

Deine wahre Liebe tanzt zwischen Mondstrahlen. Ach ja, das stimmte. Ihr Wünschesammler … ihr Schattentänzer. Ihr Geliebter.

Immer noch hatte sie Jonahs Gesicht nicht gesehen. Er hielt seinen Anblick für so verheerend, dass er bei Morgengrauen aus dem Zimmer verschwunden war und Clara nur die Erinnerung an die gemeinsame Nacht und sein Geruch auf ihrer Haut geblieben war.

Doch wie immer er jetzt auch aussah, sie liebte ihn. Es gab nicht genug Narben, nicht genug Kriegsverletzungen auf der ganzen Welt, um sie anderen Sinnes werden zu lassen. Sie liebte ihn von ganzem Herzen.

Clara kleidete sich an, hängte das Kostüm an den Haken in ihrem Spind, nahm ihren Matchsack und verließ den Umkleideraum. Erstaunt stellte sie fest, dass die Lichter bereits gelöscht waren. War sie denn wirklich die Letzte? Schon früher war sie manchmal länger geblieben und hatte diesen oder jenen Pas geübt – und immer war einer der anderen Tänzer ebenfalls länger geblieben. Oder ein Hausmeister war noch da gewesen oder irgendjemand anders.

Sie tastete sich durch den dunklen Korridor, wobei ein leises Lächeln um ihre Lippen spielte. Dunkelheit war mit einem Mal zu etwas höchst Reizvollem geworden.

Denn er lebte in der Dunkelheit.

»Du bist mir ausgewichen.«

Clara fuhr herum und griff sich vor Schreck an den Hals. Es war Marco.

»Du hast mich erschreckt!«

Er lächelte nicht. Leises Unbehagen stieg in ihr auf. »Nie erwische ich dich mal allein. Ich hab's allmählich satt.«

Er trat näher, blieb kurz vor ihr stehen.

Clara wechselte unruhig das Standbein und behielt Marco im Auge. Die merkwürdige Situation und seine Worte bewirkten, dass sich ihre Nackenhaare aufstellten. In dem schwach beleuchteten Korridor konnte sie seine Mimik nicht erkennen. Doch seine Stimme klang verärgert … und es lag noch etwas darin, das sie nicht genau benennen konnte. Es hatte aber nichts mit dem Marco zu tun, den sie kannte. Und nun war sie hier mit ihm allein.

Sei auf der Hut vor dem Mann mit den zwei Gesichtern. Er wird dich verletzen, wenn du es zulässt.

War Marco wütend auf sie? Warum lauerte er ihr auf diese Weise auf? In einem leeren Gebäude, in dem nur noch sie beide waren. Clara wich zurück. Marco tat einen Schritt vor.

»Lauf nicht vor mir weg, Clara. Immer läufst du vor mir weg.«

»Marco, hör mal …« Sie tastete an der Wand entlang nach dem Lichtschalter und fand ihn, drückte mit einem Gefühl enormer Erleichterung darauf. Helles Licht überflutete sie. Marco zuckte zurück, dann steckte er die Hände in die Taschen und sah sie an. Clara war erstaunt. Er wirkte … traurig.

»Ich weiß, dass du zögerst, mir eine Chance zu geben, weil du mich für so eine Art Frauenheld hältst.« Er schenkte ihr ein selbstironisches Lächeln. »Und das war ich auch – früher. Aber ich … Ich würde mir wirklich gern dein Vertrauen verdienen.«

Clara ließ ihre Schultern sinken. »Meine Güte, Marco, ein dunkler Korridor ist dafür wirklich nicht der passende Ort.«

Er starrte sie leicht verwirrt an. »Wieso? Du kennst mich. Ich will dir doch keine Angst machen.« Er lehnte sich mit einer Hüfte gegen die Wand. »Jedes Mal, wenn ich versuche, mit dir zu reden, läufst du weg, bevor ich drei Worte gesagt habe.«

Clara musterte ihn. Sie erkannte nun, wie verletzt er war. Er hatte es mit einem Streich probiert, und der war gründlich danebengegangen. Ihr Verhalten hatte ihm wirklich wehgetan.

Sie atmete tief durch und entspannte sich. Verspürte Gewissensbisse. Marco hatte recht. Clara wusste, dass er mit ihr reden wollte. In letzter Zeit hätte sie sich sogar hinter Möbeln versteckt, nur um ihm aus dem Weg zu gehen. Ziemlich bescheuert. Marco war sicher alles Mögliche, aber er war immer freundlich zu ihr gewesen. Sie schuldete ihm Ehrlichkeit.

»Sorry, Marco. Du hast recht. Du musst verstehen, die Sache ist die …« Clara wandte den Blick ab. Meine Güte, wie sollte sie ihm das erklären? »Aus einer Freundschaft ist unerwartet mehr geworden und ich bin, wie soll ich sagen …«

»Nicht mehr Single?«

Unmutig krauste Clara die Stirn. Jonah hatte ihr in dieser Hinsicht keinerlei Versprechungen gemacht. Ihr Herz hing an der vagen Möglichkeit, dass er ihr eines fernen Tages vielleicht sein Gesicht zeigen würde. »Es ist kompliziert. Aber ich bin nicht mehr an Dates interessiert.«

Marco schob seine Hände tiefer in die Taschen und nickte, voller Enttäuschung. »Er ist ein Glückspilz. Weiß er das?«

Clara bezweifelte, dass Jonah sich selbst als Glückspilz bezeichnen würde, aber sie hoffte wider Erwarten, dass er an ihrer Beziehung – wie auch immer man sie nennen mochte – die gleiche Freude empfand wie sie.

Statt sich mit Problemen zu beschäftigen, die sie noch gar nicht richtig durchdacht hatte, nickte sie und antwortete schlicht: »Danke, Marco.«

Er seufzte und stieß sich von der Wand ab. »Na schön. Weil du mir das Herz gebrochen hast, kannst du mir ja wenigstens gestatten, dich nach Hause zu fahren.« Er trat auf sie zu und bot ihr seinen Arm.

Clara konnte sich eines Lächelns nicht erwehren. Marco mochte zwar enttäuscht sein, weil sie nicht mit ihm ausgehen wollte, aber sie bezweifelte stark, dass sein Herz auch nur ansatzweise gebrochen war. »Sicher?«

»Na klar. Komm.«

Auf der Fahrt plauderten sie über die bevorstehende Aufführung. Plötzlich war alles mühelos. Marco war im Grunde ein netter Kerl. Clara machte sich Vorwürfe, dass sie ihn vielleicht zu streng beurteilt hatte. Er mochte ein Casanova sein, doch er besaß auch eine sensible Seite, und eines Tages würde er eine Frau finden, an die er sich für immer binden würde, wenn er das wirklich wollte.

Jedenfalls ging Marcos Liebesleben sie nichts an. Clara spürte nicht einmal ein Achtel der Anziehungskraft, die Jonah selbst durch eine solide Steinmauer hindurch auf sie ausübte. Aber das eben Erlebte brachte sie auch ins Grübeln: Hatte sie die anderen Tänzer der Truppe vielleicht auf dieselbe Weise abgefertigt?

Clara war rasch mit einem Urteil über andere bei der Hand, weil sie in der Vergangenheit oft selbst vorschnell beurteilt worden war. Und, nun ja, Mädchen neigten nun mal zu Klatsch und Tratsch, aber vielleicht hatte sie es versäumt, mehr in Freundschaften zu investieren, vielleicht hatte sie von vornherein jeden Versuch zu einem sozialen Umgang miteinander unterbunden.

Ein Teil der Schuld war ihr selbst zuzuschreiben. Ein bisschen eigenes Nachdenken über Freundschaften täte ihr möglicherweise gut – Freundschaften, die sie hätte genießen können, wenn sie sich mehr angestrengt hätte. Und Clara schwor sich, es in Zukunft besser zu machen.

Als Marco sie vor ihrer Wohnung absetzte, bedankte sie sich noch einmal und winkte ihm nach, als er davonfuhr.

Wie hatte sie auch nur einen Moment glauben können, die Wahrsagerin hätte ihre Worte auf Marco bezogen? Falls sie Madame Catoires Worten überhaupt Glauben schenken konnte, war Jonah der einzige Mann, der die Macht besaß, ihr wahrhaft und unwiederbringlich zu schaden. Ein leichtes Zittern lief Claras Rücken hinunter. *Oh nein*, dachte sie niedergeschlagen, *bitte mach, dass ich mich irre.*

In diesem Augenblick meldete sich ihr Handy. Als sie die Nummer auf dem Display sah, schlug ihr Herz schneller. »Hallo?«

»Clara, Liebes, hier spricht Jan Lovett.«

»Hi, Mrs Lovett. Ist alles in Ordnung?« Vor ein paar Tagen erst hatte Clara kurz mit ihrem Vater telefoniert, aber da hatte er sich nicht einmal an ihren Namen erinnern können. Beides war so schwer miteinander zu vereinen: die Freude, wenn sie seine Stimme im Ohr hatte, und gleichzeitig der Schmerz, wenn sie immer wieder aufs Neue erklären musste, wer sie war.

»Ja, Liebes, alles großartig. Ihr Vater ist hier bei mir und möchte gern mit Ihnen sprechen.«

Clara hatte inzwischen ihre Wohnung betreten und schloss die Tür hinter sich, während ihr Herz vor Freude einen Luftsprung machte. »Wirklich?«

Mrs Lovett lachte. »Wirklich.«

Clara hörte ein Schlurfen und dann die Stimme ihres Vaters im Hintergrund. »Ich hab Ihnen doch gesagt, dass ich selbst anrufen kann. Bin kein hilfloser Tattergreis.«

»Ach, seien Sie nicht so grantig. Ihre Tochter ist am Apparat.«

»Clara?«

Tränen stiegen ihr in die Augen. »Hi, Dad.«

»Hey, kleine Tänzerin. Wie geht's meinem kleinen Mädchen?«

Clara war so überwältigt, dass sich ihre Stimme vor lauter Aufregung überschlug. »Mir geht's prima, Dad. Es ist so schön, dich zu hören.« Sie gab sich einen Ruck. Ihren Vater traurig zu machen, wenn er gerade einmal einen klaren Moment hatte, war das Letzte, was sie wollte. *Aber dass er meinen Namen gesagt hat!* Dass er sie wiedererkannte, war wie ein kostbares Geschenk.

»Ich habe dir so viel zu erzählen.« Sie setzte sich auf ihr Sofa.

Ihr Dad lachte. »Fang mit dem Wichtigen an. Du weißt, ich will immer zuerst das Positive hören.«

Clara lachte unter Tränen. »Nun denn.« Sie holte tief Luft und sagte dann langsam: »Ich bin verliebt.«

Eine winzige Pause entstand. Dann fragte der Vater: »Ist er ein guter Mann?«

»Ja«, erwiderte Clara ohne Zögern. »Er ist ein sehr guter Mann, Dad. Ein Mann wie du. Er ist gütig und mutig, und andere Menschen liegen ihm am Herzen.« Sie hielt einen Moment inne. Wie sollte sie ihre komplizierte Beziehung für den Vater so zusammenfassen, dass sie sie auf den Punkt brachte, ohne aber dabei auf jedes Detail einzugehen?

Clara achtete bei den Telefonaten mit ihrem Vater immer auf die Zeit. Ihr Dad war jemand, der gern direkt zum Kern einer Sache kam, und diese Eigenschaft war inzwischen schiere Notwendigkeit. Sie wusste, dass die Zeit begrenzt war, hörte die Uhr ticken.

»Aber er glaubt nicht so stark an sich, wie ich das tue, Dad. Ich mache mir Sorgen, dass er sich nicht so von mir lieben lassen wird, wie er es verdient.« *Im hellen Tageslicht. Draußen. Vor der ganzen Welt. Frei von aller Schuld.*

»Hmmm«, machte er. »Das ist ja wirklich eine Herausforderung. Wenn er schon nicht an sich glaubt, wird er es noch schwieriger finden, an dich zu glauben. Er wird dir wehtun, wenn du es zulässt.«

»Ich … ich weiß, Dad. Darüber mache ich mir ja Sorgen.«

»Also dann lass es nicht zu.«

Wieder lachte Clara unter Tränen. Ihr Vater glaubte so fest an sie, dass er der Meinung war, sie könne alles bewirken, jeden überzeugen, die Welt regieren. »Ich liebe dich, Dad.«

»Ich liebe dich auch. Du bist etwas ganz Besonderes, kleine Tänzerin. Und dein junger Mann muss auch in vieler Hinsicht etwas Besonderes sein, wenn er dein Herz erobert hat.«

»Das ist er. Das ist er wirklich. Ich wünschte so sehr, du könntest ihn kennenlernen.«

»Ich auch. Du fehlst mir, mein Herz.« Eine kleine Pause entstand. »Möchtest du morgen in den Zoo gehen? Ich weiß doch, wie gern du die Giraffen siehst, kleine Tänzerin.«

Clara fühlte, wie Schmerz sie durchdrang. »Ja, Dad«, flüsterte sie. »Das möchte ich. Sehr gern.«

Sie hörte ein Schlurfen, dann war Mrs Lovett am Apparat. »Sorry, Liebes. Ich hatte gehofft, er würde länger durchhalten.«

Eine Träne rann über Claras Wange. Lächelnd wischte sie sie fort. Glück mischte sich so stark mit Trauer, dass es kaum zu ertragen war. »Ist schon gut, Mrs Lovett. Ich bin so dankbar für diese Minuten. Danke, dass Sie mich angerufen haben.«

»Aber das war doch selbstverständlich, meine Liebe. Ich wünsche Ihnen alles Gute.«

Clara beendete das Gespräch. Sie blieb noch einige Minuten auf der Couch sitzen. Auf ihrem Gesicht lag ein schwaches Lächeln, während Tränen aus ihren Augen rannen.

»Du wirst mir fehlen«, sagte sie in das kleine Souterrain-Apartment hinein, das ihre Wohnung war. Wie viele solcher Augenblicke mit ihrem Vater waren ihr noch vergönnt? Wie lange würde es wohl dauern, bis er sich gar nicht mehr an seine Tochter erinnerte?

Schließlich stand Clara auf und ging vor die Tür. Sie brauchte frischen Wind im Gesicht, den Anblick des Himmels und die Erinnerung daran, dass es auf dieser großen weiten Welt Schönheit und Freude, Magie und Geheimnis gab. Daran sollte sie denken, wenn der Schmerz sie überwältigte. Gerade dann.

Es war eine wunderschöne Nacht, klar und ruhig, und am Himmel glitzerten die Sterne wie Diamanten. Clara ließ ihren Blick die Straße hinunter zu Mrs Guillots Haus wandern, doch die Laterne auf ihrer Veranda brannte nicht, und aus dem Vorderzimmer drang ebenfalls kein Licht.

Sie erinnerte sich an den Moment vor einigen Tagen, als sie in Mrs Guillots Wohnzimmer gesessen und Jonah in den Nachrichten gesehen hatte. Ein Lächeln umspielte ihre Lippen. *Jonah.*

Clara lehnte sich an die Backsteinmauer neben ihrer Tür.

Er muss in vieler Hinsicht etwas Besonderes sein, wenn er es geschafft hat, dein Herz zu erobern, kleine Tänzerin.

Oh ja.

Während sie in Richtung Mrs Guillots Veranda schaute, den Ort, wo sie zuerst von Windisle Manor gehört hatte und von Angelina Loreaux, begann ihr müder, strapazierter Geist zu wandern. Es tat gut, die Gedanken davondriften und schwerelos herumwirbeln zu lassen.

Claras Erlebnisse der letzten Monate, die faszinierenden Geschichten und Bruchstücke von Informationen, die sie gehört hatte, vermischten sich miteinander. Sie ließ es geschehen, hielt nicht inne, um etwas genauer zu prüfen, ließ lediglich Worte und Erinnerungen durch ihren Kopf ziehen … Angelina und John, sie selbst und Jonah, das Geheimnis, der Fluch, das Rätsel …

Amazing Grace, how sweet the sound.

Ich bereue. Ich habe einen Beruf daraus gemacht, hier hinter meiner Mauer.

Wenn Angelina bleibt, dann seinetwegen. Wegen ihres Soldaten.

Eine vage Vorstellung tauchte aus dem Nebel auf und war wieder vergangen, bevor Clara sie fassen konnte. Sie ließ sie los, versuchte nicht, sie mit aller Macht festzuhalten …

Der Brief. Johns Verrat …

Amazing Grace, how sweet the sound.

Meine Mama konnte nicht mal lesen, aber oh, sie konnte singen.

Clara riss die Augen weit auf und erhob sich, starrte mit leerem Blick auf die Straße. *Sie konnte nicht lesen.* Mrs Guillots Mutter hatte nicht lesen können …

Clara zog ihr Handy aus der Tasche und wählte Jonahs Nummer.

»Clara.«

»Jonah, hi.«

»Hey, was ist los? Du klingst etwas durcheinander …«

Clara schüttelte den Kopf. »Nein, nein. Ich meine, ich habe mit meinem Vater gesprochen, aber es war sehr schön. Ich war auch traurig, aber ... Nein, der Grund warum ich anrufe ... Die meisten Sklaven konnten doch nicht lesen, stimmt's?«

»Lesen? Nein ... die meisten wohl nicht. Warum fragst du?«

Aufgeregt schritt Clara durch ihr Zimmer. Etwas nahm in ihrem Kopf Gestalt an, Informationen tauchten wieder an die Oberfläche empor. »Johns Familie hatte doch den Brief bekommen, der an Angelina gerichtet war?«

»Soweit ich weiß, ja.«

»Hätte seine Familie denn die Verbindung gutgeheißen? Eine reiche Südstaatenfamilie?«

»Ich ...« Er schwieg einen Moment. »Nein.«

»Nicht wahr? Und für wie wahrscheinlich hältst du es, dass Angelina lesen konnte?«

Eine kurze Pause. »Für nicht sehr wahrscheinlich.«

»Aber was, wenn ... Oh mein Gott, Jonah! Was, wenn sie den Inhalt des Briefes mit Absicht falsch wiedergegeben haben? Angelina hätte das doch niemals herausbekommen, oder?«

Die Aufregung ließ Claras Herz schneller schlagen. Sie spürte es in ihrem Innersten. Sie lag richtig.

»Du könntest recht haben. Aber wie soll man das jemals beweisen?«

»Der Brief! Wir brauchen den Brief.«

»Der Brief ist schon lange verschwunden, Clara. Niemand hat ihn je gefunden. Wahrscheinlich haben Johns Leute ihn mitgenommen, um sich die Lüge nicht nachweisen zu lassen.«

Claras Erregung ebbte ab. Sie ließ entmutigt die Schultern hängen. »Aber vielleicht haben sie ihn auch Angelina dagelassen. Das schadete ja nichts, sie konnte ohnehin nicht lesen und auch keiner, der ihr nahestand.«

»Das könnte sein, aber wenn die Whitfields ihr den Brief dagelassen haben, dann hat Angelina ihn vermutlich selbst fortgeworfen. Glaub mir, wenn es solch einen Brief gäbe, steckte er im Ordner meines Bruders.«

Mist. Clara seufzte vor Enttäuschung. »Du hast vermutlich recht.« Dennoch war sie weiterhin überzeugt, dass sie wichtige Teile des Puzzles miteinander verbunden hatte. Vielleicht konnte es niemals bewiesen werden, aber Clara glaubte, dass sie recht hatte, und diese Möglichkeit war aufregend und furchtbar tragisch zugleich. Sie hatten Angelina belogen, hatten ihr jedes Fünkchen Hoffnung genommen. Sollte John dazu erpresst werden, gleich nach der Heimkehr aus dem Krieg Astrid zu heiraten? Und war Angelina aus diesem Grund bedroht worden? Wären sie so weit gegangen, ihr etwas anzutun? Sie hätten es ohne Weiteres tun können, Angelina war ihnen ausgeliefert. Ein scharfer Schmerz durchfuhr Claras Herz.

»Weißt du was? Morgen grabe ich mal ein bisschen auf dem Speicher, ja? Ich schau mal, ob ich was finden kann.«

»Das würdest du für mich tun?«

»Ich würde fast alles für dich tun.« Plötzlich klang seine Stimme entschlossen, und sein Ton war so ernst, dass Clara vor Freude atemlos wurde.

Fast alles. Sie hatte den Vorbehalt deutlich genug vernommen, war aber trotzdem glücklich. Gestern Nacht hatte sie auf ihren Vorschlag, das nächste Mal bei Kerzenschein zu baden, von Jonah ein Vielleicht erhalten. *Vielleicht* … Das war ein so schönes Wort, wenn es vorher nur Nein und Niemals geheißen hatte.

»Vielleicht könntest du morgen Abend zu mir kommen? Ich muss nicht früh raus.« Das stimmte nicht so ganz, aber sie musste sich dann eben bei der Probe mehr anstrengen. »Ich würde … Ich würde auch das Licht ausschalten.«

Jonah zögerte nur einen winzigen Moment. »Nein, Clara, das tue ich lieber nicht. Noch nicht.«

Ein sehr kleiner und flüchtiger Pfeil der Enttäuschung durchbohrte Clara. Sie hatte Jonah einfach nur sehen wollen – oder vielmehr, ihn spüren wollen. Das Wichtigste war, mit ihm zusammen zu sein. Wenn das bedeutete, dass sie zunächst immer ihn besuchen musste, dann war das auch in Ordnung. »Ich verstehe, Jonah.«

Sie hörte das Lächeln in seiner Stimme, als er sich nach ihrem Tagesverlauf erkundigte. Clara berichtete von dem Gespräch mit ihrem Vater, und Jonah freute sich erst mit ihr und tröstete sie dann. Sie schaute zum dunklen Himmel hinauf und schloss die Augen, während die samtene Stimme ihres Wünschesammlers in ihr Ohr und ihr Herz drang. Doch irgendwo in ihrem Hinterkopf wuchs das Gefühl, dass ihnen die Zeit davonlief.

29. KAPITEL

»Hattest du was bestellt?«, fragte Myrtle. »Das da war in deinem Postfach.«

Jonah, der im Spülbecken sein Frühstücksgeschirr abwusch, drehte sich zu Myrtle um. Sie legte ein Päckchen auf die Arbeitsplatte, während er sich die Hände abtrocknete. Er warf einen Blick auf den Absender: Kansas. Ach ja, das Ladekabel, das er bei eBay bestellt hatte. »Ja. Danke fürs Mitbringen.«

Myrtle musterte ihn argwöhnisch.

»Was ist?«

»Ich hab Clara neulich morgens hier weggehen gesehen.«

Jonah grinste. Er konnte nicht anders. Wenn ihr Name erwähnt wurde, brach das Lächeln aus seinem Gesicht wie Sonnenschein – und weil sie an jenem Morgen aus seinem Bett gekommen war.

Vergeblich versuchte er, das Grinsen einzustellen, räusperte sich und blinzelte zur Decke empor, um sich von seinen Gedanken an sie abzulenken. »Sie hat mich, äh, besucht. Ist spät geworden. Sie war müde.«

»Soso. Ich bin nicht von vorgestern, Jonah Chamberlain.« Sorgenfalten durchzogen Myrtles Gesicht. Sie beugte sich zu ihm vor und rückte ihre Brille zurecht. »Ich hab dich gehört, du bist schon Stunden vorher aus deinem Zimmer gekommen.«

»Ja – und?«

Myrtle streckte zaghaft die Hand aus. Jonah zuckte instinktiv zurück, wandte die zerstörte Gesichtshälfte von ihr ab. Verkroch sich in sich selbst.

Myrtle zögerte zunächst, doch dann näherte sie sich ihm langsam wieder, wie jemand, der einem verletzten Tier Trost spenden will. Jonah blieb wachsam, ließ jedoch zu, dass ihre Finger über seine vernarbte Wange strichen. Er stieß den angehaltenen Atem aus und schloss die Augen. Es war das erste Mal seit seiner Entlassung aus dem Krankenhaus, dass er jemandem gestattete, die empfindliche Stelle zu berühren.

»Du musst ihr erlauben, alles an dir zu lieben.«

Jonah wich zurück. Myrtles Hand sank herab. »Was ist, wenn sie das nicht kann?«

»Und was, wenn sie es kann?«

»Ich … ich weiß nicht, Myrtle. Und selbst, wenn Clara es kann. Ich bin trotzdem nicht fähig, ihr das Leben zu bieten, das sie verdient.« Jonah wandte sich ab und blickte aus dem Fenster in den hellen, strahlenden Tag.

»Ich glaub an dich, mein Junge. Aber das weißt du ja. Erst mal musst du an dich selbst glauben.«

Er wandte sich ihr wieder zu. Das Glück, das ihn Sekunden zuvor durchströmt hatte, löste sich in Zweifel auf. »Vielleicht geht es gar nicht um mich, Myrtle. Diese Stadt, ach was, die ganze Welt wird mich nicht akzeptieren, wenn ich beschließe, wieder hinauszugehen.«

»Es geht immer um dich, Jonah. Es ging immer nur um dich. Die Welt wird so reagieren, wie die Welt nun mal reagiert. Das ist nicht deine Sache. Hab Zutrauen zu deinem Wert, dann spielt die Welt keine Rolle mehr.«

»Ich glaube nicht, dass ich weiß, wie ich das anstellen soll«, murmelte er.

»Doch, das weißt du, mein Kleiner. Und wenn du jemand brauchst, der dich bei der Hand nimmt – dafür gibt's deine alte Myrtle. Vielleicht knall ich mit dir an einen Baum, bevor ich es mit dir in die Welt hinaus schaffe, aber ich bin immer an deiner Seite.«

Jonah lachte. Ihre Liebe war wirklich überwältigend. »Danke, Myrtle.«

Sie nickte lächelnd, hob ihre Einkaufstüten auf die Küchentheke und begann mit dem Auspacken.

Jonah öffnete das Päckchen, holte das Kabel heraus und ging in sein Zimmer, hängte Amanda Kershaws Handy an die Steckdose. Dann schlüpfte er in seine Joggingsachen.

Während er seinen üblichen Weg durch den Wald und die Runde an den Sklavenhütten vorbei nahm, war er von Frieden erfüllt, von einer ungewohnten ... Wonne, die ihn von Kopf bis Fuß erfasst hatte.

Wie immer fing er an, die Namen der Opfer aufzusagen, die an jenem Unglückstag auf den Stufen des Gerichtsgebäudes gestorben waren und für die er sich so lange verantwortlich gefühlt hatte. Doch nun entglitten ihm diese Namen. Jonah versuchte sie zu fassen, versuchte den ersten zu nennen, der ihm, wie er meinte, im Gedächtnis eingebrannt war, doch er verlor den Faden, denn ein unbestimmter ... Friede beanspruchte den dafür vorgesehenen Platz. Es war fast, als seien die Namen der Opfer eigenständige Wesen, die freigelassen werden wollten. Vielleicht hatte sein Festhalten sie ebenso zu Gefangenen gemacht wie ihn selbst.

So viele Jahre war Jonah diesen Weg entlanggelaufen und hatte dabei immer wieder dieselben Silben vor sich hingemurmelt, doch nun ... Nun war da plötzlich Raum für ... mehr. Plötzlich gab es so viel freien Raum, dass er nicht so recht wusste, was er damit anfangen sollte.

Eines hingegen wusste er mit unumstößlicher Sicherheit: Er war verliebt. *Clara, Clara, Clara.* Jonah hob sein Gesicht der

Sonne entgegen und erhaschte ein paar Strahlen, die durch die Lücken zwischen den Bäumen drangen.

Clara. Schöne, fürsorgliche Clara. Justin hätte sie sehr gemocht. So großzügig, so entschlossen, ein Unrecht wiedergutzumachen, das mit ihrem eigenen Leben doch gar nichts zu tun hatte!

Alles hatte mit Clara begonnen. Alles Gute, das Jonah in den letzten Monaten widerfahren war, hatte er ihr zu verdanken. Ja sicher, er hatte sich verliebt, aber darüber hinaus hatte er Vergebung gesucht und bekommen, er hatte Menschen in Not geholfen und Freunde unter den Mitgliedern der Angels gefunden.

Es war enttäuschend, dass er nun nicht mehr mit den Angels Patrouille gehen konnte, denn die Medien hatten bereits seine Spur aufgenommen. Falls er nicht ... Jonah hob die Hand und strich über seine Narben ... Falls er den Mut aufbrachte, die Maske fortzulassen. *Vielleicht.*

Wieder dieses kleine und doch so gewichtige Wort.

Jonah wurde langsamer und strich sich das verschwitzte Haar aus der Stirn. Dann lief er in gemächlicherem Tempo einen Halbkreis vor seiner Haustür. Im Geist sah er auf der Veranda einen Mann im Schaukelstuhl, der ein kleines Mädchen auf seinen Knien reiten ließ. *Angelina.* Hatte Robert Chamberlain ihr das Lesen beigebracht? Oder hatte er es besser gefunden, dass sie Analphabetin blieb? Sie nur als Sklavenkind gesehen, das zufällig einen Anteil seiner Gene besaß?

Er hatte Clara versprochen, er werde sich noch einmal auf dem Speicher umsehen. Zwar glaubte Jonah nicht, dass er einen Brief aus dem Jahr 1861 finden würde, aber er wollte trotzdem nachschauen. Ihr zuliebe.

In seinem Zimmer stellte er befriedigt fest, dass an dem Klapphandy ein grünes Licht leuchtete. Jonah trennte es vom

Strom und schaltete es ein. Ungeduldig schritt er vor dem Fenster auf und ab, bis das Display zum Leben erwachte. Keine PIN. Das vereinfachte die Sache. Funktionierten diese alten Dinger überhaupt mit PIN? Er konnte sich nicht erinnern.

Amanda hatte einige SMS-Kontakte, die Jonah nacheinander öffnete. Ein Kontakt war ihre Mutter. Er stellte sich vor, dass die blinde Frau eine Spracherkennungsfunktion verwendet haben musste, wenn sie ihre missratene Tochter zu erreichen versuchte. Von Neal McMurray hatte er bereits Nachricht erhalten und wusste daher, dass die Umbauarbeiten durch einen Innenausstatter in vollem Gange waren, auch neue Möbel würden geliefert werden. Mrs Kershaw verdiente ein wenig Komfort und Bequemlichkeit.

Der nächste Kontakt war schlicht als »K« aufgeführt. Jonah scrollte durch die Nachrichtenliste. Mehrere Male las er »Triff mich« und »Es ist Dienstag. Wann kommst du?« Als er am Anfang des Chats angelangt war, stieß er auf eine Adresse. War es ein Austausch über Drogen? Oder ging es vielleicht um die Dienste einer Prostituierten?

Jonah wusste, dass Amanda Kershaw eine Menge widerwärtiger Dinge für ihren nächsten Schuss getan hatte. Vor einem Saal voller Zeugen hatte er über die hässlichen Details berichtet. Er hatte Amandas Scham gesehen, ihre Reue, und doch minutiös jeden ihrer Fehltritte seziert, um Zweifel an ihrer Glaubwürdigkeit aufkommen zu lassen.

Ich weiß schon, dass ein paar Ihnen die Schuld geben, aber ich? Ich hab's nie getan. Sie haben Sie nicht getötet.

Und Sie haben sowieso, wie ich höre, Ihren Preis bezahlt.

Mrs Kershaws Worte, Balsam für seine Seele. *Vergebung.* Jonah atmete tief durch und öffnete einen neuen Chat. Wieder stand kein Name dabei, aber die Nummer war ihm wohlbekannt. Es war Justins Handy. Justin. Was zum Teufel …?

Der Chat war sehr kurz. Sein Bruder hatte Amanda wiederholt um ein Treffen gebeten oder wenigstens um einen Rückruf. Sie hatte niemals per SMS geantwortet. Und ob sie Justin angerufen hatte, konnte Jonah nicht herausfinden, denn die Anruferliste reichte nur bis zu der Woche zurück, in der sie gestorben war.

Seine Nerven vibrierten. Das Gefühl, dass etwas nicht stimmte, dass man ihn im Dunkeln stehen gelassen hatte, und er den Grund dafür herausfinden musste, schmerzte nicht wenig.

»Reiß dich zusammen«, befahl er sich laut und zwang sich zu der Rolle des neutralen Beobachters, wie bei einem komplizierten Prozess in seiner Zeit als Anwalt. »Entspann dich und konzentriere dich erst mal auf die Informationen, die dir zur Verfügung stehen.«

Nachdem er die SMS-Kontakte komplett durchsucht hatte, öffnete Jonah Amandas Fotos. Und machte große Augen.

Einen Moment lang starrte er nur ungläubig auf seinen Fund. Was er hier sah, war *Sex*. Und zwar jede Menge Sex.

Jonah setzte sich auf das Bett und scrollte mit dem Finger auf dem winzigen Bildschirm. Das war offenkundig Amanda Kershaw selbst, mit einer Menge Männer in den verschiedensten Stellungen. Es sah so aus, als seien die meisten Aufnahmen heimlich geschossen worden, während die Männer entweder mitten in den Fängen der Leidenschaft steckten – wenn man es so nennen wollte –, oder sich in einer Position befanden, die es ihnen unmöglich machte zu erkennen, dass Amanda Kershaw ein Mobiltelefon in der Hand hielt.

Was zum Teufel sollte das bedeuten?

Jonah hörte auf zu scrollen, als er auf ein bekanntes Gesicht stieß. *Holy shit.* War das etwa ... Er blinzelte, hielt das Handy näher vor sein Auge. Es sah aus wie ... Er war nicht sicher –

das Bild war verschwommen und aus einem merkwürdigen Winkel aufgenommen, aber er hätte schwören können, dass der Mann Richter Rowland glich, dem Mann, der im Prozess gegen Murray Ridgley den Vorsitz geführt hatte. Jonah fuhr sich durch die Haare und vergrub seinen Kopf in den Händen. Seine Gedanken rasten.

Als er das Foto anklickte, sah er, dass Amanda es mit dem ersten Buchstaben des Vornamens und dem kompletten Nachnamen gekennzeichnet hatte. Alle Aufnahmen waren auf diese Weise markiert, auch die der Männer, die Jonah nicht erkannte.

Sie hatte Beweise für jeden einzelnen Akt mit diesen Männern gesammelt und fein säuberlich sortiert. Wozu mochte das wohl dienen? War es Amanda Kershaw um Erpressung gegangen?

Völlig verwirrt und mit wachsender Furcht im Magen scrollte Jonah durch die letzten Fotos und hielt jäh inne, als ein weiteres bekanntes Gesicht auftauchte. Es war ein Schock. Der säuerliche Geruch seines eigenen Schweißes stieg ihm in die Nase.

Murray Ridgley. Ausgerechnet der Mann, der wegen Vergewaltigung und Mordversuchs an Amanda angeklagt gewesen war. Diese Bilder erzählten jedoch eine ganz andere Geschichte. Diese Fotos belegten eindeutig einvernehmlichen Sex … zumindest bis zu einem gewissen Grad. Amanda Kershaw hatte im Zeugenstand gelogen. Aber warum?

Wieder wechselte Jonah zu den Kontakten. Er suchte den Anfang des Chats mit dem unbekannten K, die dazugehörige Adresse. Der Straßenname sagte ihm nichts und auch nicht das Wort »Vortex«, das darunter stand, aber er nahm sein eigenes Smartphone zur Hand und gab die Adresse in sein GPS ein.

Es schien sich um ein Gewerbegebiet zu handeln, nur zwanzig Minuten von Windisle entfernt. Seit dem Senden der Nachricht waren fast neun Jahre vergangen, es konnte also gut sein, dass die Adresse längst nicht mehr gültig war. Irgendein leeres Lagerhaus vermutlich, wo Amanda ihren Dealer getroffen hatte. Aber heute war Donnerstag, und daher wusste Jonah, wohin er seine Schritte lenken würde.

Langsam erstarb das Knattern des Motors. Jonah sah sich einen Moment um, dann stieg er gemächlich vom Bike, nahm seinen Helm ab und legte die Maske an.

Die Nacht war kühl und still, in der Luft hing ein metallischer Geruch. Das klobige Gebäude vor ihm, einst ein Versandmagazin, lag dunkel und verlassen da – zumindest dachte Jonah das, bis er sah, dass sich an einem der Fenster vorbei ein Licht bewegte, als sei dahinter ein Korridor. Einen kurzen Moment lang drang der Schein unter einer Tür durch.

Jonah ging auf das Gebäude zu, wobei er sich ständig umsah. Auf dem Parkplatz standen keine fremden Fahrzeuge, aber wenn er seine Ohren anstrengte, meinte er von irgendwoher Musik zu hören. Ein steter Bass gab den Takt vor, in den sein beschleunigter Herzschlag einfiel.

Als Jonah das Tor erreichte, klopfte er an die schwere Metalltür, dreimal, und horchte auf das Echo in der Halle. Er hatte im Grunde nicht erwartet, dass ihm jemand aufmachen würde. Als sich die Tür aber nur Sekunden später auftat, trat er erschrocken zurück. Ein großer Mann mit einem langen schwarzen Pferdeschwanz füllte die gesamte Türöffnung aus. Er warf einen prüfenden Blick auf Jonah und nickte, als er die Maske sah. »Passwort?«

Fuck. Doch dann besann er sich auf das Wort, das unter der Adresse gestanden hatte. »Als ich zum letzten Mal hier war, lautete es Vortex.«

Der Mann zog eine Augenbraue hoch. »Mann, das war aber vor Jahren. Damals hat auch kein Schwein 'ne Maske getragen.« Er nickte zu Jonahs bedecktem Gesicht. »Wer hat Sie eingeladen?«

»Rowland.«

Der Mann sah ihn kurz abschätzig an, doch dann nickte er und stieß die Tür weiter auf. »Viel Spaß.«

Etwas am Ton des Türstehers machte Jonah stutzig. Trotzdem erwiderte er dessen Nicken und begab sich in die gähnende Schwärze des Gebäudes.

»Und hey«, rief der Mann mit Blick auf den Parkplatz, »wenn das Ihr Bike ist, dann parken Sie's nächstes Mal auf der Rückseite.«

Jonah machte sich nicht die Mühe, dem Mann zu antworten. Er schritt bereits den Korridor entlang, der lediglich von schwachen Lampen an den Sockelleisten erhellt war. Hier hämmerten die Bässe schon lauter. Aus einem Saal weiter vorn drangen Lichtblitze. Jonah hatte das Gefühl, in einen Traum einzutreten oder vielleicht auch in einen Albtraum, etwas Dunkles, Unbekanntes, das jetzt schon kaum mehr etwas mit der Realität zu tun hatte.

»Die scharfen Sachen gibt's heute da hinten«, sagte ein Mann. Er war so leise herangekommen, dass Jonah zusammenzuckte. Der Mann trug eine schwarz-weiße Maske, die sein Gesicht vollkommen verzerrte. Bevor Jonah einen genaueren Blick auf ihn werfen konnte, war er schon weitergegangen.

Also schlug er die Richtung ein, die ihm gezeigt worden war, und öffnete die Tür zu der Halle mit den Lichtreflexen.

Er sah vier Gruppen, im Zentrum jeweils eine nackte oder halb nackte Frau. Männer hatten auf unterschiedlichste Arten Sex mit ihnen, einer pro Frau oder manchmal auch zwei.

Jonah war einen kurzen Moment wie betäubt. Er sah hierhin und dorthin, nahm die unfassbare Szenerie in sich auf. Eine Orgie mit Masken? Ein besonders exklusiver Sexclub?

Als sich seine Augen an das Licht gewöhnt hatten, fiel ihm auf, dass die Mädchen sehr jung wirkten, vielleicht nicht unbedingt minderjährig, aber auch nicht sonderlich viel älter. Und alle sahen ziemlich high aus und schienen nicht gerade Gefallen an dem zu finden, was mit ihnen geschah. Allerdings wehrten sie sich auch nicht.

Jonah war verwirrt und angeekelt. Dieser Ort, die schwache Beleuchtung, die leuchtend roten Wände – genau dies war auch der Hintergrund von Amanda Kershaws Fotos. Sie war eines dieser Mädchen gewesen und hatte Bilder von den Vorgängen gemacht, offensichtlich, bevor es üblich wurde, dass die Männer Masken trugen. Die Mädchen trugen Umhänge, beispielsweise aus schwarzer Seide wie jener Rotschopf dort in der Ecke, und Jonah erkannte, dass es ein Kinderspiel gewesen sein musste, darunter ein Handy zu verbergen und im geeigneten Moment hervorzuziehen. Um einen Schnappschuss zu machen, die Ereignisse zu dokumentieren.

»Mach doch mit!« Eine Hand legte sich um Jonahs Taille und rutschte weiter in Richtung Lenden. Dann wurde sie wieder fortgezogen, und eine Blondine schritt an ihm vorbei, die Augen verhangen und halb geschlossen. Sie hatte drei maskierte Männer im Schlepptau.

Jonah wartete, bis sie an ihm vorüber waren, dann machte er kehrt, verließ den Raum und ging auf dem Korridor in der anderen Richtung weiter.

Er kam an vielen Räumen vorbei, hörte Musik und Laute der Kopulation, Laute von Genuss und auch von Schmerz, wie er zu erkennen meinte. Dazu kamen Geräusche, die er nicht einordnen konnte, ein Peitschenknall vielleicht oder eine Kette, die über den Betonboden gezogen wurde.

Er rannte inzwischen fast, stürzte blindlings durch das dunkle Labyrinth und fand schließlich eine metallene Doppeltür, aus der er ins Freie stürmte, auf den Parkplatz hinter dem Gebäude. Zischend stieß er seinen angehaltenen Atem aus, als er ihm sogleich wieder stockte.

Was zur Hölle war denn das? Und was hatte Murray Ridgley damit zu tun gehabt? Und womöglich Justin. Jonahs Gedanken gingen in eine Million verschiedene Richtungen, und er wollte Antworten auf diese Fragen haben, Antworten, die sicher in Amandas Handy zu finden waren, wenn er nur herausbekommen könnte, wie die Beweise ineinanderpassten.

Jonah ging an der Seite des Lagerhauses entlang zu seinem Bike. Beim Gehen zog er das Klapphandy aus der Tasche. Er scrollte zu dem Kontakt, der lediglich als K bezeichnet war, und wählte die danebenstehende Nummer.

Eine Frau nahm beim zweiten Läuten ab. »Hier bei Knowles. Wie kann ich Ihnen helfen?«

Oh verflucht.

Knowles.

Jonah kannte den Namen gut, denn einstmals hatte dieser Mann ihn eingestellt, hatte dieser Mann ihn in der Kanzlei willkommen geheißen.

30. KAPITEL

November 1861

Angelina war so unvermittelt in den Salon gerufen worden, dass sie in der Eile das Küchenhandtuch mitgenommen hatte. Sie roch nach Hefe und frisch gebackenem Brot. »Ja, Mrs Chamberlain?«

Ihre Herrin erhob sich. An ihrer Seite stand ein Mann. Als er sich umdrehte, blinzelte Angelina erstaunt. Der Mann sah aus wie John, aber er war dünner, seine Nase sprang schärfer hervor, und seine Augen lagen tiefer in den Höhlen ... Dennoch schlug ihr Herz schneller. Sie krampfte ihre Hände um das Handtuch.

»Angelina, das ist Mr Lawrence Whitfield. Er hat einen Brief für dich mitgebracht.«

»E-einen Brief?«, flüsterte Angelina, von Hoffnung und Angst gleichzeitig durchzuckt. Hatte John ihr geschrieben? Und wenn ja, warum setzte er alles aufs Spiel, indem er ihr schrieb?

Mr Whitfield lächelte dünn. Er trat ein paar Schritte vor und zog dabei einen Brief aus der Tasche. »Mein Bruder John hat mich gebeten, dir dieses Schreiben zu übergeben. Es lag einem Stapel Post für die Familie bei.«

Angelina streckte die Hand nach dem Brief aus, aber Lawrence Whitfield zog ihn zurück. »John hat mir gesagt, dass du nicht lesen kannst. Auf seine Bitte hin werde ich ihn dir vorlesen.«

Ihre Blicke trafen sich. Angelinas Herz klopfte. Sie konnte die Miene des Mannes, dieses Fremden, nicht deuten. Schwach vor Furcht konnte sie ihn lediglich anstarren. »J-ja gut. Vielen Dank, Sir.«

Mr Whitfield entfaltete das Schreiben und setzte eine Brille auf. Angelina sah die Handschrift: winzige, gestochen scharfe Buchstaben und übergroße, geschwungene Kringel. Im Bootshaus hatte John oft geschrieben. Um sich die mitunter lange Wartezeit zu vertreiben, hatte er dort geschäftliche Schreiben auf alten Kisten ausgebreitet und beantwortet.

Beim Anblick seiner Handschrift überfiel Angelina unnennbare Sehnsucht, vermischt mit Erleichterung, dass John am Leben war. Unverletzt. Oh, wie sie gebetet hatte, dass ihm nichts passierte! Wie inbrünstig sie seine Heimkehr ersehnte …

»Angelina«, las Mr Whitfield vor, »ich schreibe diesen Brief mit Bedauern und in dem Wissen, dass meine Worte dich verletzen werden. Aber ich muss mir treu bleiben. Die Zeit, in der ich von dir getrennt war, hat mir alles ganz klar vor Augen geführt. Unsere Schäferstündchen waren angenehm, doch sie haben keinerlei Zukunft. Wenn ich heimkehre, werde ich Astrid heiraten. Sicherlich verstehst du, dass alles andere unmöglich ist. Du musst deinen Platz in der Welt akzeptieren, Angelina. Nur so wirst du in deinem Leben Zufriedenheit finden. Ergebenst, John.«

Mr Whitfield räusperte sich und faltete das Schreiben wieder zusammen. Angelina war beim Zuhören das Herz schwer geworden, nun lag es wie ein Steinklumpen in ihrem Magen. Ihr war elend zumute.

Langsam hob sie die Augen zu Mrs Chamberlain. Die Herrin erwiderte ihren Blick mit einem leisen Lächeln. Ihr gefiel die Wendung, die die Dinge genommen hatten. Natürlich.

Mrs Chamberlain rieb sich die Hände, als wäre die widerliche Angelegenheit zwischen John und Angelina nun endlich erledigt. Das Leben konnte weitergehen.

Aber Angelinas Leben war zu Ende. Ein paar eilig dahingeworfene Zeilen hatten ihr Herz vernichtet.

Unsere Schäferstündchen waren angenehm.

Angenehm.

Wie konnte John so etwas schreiben? Hatte der Krieg ihn auf irgendeine Weise zu der Überzeugung gebracht, dass es nicht wert war, um sie zu kämpfen? Er hatte gesagt, dass er sie liebte.

Musst wissen, wem du vertraust. Und wem nicht.

Mr Whitfield reichte den Brief Mrs Chamberlain. Sie warf ihn in den Kamin, zuckte jedoch zurück, als ein Funke auf sie übersprang. Mrs Chamberlain schrie erschrocken auf und schlug auf ihren Ärmel, der Feuer gefangen hatte, eilends assistiert von Mr Whitfield.

Angelina bemerkte, dass der Brief neben den Rost gefallen war. Sie nutzte den Tumult, bemächtigte sich des Blattes und versteckte es unter ihrem Handtuch, bevor Mrs Chamberlain es gewahr wurde. Ihre Herrin hatte die Flamme gelöscht und drehte sich zu ihr um. Angelina schaute sie ausdruckslos an.

»Na, dann mach dich wieder an die Arbeit«, sagte Mrs Chamberlain mit einem Blick auf das lodernde Feuer. »Du darfst gehen.«

Wortlos taumelte Angelina aus dem Salon. Als sie in der Halle war, hörte sie, wie Mr Whitfield der Hausherrin in gedämpften Ton einige Worte sagte: »Sie sehen also, Mrs Chamberlain, der unverzeihliche Fehltritt meines Bruders ist beseitigt. Ich freue mich schon darauf, bei der Hochzeit von John und Astrid einen Toast auszubringen.«

Der Druck in ihrem Kopf nahm zu, die Tränen, die sie im Salon noch zurückgehalten hatte, strömten ihr nun über die Wangen. Fest umklammerte sie den Brief in ihrer Hand. Ein kleiner Funke Hoffnung war noch da. Angelina wischte sich die Tränen ab und bemühte sich, diesen Funken nicht verlöschen zu lassen.

Ich liebe dich. Ich komme zu dir zurück, hörst du?

Nichts als Gefahr. Nichts als Gefahr.

»Lina?«, rief Mama Loreaux, als Angelina vor der Küchentür stand. Sie erhaschte einen Blick auf das Gesicht ihrer Tochter und wurde blass. »Lina?«, wiederholte sie etwas schwächer. Angelina hörte nicht auf die Rufe der Mutter und stieg die Treppe hinauf in den ersten Stock. Dort klopfte sie an Astrids Tür und ging hinein, ohne auf Antwort zu warten.

Astrid saß am Fenster und las. Überrascht sah sie auf. »Angelina? Was ist mit dir?«

Mit zitternder Hand hielt sie Astrid den Brief hin. »Würden Sie ihn bitte lesen, Astrid? Johns Bruder hat ihn gebracht. In dem Brief steht, dass John mich nicht mehr liebt.«

Astrid starrte sie einen Moment wortlos an. In rascher Folge glitten unterschiedliche Gefühle über ihr Gesicht, aber Angelina war zu verstört, um sie zu deuten.

Astrid erhob sich, trat zu Angelina und nahm den Brief. Langsam entfaltete sie ihn, wobei sie ihre Halbschwester nicht aus den Augen ließ. Zweifel furchten ihre Stirn. Ihre Augen glitten an den Zeilen entlang. Angelina hielt den Atem an. Ein Kloß formte sich in ihrer Kehle. *Bitte, bitte. Sag, dass sie mich belogen haben*, dachte sie verzweifelt. *Ich vertraue dir doch, John.*

»Es tut mir leid, Angelina«, murmelte Astrid. »In dem Brief steht das, was Lawrence gesagt hat.« Sie reichte ihn Angelina zurück, trat noch einen Schritt vor und schloss ihre Halbschwester in die Arme.

Angelina ließ sich in Astrids Arme fallen. Der winzige Funken Hoffnung in ihr erlosch, sie fühlte sich leer, öde. Ein Stöhnen stieg in ihrer Kehle auf, doch es drang nicht heraus.

»Es ist besser so für dich.« Astrid löste sich von Angelina und umfing ihre Oberarme, schaute sie ernst an. »Sicherer. Meine Mama … du hast ja keine Ahnung, wozu sie fähig ist, Angelina, wie tief sich der Hass in sie eingefressen hat. Wenn sie sieht, dass du … auf etwas hoffst, etwas planst, dann wird sie dir Böses antun, oder deiner Mama, oder euch beiden. Es ist besser so«, wiederholte sie mit Nachdruck. Angelina hatte den vagen Eindruck, dass Astrid ebenso sehr sich selbst überzeugen wollte, aber sie war zu sehr von Kummer erfüllt, um darüber nachzudenken.

Nichts hatte mehr Bedeutung, und am wenigsten sie selbst. Sie, Angelina, war nur etwas, das man wegwarf. Ausrangierte. Mama hatte recht gehabt: In Angelinas Leben war kein Platz für Liebe, würde nie Platz für Liebe sein.

Aber ohne Liebe konnte sie nicht leben.

Sie nickte, machte langsam kehrt und verließ Astrids Zimmer. Ihre Halbschwester hielt sie nicht zurück.

Vor dem Zimmer ihres Vaters zögerte sie kurz.

Sie fühlte nichts. Sie wollte nichts fühlen.

Als sie sich wieder dem Korridor zuwandte, ragte die Gestalt ihres Vaters vor ihr auf. »Was tust du hier?«

Angelina schaute zu ihm auf. Ihre Augen flehten ihn an, hofften wider alle Vernunft, die Zärtlichkeit wiederzufinden, die er doch allem Anschein nach für die kleine schwarze Sklavin empfunden hatte, als er sie auf seinen Knien schaukelte. »Nichts, Mr Chamberlain.«

Mit schmalen Augen blickte er auf seine geschlossene Zimmertür, dann wieder zu ihr. »Nun, dann rasch zurück in die Küche mit dir, Mädchen.«

Mädchen.

Angelina hatte sich so bemüht, ihm zu gefallen – ihm und allen Chamberlains, die in diesem Hause das Sagen hatten. Sie hatte auf ihres Vaters Knien gesessen, sich von ihm Märchen vorlesen lassen. Sie hatte gelernt, wie die Chamberlains zu sprechen, hatte sogar einige ihrer Eigenheiten angenommen, um von ihnen geliebt zu werden.

Aber ihre Mutter hatte recht gehabt. All ihre Bemühungen waren vergeblich gewesen. Es spielte keine Rolle, wer oder was sie zu sein versuchte … und es würde nie eine Rolle spielen. Mr Chamberlain hatte sie einstmals bezaubernd gefunden – vielleicht war sie ein neues, noch nie da gewesenes Spielzeug für ihn –, aber nun war sie eine Frau und … besaß für ihn nicht einmal einen Namen.

Mädchen.

Angelina ging um den Mann herum, der ihr gegen den Willen ihrer Mutter auf einem schmutzigen Kellerboden das Leben geschenkt hatte, und stieg langsam die Treppe hinunter.

Draußen fiel sie ein kalter Wind an. Angelina schaute über die Zuckerrohrfelder in die Ferne, und ihr Herz sank tiefer. Immer tiefer.

Wäre die Welt ein anderer Ort, würde sie vielleicht nicht diese verheerende Wüste in sich spüren, diese unendliche Hoffnungslosigkeit. Wäre die Welt ein anderer Ort, dann würde sie loslaufen und einfach weiterlaufen. Über die hohe Mauer klettern, die Windisle umgab, und am Ende vielleicht sogar New Orleans hinter sich lassen. An einem anderen Ort ihre eigenen Entscheidungen treffen, ihr eigenes Leben führen.

Aber die Welt war, was sie war.

Die Zeit, in der ich von dir getrennt war, hat mir alles ganz klar vor Augen geführt … Wenn ich heimkehre, werde ich Astrid hei-

raten. Sicherlich verstehst du, dass alles andere unmöglich ist. Du musst deinen Platz in der Welt akzeptieren, Angelina.

Ihr Platz in der Welt – in dieser gottverlassenen Welt, die sich nie ändern würde – hatte den Geschmack von Asche.

31. KAPITEL

Das Schlafzimmer im Oberstock war geräumig und luxuriös eingerichtet. Als Jonah sich dem Bett näherte, in dem der sterbende Chandler Knowles lag, sanken seine Füße tief in den Teppich ein.

Jonah nahm seinen Helm ab, den er aufbehalten hatte, als die Haushälterin ihm die Tür aufmachte. Als er anrief, hatte er seinen Besuch angekündigt und bei seiner Ankunft erstaunt festgestellt, dass er unverzüglich hereingebeten wurde. Die Frau murmelte, er werde erwartet.

Mr Knowles' glasige Augen glitten über Jonahs zerstörtes Gesicht. Obwohl krank und bettlägerig, zuckte er bei seinem Anblick sichtlich zusammen. Jonah sagte sich, dass diese Reaktion ihn nicht mehr traf. Ihm war es völlig gleich, ob Knowles ihn respektierte oder nicht, oder ob er ihn voll Entsetzen betrachtete.

»Ich hatte mich gefragt, wie schlimm die Auswirkungen wohl waren« krächzte Mr Knowles mit brüchiger Stimme. Er räusperte sich und deutete auf die Wasserkaraffe, die auf dem Nachttisch stand, zusammen mit einer großen Anzahl von Medikamenten.

Jonah schenkte ein Glas Wasser ein und reichte es ihm. Mr Knowles hob leicht den Kopf und trank einige Schlucke.

»Nun wissen Sie's«, sagte Jonah und stellte das Glas auf den Nachttisch zurück. Natürlich hätte der Bastard sehr viel früher Bescheid wissen können, wenn er Jonah jemals besucht hätte, zum Beispiel im Krankenhaus, unmittelbar nach der Katastrophe. Aber in der Kanzlei hatte Funkstille geherrscht. Kein Wort der Anteilnahme von seinem Arbeitgeber, nicht einmal ein Obstkorb mit Genesungswünschen. Was hätte auch auf der Karte stehen sollen? »Hey, tut uns leid, dass dein Gesicht verschmort ist. Genieß diese leckere Banane.«

»Ich habe Amanda Kershaws Handy gefunden«, sagte Jonah. »Habe mir angeschaut, was drauf ist.«

Neben dem Bett stand ein Stuhl. Er zog ihn heran und setzte sich, während Knowles seine Worte verarbeitete.

»Sie wollen die Wahrheit wissen, könnte ich mir vorstellen.« Der alte Mann gab ein feucht klingendes Husten von sich. »Und was mich angeht: Ich schätze, es ist normal für einen Mann, sein Gewissen zu erleichtern, bevor er vor seinen Schöpfer tritt.«

»Ihre Gründe sind mir eigentlich völlig egal, aber ich finde, ich verdiene es, dass man mir die Wahrheit sagt.«

Mr Knowles leises Grunzen schien Zustimmung auszudrücken. »Sagen Sie mir doch, was Sie bereits wissen, damit ich mir den wenigen Atem, den ich noch habe, sparen kann.«

»Ich bin zu dem Lagerhaus gegangen. Zu diesem Club, oder wie immer man das bezeichnen will.«

»Aha. Hm – hätte gedacht, sie hätten ihn nach all den Scherereien geschlossen.« Der alte Mann seufzte. »Offensichtlich haben sie nicht auf mich gehört. Trägt wahrscheinlich zum Kick bei, wenn die Gefahr besteht, erwischt zu werden.«

»Was genau ist das denn? Wer sind die Mädchen? Wer die Männer?«

»Die Mädchen sind Drogenabhängige und Ausreißerinnen, die sich nur zu gern ein paar Dollars extra verdienen.« Mr Knowles überlegte kurz. »Wussten Sie, dass Menschen für Drogen alles tun? Wirklich alles. Frauen würden für einen

Schuss ihre Kinder verkaufen. Alles. Stehlen einem Menschen die Seele, diese Drogen.«

Als ob dieser Mann eine Ahnung davon hätte, wie es war, eine Seele zu besitzen! Jonah war ein wenig übel.

»Die Mitglieder sind Gentlemen mit anstrengenden Jobs und langen Arbeitstagen. Sie wollen einfach etwas Dampf ablassen, Dinge tun, über die ihre Ehefrauen alles andere als erfreut wären. Applegate hat das Ding vor Jahren ins Leben gerufen. Er selbst hat die Mitglieder handverlesen. Man hat einfach ab und zu eine sehr erfreuliche Nacht abseits der üblichen Pfade genossen.«

Jonah starrte den Mann an, versuchte seine Worte zu begreifen, kämpfte mit seiner Übelkeit. »Also nichts weiter als eine Gruppe perverser alter Knacker, die die Schwäche und Verletzbarkeit auf Abwege geratener junger Mädchen ausnutzen.«

Chandler Knowles lachte und wirkte einen Moment lang jünger. Dann verzog er das Gesicht, hustete und schlug sich auf die Brust. »Solche Voreingenommenheit … Deshalb war ja Diskretion erforderlich. Und Exklusivität.«

»Murray Ridgley war Mitglied?«

Mr Knowles grunzte verächtlich. »Hab diesem Burschen nie über den Weg getraut. Eine scharfäugige Ratte. Mein Rat war, Murray die Aufnahme zu verweigern, aber sein Vater war ein großer Fisch im Bankwesen. Einige der Mitglieder hatten durch ihn Kredite erhalten …« Er wedelte mit der Hand, als erübrigten sich weitere Erklärungen. Und Jonah hatte ohnehin begriffen. *Jesus.*

Sie hatten Murray also gekannt. Er war einer von ihnen gewesen, Mitglied in ihrem schäbigen kleinen Club. Sie hatten Murray akzeptiert, weil sein Vater für sie so wichtig war.

»Sie haben natürlich nicht auf mich gehört«, fuhr Mr Knowles fort. Er hatte mehr und mehr Mühe beim Sprechen, es strengte ihn übermäßig an. *Bring es zu Ende, alter Mann. Dann werde ich's auch tun.*

Schon jetzt fühlte sich Jonah krank, verstört, überfordert. Doch er zwang sich, weiter zuzuhören, ohne über die Folgen nachzudenken, und in welcher Weise dies alles mit ihm verknüpft war. Noch nicht. Das kam später dran. Immerhin war er Anwalt gewesen. Er konnte sich abschotten.

Mr Knowles verzog das Gesicht. »Und dann ging alles schief. Die Regel lautete, dass man keines der Mädchen außerhalb des Clubs treffen durfte. Aber für die kleine Ratte galt das natürlich nicht. Er hat die Mädchen mit nach Hause genommen. Und dort hat er sie zu hart rangenommen, hat nicht nur eine, sondern zwei erwürgt.« Er wedelte mit seiner knorrigen Hand. »Bloß Ausreißer, Junkies, aber vertuschen mussten wir es trotzdem.«

Bloß Ausreißer, Junkies. Jonahs Haut kribbelte. Wie eine Flutwelle stieg ihm die Galle hoch. Nur mit Mühe hielt er sie zurück.

»Murray wurde verwarnt und flog raus. Aber dann hat er einfach gewartet, bis eins der Mädchen rauskam, und ihr angeboten, sie nach Hause zu fahren. Musste ja kein Mitglied sein, um die Vorteile zu nutzen, verstehen Sie?« *Eines der Mädchen. Amanda Kershaw.* »Aber die ist wieder nüchtern geworden und ihm davongelaufen, bevor er ihr ernstlich etwas antun konnte. Und da war die Kacke wirklich am Dampfen.«

Jonah starrte den Mann sprachlos an. Mr Knowles ließ wieder ein rasselndes Husten ertönen und sank in die Kissen zurück. »Ein Mitglied war früher mal Staatsanwalt gewesen. Den haben wir zu der Kleinen geschickt. Sie drohte, uns alle bloßzustellen, sagte, sie habe Beweise, aber wir konnten sie davon abhalten, haben ihr alle möglichen Dinge versprochen. Da stehen Huren doch drauf, oder? Dinge. Schließlich hat sie sich einverstanden erklärt. Hat versprochen, im Zeugenstand einen labilen Eindruck zu machen.«

Jonah fühlte sich, als würde sein Innerstes nach außen gekehrt. Eine Falle. Es war alles ein abgekartetes Spiel gewesen. »Und dann ist die Kanzlei in die Bresche gesprungen und hat die anwaltliche Vertretung für Murray Ridgley übernommen. Das mussten wir machen, sonst hätte er uns alle bloßgestellt.«

Ein zorniger Ausdruck erschien in den Augen des alten Mannes. »Wenn die auf mich gehört und diese miese Ratte gar nicht erst aufgenommen hätten, wäre das alles nicht passiert. Nichts davon war meine Schuld. Ich bin nur danach eingesprungen, um den Schaden zu begrenzen.«

Aber ist dies nicht eine Beichte, in der du Verantwortung für deine Sünden übernimmst?, fragte sich Jonah. *Sollte dies nicht ein Versuch sein, deine Seele so rein wie möglich zu waschen, du kranker Bastard?*

Mr Knowles seufzte und schaute an Jonah vorbei, als blicke er in die Vergangenheit. »Wir sagten ihm, er könnte seine Haut retten, wenn er kooperierte. Machten ihm klar, dass wir ein Ass im Ärmel hätten, einen hitzigen, blitzgescheiten Jungspund, der alles so hindrehen würde, dass es rechtmäßig wirkte.«

Nämlich mich. Jonahs Brust zog sich schmerzhaft zusammen. Er war benutzt worden. Sie hatten ihn im Dunkeln gelassen. Er war der Bauer in ihrem Spiel gewesen und hatte ihnen direkt in die Hände gearbeitet. Gott, für wie schlau er sich gehalten hatte, dabei war er bloß ein idiotischer Sündenbock gewesen! Geblendet von Selbstgefälligkeit und Ego. Jonah wollte lachen, weinen, schreien, doch er tat es nicht. Er hatte seine Sache gut gemacht, indem er Amanda Kershaws Glaubwürdigkeit untergrub, damit hatte er die Jury überzeugt. Aber die

Frau hatte auch gut mitgespielt. All die Jahre hatte Jonah diese Schuld mit sich herumgetragen, dabei hatte Amanda ganz genau gewusst, was sie tat.

»Was ist dann passiert?« Seine Stimme klang dumpf, wie tot.

Jetzt dämmerte doch so etwas wie Schuldgefühl in Knowles' Augen. Doch das war Jonah ziemlich gleichgültig. Der Blick des Alten glitt kurz über Jonahs zerstörtes Gesicht, dann senkte er die Augen.

»Er war immer schon eine tickende Zeitbombe, daran hätten wir denken müssen. Verstehen Sie, unser Fehler war, dass wir so handelten, als hätten wir es mit einem zurechnungsfähigen Menschen zu tun. Ridgley war aber nicht zurechnungsfähig.«

Murray Ridgley hatte also einen Groll auf Amanda Kershaw gehabt, auf die Frau, die ihm entkommen war. An jenem Unglückstag war er zum Gerichtsgebäude gekommen, um Rache zu nehmen. Und Jonah war in die Schusslinie geraten.

»Wie kam es, dass mein Bruder in dieses Spiel verwickelt war?«

Einen Augenblick lang starrte ihn Mr Knowles verwirrt an, doch dann begriff er. »Ihr Bruder hatte in den Vierteln zu tun, wo wir einige Mädels für den Club gefunden hatten. Er hatte Gerüchte gehört und fing an, Fragen zu stellen. Amanda berichtete, er habe sie angerufen, und wir haben ihr gesagt, sie dürfe nicht mit ihm reden.« Mr Knowles zuckte die Achseln. »Es kam nichts dabei heraus.«

Natürlich kam nichts dabei heraus. Amanda war erschossen worden, Justin war erschossen worden und Murray Ridgley hatte sich in die Luft gesprengt. Was für ein Glückstreffer für die angesehenen Clubmitglieder! Und sie feierten immer noch, als wären an jenem Tag keine Opfer zu beklagen gewesen. Als hätten niemals Unschuldige daran glauben müssen.

Es war lediglich ein Kollateralschaden, dass Jonahs Gesicht bis zur Unkenntlichkeit verwüstet war und sein Leben ruiniert. Er stand auf. Seine Knie zitterten. »Sonst noch etwas?«

»Wenn Sie verraten, was ich Ihnen erzählt habe, werde ich Sie als Lügner hinstellen. Falls ich bis dahin nicht tot bin.«

Mr Knowles spähte unter seinen buschigen weißen Brauen zu Jonah empor. Plötzlich wirkte er kleiner, wie geschrumpft, auf seinem Sterbebett. Aber auch Jonah fühlte sich innerlich wie ausgehöhlt.

Er dachte an die Beweise, die er besaß: die unscharfen Fotos, die wer weiß wen zeigten, von dem Mobiltelefon einer Zeugin, die nicht glaubwürdig war. Was zum Teil ihm zu verdanken war. Gott, es wäre geradezu komisch, wenn es nicht so tragisch wäre!

»Es nutzt zwar nichts mehr … Aber es tut mir leid, was Ihnen widerfahren ist.«

Jonah betrachtete den Sterbenden. »Es nutzt überhaupt nichts.« Er machte auf dem Absatz kehrt und verließ das Zimmer, rauschte an der Haushälterin vorbei, die sich beeilte, ihm die Haustür zu öffnen. Als sie seine Narben sah, wünschte sie ihm mit zitternder Stimme gute Fahrt. Jonah setzte seinen Helm auf und donnerte in die Nacht hinaus.

»Myrtle.« Seine Stimme dröhnte durch die stillen Korridore von Windisle. »Myrtle!«

»Um Himmels willen. Ich bin hier. Was brüllst du denn so?« Myrtle eilte in die Küche, wo Jonah stand und nach ihr rief. Die Hälfte von Myrtles Haaren war zu Zöpfen geflochten, die andere Hälfte stand bauschig vom Kopf ab. Offenbar hatte er sie bei ihrem Flechtritual gestört.

»Wohin hast du das Zeug gebracht, das dir die Polizei nach den Ermittlungen gegeben hat? Die Sachen von mir und

Justin? Er hatte an dem Tag eine Aktenmappe dabei. Eine braune.«

Myrtle war einen Moment so erschrocken, dass ihre Augen hinter den dicken Brillengläsern noch größer erschienen. Dann wurde der Schreck von Sorge verdrängt. »Ich … hab alles in eine Kiste gelegt. Steht oben im Schrank. Warte …«

Jonah war bereits aus der Küche gestürmt. Er nahm zwei Stufen auf einmal, riss die Schranktür auf, zerrte Mäntel hinaus, die ihm die Sicht versperrten, holte mehrere Kartons heraus – sie enthielten Weihnachtsschmuck und ähnlichen Kleinkram –, bis er endlich das Gesuchte fand.

Justins Aktenmappe lag obenauf. Behutsam holte Jonah sie aus dem Karton und strich mit der Hand über das weiche, abgewetzte Leder. Auf der Tasche waren große Flecken, die wie Rost aussahen. *Blut.* Seines Bruders Blut. Jonah schluckte seine Angst hinunter und öffnete die Schließe.

Innen steckte ein Stoß Papier, der mit einem von Justins damaligen Fällen zu tun hatte; diese Papiere interessierten Jonah nicht. Unter den Papieren lag ein gelber Notizblock, wie ihn Juristen stets benutzten, voller Kritzeleien und flüchtiger Notizen. Jonah erinnerte sich, gesehen zu haben, wie Justin bei Gericht diesen Block benutzt hatte. Ein- oder zweimal hatte er ihm dabei zugesehen und sich gefragt, was sein Bruder da schrieb. Briefe an sich selbst, wie es schien. Zusammenhanglose Gedanken und kleine Skizzen.

Ein Name ganz unten auf der Seite fiel ihm ins Auge. In seiner kleinen, prägnanten Handschrift hatte Justin notiert: *Amanda Kershaw. Keine Beweise.* Daneben stand eine Liste von Namen. Manche kannte Jonah vom Gericht, unter anderem Richter Rowland. All diese Männer hatte sein Bruder verdächtigt, Mitglieder des geheimen Clubs zu sein.

Unter der Liste stand in kleinerer Schrift der Name der Anwaltskanzlei, für die Jonah damals gearbeitet hatte, umgeben von einigen Fragezeichen.

Und dann folgten einige Worte, die unterstrichen waren und Jonahs wundem Herzen weitere Stiche versetzten: *Vertrau Jonah nicht.*

Er ließ den Block fallen, der in dem Durcheinander liegen blieb. Auf hölzernen Beinen stakste er in sein Zimmer.

»Was hast du?«, fragte Myrtle wie eine besorgte Mutter. Doch Jonah antwortete ihr nicht. Er war dazu nicht imstande. Sein Bruder war an jenem Tag zu ihm gekommen, weil er gewusst hatte, dass hinter den Kulissen etwas Unheimliches vor sich ging – zumindest hatte er etwas geahnt. Aber anstatt sich Jonah anzuvertrauen, hatte er an seinen Sinn für moralische Rechtschaffenheit appelliert und schließlich aufgegeben. Er hatte aufgegeben und Jonah in sein Verderben rennen lassen. Er hatte seinem Bruder nicht einmal die Chance gegeben, etwas zu tun.

Ich habe nur so ein Gefühl … du stehst jetzt vor einem entscheidenden Schritt für deine Zukunft, Jonah.

Ein Gefühl. Jonah lachte. Es klang hohl in seinen Ohren. Nein, Justin hatte viel mehr gehabt als nur ein Gefühl. Sehr viel mehr sogar. Er hatte Beweise gesammelt. Und dann hatte er sie zurückgehalten. *Vertrau Jonah nicht.*

Er machte der vor sich hin redenden Myrtle die Tür vor der Nase zu. Jonah stand einen Moment in dem leeren Raum, während der Kummer in seiner Brust brannte. *Warum, warum, warum nur?*

Er fiel auf die Knie und weinte, den Kopf in den Händen vergraben.

32. KAPITEL

»Wo steckst du bloß?«, murmelte Clara, während sie ihr Handy nach dem soundsovielten vergeblichen Anruf in die Tasche steckte. Was zum Kuckuck war mit Jonah los?

Zunächst, als er auf ihre Anrufe nicht reagierte, war sie lediglich unsicher gewesen – schnitt er sie absichtlich? Jetzt jedoch, nach zwei Tagen absoluter Funkstille, machte sie sich allmählich Sorgen.

Was, wenn Jonah bei einer Patrouille mit den Brass Angels etwas zugestoßen war? Wenn er verletzt war? Wusste Myrtle, wie sie Clara erreichen konnte? Sie versuchte, sich einzureden, dass ihre Sorgen töricht waren, aber es fiel schwer zu glauben, dass Jonah einfach beschäftigt war, wusste sie doch, dass es nicht zutraf.

Die Premiere des Balletts sollte in drei Wochen stattfinden. Clara hatte immerzu Proben gehabt, doch heute war ihr freier Tag, und sie wollte Jonah unbedingt sehen.

Sie hatte sich die Zeit mit Putzen, Wäschewaschen und einem Besuch bei Mr Baptiste vertrieben. Dort kaufte Clara einen Korb voller Kürbisse und sogar einen kleinen Zierkürbis, den sie inzwischen neben die Pflanze vor ihrer Tür gelegt hatte. Jetzt aber war bereits die Sonne untergegangen, und sie wanderte unruhig in ihrer Wohnung auf und ab, zu nervös, um still zu sitzen.

Sie musste raus, sonst würde sie durchdrehen. Clara rief Uber an. Sie wollte die Wartezeit, bis Jonah auf ihre soundsovielte Nachricht antwortete, nutzen, um eine Frage zu klären. Die hatte damit zu tun, dass Angelina höchstwahrscheinlich nicht lesen konnte.

Zwanzig Minuten später setzte das Taxi Clara vor dem Laden ab, in dem sie ihrem Gefühl nach zuletzt vor einer Million Jahren gewesen war – dem Shop von Fabienne.

Clara hegte den starken Verdacht, dass Fabienne keine sonderlich talentierte Wahrsagerin war, doch sie schien eine Expertin für Zaubersprüche und Flüche zu sein. Einen Versuch war es wert, und obendrein wäre sie zumindest für ein paar Minuten von ihrer Sorge um Jonah abgelenkt.

Wenn er sich danach immer noch nicht meldete, würde sie nach Windisle fahren und ihn aufspüren, wie sie es schon früher getan hatte. Eigentlich hatte sie gehofft, dass sie inzwischen über dieses Stadium hinaus wären.

Als Clara den Laden betrat, saß Fabienne auf derselben Couch wie beim letzten Mal. Diesmal jedoch schlief das Baby, das Clara damals nur gehört hatte, in ihren Armen. Bei Claras Anblick hoben sich Fabiennes Augenbrauen. »Erstattungen gibt's bei mir grundsätzlich nicht.«

Clara schloss die Tür und drehte sich zu Fabienne um. »Was sagen Sie da?« Sie schüttelte den Kopf. »Darum geht's mir nicht. Eigentlich«, sie zog ihre Kreditkarte aus dem Portemonnaie und hielt sie Fabienne hin, »möchte ich noch einmal … eine spirituelle Sitzung haben.«

»Eine Sitzung?«

»Ja. Wie letztes Mal.«

»Hmm.«

Fabienne wandte den Blick ab, als ein Mann aus dem Hinterzimmer kam. Dreadlocks hingen über seinen nackten Rücken. Seine schläfrigen Augen gingen zu Clara und dann wieder zu Fabienne. »Schläft er?« Er zeigte mit dem Kinn auf das Baby.

»Ja.« Fabienne stand auf, ging zu ihm und legte ihm das Wickelkind in die Arme. Seine vollen Lippen verzogen sich zu einem Lächeln, während er auf das Bündel hinabschaute. Dann verschwand er im Hinterzimmer. Clara hörte, wie er die Treppe hochstieg.

Fabienne wandte sich wieder ihrer Besucherin zu. »Zwei für eins.«

»Wie bitte?«

Sie deutete mit dem Finger auf den Stuhl der Couch gegenüber. »An dem Tag, als Sie gekommen sind, hatte ich gerade das Zwei-Für-Eins im Angebot. Die Sitzung geht also aufs Haus.«

Clara ließ sich auf den Stuhl sinken. »Das ist sehr freundlich, danke. Ich habe eine Frage zum, äh, Leben nach dem Tod.«

Fabienne lehnte sich zurück und sah sie aufmerksam an. »Okay.«

Clara neigte den Kopf zur Seite und überlegte, wie sie am besten beginnen sollte. »Nehmen wir an, jemand stirbt im Glauben an etwas, das sich später als unwahr erweist. Würde er nicht, sobald er in die andere Welt hinübergegangen ist, irgendwie Kenntnis von der Wahrheit erlangen?«

»Sie wissen aber schon, dass ich niemals tot gewesen bin, oder?«

Clara lachte. »Hab ich mir schon gedacht. Mir kam es neulich so vor, als wüssten Sie viel über das Thema, und vielleicht könnten Sie Ihre Sachkenntnis dazu benutzen, zumindest eine Vermutung auszusprechen.«

Fabienne spielte mit der Polsterung der Couch. Sie strich mit den Fingerspitzen über die Nagelköpfe, als müsste sie sich davon überzeugen, dass nicht einer fehlte. »Meine Mutter hat immer gesagt, wenn ein Mensch gestorben ist, dann werden alle Schleier gelüftet.«

»Damit … er vielleicht nach dem Tod das ganze Bild sehen kann, was er im Leben nicht konnte.«

Fabienne zuckte die Achseln. »Das haben Mutter und Großmutter jedenfalls geglaubt.« Sie beugte sich vor. »Verstehen Sie, im Leben nach dem Tod geht's um Vergebung. Und man kann einem Menschen nicht eher vergeben, bis man die Wahrheit in jedem Licht gesehen hat.«

In jedem Licht. Etwas regte sich am Rande von Claras Gedanken, aber es schwebte wieder davon, zu flüchtig, um es zu fassen.

Clara nickte langsam, weil sie wieder an das dachte, was Fabienne bei ihrem letzten Besuch gesagt hatte: *Wenn Angelina bleibt, dann seinetwegen. Wegen ihres Soldaten.*

Clara hatte nur nicht verstehen können, warum Angelina eines Mannes wegen blieb, der ihr das Herz gebrochen hatte, eines Mannes wegen, der sie so furchtbar verletzt hatte, dass sie sich schließlich das Leben nahm.

Aber wenn es stimmte, was Fabienne soeben gesagt hatte …? Dann war im Leben nach dem Tod der Schleier gelüftet worden, die Wahrheit ans Licht gekommen. Angelina hatte begriffen, dass John sie nicht belogen hatte, sondern dass sie hereingelegt worden war.

Dann war John mit dem Fluch belegt worden, er solle nach seinem Tode niemals mit Angelina vereint sein. Und so wanderten sie ziellos durch den Rosengarten, blind für die Gegenwart des anderen. Dennoch konnten sie den anderen vielleicht spüren, so wie sie, Clara, Jonah durch die massive Mauer gespürt hatte. Aber sie waren auf ewig getrennt – John durch den Fluch und Angelina, weil sie sich weigerte, ihren Liebsten allein zu lassen.

Es war alles so … fantastisch. Pure Spekulation, nichts, was jemals bewiesen werden konnte. Allein die Vorstellung des unglücklichen Paares erfüllte Clara mit tiefer Trauer. Wenn sie recht hatte, machte es die Tragödie noch schmerzlicher.

Clara schaute Fabienne an. »Vielen, vielen Dank. Ich kann Ihnen gar nicht sagen, wie sehr ich Ihre Hilfe zu schätzen weiß.«

Fabienne nickte. »Wenn Sie in einem Monat oder so wiederkommen, dann wird das hier ein Café sein. Im Viertel läuft es jetzt besser durch die Brass Angels. Weniger Verbrechen. Die Leute fühlen sich sicherer. Geschäfte öffnen wieder.« Sie hob die Schultern. »Um die Wahrheit zu gestehen, hab ich auch nie ein besonderes Faible für die Wahrsagerei gehabt. Aber ich will verdammt sein, wenn ich nicht einen richtig guten Kaffee kochen kann, außerdem bin ich Weltmeisterin im Backen. Das scheint mir die bessere Geschäftsidee zu sein.«

Clara lächelte. »Ich komme ganz bestimmt wieder. Vielen Dank noch einmal.« Sie wandte sich bereits zum Gehen, als ihr etwas einfiel. »Das Theater, in dem ich auftrete, ist auf der Suche nach einem Kaffee-Caterer für die nächsten Aufführungen. Sie könnten Visitenkarten auslegen. Wäre vielleicht gut, Werbung zu betreiben, während Sie gleichzeitig Geld verdienen. Falls Sie interessiert sind.«

Fabienne sagte einen Moment lang nichts, doch in ihren Augen blitzte Interesse auf. »Das wäre super. Wen muss ich da anrufen?«

Clara wühlte in ihrer Tasche und zog einen alten Kassenbon und einen Kugelschreiber heraus. Sie notierte Madame Fourniers Handynummer sowie ihren eigenen Namen. »Sagen Sie, dass Sie's von mir haben. Madame Fournier wird Ihnen den Kontakt vermitteln.«

»Das mach ich. Vielen, vielen Dank.«

Clara nickte und lächelte, dann verließ sie Fabiennes Shop. Sie schaute kurz auf ihr Handy: keine verpassten Anrufe. Clara seufzte. Der Fahrer des Uber, den sie im Voraus bezahlt hatte, wartete auf der anderen Straßenseite. Clara joggte zu ihm hinüber, stieg mit einem atemlosen »Danke« ein und gab ihm die Adresse.

Das Maß ist voll, Jonah Chamberlain.

Volle zehn Minuten stand sie am Seiteneingang und hämmerte auf das hölzerne Gatter ein. Keine Reaktion. Clara trat einen Schritt zurück und musterte das Hindernis mit zusammengezogenen Brauen. Das Gatter war zwar hoch, aber sie war durchtrainiert. Sie konnte die obere Kante packen, sich hochziehen und darüberschwingen. Außerdem fand sie in Erinnerung an ihren letzten kläglichen Versuch, dass sie sich etwas beweisen musste.

Ein paar Minuten später stand Clara auf dem Grundstück und wischte sich die Hände sauber. Eine Sekunde lang kostete sie ihren Triumph aus, dann lief sie zum Haus. Wiederum war ihr Klopfen kein Erfolg. *Mist.*

Einen Augenblick lang stand Clara unschlüssig unter der trüben Verandaleuchte, dann ging sie zur Hausecke und spähte in die undurchdringliche Schwärze, die sich bis zum Mississippi erstreckte.

Vielleicht magst du ja Monster? Ist es das, Clara?

Sie trat aus dem Lichtkegel in den Schatten, zwang sich vorwärtszugehen, rief beim Gehen seinen Namen. In der Luft lag der Duft der Kiefern, ihre Füße zertraten trockene Blätter, jedes Rascheln eine kleine Explosion. Daran erkannte Clara, dass sie sich nun im Wald befand. Doch in welche Richtung sollte sie sich wenden? Furcht befiel sie. Jonah war nicht aufzuspüren, und sie wusste nicht, wie sie hier wieder herauskommen sollte.

Clara zog ihr Handy aus der Hosentasche und schaltete die Taschenlampe auf die niedrigste Stufe. Mit dem Licht kehrte auch ihre Sicherheit wieder, und sie wagte sich tiefer in den Wald hinein. Im Schein der Lampe konnte sie den Weg zwischen den Blockhütten erkennen, den Weg, den Jonah mit Sicherheit von Laub und Ästen freihielt, weil hier seine Joggingstrecke verlief.

»Mach das Licht aus.«

Clara blieb vor Schreck fast das Herz stehen. Gehorsam schaltete sie die Taschenlampe an ihrem Handy aus und war sofort von schwärzester Dunkelheit umgeben. Beklommen hörte sie Jonahs Schritte auf sich zukommen. »Ich habe mir Sorgen um dich gemacht«, sagte sie, als ihre Hände sich berührten. »Und niemand ist ans Tor gekommen, als ich geklopft habe.«

»Myrtle ist in die Stadt gefahren, zu ihrer Nichte, und wenn Cecil schläft, dann kann ihn nichts aufwecken. Wie bist du reingekommen?« Seine Stimme. Sie war das reinste Aphrodisiakum. Jonah nahm sie bei der Hand und zog sie tiefer mit sich in den Wald hinein.

»Ich … ich …«

»Du bist einfach über den Zaun geklettert?«

»Ja.«

»Klar bist du.« Er klang nicht ungehalten, nur irgendwie … müde. Clara war verwirrt und unsicher. Bei ihrem letzten Gespräch am Telefon hatte Wärme in seiner Stimme gelegen. Liebe.

»Jonah? Was ist los?«

Sie hörte, wie eine Tür geöffnet wurde. Dann sagte er, sie solle eine Stufe hochsteigen, und Clara tat es leicht stolpernd. An dem Geruch nach altem Holz erkannte sie sogleich die Blockhütte, in der sie schon einmal gewesen waren.

Clara tastete nach der Wand. Sie musste sich jetzt an etwas festhalten. Jonah schritt unruhig vor ihr auf und ab, sie hörte, wie er seufzend den Atem ausstieß.

»Es war alles ein abgekartetes Spiel.«

»Was? Was war ein abgekartetes Spiel?«

»Der Prozess. Meine Rolle dabei. Alles. Und das Schlimmste war, dass mein Bruder Bescheid wusste. Oder zumindest … etwas wusste. Und mir nichts gesagt hat.«

Clara hörte seiner Stimme die Verzweiflung an. Sie wollte ihre Hand nach ihm ausstrecken, befürchtete aber, dass er der Berührung ausweichen würde. Und so blieb sie an die Wand gelehnt stehen und lauschte seinem Bericht über Amanda Kershaws Handy und den Sexclub, über Chandler Knowles und Justins Aufzeichnungen – den Worten, die Jonah tief ins Herz getroffen hatten, wenn sie es richtig verstand.

»Das tut mir so leid«, murmelte sie erstickt. Dieser Schlag musste Jonah zutiefst verletzt haben, und das war ja auch kein Wunder.

All die Jahre hatte er sich so gequält, und wofür? Es war alles eine Lüge gewesen. Eine kranke, dreckige Lüge, die nur dazu diente, die Machenschaften anderer zu decken.

»Jonah, es ist nicht deine Schuld.«

Er lachte. Es klang so, als würde er ersticken. »Ach nein? Ist es etwa nicht meine Schuld, so von mir überzeugt gewesen zu sein, dass ich gar nicht merkte, wie sie mich benutzten? So ein verdammter Einfaltspinsel! Gott, für die muss ich die allergrößte Lachnummer gewesen sein! War es etwa nicht meine Schuld, dass mein Bruder mir nicht genug vertraute, um mir von seinem Verdacht zu erzählen?«

Clara schwieg und versuchte, Ordnung in ihre Gedanken zu bringen. All das war ein herber Schock, und im Gegensatz zu Jonah hatte sie noch keine Sekunde Zeit gehabt, darüber nachzudenken.

»Was wirst du tun?«, fragte sie schließlich. Immerhin besaß er einige Beweise … Amandas Handy, der Club – obwohl es so aussah, als ob die Mädchen nicht gegen ihren Willen dort arbeiteten. Andererseits war jeder, der Jonahs Aussage hätte untermauern können, entweder tot oder sterbenskrank.

»Ich weiß nicht. Ich habe mich noch nicht entschieden. Vielleicht gar nichts.«

Clara wusste nicht, was sie sagen sollte, um Jonah zu helfen. Sie drückte sich von der Wand ab und streckte die Arme nach ihm aus, doch er wich vor ihr zurück, und sie hatte keine Ahnung, wo er jetzt stand. Wieder einmal hatte sie die Orientierung verloren.

»Jonah?«

»Du solltest lieber gehen, Clara.«

»Ich soll gehen? Jonah, du musst das nicht alleine tragen. Ich bin hier, ich will dir helfen. Ich kann mir vorstellen, wie niederschmetternd das ist. Aber wir können … Wir können das gemeinsam durchstehen. Wenn du mich nur lässt.«

»Für uns gibt es keine Zukunft.«

»Was? Und warum? Jonah, du leidest, aber du bist nun schon so weit gekommen! Lass dich nicht entmutigen. Du hast doch schon so viel erreicht, du kannst …«

Clara fuhr herum, als sie ein Geräusch hinter sich hörte. Plötzlich wusste sie nicht mehr, wo er war, oder ob es überhaupt Jonah gewesen war, mit dem sie hier in der Dunkelheit gesprochen hatte. War er fort? Hatte er sie allein gelassen? Vor Angst brach ihr der Schweiß aus.

Wieder rief sie seinen Namen, tat ein paar zaghafte Schritte, tastete nach einer Wand, nach irgendetwas, an dem sie sich orientieren konnte. Doch ihre Hände griffen stets ins Leere.

»Jonah«, flehte sie wieder und packte ihr Handy fester. Sie wollte das Licht nur auf den Boden richten, um sich orientieren zu können. Als sie die Lampe einschaltete, fühlte sie eine Hand auf ihrer Schulter. Clara stieß einen leisen Schrei aus.

Instinktiv hob sie den Arm und leuchtete ihm voll in das unmaskierte Gesicht.

Jonah hatte sie rufen hören, er war zu ihr gekommen in der Dunkelheit. Nun standen sie sich in der Hütte gegenüber und blinzelten in das grelle Licht.

Oh Gott, was hatte sie getan? Clara zuckte vor Scham zusammen. Jonahs Blick glitt über ihr Gesicht, seine Miene war voll tiefster Verzweiflung. Clara meinte zu hören, wie sein Herz brach. Der nackte Schmerz in seinen Augen war wie ein Messer in ihrem Herzen.

»Du hattest es versprochen«, sagte er mit brüchiger Stimme.

»Jonah«, flüsterte Clara und streckte die Hand nach ihm aus, betrachtete das Gesicht, das sie schon seit einer Ewigkeit sehen wollte. Einen Moment lang starrte sie ihn an, aber nicht, weil sie sich vor seinem Anblick fürchtete. Sie erfuhr etwas Neues über den Menschen, den sie schon so lange kannte.

Auf seiner linken Gesichtshälfte traten die Knochen deutlicher hervor, die Haut spannte sich darüber. Dadurch wirkten Jonahs Züge, als seien sie in ständiger Missbilligung nach unten gezogen. Und damit war die starke Struktur seines Gesichtes, die maskuline Eleganz seiner Züge, nur umso besser zu erkennen.

Und nicht nur das. Seine Narben und die Entstellung der einen Seite dienten dazu, die umwerfende Schönheit der anderen zu betonen.

Er war Schönheit und Schmerz, Pracht und Leid, Rache und Vergebung – und all das umso stärker und bedeutender, weil in seinem Gesicht beide Seiten zugleich vorhanden waren.

Jonah stieß einen Tierlaut des Schmerzes, der Verzweiflung aus. Er wandte sich vom Licht ab, von dem, was er auf Claras Gesicht gelesen und ganz sicher missverstanden hatte.

»Geh!«, herrschte er sie an.

»Jonah, bitte. Ich wollte das nicht. Du weißt doch, dass ich dir nie …«

»Geh!«, brüllte er noch lauter. Clara zuckte zusammen, sie wimmerte unwillkürlich. »Ich will dich nie wiedersehen!«

»Es tut mir so leid, Jonah. Bitte. Es war ein Irrtum.«

»Wir waren ein Irrtum.« Er hatte ihr jetzt den Rücken zugekehrt, versteckte sein Gesicht vor ihr, obwohl sie doch alles an ihm gesehen und akzeptiert hatte. Nur ein kleiner Augenblick – und alles war anders geworden.

»Wir waren … Nein, du weißt, dass es nicht stimmt. Wir sind magisch.« Sie streckte die Hand nach ihm aus, aber Jonah entzog sich ihr.

Er lachte. Es war ein hässlicher Laut, erfüllt von Schmerz und dem Wunsch, ihr das gleiche Leid zuzufügen, das er selbst empfand.

»Es gibt keinen Zauber, Clara.« Nun wandte er sich ihr wieder zu und hob den Kopf, um seine Worte zu unterstreichen. »Es gibt keine Geister im Garten. Die Mauer weint nicht. Die Steine saugen Wasser auf, wenn es regnet, und setzen es frei, wenn sie trocknen. Herrgott! Das ist keine Magie. Bloß Wissenschaft«, setzte er in scharfem Ton hinzu. Und damit drehte er sich um und ließ sie einfach stehen.

Die Tür schlug zu. Clara weinte in der Dunkelheit.

33. KAPITEL

»Clara, Liebes, stimmt etwas nicht?«

Clara blieb abrupt stehen und drehte sich zum Gartentor um. Sie hatte Mrs Guillot, die gebückt dastand, um ein paar Töpfe mit Chrysanthemen in der Nähe des Eingangs zu arrangieren, gar nicht bemerkt.

»Oh, Mrs Guillot, tut mir leid, ich war ganz in Gedanken versunken.«

»Das sehe ich. Und in keine angenehmen, wie's scheint.«

»Nein, Mrs Guillot. Leider nicht.«

Die Furchen auf der Stirn der alten Dame wurden noch tiefer, als sie es schon von Natur aus waren. »Läuft's nicht gut mit deinem maskierten Gentleman?«

Trotz ihres Kummers musste Clara lächeln. *Maskierter Gentleman*. Doch das Lächeln verging ihr bei der Erinnerung daran, wie sie Jonah versehentlich angeleuchtet und bloßgestellt hatte – und an seine letzten Worte, die er ihr hinterhergebrüllt hatte, als sie fluchtartig das Grundstück verließ.

Sie hatte Jonah eine Entschuldigung geschickt, eine lange Nachricht, in der sie zutiefst bedauerte, dass sie ihm ohne Erlaubnis mit der Taschenlampe ins Gesicht geleuchtet hatte. Aber er hatte nicht geantwortet, und sein Schweigen klingelte in ihren Ohren, wurde von Tag zu Tag lauter. Es machte ihr sehr zu schaffen.

»Ich habe einen Fehler gemacht, Mrs Guillot.« Clara merkte, dass sie der alten Frau – ihrer guten Freundin – zu gerne erzählen würde, wer Jonah wirklich war, sie wollte über seine Narben sprechen und die Gründe, warum er eine Maske trug – aber das ging nicht. Sie konnte Jonah nicht noch mehr bloßstellen, als sie es bereits getan hatte, nicht ohne seine Erlaubnis, in keiner Form. »Ich … habe ihn verletzt. Sehr schlimm, wie ich glaube. Und er hat vorher bereits so gelitten.« Eine Träne rann aus ihrem Auge, bevor Clara sie abwischen konnte. »Es war nur ein dummer Fehler, aber er kann mir nicht verzeihen.«

»Unsinn.«

»Was?«

Mrs Guillot gab ein glucksendes Geräusch von sich. »Er kann dir verzeihen. Du bist ein liebes Mädchen. Du hast einen Fehler gemacht, der dir leidtut. Dein Herz leidet ebenso wie seins. Er kann dir verzeihen«, wiederholte sie. »Du musst ihn bloß davon überzeugen.«

Clara lachte unter Tränen. »Das könnte schwierig werden. Er ist nämlich Anwalt gewesen. Ein sehr guter Anwalt. Er ist derjenige, der Menschen überzeugen kann.«

»Das ist sogar noch besser. Wenn du ihm einen guten Grund gibst, wird er darauf ansprechen. Und Honey, du musst kein Vortragskünstler sein, damit er das begreift. Du brauchst dafür bloß die Wahrheit und das Licht der Liebe, die ich in deinen Augen sehe. Bring ihn dazu, dass er dir zuhört. Und wenn er dich dann immer noch wegstößt, dann weißt du, dass du dein Bestes getan hast, mit jedem Gramm Liebe deines Herzens. Und damit wirst du deinen Frieden finden. Er muss seinen Frieden auf seine Weise finden.«

Clara richtete sich auf. Die Leidenschaft in Mrs Guillots Worten wirkte ansteckend. Ihre Freundin hatte recht. Außerdem hatte sie Clara wieder daran erinnert, dass sie ein Mensch war, der niemals aufgab.

Sei auf der Hut vor dem Mann mit den zwei Gesichtern. Er wird dich verletzen, wenn du es zulässt.

Ja. Natürlich würde er. Weil verletzte Menschen nun einmal zu Zerstörung neigten, nicht wahr?

Claras Vater hatte auch einen Teil der Prophezeiung wiederholt, doch dann hatte er noch hinzugefügt: *Dann lass es nicht zu*, weil er fest an seine Tochter glaubte. Immer, ja immer hatte er an sie geglaubt, und mit dem Wissen um dieses Zutrauen und seine tiefe, väterliche Liebe hatte Clara stets danach gestrebt, ihre Träume zu verwirklichen, ganz gleich, wie viele Widerstände sie dabei überwinden musste.

Ein zitternder Atemzug durchfuhr sie: Sie würde es nicht zulassen. Sie würde um Jonah kämpfen und ihm jeden Grund dafür liefern, den er brauchte. Damit er für sich kämpfte, für sie beide kämpfte.

Clara beugte sich vor und umarmte Mrs Guillot über das Gartentor hinweg. »Ich habe so ein Glück, dass ich Sie kenne«, flüsterte sie und küsste die weiche Wange.

Mrs Guillot lachte. »Ich hab auch Glück, Darlin'. Und ich bin hier, wann immer du mich brauchst.«

Clara bedankte sich noch einmal, dann eilte sie hoffnungsvoll beschwingt zu ihrer Wohnung.

Ja, Jonah war Anwalt gewesen. Er hatte mit Debatten und Argumenten seinen Lebensunterhalt bestritten. *Dann muss ich es eben noch besser machen*, dachte Clara. *Ich muss ihn überzeugen.*

Seit vier Tagen sah sie Jonah vor sich, wie er sie im Schein der Lampe angesehen hatte, sein ganzes Gesicht ihrem Blick ausgesetzt. Clara hatte einen Augenblick gebraucht, um dieses Bild mit dem Mann von einst in Einklang zu bringen, mit der brutalen Wahrheit seines vernarbten, zerstörten Gesichts, aber das hatte wirklich nur einen Moment gedauert. Jonah war ihr schön erschienen, und ihn so zu sehen, wie er jetzt war, hatte ihre Liebe zu ihm nicht im Geringsten geschmälert.

Sie schloss ihre Haustür auf, warf den Matchbeutel auf die Couch und ging unter die Dusche.

Selbst wenn er ihr verzieh, war Jonah doch so überzeugt davon, dass die Welt ihn zurückweisen würde, dass er sich von ihren Argumenten nicht umstimmen lassen würde. Eine gute Taktik für einen Anwalt, der vor Gericht entschlossen auftreten musste, aber eine schlechte für einen Mann, der sich in einem Irrtum befand und erst davon überzeugt werden musste, sich den vernünftigen Erklärungen eines anderen Menschen gegenüber aufgeschlossen zu zeigen.

Nachdem sie eilig geduscht und sich die Haare getrocknet hatte, rief Clara ein Uber und schritt nervös vor ihrer Tür auf und ab, während sie ihre Argumente noch einmal durchging. Es erforderte einigen Mut, wieder bei Jonah hereinzuschauen, nachdem er sie hinausgeworfen hatte.

Eine Viertelstunde später stand sie vor dem Zaun, im letzten Licht des verlöschenden Tages, zu jener Stunde, in der Mut rasch in Angst umschlagen konnte. Clara zögerte noch einen letzten Moment, sie holte tief Luft, um sich zu wappnen. Es war, als warteten selbst die hohen Gräser darauf, was der Wünschesammler tun würde, wenn er merkte, dass das unerschrockene Mädchen wiedergekommen war. Jedenfalls wollte Clara sich einreden, dass sie tapfer war … Man hätte auch behaupten können, dass ihre Handlungsweise weniger auf Mut als vielmehr auf Tollkühnheit beruhte.

Also lass es nicht zu.

Okay. Sie straffte entschlossen die Schultern. *Ich schaffe das.*

Sie klopfte und hörte wenige Minuten später eine Tür gehen; dann näherten sich Schritte. Myrtle öffnete das Tor und wirkte gar nicht überrascht, sie zu sehen. »Hi, Clara.« Sie machte die Pforte ein bisschen weiter auf, damit Clara hindurchschlüpfen konnte.

»Hi, Myrtle. Ich würde gern Jonah besuchen. Obwohl er … mich nicht erwartet.« Unschlüssig blickte sie sich um. »Tatsächlich wird er wohl kaum sehr erfreut sein.«

»Tja«, machte Myrtle mit Trauer im Blick. »Ich wüsste nicht, wie er noch weniger erfreut sein könnte als die ganze letzte Woche. Es macht also nichts. Er drückt sich wieder da hinten bei den Hütten herum. Scheint neuerdings da zu wohnen. Ansonsten schleicht er wie ein verwundetes Tier durch die Korridore von Windisle. Machen Sie, was Sie wollen, meine Liebe.«

Sie war um einen leichten Ton bemüht, aber Clara konnte deutlich den Schmerz in Myrtles Gesicht erkennen, die Erschöpfung um ihre Augen, sicher aus Sorge um Jonah.

Zum zweiten Mal innerhalb einer Stunde war Clara von Dankbarkeit erfüllt. Sie schlang ihre Arme um Myrtle und drückte sie. Myrtle erwiderte die Umarmung, dann stupste sie Clara in Richtung Hütten und schenkte ihr noch ein trauriges Lächeln.

Noch nie war sie den Weg zwischen den Sklavenhütten bei Helligkeit gegangen. Und obwohl es ihr sehnlichster Wunsch war, Jonah zu sprechen, konnte Clara doch nicht umhin, die Umgebung in sich aufzunehmen. Sie stellte sich vor, wie es hier vor hundertfünfzig Jahren ausgesehen hatte, als die Sklaven auf diesem Weg zu ihrer Arbeit auf den Zuckerrohrfeldern gegangen oder nach einem Tag voller harter Plackerei heim zu ihren Hütten gekehrt waren.

Traurigkeit senkte sich über Clara. Sie empfand den verzweifelten Wunsch, die Lebensumstände für Menschen zu ändern, die sie nicht gekannt hatte, die Existenz von Menschen zu retten, die seit Langem tot waren. Nur Angelina nicht, auf ewig hier gefangen und von dem brennenden Wunsch erfüllt, wenigstens im Tod ihrem Sklavendasein zu entrinnen.

»Warum bist du gekommen?«

Clara fuhr zusammen und wandte sich der Stimme zu. Jonah stand an einen knorrigen Baum gelehnt, um den Stiefmütterchen wuchsen. Seine Pose wirkte auf den ersten Blick lässig, doch dann sah Clara, dass er die Hände zu Fäusten geballt hatte. Und sein Gesicht, sein unbedecktes Gesicht wurde von einem der letzten Sonnenstrahlen durch eine Lücke in den Bäumen getroffen.

Clara verharrte einen Moment, um Jonah im Ganzen zu betrachten. Unmaskiert. Ihr sich offenbarend. Endlich. Er hatte ja keine Ahnung, wie schön er war, und zur Hölle mit seinen Narben! Er gehörte ihr, und ihre Liebe zu ihm war so stark, dass sie an sich halten musste, um sich ihm nicht in die Arme zu werfen.

Ein hauchfeiner Dunst stieg vom Boden auf, wie Spitze hing das Moos von den Bäumen und bewegte sich leicht im Wind, schuf eine Atmosphäre wie im Traum. *Seine Höhle, in der Tat*, dachte Clara, und ihr Herz setzte einen Schlag aus. Dass er sie bloß nicht wieder fortschickte!

Sie richtete sich sehr gerade auf, wappnete sich innerlich. »Ich bin gekommen, um mich noch einmal zu entschuldigen, von Angesicht zu Angesicht. Du musst meine Entschuldigung nicht annehmen, aber auf diese Weise kannst du mich wenigstens nicht ignorieren.«

Jonah zog die Augenbraue in dem unverletzten Teil seines Gesichtes hoch. »Du machst es mir auch ganz schön schwer, dich zu ignorieren, selbst dann, wenn ich es möchte.«

Das tat weh, aber Clara hob umso entschlossener den Kopf. »Ich hätte nicht ungebeten herkommen müssen, wenn du nur auf einen Anruf, eine Nachricht von mir reagiert hättest.«

»Ich wollte mich nicht drängen lassen, Clara.«

»Jonah.« Sie trat dicht vor ihn und streckte ihre Hand aus. Instinktiv wich er zurück, wandte die zerstörte Hälfte seines Gesichts ab. Diese Bewegung war ihm anscheinend zur zweiten Natur geworden. Claras Hand fiel herab. »Bitte nimm meine Entschuldigung an. Du sollst wissen, dass ich dir niemals absichtlich schaden würde, oder ein Versprechen, das ich dir gegeben habe, brechen werde.«

Jonah musterte sie einen Moment nachdenklich, dann machte er einen Schritt auf Clara zu. »Ich habe gesehen, wie du mich angestarrt hast. Dieser kurze Augenblick, als du zum ersten Mal sahst, wie ich wirklich bin, hat mir alles verraten, was ich wissen musste.«

Jonahs Stimme klang dumpf und wie erloschen, dennoch schien er unter Spannung zu stehen. Er senkte den Kopf. »Du sagtest einmal, du würdest mich so sehen, wie ich früher war, weil du keine anderen Bilder von mir hattest. Wie geht es dir jetzt mit dem Wissen, dass dies hier das Gesicht ist, das sich über dich beugte, als ich dich im Dunkeln gefickt habe?«

Er war mit Vorsatz grob, um sie durcheinanderzubringen, sie von sich zu stoßen. *Er will die Wahrheit wissen. Nun gut, er soll sie haben.* »Natürlich habe ich mich an deinem früheren Aussehen orientiert. Ich hatte ja keine anderen Bilder zur Verfügung. Aber was ich jetzt sehe, gefällt mir, ich mag jede Narbe an dir. Und vor allem deswegen, weil du es bist. Nicht der Mann von damals, sondern der heutige. Ich habe nur eine Sekunde gebraucht, um die beiden miteinander zu verbinden. Du aber hast das in acht Jahren nicht geschafft.«

Jonah lachte. Es klang grausam und auch ein wenig verzweifelt. Als müsste er sich dazu zwingen, eiskalt zu sein, aber es kostete ihn Kraft. »Das hier« – er zeigte auf sein Gesicht – »ist das, was du wirklich willst? Du willst, dass dieses Gesicht dich anblickt?«

Warum war das nur so schwer zu begreifen? Seine Narben waren umfangreich, ja. Die Verbrennungen, die er davongetragen hatte, ließen Clara innerlich zusammenzucken, aber nicht wegen ihrer Hässlichkeit. Sie litt mit ihm unter seinen Schmerzen.

»Ja, tatsächlich. Ich habe dir nie Grund gegeben, das Gegenteil anzunehmen. Du hast meine Reaktion falsch verstanden, Jonah, das habe ich dir schon einmal gesagt. Und ich glaube, im Innersten weißt du das auch, sonst wärst du nicht so beunruhigt, dass ich dich zu irgendetwas drängen wollte. Ich bin doch hier, oder etwa nicht? Ich bin wiedergekommen und bereit, mich zum Narren zu machen. Du bist doch derjenige, der mich fortstößt. Vielleicht willst du mich nicht anschauen. Vielleicht stellst du dir lieber eine andere vor. Vielleicht liebst du die Dunkelheit, Jonah, weil ich dir im Hellen nicht gefalle.«

Er starrte sie mit verblüffter Miene an. »Das glaubst du?«

»Warum sollte ich nicht? Ich bin hier, biete mich dir an, und du weist mich zurück. Was soll ich denn sonst glauben?« Clara bluffte. Jonah hatte ihr das Gefühl gegeben, schön zu sein. Das war ihr im Leben noch nicht passiert. Aber wenn sie den Spieß umdrehte, würde er vielleicht begreifen, wie töricht sein Verhalten war. »In deinem früheren Leben hättest du mich womöglich kein zweites Mal angesehen. Vielleicht gibst du dich mit mir nur zufrieden, vielleicht glaubst du, du bekommst nichts Besseres mehr. Und machst deshalb das Licht aus, wenn wir uns lieben.«

»Das ist ja lächerlich.«

»Ach ja?«

»Ja.«

»Tatsächlich? Haben in den letzten Jahren viele Mädchen vor deinem Tor gestanden? Hattest du die freie Auswahl?«

»Clara, hör auf damit. Mir ist schon klar, was du da machst.«

»Ach ja? Was mach ich denn? Dir die Wahrheit sagen?«

»Du weißt, dass das alles nicht stimmt. Du weißt, dass ich dich will.« Schroff stieß er die Worte hervor, und ein Muskel zuckte an seinem Kiefer.

»Tust du das? Wen hast du im Dunkeln statt meiner gesehen? Eine dieser tollen Frauen der High Society, mit denen du früher durch die Lokale gezogen bist? Ich habe die Fotos gesehen, Jonah. Hast du dir eine von denen vorgestellt? Diese Rothaarige mit den tollen Kurven vielleicht, oder …«

»Hör auf! Dich begehre ich mehr als irgendeine andere.«

Präsens, dachte Clara. Gut. Aber nicht gut genug. »Dann beweise es mir.«

Einen endlosen Moment starrten sie einander an. Jonah rührte sich nicht. Clara sank der Mut. Sie war taub für die Geräusche der Umwelt, hörte nur das Blut in ihren Ohren rauschen. Sie hatte den Ball in Jonahs Hälfte gespielt, und wenn er jetzt nicht reagierte, musste sie sich eingestehen, dass es besser wäre zu gehen. Jonah fuhr fort, sie zu mustern, reglos und angespannt. Er verzog keine Miene.

Claras Schultern sanken herab. Dennoch hob sie das Kinn. »Für einen Mann, der seinen Lebensunterhalt mit Worten bestritten hat, spricht dein Schweigen Bände, Herr Anwalt.« Ihre Stimme war nur noch ein schmerzliches Flüstern, doch Jonah hatte sie verstanden, das sah sie daran, wie er die Zähne zusammenbiss. Clara verharrte noch einen Moment, dann wandte sie sich mit wehem Herzen ab und schlug den Weg ein, der aus dem Wald hinausführte.

Hinter sich spürte sie eine Bewegung, und bevor sie sich umdrehen konnte, lag Jonahs Hand auf ihrem Arm. Er riss sie zu sich herum, senkte seinen Mund hart auf ihren. *Ja, ja, ja!* Claras Herz jubilierte. Er ließ sie nicht gehen! Sie schlang ihre Arme um Jonah, drückte sich an ihn. Sie hatte so gehofft, dass sie ihn dazu bringen könnte, sie zu berühren, sie zu küssen. Jonah musste erst durch eigene Erfahrung lernen, dass sie ihn ebenso begehrte wie er sie.

Clara begehrte ihn ganz und gar, und das wollte sie ihm zeigen. Doch einen solchen … Hunger hatte sie nicht erwartet. Jonah drängte sie rückwärts, bis sie mit den Waden an etwas Hartes stieß und mit einem leisen Aufschrei nach hinten kippte. Doch er hielt sie, lenkte ihren Fall, und Clara landete mit ihrem Hintern auf einer glatten, harten Fläche. Eine Bank. Ja, nun erinnerte sie sich, dass neben der Blockhütte eine Holzbank stand.

Jonah war schon über ihr, er verschlang ihren Mund, während er ein Knie neben ihren Hüften aufstützte. Er hielt ihren Nacken fest, während sie seinen Kuss mit Leidenschaft erwiderte. Mit einem Laut zwischen Seufzen und Flehen ließ sich Clara ganz auf die Bank sinken.

Dieser Kuss war aus der Verzweiflung, dem Schmerz geboren, vielleicht sogar aus einem Funken Wut, aber das war ihr vollkommen gleichgültig. Wichtig war nur, dass Jonahs Mund auf ihrem lag, dass es nichts Trennendes mehr gab. Es tat Clara leid, dass sie ihn verletzt hatte, dass er sich hintergangen fühlen musste, aber das Ergebnis tat ihr gar nicht leid. *Du und ich. Gesicht an Gesicht, Haut an Haut, Herz an Herz.*

»Das gefällt dir, Clara?«, knurrte er und hob den Kopf, damit sie ihn anschauen konnte. Mit einem Finger strich sie über die Wundmale auf seinen Wangenknochen, über die vernarbte Haut seines Kiefers, während ihr Daumen seine verletzte Unterlippe berührte. »Ja«, flüsterte sie und küsste ihn wieder.

Einen Moment lang verharrte Jonah regungslos, dann schoss seine Zunge unvermittelt in ihren Mund. Er stöhnte wie unter Qualen, grub seine Finger in ihr Haar und zog sie so nahe an sich heran, als wollte er ihre Körper miteinander verschmelzen.

Clara drängte sich an ihn, schlang ihre Beine um seine Hüften und hob sich ihm entgegen, eine stumme Bitte. Jonah stöhnte und drückte seine Hüften gegen ihre Scham. Es gab kein Entkommen.

Er biss sie leicht in die Kehle, und Clara vergrub ihre Finger in seinen Haaren. Sie knabberte an seinem Ohr, er küsste ihr Halsgrübchen, sie sog seine Finger in ihren heißen Mund. Jonah stieß einen archaischen Laut des Begehrens aus, der Clara geradewegs zwischen die Schenkel fuhr und dort einen heißen Strom entfachte.

Er nahm einen Nippel in den Mund und saugte durch ihren Pullover daran. Clara warf den Kopf zurück und keuchte. Sie war besessen davon, besessen von ihm. Mitten im Kuss hob er den Saum ihres Kleides und zog ihr den Slip herunter. Ein Knopf sprang auf, ein Reißverschluss wurde geöffnet. Und nur Augenblicke später stieß er glatt in sie hinein. Sie war unglaublich nass.

»Oh, Jesus. Clara. Clara«, murmelte er. Sie fuhr mit den Fingern durch sein Haar und küsste die Narben auf seiner Stirn. Jonah hielt inne und atmete heftig an ihrem Hals, dann begann er zu stoßen.

»Ja«, sagte sie wieder. »Das gefällt mir. Du.«

Die anfängliche Wildheit wich einer sanfteren Stimmung. Jonah stieß nicht mehr so fieberhaft zu, seine Küsse wurden zärtlicher, gleichmäßig glitt er in sie hinein und wieder heraus. Claras Glut wurde entfacht, steigerte sich … bis sie über den Gipfel taumelte und laut seinen Namen rief. Einen Augenblick später kam er zum Höhepunkt.

Nun zog Jonah sich zurück, unterbrach die Verbindung. Er

blickte Clara nicht in die Augen, während er sich die Hose zuknöpfte, ihr den Slip hochzog und das Kleid in Ordnung brachte. Erst danach hob er den Blick zu ihr, sie sah etwas darin … Besitzergreifung vielleicht? Aber auch Traurigkeit.

»Jonah?«

Er setzte sich neben sie auf die Bank. Eine Weile betrachteten sie die Bäume, unter denen sich die Schatten der Dämmerung sammelten.

Clara wandte den Kopf und betrachtete Jonahs Profil, dessen vernarbte Seite ihr zugewandt war. Trotz der Narben war es schön, schön wie auf dem Foto, das sie in der Bibliothek angeschaut hatte – es kam ihr vor, als sei es tausend Jahre her. Noch schöner vielleicht, denn Jonahs Narben legten Zeugnis davon ab, dass er mutig einen Mann mit einer Waffe in der Hand und einer umgeschnallten Bombe angegriffen hatte. Während alle anderen feige geflüchtet waren. Die Narben erzählten von Jonahs Leiden, aber auch von seinem Heldentum und seiner Fürsorge für andere, und eines Tages, so hoffte Clara, würden sie von seinem Triumph künden.

»Ich hätte dich gewiss ein zweites Mal angesehen«, brach er das Schweigen. »Damals. Und jetzt. In jedem Leben und unter dem hellsten Himmel.« Seine Stimme klang leise, sanft. Traurig. Clara ergriff seine Hand. Jonah senkte den Kopf, schaute auf ihre verschränkten Finger. »Es tut mir leid, was ich gesagt habe. Ich bin grausam zu dir gewesen.« Er holte tief Atem und stieß ihn langsam wieder aus. »Ich verzeihe dir. Aber ich kann ein Leben, wie du es willst, nicht führen. Oder ein Leben, wie du es verdienst«, setzte er noch leiser hinzu. »Besonders« – er hielt inne, als hätte er ursprünglich vorgehabt, etwas anderes zu sagen –, »besonders, wenn es so hässlich wird, Clara. Du hast ja keine Ahnung.«

Nun wandte er ihr sein Gesicht ganz zu, zeigte ihr beide

Hälften: den Mann, der er einst gewesen, und den, zu dem er geworden war. »Willst du, dass die Leute angewidert wegschauen, wenn wir in ein Restaurant gehen? Dass sie uns anstarren? Tuscheln? Hässliche Dinge sagen?«

»Du bist derjenige, der damit nicht fertig wird, Jonah. Nicht ich. Du gibst zu viel auf die Leute und zu wenig auf die Menschen, die für dich wichtig sind.« Sie ließ seine Hand los und strich mit dem Finger über die Wülste an seinem Kinn.

Jonah senkte den Blick. Es war offenkundig, wie sehr er sich vor ihr schämte. Clara kämpfte mit den Tränen. Sie wollte ihn schütteln, damit er endlich Vernunft annahm.

Und plötzlich begriff sie, warum Jonah wegen seines zerstörten Gesichts immer noch so viel Schmerz mit sich herumtrug. Mehrfach hatte er erwähnt, wie die Menschen ihn nach dem Bombenanschlag angeschaut hatten, der Horror in ihren Augen. Jonah hatte das als gerechte Strafe hingenommen. Aber nun wurde ihr klar, wie sehr diese Ablehnung zu einer Zeit, als Jonah Liebe und Verständnis gebraucht hätte, ihn in Herz und Seele verletzt hatte.

Seine äußeren Narben waren nicht sehr tief. Wirklich zu schaffen machten ihm die inneren Verletzungen. Sie waren nie verheilt, in all den Jahren nicht. Und nicht nur das: Jonah hatte sich ein Leben um diese Narben herum aufgebaut, er hatte jedes Zusammenzucken, jeden befremdeten Blick in seine Geschichte eingebaut.

»Jonah«, flüsterte Clara. »Du willst einfach nicht begreifen, dass du den Kopf heben und deine Narben als Zeichen deines Mutes tragen solltest. Ich würde in jedes Restaurant mit dir gehen, und zwar voller Stolz. Und du würdest mich ansehen und niemand anderen. Es kommt darauf an, was ich sehe, Jonah. Wen kümmert es, wenn die Leute starren? Deine Narben, für die du dich so schämst, sind der Beweis, dass du dich einem Irren in den Weg gestellt hast, während alle anderen feige geflohen sind.«

»Ich habe dir doch gesagt, dass ich es nicht mit Absicht getan habe.«

Wenn er darauf bestand, dass er rein aus Instinkt gehandelt hatte, als er sich dem Verrückten mit der Waffe entgegengestellte, wenn er meinte, so etwas würde jeder tun – nun gut, darüber würde sie nicht mit ihm diskutieren. Clara ging es um Wichtigeres.

»Bist du zufällig auf den Straßen Patrouille gegangen, um Menschen zu schützen? Hast du gute Taten vollbracht, weil du blindlings über sie gestolpert bist? Du hast einer Frau die OP für ihren Sohn ermöglicht, die sie aus eigenen Mitteln nie hätte bezahlen können. Oder hast du da auch rein instinktiv gehandelt?«

»Nein. Aber das habe ich anonym getan. Und mit Geld um sich zu werfen ist nicht mutig.«

Clara seufzte frustriert. Wie stur dieser Mann war! Und er würde hartnäckig an diesen lächerlichen Hirengespinsten festhalten, hatte sich möglicherweise behaglich in ihnen eingerichtet. Sie bildeten seine Rechtfertigung. Wenn er ihnen entsagte, musste er sich der Welt stellen.

»Nein«, sagte sie, ohne auf seine letzte Behauptung einzugehen. Stattdessen gab sie selbst Antwort auf ihre letzte Frage. »Das alles hast du getan, weil du unter deinen Narben unsäglich gelitten hast. Aber du hast durch sie auch etwas gelernt: Denn deinen Schmerz setzt du nun für etwas Gutes ein.«

Mit unbewegter Miene starrte Jonah in das letzte Tageslicht am Horizont. »Es wird dunkel. Du solltest jetzt gehen.«

Wieder einmal zog sich Claras Herz schmerzlich zusammen, doch sie wehrte die Verzweiflung ab. Mrs Guillot hatte recht: Sie würde Frieden in dem Wissen finden, dass sie alles gegeben hatte, dass sie Jonah zu überzeugen versucht hatte, dass sie sich seiner nicht schämte, und dass er den Kopf hoch tragen konnte. Wenn er sie jedoch von sich stieß, lag es an ihm, seinen Frieden zu finden. Ohne sie. Denn Jonah würde sein Gesicht niemals akzeptieren können, solange er nicht Frieden mit seiner Seele geschlossen hatte.

Clara presste die Lippen aufeinander. Ihr Herz fühlte sich an, als sei ein Riss mittendurch gegangen. »Hast du schon beschlossen, was du mit den Informationen von Mr Knowles anfangen willst? Mit dem Handy …?«

Es dauerte einen Moment, bis er antwortete. »Nein. Und ich will jetzt nicht darüber sprechen.«

Das war möglicherweise die schlimmste Zurückweisung von allen. Sie waren intim miteinander gewesen, Jonah hatte sie vor wenigen Minuten geliebt. Aber seit sie sich kannten, war er auch Claras Freund und engster Vertrauter gewesen. Sie hatte angenommen, dass dies umgekehrt ebenso für sie galt. Jetzt aber aus seinen Gedanken, aus seiner Welt ausgeschlossen zu werden, traf sie wie ein Messer ins Herz. Jonah hatte zwar gesagt, dass er ihr verziehen hatte, aber das stimmte vielleicht nicht so ganz. »Du kannst mir vertrauen, Jonah.«

Ein Laut entfuhr ihm, Lachen und Stöhnen zugleich. »Vielleicht solltest du mir nicht vertrauen, Clara. Selbst mein eigener Bruder konnte es nicht.«

Sie musterte ihn einen Augenblick. Ja, das hatte ihn tief verletzt. Seit Tagen hatte sie nachgedacht, und nun musste sie ihm etwas über Justin sagen. »Dein Bruder …«

»Clara.«

»Nein, Jonah, ich werde gehen, weil du es so willst, aber zuvor lass mich etwas sagen: Ich bin den Ordner durchgegangen, den dein Bruder über die Familiengeschichte der Chamberlains zusammengestellt hat, ich habe jeden noch so kleinen Kommentar von ihm gelesen. Ich glaube, ich weiß jetzt ein wenig besser, was für ein Mann er war.« Sie holte tief Luft. »Dein Bruder hätte dir sagen sollen, was er wusste, statt vage Andeutungen zu machen. Aber er tat es nicht, weil er glaubte, du würdest ihn nicht ernst nehmen, solange er keine stichhaltigen Beweise hatte. War das falsch von ihm?«

Jonah starrte auf die Bäume und schwieg so lange, dass Clara fast schon nicht mehr mit einer Antwort rechnete. »Ich weiß es nicht.«

»Du hast dich von jedem verraten gefühlt, und für die meisten trifft das ja auch zu. Aber dein Bruder wollte nur dein Bestes. Er war wie du ein Mann, der stets das Gute, das Anständige wollte – im Gegensatz zu deinem Vater, der euch beide verächtlich behandelte. Justin traf nicht immer die richtigen Entscheidungen, aber wenn aus ihnen Schlechtes erwuchs, dann lag es niemals in seiner Absicht. Er war nicht perfekt, obwohl du das in den letzten Jahren wohl glauben wolltest. Du hast ihn auf einen Sockel gestellt und dir das Bild eines Heiligen zurechtgemacht. Justin war aber kein Heiliger, sondern einfach ein Mensch. Einfach dein Bruder. Aber ich glaube von ganzem Herzen, dass er dich liebte, und dass er auch jetzt nur das Beste für dich wollte.«

Clara erhob sich. Ihr Blick fiel auf Jonahs Hand – sie zitterte. Dann schien sie nach ihr greifen zu wollen. Hoffnung wallte in Clara auf und erlosch, als seine Hand auf die Bank zurücksank. Sein Blick blieb zu Boden gerichtet.

»Es tut mir leid«, sagte er endlich. Bedauernd, voller Kummer. Clara wurde noch trauriger. So müsste es nicht sein! Wenn Jonah es doch nur erkennen könnte! »Es tut mir leid, dass ich dir die Magie dieses Ortes verleidet habe.«

Clara musterte ihn, erinnerte sich an seine Worte. *Es gibt keine Geister im Garten. Die Mauer weint nicht. Die Steine saugen*

Wasser auf, wenn es regnet, und setzen es frei, wenn sie trocknen. Es ist kein Zauber. Bloß Wissenschaft.

»Du hast mir nichts verleidet, weil du dich irrst«, entgegnete sie, erstaunt über die Gewissheit, die Kraft in ihrer Stimme, denn sie fühlte sich hohl, unzulänglich in ihrer Überzeugungskraft.

Jonah sah zu ihr auf, drehte den Kopf auf seine typische Weise, um das gesunde Auge auf sie zu richten. Er blinzelte verwirrt, als hätte er Gekränktheit erwartet und könne nicht begreifen, warum Clara so selbstsicher sprach.

Doch sie hatte unterdessen begriffen, dass seine harschen Worte sie letztlich nur in ihrer Überzeugung bestärkt hatten. »Es gibt Magie. Wir sind Magie. Zwei einsame Menschen, die sich gefunden haben, trotz der Mauer zwischen ihnen. Ich habe dein Herz gespürt, Jonah, durch diese dicken Steine. Wir sind pure Magie, aber du bist zu blind, um das zu erkennen. Bleib hinter deiner Mauer, wenn du willst, aber erzähle mir nicht, dass es keinen Zauber gibt. Du bist derjenige, der ihn ausschließt.«

Claras Blick wanderte zu den Hütten, deren Umrisse in dem schwachen Licht gerade noch zu erahnen waren. Wieder hatte sie das Gefühl, als stünde die Welt um sie herum still … als sei jeder Laut gedämpft. Als hielte die Umgebung den Atem an und wartete auf etwas, das geschehen konnte oder auch nicht.

Sie sah sie vor sich, die Männer und Frauen und Kinder, die diesen Ort einst Heimat genannt hatten. Sah Angelina, wie sie von dem prächtigen Herrenhaus über die staubigen Wege zu den elenden Sklavenhütten gegangen war.

Clara fragte sich, ob John jemals die Hütten gesehen hatte. Oder vielleicht war dies gerade der Ort, wo sie sich getroffen und ineinander verliebt hatten. Es blutete ihr das Herz, wenn sie an die beiden dachte.

»Sie würden alles dafür getan haben, um gemeinsam die Plantage zu verlassen«, murmelte sie leise vor sich hin, mehr an sich selbst gerichtet als an den Mann, der sie fortwünschte. »Um Hand in Hand über die Straße zu gehen, um Freiheit für sich zu fordern.« Sie schaute Jonah an. »Und du, du missachtest ihr Andenken und dich selbst, indem du dich freiwillig einsperrst.«

Er gab keine Antwort, doch Clara konnte an seiner Haltung, an seinen zusammengezogenen Schultern erkennen, dass auch er litt. Aber wenn Jonah nicht gewillt war, etwas daran zu ändern, konnte sie ihn nicht zwingen. Sie konnte ihn nur lieben. Und ihm Vergebung anbieten. Aus der Ferne.

»Was würden sie wohl zu dir sagen?« Sie drehte sich um und ging. Das war ihr Schlusswort. Clara überließ es Jonah, die Frage für sich zu beantworten.

34. KAPITEL

Das Restaurant mit angeschlossener Bar war hell erleuchtet und voller Menschen, dennoch hörte Jonah von seinem Posten auf der anderen Straßenseite kaum etwas von dem lärmenden Publikum.

Er hatte nur Augen für Clara. Sie lachte eben über einige Worte des Tänzers, mit dem sie auf dem Maskenball getanzt hatte. Die süße Erinnerung an jenen Abend erstand aufs Neue in Jonahs Seele und ließ ihn leiden. Nährte seine Sehnsucht. Rief Eifersucht hervor, die ihn wie ein elektrischer Strom durchzuckte.

Warum fasste der Kerl sie an? Meinte er etwa, weil er ihr Tanzpartner war, durfte er sie anfassen, wann immer ihm danach war? Als habe er ein Anrecht auf ihren Körper?

Jonah ballte seine Hände zu Fäusten. Wusste der blöde Bastard nicht, dass Clara ihm gehörte?

Aber das tat sie ja gar nicht. Er lockerte seine Fäuste wieder. Sie gehörte ihm nicht, weil er sie von sich gestoßen hatte. Er hatte ihr befohlen, sie solle gehen, solle sich von ihm fernhalten. Und als ob dies nicht reichte, hatte er auch noch versucht, ihr die Magie von Windisle zu vergällen. Doch das hatte Clara nicht zugelassen – war das nicht typisch für sie? Sich an etwas festzuhalten, das keine Verankerung in der Realität hatte? *Wir sind Magie. Wir.*

Verdammt, er war an Schmerz gewöhnt – zumindest hatte er das gedacht –, aber dieser hatte nun einen Grad erreicht, den er nicht für möglich gehalten hätte. Jonah schloss die Augen und stöhnte.

Warum tat er sich das nur an? Um sich zu beweisen, dass er recht hatte, dass er Clara nie das Leben bieten könnte, das sie verdiente? Ein Leben unter Freunden, im hellen Licht eines Restaurants, an einem sehr öffentlichen Ort.

In letzter Zeit schien sie öfter auszugehen. Was ja auch normal war. Was eine junge, lebenssprühende Frau wie Clara tun sollte.

Sie löste sich aus der Gruppe und schaute durch das große Frontfenster auf die Straße. Einen Moment lang hätte Jonah schwören können, dass ihre Blicke sich trafen. Sie sah ihn, das spürte er, und wenn nicht, so ahnte sie doch, dass er hier war. Aber sie würde nicht zu ihm kommen, das wusste Jonah so sicher wie seinen Namen. Sie war schon zweimal zu ihm gekommen – zweimal mehr, als er verdiente –, und mehr konnte er nicht erwarten.

Clara wandte den Blick ab. Sie lächelte über etwas, das ein anderes Mädchen zu ihr sagte, kehrte dann Jonah den Rücken zu.

Clara hatte um ihn gekämpft, mit all ihrer Kraft. Das vermochte er anzuerkennen, und sein Herz schlug voller Liebe für sie, während sein Inneres vor Verlangen brannte.

Sie meinte zu wissen, wie ein Leben an seiner Seite sein würde, aber sie hatte keine Ahnung. Alle Augen waren damals auf ihn gerichtet, die gehässigen Worte, das Geschrei nach Fotos, die Unterstellungen, das Rennen darum, wer das erste Foto des Monsters veröffentlichte. Er kannte das alles. Clara sollte das niemals durchmachen müssen. Sieh mich an, hatte sie gesagt, aber das würden die Leute zerstören.

Immer noch rang er mit der Tatsache, dass er benutzt, belogen, manipuliert worden war. Das Wissen darum wühlte wie ein Dolch in seinem Herzen. Jonah hatte geglaubt, dass es eine winzige Chance gäbe, zu einem normalen Leben zurückzukehren. Clara hatte ihn in diesem Glauben bestärkt. Aber zum Teufel, vielleicht wollte er ja nicht einmal Teil einer Welt sein, die auf diese Weise funktionierte.

Selbst wenn Clara zu dieser Welt gehört?

Sieh mich an.

Er hätte sie natürlich bitten können, ihn weiterhin in Windisle zu besuchen. Die Maske musste er nicht mehr tragen, weil sie ihn ja gesehen und akzeptiert hatte. Vielleicht hätte er im Schutz der Dunkelheit auch zu ihr gehen können. Aber welch ein Leben wäre das? Und wie gemein wäre es, so etwas von ihr zu verlangen?

Clara verdiente Scheinwerferlicht und Partys bei Kerzenschein, hell erleuchtete Restaurants und Tage im schönsten Sonnenlicht.

Jonah wandte sich ab. Er zog seinen Schal hoch und die Kappe tief ins Gesicht. Beim Gehen senkte er den Kopf und schwor sich, ihr nicht mehr zu folgen. Es hatte einfach keinen Sinn.

Und doch schien er nicht anders zu können.

Morgens folgte er ihr zum Theater, und abends begleitete er ihren Heimweg, zähneknirschend, weil sie mit dem verdammten Bus fuhr. Wie viele Monate noch? Hatte Clara inzwischen nicht genug gespart, um die Anzahlung auf ein Auto leisten zu können? Was für einen Hungerlohn zahlte ihr das New-Orleans-Ballett?

Er hätte Clara ja in Ruhe gelassen, redete Jonah sich ein, wenn er sich nicht so viele Sorgen um sie machen müsste …

Er würde ihr einen Wagen kaufen, wenn sie es ihm gestattete, doch das würde sie eben nicht. Und hatte er nicht behauptet, mit Geld um sich zu werfen, habe nichts mit Mut zu tun?

Zu Hause angekommen zog Jonah die Spieldose auf, die Clara ihm zum Geburtstag geschenkt hatte, sah mit verlorenem Blick der kleinen Tänzerin zu. Zumindest hatte er sich nicht ins Theater geschlichen, um Clara tanzen zu sehen. Dieses Leid hätte er nicht überlebt. Ihr beim Tanzen zuzuschauen und dann in seine einsame Welt hinter den Mauern von Windisle zurückzukehren. Das brachte er einfach nicht fertig.

Nachts träumte er von einem wilden Ritt. Die Hufe seines Pferdes trommelten auf den Boden, während sie wie der Wind durch die Dunkelheit flogen. *Schnell, schnell. Lass uns nicht zu spät kommen.* In der Ferne schimmerte ein Fluss, sein Widerschein zog Jonah an, sein Herz bebte. *Ich bin fast da.* Und dann durchschnitt ein Schrei die Nacht, sein Pferd bäumte sich auf, und er schrie gellend, stürzte auf die harte Erde. Er stand wieder auf, Staub füllte seine Lungen, während er halb blind vorwärtstaumelte. Kurz blitzte ein Eisentor im Mondschein auf, während das Schreien anhielt. *Oh Gott, nein, nein. Nein …*

Jede Nacht schrak er hoch, einen Schrei auf den Lippen, alle Glieder zitternd unter der Macht des Traums.

Schlaf fand er kaum.

Die Melodie der Spieldose verklang. Schwer hing die Stille über Jonah. Im nächsten Moment hörte er das Getrampel schwerer Schritte aus dem Erdgeschoss. *Wer zum Teufel …?*

Ein Klopfen an der Tür, dann steckte Myrtle ihren Kopf herein. »Sind ein paar Männer hier, die dich sehen wollen«, verkündete sie. »Sie haben Hunde dabei, die haben sie aber draußen angebunden. Einer von den Kerlen hat so Tattoos im Gesicht, und sie haben gesagt, sie müssen dich sprechen.« Die Brass Angels. Myrtle klang gar nicht überrascht, was nur bedeuten konnte, dass sie es nicht war. Was wiederum darauf hindeutete, dass entweder sie oder Cecil dahintersteckten.

Jesus. »Sag ihnen, ich bin in einer Minute unten.«

Sie ging, und Jonah starrte die Maske auf seiner Kommode an. Die Männer, die Myrtle soeben ins Haus gelassen hatte, hatten sein Gesicht nie unbedeckt gesehen. Seine Hand, die schon nach der Maske hatte greifen wollen, verharrte unschlüssig.

Er brauchte nicht in die Welt hinausgehen und den glotzenden Blicken, dem Getuschel, dem Urteil Unbekannter standzuhalten. Aber er hatte die Maske dermaßen satt. Und vielleicht war es immerhin möglich, sich in seinen eigenen vier Wänden ohne sie zu bewegen. Vielleicht konnte er sich diesen Männern zeigen, die genug eigene Narben hatten, innerlich wie äußerlich.

Langsam ging Jonah zum Salon hinunter, wo sie leise miteinander redeten. Myrtle bot Erfrischungen an, dann zog sie sich zurück.

Er trat ein und blieb unter der Tür stehen. Sein Herz klopfte wild, während er darauf wartete, dass sie sich umdrehten, ihn anschauten. Augustus war der Erste, er zog eine Braue hoch. »Ist das ein dramatischer Auftritt oder so?«

»Wer hat euch gerufen?«

»Der Alte.«

Cecil. Was hatte er damit bezweckt? Verstärkung herbeizurufen? Die Eingreiftruppe?

Jonah kniff die Augen zusammen. Er wandte sich an Ruben. »Hey, Mann«, grüßte der, ohne die geringste Reaktion auf Jonahs vernarbtes Gesicht zu zeigen. Er saß auf der Couch und schaukelte sanft auf den Sprungfedern, als wollte er ihre Elastizität prüfen. Ruben mit seinen Gang-Tattoos im Gesicht war natürlich durch eine verunstaltete Visage nicht zu ängstigen.

Jonahs Blick wanderte zu Eddy, der ihn tatsächlich anstarrte, aber nicht mit Entsetzen, sondern eher interessiert. »So siehst du also in Wirklichkeit aus«, sagte er schließlich.

»Ja. So sehe ich in Wirklichkeit aus.«

Eddy nickte. »Ist besser als die Maske.«

Jonah lachte schnaubend.

»Ziemlich krasser Typ, eigentlich«, bemerkte Ruben.

»Genauso«, hob Eddy an, »wie meine Kumpels, die es nicht in die Heimat geschafft haben, weil sie von einer Bombe zerfetzt wurden?« Kummer glitt über sein junges Gesicht. Jonah wusste sofort, was mit Eddy los war, und sein Herz zog sich vor Mitleid mit dem Jungen zusammen, für den Preis, den er zahlen musste. »Wenn sie doch bloß ein paar Verbrennungen davongetragen hätten. Wenn ...« Das letzte Wort klang, als habe er es nur unter Schwierigkeiten hervorgepresst. *Wenn doch nur.* Jonah hatte mehr als ein »paar Verbrennungen« erlitten, aber er verstand genau, was Eddy meinte. Ja, er hatte furchtbare Narben, aber er war nicht tot.

Er betrat den Salon nun ganz und lehnte sich an die Wand neben dem Kamin. »Warum seid ihr hier?«

»Tja«, meinte Augustus und trat einen Schritt vor, »abgesehen davon, dass deine Familie sich Sorgen um dich macht, wir machen uns auch Sorgen. Wir haben dich seit Wochen nicht mehr gesehen, und der alte Mann meinte, dass es dir so am besten in den Kram passt.«

Deine Familie. Jonah machte sich nicht die Mühe, Augustus über die wahren Verhältnisse aufzuklären. Cecil und Myrtle waren tatsächlich seine Familie, wenn nicht durch Blutsbande, so doch durch etwas Stärkeres: Loyalität. Liebe. Dennoch konnte er nicht sagen, dass ihm die Einmischung des Alten gefiel. Er war durchaus mit seiner Einsamkeit zufrieden gewesen.

»Was hat der alte Mann euch sonst noch erzählt?«

»Dass du verraten wurdest, belogen, benutzt. Dass du dich für deine Narben schämst, weil du glaubst, sie sagen was über deinen Charakter aus.«

Jonah schnaubte erstaunt. Das war ja eine interessante Zusammenfassung! Wie es schien, wusste jeder außer ihm selbst, was mit ihm los war. Dagegen kam er nicht an. Und wenn er es recht bedachte, so hatte er sich auch nicht gegen die Argumente gewehrt, die Clara aufgestellt hatte. Und er wollte ein Mann sein, der mit Worten umgehen konnte?

Vielleicht sind deine Argumente in dieser Sache schwach, mahnte eine innere Stimme.

»Du hast nicht gewusst, was vorging, stimmt's?«

Jonah schüttelte langsam den Kopf. Er begriff, dass Augustus auf die Korruption innerhalb der Kanzlei anspielte. »Nein«, brachte er krächzend heraus. »Ich war blind.«

»Aber jetzt bist du sehend geworden.«

Jonah lachte, auch wenn es schmerzte. »Ja, jetzt kann ich sehen. Das meiste zumindest. Dieses Auge funktioniert nicht mehr so gut.« Er verzog ironisch den Mund, neigte leicht den Kopf und deutete auf sein linkes Auge, dessen Winkel halb von Haut bedeckt war.

Augustus feixte. »Immer noch besser als ganz blind.«

»Stimmt wohl.«

»Es stimmt.« Augustus überlegte kurz. »Du brauchst dich für nichts zu schämen, Mann. Solltest deine Geschichte erzählen. Raus damit.«

»Das glaub ich eher nicht. Hab kein Interesse daran, dass sie mich durch den Schmutz ziehen. Sollen sie ruhig spekulieren.«

»Vielleicht, nachdem du deine Version erzählt hast. Wenn die Sache ans Licht gekommen ist, dann lass sie reden, Jonah. Das machen die doch sowieso. Ich aber weiß, dass du einer ganzen Menge Leute geholfen hast, die jetzt einen besseren Weg einschlagen können, und zwar nur deinetwegen.«

Etwas schwoll in Jonahs Brust an: Schmerz oder Stolz, er wusste es nicht. Vielleicht eine Mischung aus beidem. Clara hatte ihm im Grunde dasselbe gesagt. *Du gibst zu viel auf die Leute und zu wenig auf die* Menschen, *die für dich wichtig sind.* Er stieß den angehaltenen Atem aus. Das tat er, es war ihm bewusst. Er wusste nur nicht, wie er seine Scham loswerden sollte.

Sieh mich an.

»Was hältst du von meinem Gesicht?«, fragte Ruben.

»Er findet es potthässlich, so wie wir alle«, sagte Augustus.

Ruben warf ihm einen obszönen Blick zu und griente. »Deine Mama hat's letzte Nacht nicht gestört.«

»Mann, weißt du überhaupt, wie alt ich bin? Meine Mama ist fünfzehn Jahre tot, du dreckiger Grabschänder.«

Trotz aller Anspannung musste Jonah lachen.

Rubens Grinsen verging. »Ist echt nicht einfach.« Er richtete sich auf und deutete auf sein ruiniertes Gesicht. »Deine Fehler und Reue nach außen tragen, wo andre sie sehen und darüber urteilen. Aber Mann, das Problem ist doch nicht, dass sie dich verurteilen, sondern dass du den Scheiß glaubst, den sie verzapfen.«

Jonah seufzte. All seine wohldurchdachten Pläne begannen sich aufzulösen, er spürte es wie ein Beben in seinem Innern. Zuerst hatte Clara seine lang gehegten Überzeugungen unterminiert und so viele Risse in ihn gemeißelt, dass er fast auseinanderfiel, und jetzt stürzten diese Männer – diese Freunde, und wie lange hatte er keine Freunde mehr gehabt – auch noch die letzten Reste um, die er mühsam aufrechterhalten hatte.

Vielleicht waren seine Pläne letztlich doch nicht so wohldurchdacht gewesen.

Jonah musterte Ruben eine Minute lang. Seine Augen glitten über das rohe, amateurhafte Kunstwerk, das eine Geschichte erzählte, die er nicht kannte. »Hast du je dran gedacht, es entfernen zu lassen?«, fragte er. »Ich hab das Geld dafür, wenn du es brauchst, und bin im Übrigen der Besitzer dieser merkwürdigen Mauer, die Wünsche erfüllt.« Er versuchte ein aufmunterndes Lächeln, aber es fühlte sich schwach an.

Ruben kicherte. »Aber nicht doch. Diese Tattoos erinnern mich immer daran, wer ich einmal war und wer ich nach langem Kampf geworden bin. Sie sind vielleicht nicht hübsch, aber ich bin stolz auf sie.« Er überlegte kurz. »Spendier diesen Wunsch deiner Freundin. Oder, besser noch, dir selbst.«

Die Männer erhoben sich zum Gehen. Augustus schlug Jonah im Vorbeigehen auf die Schulter. »Du hast mehr Freunde, als du glaubst, Mann. Denk mal drüber nach.«

Jonah nickte nur. Er war zu überwältigt, um etwas zu sagen. Zu viele Gedanken und Fragen kreisten in ihm, und er wusste nicht, wo er anfangen sollte, sie zu sortieren.

Ruben verabschiedete sich mit der Gettofaust, Eddy blieb noch einen Augenblick stehen. »Wenn jemand versteht, warum sich jemand das Leben nehmen will, dann bin ich das. Wir haben uns an einem Brückengeländer getroffen, weißt du noch? Du hast mir den Glauben zurückgegeben, dass das Leben lebenswert ist.«

»Mach dir keine Sorgen, Eddy. Ich habe nicht vor, mich umzubringen.«

»Wirklich nicht?« Er schaute Jonah ernst in die Augen. »Und wenn du dich hier einschließt, ist das nicht dasselbe?« Eddy warf ihm einen letzten bedeutsamen Blick zu, dann folgte er Augustus hinaus.

Als sie fort waren, ließ Jonah sich auf die Couch fallen. Gott, Eddy hatte recht. Er war vor Jahren nach Windisle zurückgekehrt, um Schluss zu machen. Nicht so wie Angelina, aber aus den gleichen Gründen: dem Verlust jeglicher Hoffnung.

Angelina hatte aber nicht Jonahs Möglichkeiten gehabt. Die Gründe für ihre Hoffnungslosigkeit waren tief und mächtig und allumfassend gewesen. Unveränderbar. Ihr Leben hatte von zu vielen anderen Menschen abgehangen.

Was würden sie wohl zu dir sagen?, hatte Clara ihn gefragt. Und plötzlich wusste er es, in der Stille des Salons von Windisle, den auch Angelina gekannt hatte. Er wusste es. Angelina würde ihm einen Weg weisen, wie er weiterleben sollte.

Ein Geräusch aus der Halle ließ Jonah aufschauen. Cecil stand in der Tür und beobachtete ihn schweigend. Seine Miene drückte Missbilligung aus, wie so oft in den letzten Wochen.

»Ich schätze, auch du willst mir einen Rat geben, alter Mann?«

»Ja. Reiß dich verdammt noch mal zusammen.«

35. KAPITEL

Savannah Hammond las die letzte Zeile des Artikels, den sie soeben fertig geschrieben hatte. Sie speicherte ihn ab, formulierte eine Mail an ihren Boss und schickte beides an ihn ab.

Sie seufzte schwer. Savannah hatte über ein Finalspiel der Juniorenmannschaften berichtet. Das Thema war so unglaublich langweilig. Deshalb hatte sie auch nicht über die Spieler geschrieben, auch wenn sie noch so niedlich waren, sondern sich auf das unglaubliche Benehmen der Eltern konzentriert.

Konkurrenzdenken beschrieb deren Verhalten nicht einmal annähernd. Diese sogenannten Erziehungsberechtigten leisteten sich widerwärtige Ausrutscher. Schließlich handelte es sich um Kindermannschaften, nicht um eine Profiliga. Die Erwachsenen, die eigentlich eine Vorbildfunktion hatten, wurden ihr in überhaupt keiner Weise gerecht. Ihre Kinder würden spätestens im Alter von zwölf Jahren Beruhigungspillen brauchen.

Zweifellos würde der Artikel an sie zurückgeschickt werden mit dem Hinweis, ihn zu überarbeiten, aber das störte Savannah wenig. Einen Versuch war es wert. Und zumindest war sie beim Schreiben wach geblieben.

Es war frustrierend. Seit beinahe neun Jahren arbeitete Savannah für das Online-Magazin, und immer noch schrieb sie Schrottartikel, die keinen Wandel bewirkten, war sie als Journalistin für die Kinderecke abgestellt. Manchmal wollte sie alles hinwerfen. Vielleicht war sie nicht für den Beruf geeignet.

Aber … das war sie. Sie brannte für den Journalismus. Wenn sie doch nur einmal eine Chance bekäme.

Savannah zog das oberste Blatt eines Stapels zu sich heran, der vor ihr auf dem Schreibtisch lag. Das körnige Foto war ihr ins Auge gefallen. Der maskierte Gutmensch. *Ein Leben, das sich gewandelt hatte?*

Savannah hatte hartnäckig versucht, die Story über den Unbekannten zu ergattern, der seit Kurzem in New Orleans Aufmerksamkeit erregte, doch ihr Boss hatte abgelehnt. Und sie wusste auch, warum. Er fand sie zu soft. Exklusivreportagen gingen an die Halsabschneider-Kollegen, die der Mutter eines ermordeten Kindes auf die Bude rückten oder einem zutiefst erschütterten Mann, der vor einer Stunde beim Brand seines Hauses seine Frau verloren hatte, ein Mikrofon unter die Nase hielten. Savannah würde alles für eine Story tun, aber sie lehnte es ab, menschlichen Kummer zu Schlagzeilen zu verarbeiten. Das ging ihr gegen jede Moral.

Das Telefon klingelte. »Savannah, Leitung eins«, sagte die Empfangsdame.

»Danke, Shannon.« Sie schaltete auf die Eins. »Savannah Hammond.«

»Ms Hammond?«

Hatte sie das nicht gerade gesagt? »Ja? Was kann ich für Sie tun?«

»Haben Sie eine Minute Zeit übrig? Ich würde gern mit Ihnen reden.«

»Wer sind Sie denn?«

»Jonah Chamberlain.« Savannah stutzte und hörte auf, mit ihrem Stift auf den Schreibtisch zu klopfen. *Jonah Chamberlain.* Wie viele Jahre waren vergangen, seit sie diesen Namen zuletzt gehört hatte?

Im Nu stand ihr alles wieder vor Augen. Der Prozess gegen

Murray Ridgley. Savannah war damals eine junge Reporterin gewesen. Sie hatte den Auftrag bekommen, vor dem Krankenhaus auf das Erscheinen des jungen, gut aussehenden Anwalts zu warten. Man hatte ihr nahegelegt, möglichst dicht an sein entstelltes Gesicht heranzukommen und das grausigste Foto zu schießen, das sie bekommen konnte. Und offenbar hatte jeder Lokalsender seiner Crew ähnliche Direktiven erteilt, denn draußen vor dem Krankenhaus hatte Tag für Tag der Mob getobt.

Savannah hatte den jungen Mann unendlich bedauert. Jonah Chamberlain hatte versucht, sich einem Wahnsinnigen in den Weg zu stellen, und seine Mühe war mit einer Bombe belohnt worden, die ihm das Gesicht zerfetzte. Aber darüber berichtete niemand. Die Medien konzentrierten sich darauf, dass Chamberlain für Murray Ridgley einen Freispruch erwirkt hatte, nur damit dieser auf den Stufen des Gerichtsgebäudes ein Massaker veranstalten konnte. Als hätte das jemals in Chamberlains Absicht gelegen.

Aber die Einschaltquoten lagen stets höher, wenn es einen Bösewicht oder einen Nebentäter gab, und so war Jonah Chamberlain eben die Rolle des Bösewichts zugewiesen worden.

Savannah ihrerseits hatte nicht gewartet, bis Chamberlain im Rollstuhl vor das Portal gefahren wurde. Stattdessen hatte sie ihm eine Beileidskarte geschickt und in einem persönlichen Brief das Geschehene bedauert. Zwar würde Chamberlain ihn niemals lesen, wie sie vermutete, aber sie hatte den Brief trotzdem abgeschickt. Es war ein Versprechen, das sie sich selbst gegeben hatte: So verlockend es auch erscheinen mochte, niemals würde Savannah Hammond für eine Story ihre Seele dem Teufel verkaufen.

»Ja, ich … Ich weiß, wer Sie sind.«

Eine Sekunde herrschte Schweigen. Dann sagte er: »Ich sitze in einem Wagen hinter dem Gebäude.« Chamberlain beschrieb ihr seinen genauen Standort, und Savannah versicherte ihm, sie werde unverzüglich herunterkommen. Dann legte sie auf und erhob sich. *Jonah Chamberlain.* Was konnte er von ihr wollen? Und wie er wohl aussah nach dem schlimmen Unglück? Niemand hatte es je geschafft, dieses heiß begehrte Foto zu ergattern.

Sie entdeckte den Wagen sofort: ein betagter Cadillac, ein Gefährt, wie es ältere Leute bevorzugten. Halb verborgen stand er in einer Gasse hinter einem Müllcontainer und unter dem Dachvorsprung eines Nachbargebäudes, schwer erkennbar.

Savannah verlangsamte ihre Schritte. Plötzlich war ihr der Gedanke gekommen, dass es nicht sonderlich sicher war, allein in diese düstere Gasse zu gehen. Doch dann fasste sie sich ein Herz. Immer schon hatte Savannah sich auf ihren Instinkt verlassen, und das Zögerliche in der Stimme Jonah Chamberlains am Telefon war für sie ein Beleg dafür, dass sie sich nicht in Gefahr begab.

Entschlossen trat sie an die Beifahrerseite. Die Tür öffnete sich mit einem Klicken, das in der Gasse widerhallte. Savannah beugte sich vor und spähte in das Wageninnere.

Der Mann, in dem sie sogleich Jonah Chamberlain erkannte, saß am Steuer, war nur im Profil zu sehen. Sah geradezu erschreckend gut aus mit seinen klassischen Zügen. Doch als er ihr sein Gesicht zuwandte, keuchte Savannah vor Schreck. *Oh Gott.* Seine linke Gesichtshälfte, die die volle Wucht der Explosion abbekommen hatte, war völlig vernarbt, und die Haut spannte sich wie geschmolzen über den Knochen.

Ihr Herz schmerzte vor Mitleid mit Jonah Chamberlain, für die Qualen, die er erlitten haben musste. Savannah stieg in den Wagen ein.

»Hi.«

»Hi.« Seine Hand, die auf dem Lenkrad gelegen hatte, schien etwas von ihrer Anspannung zu verlieren, als er sich ihr mit dem ganzen Oberkörper zuwandte. Er hatte etwas an sich … Savannah verdiente ihren Lebensunterhalt mit Worten, aber keines der gebräuchlichen passte für diesen Mann. Er hatte etwas Wildes, Glühendes an sich, das an antike Schlachten denken ließ, an Krieger, die durchs Feuer marschierten. Ein Gott vielleicht, der von einem Stern versengt auf die Erde gestürzt war. Woher kamen ihr nur diese Vergleiche? Vielleicht sollte sie Liebesromane schreiben statt Reportagen. Sie sollte einfach nur daran denken, dass sie glücklich verheiratet war. Doch wäre das nicht der Fall …

Savannah räusperte sich, sie kam sich plump und ein wenig albern vor. »Das ist wirklich eine Überraschung.«

Chamberlain schien sich über irgendetwas zu freuen. »Ja.« Er schwieg einen Moment. »Ich wollte Ihnen für den Brief danken, den Sie mir damals ins Krankenhaus geschickt haben. Er hat mir sehr viel bedeutet.«

Erstaunt starrte Savannah ihn an. Er hatte ihren Brief also erhalten. Er erinnerte sich daran. Sie nickte, aber bevor sie etwas sagen konnte, reichte er ihr einen Umschlag, der auf seinem Schoß gelegen hatte. Darin steckte ein harter, rechteckiger Gegenstand.

»Das ist ein Handy.«

»Ein Handy? Wessen Handy?«

»Was wissen Sie noch von dem Murray-Ridgley-Prozess?«

»Ziemlich viel.«

Er nickte. »Gut.« Er starrte schweigend durch die Windschutzscheibe. »Ich will mir mein Leben zurückholen.« Der Schatten eines offenkundig alten Schmerzes glitt über sein zweigeteiltes Gesicht und schien sich auf die zerstörte Seite zu senken, als trüge er jeglichen Schmerz dort und für alle Zeit.

Und dann erzählte Jonah Chamberlain einer ungläubigen Savannah Hammond alles, was er wusste. Es war unglaublich.

Als er mit dem Bericht dessen, was die Sensation des Jahrzehnts werden konnte – Korruption auf höchster Ebene –, fertig war, schaute er sie prüfend an. Seine hellbraunen Augen musterten ihr Gesicht, vielleicht um festzustellen, ob Savannah wirklich vertrauenswürdig war.

»Ich brauche jemand, der Kontakte hat ... Der die besten Kanäle kennt, um das publik zu machen, was ich Ihnen gerade erzählt habe.« Er schwieg einen Moment. Die Luft im Auto war elektrisch aufgeladen. »Werden Sie mir helfen?«

Savannah kaute auf ihrer Unterlippe, während sie fieberhaft überlegte. Schon jetzt ordnete sie die einzelnen Teile der Information neu und ging im Geist eine Liste der Menschen durch, die sie im Laufe ihrer glanzlosen Karriere kennengelernt hatte, wählte die vertrauenswürdigsten aus.

Sie sah den Mann am Steuer nachdenklich an, und allmählich beruhigten sich ihre Gedanken. Dieser Mann hatte offenkundig sehr lange Zeit mit dieser großen Last auf seinen Schultern gelebt. Savannah fragte sich, ob er jemals einen Menschen gehabt hatte, der ihm die Last tragen half. Aber was auch immer seine Gründe waren, jetzt hatte er sie dazu auserwählt, und sie fühlte sich zutiefst geehrt.

»Ja, Jonah. Ich helfe Ihnen.«

36. KAPITEL

Er hatte es getan: Er hatte die Räder in Bewegung gesetzt. *Ich will mein Leben zurück.* Was nun geschehen würde, blieb abzuwarten. Es lag in den Händen von Savannah Hammond. Aber Jonah war von einem tiefen inneren Frieden erfüllt.

Du hast mehr Freunde, als du glaubst, hatte Augustus gesagt, und Jonah musste ihm recht geben. Es brachte nichts, ständig an die zu denken, die ihn verraten hatten, er musste auch zugeben, dass andere ihm kleine Freundschaftsdienste erwiesen und Verständnis entgegengebracht hatten.

Er hatte genau das getan, was Clara ihm vorhielt: hatte zu viel auf das Urteil derer gegeben, die unwichtig waren, und das Urteil der Wichtigen zu gering geachtet.

Clara.

Oh Gott, er schuldete ihr so viel. Sein Leben möglicherweise. Sein Herz besaß sie ja schon.

Spendier diesen Wunsch deiner Freundin, hatte Ruben empfohlen. *Oder, besser noch, dir selbst.* Das Einzige, was Jonah wollte, war sie. Clara. Und, na klar, auch den Heldenmut, den Frieden, den Ruben so offenkundig besaß, weil er in die Welt hinauszog und stolz seine Narben zeigte. Sie standen für Reue, ja sicher, und auch für Scham, auf jeden Fall. Aber vielleicht, vielleicht ging es auch darum, dass Ruben alte Zeiten überwunden hatte und danach strebte, es besser zu machen, besser zu sein. Der einzige Mensch jedoch, der diesen Wunsch Wirklichkeit werden lassen konnte, war er selbst: Jonah.

Clara hatte recht gehabt. Er musste seinen Wert finden, musste daran glauben, dass er noch einen Wert besaß. Die beiden letzten Tage hatte er damit verbracht, über Claras Worte nachzudenken.

Leg deine ganze Leidenschaft in den Tanz, hatte er ihr einmal geraten. *Für deinen Vater. Das ist es, was er für dich wollte.*

Er selbst aber war ein Heuchler, denn statt ein Leben zu führen, das seinen Bruder stolz gemacht hätte, hatte er sich hinter einer verfluchten Mauer versteckt. Justin hatte ihm nicht vertraut, weil er Jonah als Kopie ihres Vaters sah, und verdammt, hatte er nicht versucht, genauso zu werden? Und zugegeben, er hatte seinem Bruder auch nicht vertraut. Beide waren so sehr damit beschäftigt gewesen, nicht wie ihr Vater und doch wie ihr Vater zu werden, dass keiner sich als Individuum erkennen konnte. Wie traurig. All die verschwendete Zeit. Aber vielleicht war es noch nicht zu spät.

Justin war nicht perfekt, obwohl du das in den letzten Jahren wohl glauben wolltest. Du hast ihn auf einen Sockel gestellt und dir das Bild eines Heiligen zurechtgemacht. Justin war aber kein Heiliger, sondern einfach ein Mensch. Einfach dein Bruder. Aber ich glaube von ganzem Herzen, dass er dich liebte, und dass er auch jetzt nur das Beste für dich wollte.

Irgendwie hatten Claras Erklärungen Jonah seinem Bruder wieder nähergebracht. Justin fühlte sich in seinem Herzen nun wirklicher an, nicht mehr wie das eindimensionale Bild, das sich Jonah so lange von ihm gemacht hatte.

In den vergangenen Tagen hatte er sich an den wirklichen Justin erinnert, an seinen Mut, an seine angeborene Neugier und an sein Lachen. Und ja, auch an seine Fehler. *Oh Gott, wie er Justin vermisste!*

»Na schön, du Arsch, wir haben jede Menge Zeit verloren. Vielleicht kannst du mir aber jetzt mal helfen, ja?«, murmelte er vor sich hin, bereit, an die Magie zu glauben, die Clara so glühend verfocht, dass sie willens war, für ihn zu kämpfen, selbst wenn er nicht für sich selbst kämpfen wollte.

Magie.

Wünsche.

Spendier diesen Wunsch deiner Freundin.

Clara wollte, dass Jonah hinter seiner Mauer hervorkam, und zwar nicht ihret-, sondern vor allem seinetwegen. Clara war eine Frau, die sich selten etwas für sich wünschte, sondern vielmehr für andere.

Hilf mir, dir zu helfen, Angelina: der selbstlose Wunsch, der Clara zuallererst zu ihm geführt hatte. Fast hätte Jonah laut gelacht. Sollte er es Clara überlassen, sich das eine zu wünschen, das er nicht erfüllen konnte?

Du könntest es doch versuchen. Die Idee geisterte in seinem Kopf herum, hielt sich hartnäckig. *Du könntest es versuchen.*

Jonah blickte aus dem offenen Salonfenster in die Spätnachmittagssonne. Die schweren Vorhänge mit dem Blumenmuster bewegten sich im Wind. Der erste November war ein kühler, klarer Tag und brachte den Geruch des Herbstes mit sich: feuchte Erde, trockenes Laub und einen leichten Dunst, der nach dem schwülen Sommer willkommene Abkühlung bot. Friede senkte sich über Jonah. Unerklärlich. Tröstlich. Er ließ ihn zu, wehrte ihn nicht ab wie früher, wenn er glaubte, er verdiene ihn nicht. Nun ließ er den Frieden ein, bot ihm eine Heimstatt. Nahm das Geschenk mit einem dankbaren Seufzer an.

Jonah schloss die Augen und lehnte sich im Sessel zurück. Genoss die erfrischende Luft in tiefen Zügen.

Hilf mir, dir zu helfen, Angelina.

Clara war nach Windisle gekommen, um ein Rätsel zu lösen, zwei tote Menschen aus einer Gefangenschaft zu befreien. Jonah wusste nicht, ob er auch an den Fluch glaubte. Aber was, wenn er Clara auf sehr reale Weise ermöglichen konnte, den Zauber zu vollziehen? Ihr den Wunsch zu erfüllen? Was, wenn der Brief doch aufzufinden war?

Jonah lebte auf demselben Grund und Boden wie einst Angelina. Der Brief war ihr im Herrenhaus vorgelesen worden, vielleicht sogar in diesem Raum.

Plötzlich stand ihm ein deutliches Bild von Angelina vor Augen, wie sie weinte und den Bogen in ihrer Hand zerknitterte. Vielleicht war der Brief gar nicht vernichtet worden, sondern sie hatte ihn irgendwo versteckt. Vielleicht lag er auf dem Speicher in einer staubigen Kiste oder einem alten, unbenutzten Koffer.

Als er Clara sagte, er werde nach dem Brief suchen, hatte er es zunächst ernst gemeint, sich dann aber doch nicht die Mühe gemacht. Nun war der Zeitpunkt gekommen. Nach dem Brief zu suchen, war ein ebenso guter Anfang wie alles andere. Vielleicht lag er unter den Dielen in ebendiesem Raum. *Jesus, wo soll ich bloß anfangen?*

Jonah erhob sich. Er wollte es zumindest versuchen. Für Clara. Wenn nichts dabei herauskam, auch gut. Wenigstens konnte er ihr sagen, dass er sich bemüht hatte – eine winzige Gegenleistung für all das, was sie ihm gegeben hatte. Aber die Wiederbegegnung mit Clara konnte er sich jetzt noch nicht vorstellen.

Okay, also, wo sollte er anfangen?

Er konzentrierte seine Gedanken auf das Rätsel von John und Angelina. Die erste Frage war, wenn sie blieben, warum? Was wollten sie? War es der Fluch, der sie auf rätselhafte Weise in Windisle gefangen hielt? *Ein Tropfen von Angelinas Blut, der ans Licht gebracht wird.* Der, wie die alte Priesterin gesagt hatte, den Fluch brechen würde. Aber was bedeutete das?

»Na schön, Justin, zeig mir, dass du immer noch derselbe alte Wichtigtuer bist. Du hast die Geschichte von John und Angelina immer geliebt. Und Rätsel ebenso. Also hilf mir …«

Ein starker Luftzug ergriff die Vorhänge und schlug sie gegen den Kaminaufsatz, auf dem ein Porzellanhase stand. Er wurde heruntergefegt und schlug hart auf dem Boden auf, blieb aber heil.

Jonah schnaubte erstaunt. Er beugte sich hinunter und hob den Hasen auf, stellte ihn wieder auf den Kamin. Als er sich zu seiner vollen Größe aufrichtete, sah er sich in dem Spiegel über dem Kamin. Zum ersten Mal seit langer, langer Zeit betrachtete er sich eingehend. Er versuchte, sich nicht wie üblich durch die Brille des Selbsthasses zu sehen, nicht mit den Augen jener, die voll Entsetzen den Blick von ihm abwandten, sondern mit Claras Augen. Und mit Myrtles und Cecils und sogar mit den Augen der Männer, die vor Kurzem zu Besuch gekommen waren – die Männer, die seine Freunde, seine Brüder geworden waren, und die ihn ohne Vorbehalte akzeptierten.

Du gibst zu viel auf die Leute und zu wenig auf die Menschen, die für dich wichtig sind.

Jonah drehte den Kopf nach links, dann nach rechts, dann betrachtete er sich von vorn. So sah er jetzt aus, das musste er akzeptieren. Niemals wieder würde er der Mann sein, der er einst gewesen war, aber wollte er das überhaupt? Ja und nein, aber beides konnte er nicht haben.

Er seufzte und strich mit den Fingern über die Narben, erinnerte sich an den Ausdruck in Claras Augen, als sie ihn voller Liebe berührt hatte. Voller Liebe. Jonah seufzte tief. Sie fehlte ihm so sehr. Er fuhr sich durch das dichte dunkle Haar, sah sich wieder seine Augen an: Das linke war straff zur Seite gezogen, die Farbe trüber als bei dem anderen.

»Mensch, ich sehe ja fast zu hübsch aus«, flüsterte er seinem Spiegelbild zu, wie er es früher zu tun pflegte, bevor sie den Schulweg antraten. Justin hatte sich immer darüber geärgert, und gerade deswegen war es zu einem Morgenritual geworden.

Und so bescheiden dazu.

Jonah grinste. In seiner Erinnerung konnte er förmlich hören, wie sie sich damals gekabbelt hatten. Ein kleiner Scherz unter Brüdern.

Er drehte den Kopf vor dem Spiegel hin und her, betrachtete sein Profil von beiden Seiten, lernte sich wieder kennen. Etwas, das er während all der Jahre sorgsam vermieden hatte. Stattdessen hatte er die lang zurückliegenden Reaktionen von Fremden als Spiegel benutzt, als eine Einschätzung dessen, was er wert war – oder eben nicht.

Seit dem Tag, an dem sein Bruder gestorben war und seine Welt in Stücke ging, hatte Jonah sich nicht mehr in die Augen schauen wollen, hatte Spiegel gemieden wie die Pest. Aber nun … schmerzte die Selbstbetrachtung nicht mehr. Tatsächlich sah Jonah nicht nur sich im Spiegel, sondern auch seinen Bruder. Sie waren einander so ähnlich gewesen.

»Ihr habt beide das gute Aussehen der Chamberlains geerbt«, pflegte ihre Mutter zu sagen. Und plötzlich fand Jonah, dass er den Teil seines Bruders in sich würdigen sollte, den er im Spiegel sah.

Etwas … veränderte sich. Jonah spürte es in seinem Innern. Etwas fiel an seinen Platz, ein Weg, der blockiert gewesen war, tat sich auf.

Er legte seine Fingerspitzen auf seinen Kiefer, auf seinen Wangenknochen, schob sein Haar zurück und sah den spitzen Haaransatz der Chamberlains.

Chamberlain.

Chamberlain.

Ein Tropfen ihres Blutes …

Jonah erstarrte. Nein, das konnte doch nicht … Holy shit. Er selbst war ein Tropfen ihres Blutes.

Angelinas Vater, Robert Chamberlain, war auch Jonahs Urahn. Man hatte die junge Schwarze eine Loreaux genannt, aber in Wahrheit war sie eine Chamberlain gewesen. In seinen und Angelinas Adern floss dasselbe Blut. Und tatsächlich war Jonah der einzige Überlebende seiner Familie. Sein Vater war tot, sein Bruder lebte nicht mehr, und seine Tante Lynette hatte keine Kinder bekommen. Er war der Letzte vom Blut der Chamberlains.

Ich bin die Antwort, dachte Jonah erschrocken und voller Ehrfurcht. *Zumindest zum Teil.*

Das vage tickende Gefühl, dass die Zeit ablief, verstärkte sich, doch jetzt war es zu einem Hämmern geworden. Wie die hämmernden Hufe in seinem Albtraum, den Jonah nicht vergessen konnte. *Schnell, schnell. Lass uns nicht zu spät kommen.* Er wirbelte um die eigene Achse, fuhr sich durch die Haare, hielt sich den Kopf.

Ein Tropfen ihres Blutes, der ans Licht gebracht wird.

Ein Tropfen ihres Blutes, der ans Licht gebracht wird.

Ans Licht. Was für ein Licht? Jonah hatte es sich immer als eine Art kosmisches Glühen vorgestellt … eine Beschreibung des Lebens nach dem Tod. Aber was, wenn … Was, wenn Clara recht gehabt hatte? Was, wenn das Licht … die Wahrheit war? Was, wenn Johns Familie Angelina belogen hatte, genau wie Clara vermutete? Und was, wenn man den Verrat bloßlegen konnte, indem man den Brief fand und den Fluch brach?

Ein Tropfen ihres Blutes, der ans Licht gebracht wird.

Und ich finde die *Wahrheit.*

Oh Gott, das war der Grund, warum sie hiergeblieben waren. John, dazu verdammt, niemals die wahre Liebe zu finden –

seine wahre Liebe, Angelina –, falls der Fluch nicht gebrochen wurde. Und er konnte nur hier gebrochen werden, in Windisle. Und Angelina, die nach ihrem Tod die Wahrheit erkannt hatte, wartete auf John, bis sie wieder zusammen sein konnten.

Oh je, glaubte er jetzt etwa doch an die Legende? Jonah vermochte es nicht zu sagen. Aber plötzlich war es ihm nicht mehr möglich, sie als reinen Aberglauben abzutun. Die Legende hatte ihn gepackt, unbedingt wollte er die Wahrheit ergründen. Eine Energie, die von außen zu kommen schien, pochte in seinem Blut, eine Dringlichkeit spornte ihn an.

Wir sind Magie. Wir.

Mach weiter, ja. Das Licht ... das Licht. Die *Wahrheit.*

Der Wind hatte weiter aufgefrischt, die Vorhänge bauschten sich vor dem Fenster, in der Ferne läutete ein Windglockenspiel – schadenfroh, so schien es ihm. *Das Licht, die Wahrheit, das Licht, die Wahrheit.*

Wieder stürzte der Hase vom Kaminaufsatz. Dieses Mal zerbrach er. Das löste Jonah aus seiner Erstarrung und trieb ihn an, hinaus aus dem Salon.

Angelina war in den Garten gelaufen, und dorthin lenkte auch er seine Schritte, um das Haus herum und den Weg hinunter zum Brunnen, der schon lange marode war und kein Wasser mehr spendete. Jonah ging einmal um den Brunnen herum und betrachtete ihn von allen Seiten, frustriert und mit einem wachsenden Gefühl von Verlegenheit. Er setzte sich auf den Sockel. Nebel waberte durch den vernachlässigten Garten und machte aus ihm eine Traumlandschaft. Was war denn nur in ihn gefahren? Was?

Jonah schloss die Augen und wandte sein Gesicht dem Himmel zu. Das hier ... Er tat es nur für sie, für Clara. Er hatte sich hinreißen lassen, weil er ihr so wahnsinnig gern einen Gefallen tun, sie um Vergebung bitten wollte. *Hilf mir, dir zu helfen.*

Der Wind hatte abgeflaut, er zauste Jonahs Haar so liebevoll wie ein Mensch, der es gut mit ihm meinte. Stille senkte sich herab. Plötzlich spürte er eine federleichte Berührung an seiner Hand und schlug die Augen auf. Ein verirrtes Blütenblatt war von einem Busch gefallen und streifte seinen Handknöchel, dann wurde es vom Wind erfasst und landete auf einer Steinrosette neben dem Brunnen. Jonah starrte es an: Die Farbe erinnerte an einen Blutstropfen auf einem sonnengebleichten Fels.

Er neigte den Kopf und betrachtete die Rosette, auf der das Blütenblatt gelandet war. Irgendwie sah sie … schief aus. Langsam streckte er die Hand aus, seine Finger drückten gegen die gemeißelte Blume. *Der Stein ist lose.*

Jonahs Herz klopfte wild, als er sich ganz herumdrehte und beide Hände benutzte, um die Rosette herauszuhebeln. Mit einem Knirschen löste sie sich. Vor Staunen blieb ihm die Luft weg. In dem eben entstandenen Hohlraum befand sich ein Stückchen Papier, eng zusammengefaltet, sodass es hinter die Rosette passte.

Mit zitternden Händen klaubte Jonah das Papier heraus und entfaltete es. Sein Körper fühlte sich an wie aufgeladen, er vibrierte förmlich.

Das Licht, die Wahrheit, das Licht, die Wahrheit.

So behutsam wie möglich glättete er den Bogen auf seinem Oberschenkel. Die untere Ecke sah versengt aus, als sei das Papier aus dem Feuer geholt worden.

Die schräge Schrift, kleine, gestochen scharfe Buchstaben und große Bögen, war dunkel und fett. Ohne zu verstehen, wie es zugegangen war, dass er dieses Blatt gefunden hatte, wurde Jonah von Staunen überwältigt.

Der Brief. Oh Allmächtiger, es ist der Brief!

Jonah überflog atemlos die Zeilen, dann las er noch einmal,

langsamer. Oh, *Jesus.* John hatte Angelina nicht nur geliebt, er hatte sie so sehr geliebt, dass er bereit gewesen war, alles für sie aufzugeben.

Nun kannte er die Wahrheit. Er hielt sie in seiner Hand.

Der Wind frischte wieder auf. Wonne durchrieselte ihn, so rein und stark, dass es fast schmerzte. Jonah empfand Ehrfurcht, als sei soeben die Liebe selbst in seinen Körper eingedrungen.

Ein Schwarm Kolibris tanzte um ihn herum. Ihre schimmernden Flügel streiften seine Narben. Vor Staunen schloss er die Augen.

Als Jonah sie wieder öffnete, waren die Vögel verschwunden. Der Dunst am Boden begann sich in der Wärme der Sonne aufzulösen, die hinter einer Wolke zum Vorschein kam.

»Hast du's gesehen?«, hörte er Myrtle rufen. »Oh, Herr im Himmel! Hast du sie gesehen?«

Taumelnd kam Jonah auf die Beine. »Wen?« Er fühlte sich benommen, fast betäubt, als er auf den Brief in seiner Hand blickte, voller Staunen über seinen Fund.

»Er hat sie in seine Arme genommen. Sie haben gelacht und geweint, und er hat sie im Kreis herumgeschwenkt, dann sind sie im Nebel verschwunden. Oh, gepriesen sei der Herr. Ich muss mich setzen.«

Sie griff sich ins Gesicht und runzelte die Stirn. »Wo ist denn nur die Brille? Ach, hab sie ja gar nicht auf …« Myrtle sah zum Haus hinüber, blinzelte in den rasch sich auflösenden Dunst, richtete ihren Blick stirnrunzelnd auf Jonah.

Er schwenkte den Brief in seiner Hand. »Ich muss zu ihr, Myr-« Erschrocken hielt er inne. Heute war der erste November. Die Premiere. *Mist*, wie hatte er das nur vergessen können? Weil er so gründlich dafür gesorgt hatte. Er hatte sich nicht vorstellen wollen, wie Clara im Licht der Scheinwerfer tanzte, denn er würde ja nicht dabei sein.

»Ich muss es ihr sagen«, fuhr er fort. »Jetzt. Sofort. Fährst du mich in die Stadt zum Theater? Ich will keine Zeit mit der Suche nach einem Parkplatz verschwenden.« *Ich will nicht zu spät kommen.*

Myrtle wirkte erschüttert. »Mögen die Wunder dieses Tages niemals enden.«

Sie packte Jonahs Hand und zerrte ihn förmlich aus dem Garten. Offenbar sorgte sie sich, dass er sich eines anderen besinnen könnte.

Aber das würde Jonah nicht.

Er würde auf keinen Fall zu spät kommen.

37. KAPITEL

»Dieser verfluchte Verkehr«, schimpfte Myrtle und warf durch ihre Brille – Gläser so dick wie der Boden einer Colaflasche – einen besorgten Blick auf Jonah. Zum Glück hatte sie ihre Sehhilfe noch gefunden, bevor sie sich hinters Steuer setzte.

Die erste Viertelstunde der Fahrt hatte Jonah damit verbracht, sich zu beruhigen. Er rieb seine verschwitzten Hände an den Jeans und zwang sich zu regelmäßigen Atemzügen. Die Ereignisse des Tages muteten an wie ein Traum oder wie etwas, das in einer Legende geschah und nicht ihm. Aber es war passiert. Es war wirklich geschehen.

Sie standen vor einer Querstraße, auf der gerade eine längere Parade vorbeizog. Bis zum Theater waren es nur noch zehn Minuten Fahrt, aber er war bereits zu spät dran. Die Show war vermutlich schon zur Hälfte vorbei.

Überall waren Straßensperren wegen der Parade, und da sie keine Ahnung davon gehabt hatten, steckten sie nun fest.

»Allerheiligen«, brummelte Myrtle.

»Was?«

»Der Umzug. Sie feiern Allerheiligen.«

»Ach ja.« Jonah starrte einen Moment durch die Windschutzscheibe, während seine Unruhe zunahm. Der Tag der Toten. Natürlich.

Im Bruchteil einer Sekunde traf er seine Entscheidung und zog die Maske aus der Tasche. »Ich steig hier aus. Ich glaube, zu Fuß bin ich schneller.«

Myrtle warf einen besorgten Blick auf die Maske. »Nein, Jonah«, sagte sie bekümmert. »Nicht das olle Ding.«

»Mach dir keine Sorgen, Myrtle. Ist schon okay.« Er fasste nach dem Griff der Tür und stieß sie auf. Mit einem Bein schon aus dem Wagen, drehte er sich noch einmal um, beugte sich vor und schloss Myrtle in seine Arme. »Danke.« Seine Stimme klang rau. »Weil du mich gefahren hast. Weil du mich liebst. Weil du mich nie im Stich gelassen hast. Für tausend kleine Dinge. Danke schön.«

Myrtle nickte. In ihren Augen standen Tränen. »Du bist mein Junge«, sagte sie schlicht.

Jonah lächelte, setzte die Maske auf und sprang aus dem Wagen. Er lief in die Richtung, in der das Theater lag, mischte sich unter den Umzug.

Er versuchte, auf dem Bürgersteig zu bleiben, geriet aber in die Menge. Ehe er es sich versah, wurde er geschubst und geschoben. Die Menschen bewegten sich vorwärts wie eine gigantische Kreatur, gebildet aus vielen Einzelwesen.

Es dunkelte, die Sterne waren hinter den Wolken verborgen. Lichter und wirbelnde Streifen stiegen zum Himmel auf.

»Hier geht's lang, Jonah. Nimm meine Hand.«

Er drehte ungläubig den Kopf nach rechts und links, um Justin zu sehen – denn was er vernommen hatte, war die Stimme seines Bruders gewesen.

Jonah spürte, dass jemand seine Hand packte. Er machte einen Satz nach vorn, drängte sich durch eine Lücke in der Menge und versuchte zu erkennen, wer vor ihm war. Aber es waren zu viele Menschen in ständiger Bewegung.

»Jetzt beeil dich mal, du Lahmarsch. Sie wartet auf dich.«

»Justin. Mach langsam. Ich will dich sehen.«

Jonah hörte das Lachen seines Bruders und spürte wieder, dass er vorwärtsgezerrt wurde. Nun rannte er, brach durch Lücken in der Menge, die er vorher gar nicht gesehen hatte. Er hörte Autohupen, Gelächter und Rufe. Irgendwo spielte Musik. Gesichter gerieten in sein Blickfeld und verschwanden wieder. Viele trugen eine Bemalung, die einen Totenkopf imitierte, manche schlicht schwarz-weiß, andere in lebhaften Farben mit Blumenranken und Kringeln in Violett, Blau, Gelb und Rot.

»Ich liebe dich, kleiner Bruder. Lebe für mich. Mach mich stolz.« Justins Stimme war nur noch als Flüstern zu vernehmen, als wäre er irgendwo weit vor Jonah.

Unvermittelt stolperte er aus dem Gedränge heraus, drehte sich atemlos einmal um sich selbst. Aber da war niemand, und dennoch spürte er die Wärme der Hand des anderen.

Einen Moment lang verharrte er, den Tränen nahe. Er fragte sich, ob alles nur Einbildung gewesen war. Hinter ihm wurde die Parade fortgesetzt. Ein kleines Mädchen reichte ihm im Vorübergehen eine rote Rose, schaute über ihre Schulter zurück und lachte ihn an.

Jonah wandte sich dem Theater zu. Während er sich näherte, fielen ihm ein Weißer und eine Schwarze auf, die in einem Hauseingang standen und sich küssten. Die Frau bemerkte ihn und lächelte scheu, schubste ihren Freund mit gespielter Koketterie von sich. Er lachte und nahm sie bei der Hand. Sie gingen in die andere Richtung davon.

Jonah lächelte. Plötzlich war sein Herz von Freude und Zuversicht erfüllt. Er überquerte die Straße, die Rose fest in der Hand.

»Sir, möchten Sie vielleicht ein Ticket haben?«

Es war ein älterer Herr, der große Augen machte, als er Jonahs Maske sah. Doch mit einem kurzen Blick auf die Parade wandelte sich sein Erstaunen in Verständnis.

»Verzeihen Sie, ich dachte, Sie wären hier, um die Show zu

sehen. Sie ist schon halb vorbei, und sie ist ausverkauft. Meiner Frau geht es nicht so gut, und daher haben wir zwei Sitze vorne zu vergeben. Wenn Sie also die zweite Hälfte noch sehen möchten ... Es ist eine wunderbare Aufführung.«

Shit, Jonah hatte nicht mal an eine Eintrittskarte gedacht. »Ich bin tatsächlich hier, um die Show zu sehen. Ich will Ihnen die Tickets bezahlen ...«

»Aber nein! Ich bin ja froh, wenn sie nicht verfallen.« Wieder musterte der Alte die Maske, während er ihm die Karten gab. Vielleicht fragte er sich, warum der junge Mann seine Vermummung noch nicht abgenommen hatte. Seine Frau zog ihn ungeduldig am Ärmel, und dann entfernten sie sich, wanderten die Straße entlang.

Jonah reichte eines der Tickets einem gelangweilten Kartenabreißer, der nicht einmal hochsah. Dann betrat er das Theater. Das Foyer war verlassen bis auf eine hinreißende Frau mit taillenlangen schwarzen Locken, die hinter einem Kaffeeausschank stand, vor sich eine Vase mit weißen Rosen. Jonah zögerte kurz, doch dann ging er auf sie zu.

Die Frau starrte seine Maske an, machte jedoch keine Bemerkung dazu. Stattdessen sagte sie: »In der Pause sind uns die Backwaren ausgegangen, aber wenn Sie vielleicht einen Kaffee möchten?« Sie sah müde aus, aber aus ihren Augen sprach unmissverständlicher Stolz.

Jonah schüttelte den Kopf. »Könnte ich Ihnen eine Rose abkaufen?«

Seine Bitte schien die Frau ein wenig zu verwirren, doch sie griff über den Tisch und nahm eine Rose aus der Vase. Jonah zog einen Zwanziger aus seiner Hosentasche und legte ihn auf den Tresen. »Danke.«

Musik drang durch die geschlossenen Türen. Sein Herz trommelte in seiner Brust, zog ihn vorwärts. Zu Clara.

Jonah öffnete leise die Türen zu dem verdunkelten Theaterraum und ging hinein. Die Musik schwoll an.

Alle Augen waren auf die Bühne gerichtet, als er seinen Platz einnahm. Nur einige Leute auf den Plätzen neben ihm schauten zu ihm herüber. Dann jedoch wandten sie ihre Aufmerksamkeit wieder der Aufführung zu, und Jonah tat es ihnen gleich.

Er verlor sich in der Story, in der leidenschaftlichen Schönheit von Claras Tanzkunst, in seinem Stolz auf sie, der zugleich mit der Musik ein Crescendo erreichte.

Hier und jetzt liebte er Clara nicht für die Gefühle, die sie in ihm auslöste, oder für die Inspiration, die sie ihm schenkte, für gar nichts, was mit ihm zu tun hatte. In diesem Augenblick liebte Jonah Clara als das, was sie war: eine Ballerina, die hartnäckig viele Stunden geübt hatte, damit sie ihren Part tanzen konnte wie ein Engel. Er liebte sie wegen ihres Herzens, ihrer Seele und dafür, dass sie die Welt zu einem besseren Ort machte. Er liebte sie heiß und innig und mit jeder Faser seines Seins.

Sieh mich an.

Die Aufführung ging zu Ende. Wieder wurde Jonah nervös, das Herz hämmerte ihm gegen die Rippen.

Die Lichter gingen an, und das Publikum brachte stehend seine Ovationen dar. Bravorufe hallten durch den Saal, begeisterte Pfiffe gellten durch die Menge. Jonah konzentrierte sich nur auf seine Atmung. Seine Augen ließen den Schwan, der mit den anderen Tänzern vor den Vorhang trat, nicht aus den Augen. Claras Gesicht wurde von einem Lächeln erleuchtet, das er für den Rest seines Lebens zu sehen hoffte. *Bitte. Bitte.*

Nach und nach beruhigten sich die Leute wieder und sammelten ihre Sachen ein. Jonah aber blieb stehen, als die Tänzer anfingen, die Bühne zu verlassen, während die Scheinwerfer allmählich verlöschten.

Ein Gemurmel erhob sich unter den Zuschauern, als sie den Mann mit der Maske sahen, der als Einziger stehen geblieben war.

Der Schwan, Clara, zögerte mit seinem Abgang. Sie drehte sich um, ihr Blick fand Jonah, sie riss Augen und Mund auf. Sie ging wieder zur Bühnenmitte. Die anderen Tänzer blieben ebenfalls stehen und richteten ihre Blicke auf Clara.

Jonah schaute hoch zu ihr, seinem Schwan, während er schwer unter seiner engen Gummimaske atmete. Ein einsames Spotlight schien auf Clara, die seinen Blick erwiderte. Und wartete.

Sieh mich an.

Nun hörte Jonah das Tuscheln. Es durchbrach seine Abwehr aus Furcht und Unsicherheit.

Oh mein Gott. Es ist dieser Weltverbesserer. Hast du nie von ihm gehört?

Der Kerl, der in der Stadt umgeht und den Menschen hilft?

Was macht der denn hier?

Ich glaub, er ist ihretwegen gekommen. Wegen der Tänzerin.

Oh Gott, was würden sie erst sagen, wenn er die Maske abnahm?

Sieh nur mich an.

Jonah hob die Hand. Der gesamte Zuschauerraum schien wie in Erwartung von etwas Unerhörtem zu erstarren, als er mit einem Erschauern die Maske abnahm und neben sich zu Boden fallen ließ.

Clara lächelte und schlug die Hände vor den Mund, während Tränen über ihre Wangen rannen.

Ein Aufschrei ging durch das Auditorium, als die Leute sein zerstörtes Gesicht sahen, aber Jonah beachtete sie gar nicht. Er behielt Clara im Auge, die zum Bühnenrand kam, so nahe wie möglich.

Wer … wer ist er? Sieht irgendwie bekannt aus.

Woher er wohl die Narben hat?

Weiß nicht. Würde mich aber brennend interessieren.

Aus den Augenwinkeln sah Jonah Blitzlichter aufflammen. Man fotografierte ihn, hielt diesen Moment für alle Zeiten fest. *Sieh nur mich an.*

»Nehmen Sie mich als Leiter!«, rief plötzlich ein Mann. Verwirrt brach Jonah den Augenkontakt mit Clara ab. Der Mann bot Clara seinen Rücken an, damit sie von der Bühne heruntersteigen konnte.

Clara lachte unter Tränen, als ein paar andere Leute sich ebenfalls herandrängten. Sie machte den ersten Schritt. Helfende Hände reckten sich in die Höhe, damit sie auf dem schwankenden Rücken das Gleichgewicht halten konnte.

Jonah lachte laut. Er wagte es, einer Frau neben sich ins Gesicht zu sehen. Und statt mit Entsetzen blickte sie ihn nur voller Staunen an.

Clara kam näher. Er streckte ihr seine Arme entgegen, hielt sie fest. Ihre Wangen waren voller Tränen, die das schwere Bühnen-Make-up zum Zerfließen brachten. Mit den schwarzen Streifen im Gesicht sah Clara völlig derangiert aus, und er liebte sie so sehr, dass es wehtat.

Jonah reichte ihr die weiße und die rote Rose. Clara blickte ihn erstaunt an, dann lachte sie in heller Freude auf.

Sie umfing sein Gesicht mit beiden Händen, dann umarmte sie ihn, hielt ihn fest. Jonah beugte sich vor, bis ihre Stirnen einander sanft berührten. »Ich liebe dich.«

Clara schniefte, lachte, und wieder rann ein schwarzer Streifen von ihrem Auge herab. »Ich liebe dich auch. Mein Wünschesammler.«

»Ich muss dir so vieles erzählen, Clara. Du wirst es nicht glauben …«

Sie strich mit dem Daumen über seine Lippen. »Doch, das werde ich.«

Er lächelte. Natürlich würde Clara ihm glauben. Sie hatte immer schon an ihn geglaubt – genauso wie an Angelina und an die Gerechtigkeit.

Jonah küsste sie, und erneut flammten Blitzlichter auf. Das Publikum fing noch einmal an zu klatschen. Zuerst klatschten nur Einzelne, dann schwoll der Beifall an – doch diesmal galt er ihnen beiden.

Der Liebe.

Der Magie.

Den unmöglichen Wünschen, die letztlich in Erfüllung gegangen waren.

38. KAPITEL

Liebe Angelina,
ich vertraue diesen Brief meinem Freund und Kameraden Timothy Mansfield an und bin voller Zuversicht, dass er ihn Dir vorlesen wird. Und dass Du, meine Liebste, meine Stimme darin erkennen und alle Zweifel beiseiteschieben wirst, die meine Abwesenheit hervorgerufen haben mag.
Ich liebe Dich, Angelina Loreaux. Ich liebe Dich von ganzem Herzen und ganzer Seele. Weder Zeit noch Entfernung noch eine Million Schlachtfelder voller Pulverdampf werden mich davon abhalten, zu Dir zurückzukehren und Dich zu lieben, bis der letzte Stern vom Himmel fällt.
Ich gehe ein großes Risiko ein mit dem Kampf für Deine Freiheit – und die meine, denn wenn Du nicht frei bist, mich zu lieben, dann ist mein Leben sinnlos –, einem Kampf, von dem ich jetzt noch nicht sprechen darf. Aber glaube an mich, meine Liebste. Glaube daran, dass die Welt sich ändern kann und dass sie sich in der Tat auch ändern wird.
In ewiger Liebe
John

EPILOG

Blinkende Lichterketten in den Bäumen verliehen dem Rosengarten ein romantisches Aussehen.

Als sie über den gepflasterten Weg schritten, nahm Jonah Claras Hand in die seine. In der Abendluft hing der süße, sinnliche Duft der Rosen.

Stimmen und Gelächter schwebten von den offenen Balkonen zu ihnen herunter. Jonah lächelte zufrieden, als er mit seinen Blicken das Haus umfing, die Stätte, die einst sein selbst gewähltes Gefängnis und jetzt sein größter Stolz war.

Er blieb stehen und zog seine Frau an sich, schaute ihr lächelnd in das schöne Gesicht.

»Du wirst von Tag zu Tag hübscher«, stellte er fest, ließ sie los und ergriff ihre Hände, damit er einen Schritt zurücktreten und sie betrachten konnte. Clara lachte und schwenkte die Hüften, brachte den Rock mit den schwarzen Spitzen zum Schwingen. Sie sah aus wie eine Frau, die sich schön fühlte. Geliebt. Das wusste sie nur zu gut.

Sie trat einen Schritt vor und legte ihre Hand auf seine vernarbte Wange. »Du auch«, murmelte sie und küsste ihn sanft. Und dann lächelte sie auf diese besondere Weise, die Jonahs Welt zum Leuchten brachte.

In Kürze würde das große Fest beginnen, das von der Denkmalgesellschaft veranstaltet wurde. Vor dem Galadinner hatten Clara und Jonah ein paar Minuten für sich allein haben wollen und waren in den Garten entkommen.

Vor fünf Jahren hatte Jonah der Historic Society Windisle Manor überschrieben. Er war sich mit Clara einig gewesen, dass es richtig war, die Geschichte der Plantage und der weinenden Mauer für die Nachwelt zu erhalten.

Die hocherfreute Historische Gesellschaft hatte Windisle zu seinem alten Glanz verholfen. Alle notwendigen Reparaturen waren ausgeführt worden, einschließlich der Restaurierung der morschen Sklavenhütten. Kunsthandwerker und Zimmerleute hatten die Geschichte des Besitzes wieder aufleben lassen, und eines der prominentesten Herrenhäuser der amerikanischen Südstaaten konnte nun einer breiteren Öffentlichkeit zugänglich gemacht werden.

Auch die Lebensläufe der einstigen Besitzer und ihrer Sklaven waren berücksichtigt worden. Der Souvenirladen im Erdgeschoss hielt Bücher über die Chamberlain-Dynastie ebenso bereit wie ein Buch über die unglückliche Liebesgeschichte von Angelina Loreaux und John Whitfield – jetzt schon ein Bestseller und trotz rascher Wiederauflagen regelmäßig vergriffen. Darin wurde die wahre Geschichte von John und Angelina erzählt und die Tragödie, die daraus folgte. In dem Buch fand sich auch eine Ablichtung des Briefes, den Jonah gefunden hatte; das Original war hinter Glas in einem der oberen Räume zu besichtigen. Ihr Licht, die Wahrheit, sollte nun aller Welt leuchten.

Die Historische Gesellschaft hatte nach Timothy Mansfield suchen lassen, dem Mann, der in Johns Brief erwähnt wurde. Es stellte sich heraus, dass er für die Armee der Nordstaaten gekämpft hatte. Mansfield hatte als Spion Informationen der konföderierten Soldaten geschmuggelt, die verdeckt mit dem Norden kooperierten. Man fand in Mansfields Besitz eine Menge Dokumente, die mit den Initialen JW gekennzeichnet waren und vermutlich John Whitfield gehört hatten. Er war große Risiken eingegangen, indem er dem Norden Geheiminformationen zuspielte, damit die Armee den Krieg gewinnen und seine über alles geliebte Angelina befreit werden konnte.

Timothy Mansfield war wenige Wochen vor Angelinas Selbstmord im Krieg gefallen. Es wurde angenommen, dass er neben anderen Schriftstücken auch Johns Post nach Hause geschickt hatte, und dass der Brief an Angelina irrtümlich in die Korrespondenz an seine Familie geraten war.

Was hatte John getan, als er vom Tod seines Freundes erfuhr? Als er herausfand, dass seine Familie ihn hintergangen und Angelina belogen hatte? Es gab keine Möglichkeit, das in Erfahrung zu bringen, denn Spione pflegten ihre Missionen nicht zu kommentieren. Jonah jedoch konnte den Klang der donnernden Hufe aus seinem Traum nicht vergessen. *Schnell, schnell. Lass uns nicht zu spät kommen …*

Und da er selbst verliebt war, verstand Jonah besser als zuvor, warum John trotz seiner Krankheit jegliche Behandlung abgelehnt hatte. Stattdessen hatte er so schnell wie möglich zu seiner Geliebten kommen wollen.

Die Tragödie des Ganzen – wie sehr andere Entscheidungen und Vorgehensweisen den Verlauf der Geschichte hätten beeinflussen können –, erschütterte Jonah immer wieder.

Der Rosengarten, in dem er sich nun mit Clara befand – ebender Garten, in dem sich der Legende nach John und Angelina begegnet waren –, war gleichfalls wiederbelebt worden: Die Gesellschaft hatte neue, elegante Wege anlegen und prächtige Rosenstöcke sowie andere Blumen pflanzen lassen. Vögel und Schmetterlinge ließen sich in großer Zahl auf ihnen nieder. Der wieder instandgesetzte Brunnen erfreute die Besucherschar mit seinem stetigen Plätschern.

Jonah stellte sich vor, dass es auch vor langer Zeit so ausgesehen hatte, als John und Angelina diese Wege entlanggingen, eine blühende Liebe in ihren Herzen, für die die Welt noch nicht bereit war.

Die weinende Mauer war repariert worden, Risse und Löcher mit frischem Mörtel gefüllt, die Mauersteine gesäubert, versiegelt und, wenn nötig, ersetzt. Sie weinte nicht mehr. Vielleicht lag es an der Arbeit, die hineingesteckt worden war, oder aber daran, dass die Mauer keinen Grund mehr hatte zu weinen. Vielleicht war es Wissenschaft, oder aber, wie seine Frau gern glaubte, pure Magie.

Was Jonahs eigene Angelegenheiten betraf, so hatte Savannah Hammond ganze Arbeit bei der Aufdeckung des Korruptionsskandals geleistet. Sie hatte ihre Kontakte zu Kollegen und bei der Justiz genutzt, um Beweise zu finden und die Wahrheit ans Licht zu bringen – und am Ende kam es zu einem Eklat, der New Orleans in seinen Grundfesten erschütterte.

So viele Jahre danach konnte Jonah es immer noch nicht fassen, wie viele Anwälte, Staatsanwälte, Richter und Geschäftsleute aus praktisch jeder Ecke der Stadt in den Skandal verwickelt gewesen waren. Alle hatten sie zu dem geheimen Club gehört, alle waren Teil eines Netzwerkes gewesen, das sie zu Stillschweigen verpflichtete und sich auf Gefälligkeiten und Bestechungen stützte.

Savannah Hammond, die Jonah in einer Zeit unterstützt hatte, als er Hilfe dringend benötigte, hatte verdammt guten Gebrauch von seinen Informationen gemacht und für ihre ausgezeichnete journalistische Arbeit viele Preise gewonnen.

Nachdem jedoch ein Nachrichtensender nach dem anderen auf die Story aufmerksam wurde und über den Murray-Ridgley-Prozess und die Funde auf dem Handy seines Opfers zu berichten begann, hatte Jonahs Interesse merklich nachgelassen. Er hatte Savannah seine Story erzählt, seine Rolle in der

Tragödie herausgearbeitet und den Verrat durch seine ehemaligen Kollegen betont. Sein Bericht war nun aktenkundig, mehr brauchte er nicht.

Mochte man ihn kritisieren, dass er so blind gewesen war, oder ihn als Helden feiern – Jonah scherte sich nicht mehr um die Meinung der Leute. Er hatte einzig und allein seine Frau im Blick und die anderen Menschen, die ihn liebten.

Immer noch ging er gelegentlich mit den Brass Angels auf Patrouille, doch er hatte auch ein Ehrenamt als Anwalt angenommen. Jonah tat es zum Gedenken an seinen Bruder – und für sich selbst. Es war sein kleiner Beitrag zur Gerechtigkeit.

Und ab und zu … erfüllte er jemandem einen Wunsch. Oder auch zwei.

»Jonah«, sagte Clara, blieb stehen und ließ sich auf dem Brunnenrand nieder. In einer jähen Rückblende sah er sie in einem anderen Park am Wasser sitzen, von ihm sehnsüchtig und unerreichbar aus der Ferne betrachtet.

Er setzte sich neben sie. Die Lichter in den Bäumen spiegelten sich schimmernd im Wasser. Ihm fiel auf, dass Clara verlegen wirkte.

»Was ist?«

»Ich habe nachgedacht.« Sie fuhr mit dem Finger über die kaum sichtbare Linie in einem Stein. Dann blickte sie auf. »Was würdest du davon halten, wenn ich eine Ballettschule eröffne?«

Das kam vollkommen überraschend. Clara hatte die Möglichkeit zwar schon einmal angedeutet, und eines Tages würde es gewiss dazu kommen, aber … doch noch nicht jetzt? Sie war erst siebenundzwanzig, hatte noch eine steile Karriere vor sich. »Wäre das nicht zu viel? Mit deinem Probenplan und …«

»Ich höre bei der Truppe auf.« Sie hob die Schultern und lächelte ihn scheu von der Seite an.

Mit dem Ballett aufhören? Sie tanzte doch für ihr Leben gern! In Windeseile hatte Clara sich zur Primaballerina hochgearbeitet, und Jonah besuchte jede ihrer Vorstellungen. Wenn Clara in New Orleans auftrat, brachte er ihr eine weiße und eine rote Rose mit, wenn sie auf Tournee war, ließ er ihr die Blumen schicken. Er hatte nicht erwartet, dass sich daran in den nächsten Jahren etwas ändern würde.

»Aber es ist dein Traum.«

»Es war mein Traum. Ich habe ihn gelebt. Und ausgekostet. Aber jetzt hege ich einen noch größeren Traum.« Zur Bekräftigung legte sie eine Hand auf ihren flachen Bauch.

Jonah runzelte die Stirn. Was wollte sie … *oh.* Er stieß den angehaltenen Atem aus. »Du wünschst dir ein Kind?«

Clara lachte leise und hob wiederum die Schultern. »Ja. Und zwar sehr. Und das ist auch gut so, denn wir haben bereits dafür gesorgt.«

»Wir haben wofür gesorgt?«

»Für ein Baby.«

Jonah blinzelte erstaunt. Sein Blick wanderte von ihrem Gesicht zu der Hand, die immer noch auf ihrem Bauch lag. Dann dämmerte ihm die Erkenntnis, und ein Freudefunken sprang in seiner Brust hoch. »Wann …?«

»Das große Gewitter …«

Ja, das Gewitter. Vier Tage lang war der Strom ausgefallen und New Orleans von einer Überschwemmung heimgesucht worden. Clara hatte nicht ausgehen können, um sich eine neue Packung ihres Verhütungsmittels zu besorgen, und … es war eben dunkel und stürmisch gewesen, und sie hatten sich ineinander verloren und ihr kleines, aber schönes historisches Haus in Uptown New Orleans tagelang nicht verlassen können. Und da war es wohl passiert.

Er fuhr sich durch die Haare. »Es ist meine Schuld.«

Clara lachte. »Absolut.« Sie lächelte, offenkundig überglücklich. Jonah musste ebenfalls lachen. Er stand auf und nahm Clara in die Arme, schwenkte sie im Kreis herum und küsste sie leidenschaftlich.

Dann legte er seine Stirn an ihre. Einen Moment lang atmeten sie im Einklang. So viel Glück und Hoffnung erfüllte Jonah –, aber dennoch meldete sich eine winzige Sorge. »Wird er oder sie …«

»Ja«, hauchte Clara und legte ihre Hand auf seine vernarbte Wange. Sie kannte seine Befürchtungen, noch bevor er ihnen Ausdruck verliehen hatte. »Dieses Kind wird stolz darauf sein, dich zum Vater zu haben. Stolz und glücklich.«

Jonah stieß heftig den Atem aus, seinen Blick unverwandt auf Clara gerichtet, wie so oft in den letzten fünf Jahren. Er zog seine Frau an sich, genoss das Gefühl ihres wunderbaren Körpers und das Wissen, dass sie gemeinsam ein Leben erschufen. Ein Wunder. Oh ja, er würde versuchen, der beste Vater der Welt zu sein. Ein Vater, wie Clara ihn gehabt hatte. Nach dem Auffinden von John Whitfields Brief waren sie über Weihnachten nach Ohio geflogen, und Jonah hatte den alten Mann noch kennenlernen können, bevor er wenige Monate später starb. Als Erbe hinterließ er seine Tochter, diese wunderschöne, liebevolle Frau, die die Welt zu einem besseren Ort machte. Was konnte ein Mann sich mehr wünschen.

»Wir sollten reingehen«, flüsterte Clara und küsste Jonah ein letztes Mal, bevor sie sich seinen Armen entwand. »Gleich beginnen Dinner und Vortrag. Und Myrtle wird ihre Brille aufsetzen und uns suchen.«

Jonah nickte lächelnd, verweilte aber noch ein paar Momente mit der Frau, die er liebte, an diesem Ort, an dem er sich stets wie verzaubert fühlte.

Und dann nahm er sie bei der Hand, und sie gingen zum

Haus, wo die vielen Menschen, die sie ihre Familie nannten, auf sie warteten: Myrtle und Cecil natürlich, Jonahs Brüder von den Brass Angels, Fabienne, mit der Clara inzwischen eine enge Freundschaft verband, sowie deren Mann Alphonse. Ferner Kolleginnen aus dem Ballett, Belinda und Roxanne und schließlich Mrs Guillot und ihr »Gentleman-Freund« Harry Rochefort.

Heute würden sie die Ersten sein, die ein wichtiges Schriftstück zu Gesicht bekamen, das der Gesellschaft von einem entfernten Verwandten John Whitfields gestiftet worden war. Ein Brief, von Abraham Lincoln persönlich unterzeichnet, in dem er John für seine Bemühungen um die Abschaffung der Sklaverei lobte, für seinen nimmermüden Eifer, begangenes Unrecht wiedergutzumachen. Er wurde wie ein Held gefeiert. Zu Recht.

Clara schaute hoch, und Jonah folgte ihrem Blick. Zwei Sternschnuppen zogen über den Himmel, tanzten umeinander, hinterließen schimmernde Lichtstreifen. Nur langsam erlosch der glitzernde Schein und verschwand im Dunkel.

»Glaubst du, dass sie da oben sind?«, murmelte Clara.

Jonah sah sie an. Sein Herz barst vor Liebe zu der Frau, in die er sich zuerst durch eine Mauer von Stein hindurch verliebt hatte, und die nun an seiner Seite durch die Welt ging.

Einst war er ihr Wünschesammler gewesen, doch Clara war diejenige, die ihm all das geschenkt hatte, wovon er nie zu träumen gewagt hätte.

Glück. Frieden. Stolz. Eine Seelengefährtin.

»Ja«, flüsterte er und drückte ihre Hand. In dieser Nacht fiel es leicht, an Magie zu glauben. In dieser Nacht waren sie von Magie umgeben.

Lieber John,

meinen zutiefst empfundenen Dank für den Dienst, den Sie der Republik unter größter Gefahr für Ihr Leben und trotz tragischer persönlicher Verluste erwiesen haben.
Die Informationen, die Sie besorgen konnten, führten zu Fortschritten in unserem Kampf, sie ermöglichten zahlreiche Siege der Union und somit Hoffnungen für jeden Mann, jede Frau und jedes Kind, denen die Freiheit gewährt worden ist.
Es ist meine tiefe Überzeugung, dass der Weg, den Sie gewählt haben, ein Weg ist, den die Geschichte als rechtschaffen werten wird.

Hochachtungsvoll
Ihr Freund
Abraham Lincoln

DANKSAGUNG

So viele wunderbare, talentierte Menschen haben mir geholfen, diese Geschichte zu erzählen. Mein Herz fließt über vor Dankbarkeit, dass ich sie zu meinen Freunden zählen darf.

Mein Lektorinnenteam Angela Smith, Marion Archer und Karen Lawson: Ihr drei helft mir, tiefer zu graben, mich mehr anzustrengen, zu straffen und meine Story auf Hochglanz zu bringen. Was würde ich nur ohne euch tun? (Antwort: Ins Taumeln geraten – aber total!)

Renita McKinney, Worte können nicht ausdrücken, wie sehr ich dich schätze. Danke für dein Prüfsiegel – fehlte es, wäre dieser Roman nicht veröffentlicht worden.

Mein unglaubliches Team von Betaleserinnen: Stephanie Hockersmith, Korrie Kelley, Cat Bracht und Stacey Hert. Danke für eure Ermutigung, für eure Vorschläge, für eure Antworten auf eine Million Fragen und dafür, dass ihr mir so viele Stunden gewidmet habt, um meine Charaktere abzurunden und die Geschichte zu vollenden.

Und Elena Eckmeyer. Ich mag dich mehr als Stouffer's Tiefkühlmenüs.

Dank auch an Kimberley Brower, meine Agentin/Superheldin.

Ihnen, meine Leser:innen, danke ich dafür, dass Sie mit mir auf die Reise gehen. Ohne Sie hätte ich aus meinem Traumjob keinen Beruf machen können.

Dank auch an Mias Mafia für eure immerwährende Liebe und Unterstützung, und dass ihr so oft aufkreuzt.

An alle Buchblogger:innen, die ihre kostbare Zeit damit verbringen, Bücher vorzustellen und in den sozialen Medien positiv über sie zu berichten. Ihr seid meine Held:innen!

Dieser Roman begann als Short Story im Jahr 2016 und wurde zunächst beiseitegelegt. Seitdem hat mein Mann mich gedrängt, einen Roman daraus zu machen. Bitte schön, mein Liebster! Ohne dich würden diese Personen immer noch auf dem staubigen Bücherregal hocken. Ihre Seelen gehören dir. Meine Seele übrigens auch.

„Manchmal können genau die Dinge uns retten, vor denen wir gerettet werden möchten.“

Amy Harmon
A DIFFERENT BLUE
Aus dem amerikanischen
Englisch von
Frauke Lengermann
448 Seiten
ISBN 978-3-7363-1492-4

Blue Echohawk hat nur ein Ziel: herausfinden, wer sie wirklich ist. Von ihrer Mutter als Kleinkind am Straßenrand zurückgelassen, ist Blue in dem schmerzhaften Glauben aufgewachsen, ganz allein auf der Welt zu sein. Doch dann trifft sie auf ihren neuen Geschichtslehrer Darcy Wilson. Darcy ist der erste Mensch, der an Blue glaubt und hinter ihre abweisende Fassade blickt. Aber Blue und Darcy wandern auf einem schmalen Grat. Denn während sich die beiden einander immer mehr öffnen, wissen sie auch, dass eine Liebe zwischen ihnen unmöglich ist …

»Alles an diesem Buch ist einfach nur wunderschön.« ALL ABOUT ROMANCE BLOG

LYX